SCHWARZE TASTEN ROMAN

MANFRED SCHNEIDER

SCHWARZE TASTEN

ROMAN

ILLUSTRATIONEN VON ALBRECHT SCHNEIDER

HORAPOLLO EDITION
DÜSSELDORF - ESSEN

© 2025 Manfred Schneider
Verlag: BoD · Books on Demand GmbH, Überseering 33,
22297 Hamburg, bod@bod.de
Druck: Libri Plureos GmbH, Friedensallee 273,
22763 Hamburg
ISBN: 978-3-8192-1229-1

Inhalt

1. Das Schermesser

„Ausgerechnet heute am 8. Mai", seufzte sie leise.

Die Morgensonne, die sich aus dem Frühnebel des Rheintals löste, ließ auf der Staubschicht des Abteilfensters ein Hakenkreuz sichtbar werden. Unbekannte Finger hatten es von außen auf die Scheibe der Regionalbahn geschmiert. Darunter den Parteinamen FBD. Durch das Raster der spiegelverkehrten Großbuchstaben im staubigen Glas ꓷꓭꓱꓭ schien sich die vorbeigleitende Landschaft in die falsche Richtung zu bewegen.

„In Staub mit allen Feinden der Verfassung!" murmelte sie, und in den Staubpixeln des Fensters spiegelte sich ihr grimmiges Vergnügen an dem frisierten Kleist-Zitat. Der große Dichter war immerhin ihr Urahn! Nur das „von" hatte Doktor Ulrike Kleist aus ihrem Namen gestrichen. „Die Franzosen kürzten dem Adel den Kopf, ich kürze meinem Namen den adligen Kropf", erklärte sie das heiter. Wie urzeitlich klingen die aristokratischen Titel! 'Freiherr', 'Graf' oder 'Fürst'. *Ihre Hoheit* dürfte man allenfalls zum Grundgesetz sagen. Sie unterdrückte den kindlichen Reflex, dem Nazi-Zeichen im Fensterstaub die Zunge zu zeigen. Längst gab es wirksamere Waffen gegen braune Höllengeister. Überdies saß sie im Blickfeld von zwei jüngeren Reisenden, die sie beim Einsteigen unangenehm gemustert hatten.

Daher war heute der 8. Mai der richtige Tag, um im Bundesverfassungsgericht die Neonazi-FBD zu verbieten. Das Grundgesetz, das sie als Hüterin der Verfassung vor Hakenkreuzlern schützte, war auch an einem 8. Mai vom Parlamentarischen Rat verabschiedet worden. Jetzt hatte sie zwei Jahre lang in ihrem Senat für die nötige Mehrheit gestritten. Einen zögerlichen Richter-Kollegen und Familienfreund hatte sie dafür sogar mehrfach bekocht. Erst ihre in Kapernsoße rollenden Königsberger Klopse machten dem Wankelmut unter seinem grauen Haarrasen ein Ende. Es war ähnlich mühsam wie vor 25 Jahren. Damals sträubte sich Immanuel dagegen, ihrer am gleichen Kalendertag geborenen Tochter den Namen Viktoria zu geben. Dem störrischen Vater, der Opernnamen wie Arabella oder Salomé vorschlug, musste sie die Zustimmung mit Champagner abringen. War nicht der 8. Mai 1945 der Tag der Freiheit und des Rechts? Ihr Siegeskind Viktoria saß jetzt im ICE auf dem Weg nach Dresden, wo sie mit Musikfreunden und Genossen ihren 25. Geburtstag feiern wollte. Jeder 8. Mai ein dreifaches Freudenfest! Und von heute an ein vierfaches!

Eigentlich wollte sie auf der Bahnfahrt nach Karlsruhe noch einmal die von ihr

entworfene und längst abgestimmte Begründung des Urteils auf sich wirken lassen, ehe sie der Vorsitzende des Senats nachher verlesen würde. Aber sie musste dauernd an Viktoria denken. Am frühen Morgen waren sie beide noch mit ihrem hinkenden berufsunfähigen Spurensicherungshund Adam ein Stück durch den Kurpark von Bad Bergzabern gejoggt. Naja, eigentlich hatten sie sich schneckengleich durch das dämmernde Frühlicht bewegt und dabei den hingebungsvoll singenden Vogelstimmen gelauscht. Ach, ihr dickes, dickes Sorgenkind vom 8. Mai! Und gleich drückten wieder die Tränen. Viktoria hatte nach dem schlimmen Ende ihres Freundes Osei Tutu immer mehr zugenommen. Jetzt versuchte eine Therapeutin, die drohende Adipositas aufzuhalten. Hatte sie als Mutter versagt? Oder ging von dem Sieges-Datum eine falsche Sternenmacht aus? Welch ein Jammer! Ganze Nächte lang übte Viktoria am Flügel, und man konnte beinahe zusehen, wie sie auseinander ging. Dabei spielte sie immer schöner! Es war herzzerreißend, ihren Nachtstücken, Fauré, Rachmaninow, Skrjabin, zu lauschen. Und jedes Mal spielte sie aus Trauer um Osei diese schwarze Chopin-Etüde, so dass dann bisweilen ihr musikalischer Hund Adam erwachte und leise zu klagen begann! Welch ein Kummer strömte dabei aus Viktorias Fingern! Und in jeder tränenvoll durchspielten Nacht verschlang sie diese Süßigkeiten. Unaufhaltsam wucherte ihre Traurigkeit fort.

Das gedämpfte Morgenlicht strich leise Pastellfarben auf die Felder und Rebenhügel, an denen sie vorbeifuhr. Im ferneren Hintergrund zerbröselte ein zarter grauer Wolkenstreif, während der Frühdunst zögernd die Hügellinie des Kraichgaus freigab. Davor drehten sich genießerisch die Flügel der Windräder, als ob sie jedes Kilowatt abschmeckten. Lange gab die Stille nicht auf, bis das schrille Warnsignal der Bahn einen Krähenschwarm aus dem Weinfeld scheuchte. Hoch oben schrieben sie aufgeregt ihre Flugbotschaft an den Himmel. Was wollten sie sagen? Die frühe Sonne und das sanfte Wehen dieses Maimorgens schienen einen heiteren Tag zu versprechen, vorhin hatte noch irgendwo ein Hahn, ein Bruder des gallischen Freiheitsvogels, feierlich den ersten Lichtstreif begrüßt. Aber das Menetekel auf dem staubigen Fenster vor ihr trübte die Helligkeit. Von innen ließ sich die Spur der Nazischmierer ja nicht verwischen.

Und wie die Windräder drehte sich plötzlich vor ihren Augen das Hakenkreuz und löste eine panische Vorstellungsreihe aus. Als hätte sich das fatale Zeichen in das vierflügelige Messer ihres Kenwood-Zerkleinerers verwandelt. Wie ein riesiges Schermesser rotierte es über die Landschaft und durchmähte Obstgärten, Weinberge, Getreidefelder und Blumenwiesen. In ihrer Angstvision wuchsen die

Flügelklingen zu blitzend scharfen Rotoren und sensten knirschend eine breite Schneise durch die Pfalz, schredderten in wildem Zickzack Landschaften und Denkmäler, legten erst den Dom von Speyer, dann das Hambacher Schloss in Schutt und Asche, fegten durch den Rheingau, schleiften die Loreley, das Siebengebirge, das Hermann-Denkmal, rotierten und rasierten weiter den Brocken, den Kyffhäuser, die Kaiserpfalz, zermalmten die Naumburger Stifterfiguren und das Goethehaus, legten halb Berlin in Trümmer, sogar das Potsdamer Schloss und rasten über den Spreewald, bis dieser tollgewordene Hakenkreuz-Schredder hinter Stettin kurz die Ostsee aufwühlte und endlich versank. Unterdessen ging über ganz Deutschland eine riesige Staubwolke nieder.

Aber ihre Gedanken rotierten fort! Warum musste Viktoria in dieser Krisenzeit mit ihrem bockigen Anarcho-Zynismus das Volkbegehren der FBD unterstützen! Wie absurd und naiv! Als ginge der globale Kapitalismus durch die Unabhängigkeit von Brandenburg und Sachsen in die Knie! Dabei waren es die Neonazis, die die politische Kampagne eingeleitet hatten. Zwar würden die Stimmen der FBD im Landtag Brandenburgs vorerst nicht reichen, um das Volksbegehren durchzusetzen, aber vermutlich käme es anschließend zum Volksentscheid. Mit Blick auf die gegenwärtige Stimmung musste man damit rechnen, dass der Volksentscheid über den Austritt des Landes Brandenburg aus der Bundesrepublik dort die erforderliche Mehrheit erreichte. Sachsen und Sachsen-Anhalt würden wahrscheinlich folgen.

In Staub mit allen Feinden der Verfassung Brandenburgs! Beinahe hätte sie diesen Kriegsruf laut ausgestoßen. Aber wen wollte sie damit erreichen? Lieber Herr im Himmel, vielleicht das Verfassungsgericht von Brandenburg? Ein Drittel der Richter hatte gutwilliger Populismus ins Amt gebracht. Gerade einmal zwei Juristen waren darunter. Dieser Richterbank könnte man allenfalls einen Kegelklub anvertrauen: Ein Schriftsteller, eine Grundschuldirektorin, ein Eventmanager! Welches göttliche Fünkchen sollte bei ihnen Sachverstand, Wille, Mut entzünden? Wie wollte dieses schwache Häuflein das Volksbegehren abschmettern! Dabei ging es um ihr Brandenburg, um Kleists Brandenburg, um das Brandenburg des großen Michael Kohlhaas mit dem bitter verletzten Rechtsgefühl!

Inzwischen hatte die Regionalbahn Kandel hinter sich gelassen und durchfuhr ein dichtes Waldgebiet. Hier stimmte die Bahn ihr Summen zwei Töne tiefer. Weiter verloren sich im Halbdunkel eines Tunnels auch das Schreckbild und das Nachgeräusch des wirbelnden Kenwood-Hakenkreuzes. Dafür tauchte vor ihrem inneren Auge das Konterfei des FBD-Vorsitzenden Joseph Kaltwasser auf. Diese wasserblauen Augen, diese wie vom Fusel geröteten Backen, dieser Truthahnhals unter dem Jägerschlips! Falschheit und Lügenkunst hatten den Teig dieses Gesichts geknetet. Und die politische Ausdünstung! An allen Tagen der mündlichen Verhandlung über das Partei-Verbot bestand sie darauf, dass der Sitzungssaal nach dem Auftritt Kaltwassers gelüftet wurde. Pech und Schwefel hingen im Raum. Sie hatte zwar nicht das absolute Gehör, dafür aber den absoluten Geruch. Ihre Nase witterte jeden Nazi auf 100 Meter.

Der FBD-Führer Kaltwasser, ein offenbar belesener Mann, hatte zu Beginn der mündlichen Verhandlung die Chuzpe, sie zu fragen, wieso eine Richterin mit dem Namen des großen patriotischen Dichters Heinrich von Kleist eine deutsche Freiheitspartei auf ihre Gesinnung hin prüfte! Daraufhin hatte sie geantwortet, dass ihr Verwandter Ewald von Kleist-Schmenzin im Widerstand gegen den Nazi-Staat sein Leben lassen musste.

„Auch so ein Vaterlandsverräter!" hatte das Kaltwasser kommentiert, und sie war kurz aus der Fassung geraten. „Schäbiger geht's nicht mehr!" hatte sie hörbar gemurmelt. Und der Mann hatte geantwortet: "Wissen Sie, was der große Heinrich von Kleist, ehe ihm solche kleinen Kleists wie Sie folgten, über sein deutsches Vaterland gesagt hat? Er hat gesagt, sein Vaterland sei wie ein 'bewegtes Meer von Erde, in den schönsten Linien geformt, als hätten die Engel im Sande gespielt'. So sprach der unsterbliche Heinrich von Kleist über Deutschland. Sie aber, in rote Roben gewickeltes *Kleistlein*, brüsten sich mit Verrätern der deutschen Erde und verleumden ihre wahren Verteidiger." Gleich darauf beantragten die FBD-Anwälte, Ulrike Kleist wegen Besorgnis der Befangenheit vom Verfahren auszuschließen. Ihre Kollegen benötigten nur eine viertel Stunde, um den Antrag abzulehnen.

Es war unumgänglich, die FBD als verfassungswidrig zu verbieten. Politisch heikel, denn bei den letzten Landtagswahlen in Brandenburg, Sachsen und Sachsen-Anhalt hatten Kaltwassers „Freie Bürger Deutschlands" mit der Ankündigung, aus der Bundesrepublik und der Europäischen Union auszutreten, eine Mehrheit erzielt! Da steckte das Dilemma: Kann in der Demokratie der Wille des Volkes verfassungswidrig sein?

Welche Frage! Schon als sie im Gymnasium zum ersten Mal über das Grundgesetz sprachen, hatte sie die Lehrerin gefragt, wer dieses deutsche Volk denn sei. Die gleichen Deutschen wollten erst die Nazis und dann die Freiheit? Hatte man am 8. Mai 1945 unbemerkt das Faschistenvolk gegen ein Demokratievolk ausgetauscht? Oder waren sie wie der sagenhafte Kaiser Rotbart als Hitlerwillige eingeschlafen, um nach ein paar Jahren als Adenauerwillige wieder aufzuwachen? Wo stecken Wille und Gewalt, die nach Maßgabe des Grundgesetzes vom Volke ausgehen, um Staatsgewalt zu werden? Hat diese Gewalt irgendwo einen Sitz? Steckt sie in Leuten, die über die Straße gehen oder im Zug hocken? Oder, wie die Kaltwassers sagen, in der Erde? Oder verwandeln sich die Menschen, wenn sie zum Volk werden? Nur in welcher Gestalt sind sie das Demokratievolk? Als Masse, Gemeinschaft oder Mob? Wo steckt im Volk die Staatsgewalt? In den Köpfen oder in den Worten oder in den Fäusten?

Diese Gedanken lösten sich gerade im grünen Wirbel des Buschwerks draußen auf, als sie hörte, wie die beiden Fahrgäste hinter ihr aufstanden. Gleich darauf spürte sie einen eisernen Griff um ihren Hals. Ihr Schrei blieb im Würgen stecken. Ein schriller Schmerz durchzuckte sie, weil ihr jemand brutal die Arme in den Rücken drehte. Eine gleiche rabiate Hand presste ihr ein übel riechendes Tuch auf Mund und Nase. Kurz tanzten vor ihren Augen die schwarzen Quadrate der Sitzpolstermuster, ein letztes blau flackerndes Nachbild erlosch, und sie verlor das Bewusstsein.

2. Rote Roben ratlos

„Wo bleibt denn Frau Dr. Kleist?" fragte der Vorsitzende Horst Rabenhorst ungeduldig im Beratungszimmer des Bundesverfassungsgerichts. „In einer guten halben Stunde wollen wir das Urteil verkünden."

„Normalerweise kommt Ulrike frühzeitig mit der Regionalbahn", sagte die Richterin Gesine Brüninghaus-Goodwill. „Sie ist heute wirklich spät. Ich versuch mal, sie auf dem Mobiltelefon zu erreichen."

Einige der Richter und Richterinnen des zweiten Senates saßen bereits in den scharlachroten Roben bereit und ordneten ihre plissierten Jabots. Im frühen Licht, das schräg in Streifen durch die Jalousien fiel, sah man den Staub tanzen. Auf den Tischen vor ihnen warteten die steifen roten Barettkronen. Von den Wänden blickten ehemalige Präsidenten des Verfassungsgerichts ebenso rotgewandet und gedankenvoll auf ihre Nachfolger. Eine Richterin ließ sich noch von der Amtsmeisterin in die verwirrend gefaltete Robe helfen. Während Rabenhorsts Ungeduld in Wellen durch den Raum ging, liefen Mitarbeiter, Referenten und Hilfskräfte gasmolekülartig kreuz und quer. An der hinteren Wandseite telefonierte mit gesenkter Stimme die große schlanke Pressesprecherin. Sie hatte zuvor den Pressespiegel verteilt, und einige lasen stirnrunzelnd, wie in der *Neuen Zürcher Zeitung* ein Gastkommentator den erwarteten Richterspruch zerlegte. Bisweilen trat jemand an die Fensterfront, um nach den Demonstranten gegenüber auf dem Schlossplatz zu schauen. Diese unablässig wachsende Menschenmenge! Immer noch sickerten Leute in freie Winkel des Platzes ein. Dunkelgrüne Sicherheitskräfte schirmten auf dem hellgrünem Rasen den befriedeten Bezirk um die Gerichtsgebäude ab. Aus dem Schlossgarten daneben kamen die Wogen der Sprechchöre.

Nur der dienstälteste Richter Samuel Papenfuß saß gelassen da und beobachtete lächelnd den Wirbel der Unruhigen und Getriebenen um ihn herum. Er plauderte mit einer jungen Rechtsreferendarin, die heute zum ersten Mal eine Urteilsverkündung erleben wollte. Sie hatte sich mit einem schwarzen Massimo Dutti-Blazer und dunkler Hose festlich gekleidet und ihre sonst richtungslos fallenden schwarzen Haare hochgesteckt. Sie mühte sich gerade, eine Flasche Bio-Orangensaft zu öffnen, ohne ihre Kleidung oder gar die Richterrobe zu beflecken.

„Sehen wir in unserem Richterkostüm nicht aus wie der venezianische Consiglio dei Dieci aus dem 14. Jahrhundert, Frau Rittersporn?" fragte Richter Papenfuß und posierte mit breiter Brust und erhobenem Kinn. Im Profil ergänzte seine

Adlernase das heroische Bild. „Die zehn Richter kann man auf älteren Gemälden noch bewundern."

„Ich weiß", meinte die junge Mitarbeiterin und goss Papenfuß vorsichtig ein Glas Orangensaft ein. „Das Consiglio-Gemälde von Gabriele Bella habe ich mir kürzlich im Netz angeschaut. Da hocken nur Männer in roten Togen und weißen Perücken im Saal des Dogenpalastes. Frauen malte Meister Bella nur als hübsche Ornamente auf die Wand- und Deckenbildern, die den Saal zieren."

„Das stimmt, Frau Rittersporn!" räumte Papenfuß ein und griff nach dem Glas. „Dafür sind all die Figuren auf den Wänden viel größer! Trotz unvollkommener Geschlechterparität ist das Bild von Bella sehenswert. Die Herren Consiglieri schienen damals unerschütterbar auf ihrem Podest zu sitzen, doch auf Venedigs Republik warteten noch heftige politische Erdbeben. Kennen Sie eigentlich die Vorgeschichte, warum der Rat in Venedig eingerichtet wurde?"

„Vielleicht für arbeitslose Juristen!" vermutete die Rechtsreferendarin.

„Gelehrte Juristen gab es damals noch nicht", sagte Papenfuß schmunzelnd. „Nein, der Rat der Zehn wurde 1310 eingerichtet, um Venedigs Verfassung zu retten. Kurz zuvor war ein übler Bursche namens Baiamonte Tiepolo, der Enkel eines ehemaligen Dogen, zusammen mit zwei machtgierigen Aristokraten, Marco Querini und Badoero Badoer, bei einem Staatsstreich gescheitert. Die drei Rabauken wollten eine Erbmonarchie, möglichst für sich und ihre Clans. Ach, Frau Rittersporn, was waren das damals für herrliche Zeiten, als die Weltgeschichte vornehmlich aus Familienkrächen bestand!"

Der Richter lachte so herzhaft, dass das weiße Jabot auf seinem Bäuchlein tanzte.

„Doch Baiamonte Tiepolos Umsturzversuch scheiterte auf aberwitzige Weise", fuhr er fort und ließ das Lachen in Kopfschütteln auslaufen. „In der Nacht des Anschlags ging ein mordsmäßiges Gewitter auf Venedig nieder. Der Sturzregen brachte Kanäle zum Überlaufen, und durch die Straßen schoben sich dicke Schlammwellen. Es muss mächtig gestunken haben! Auf dem Weg zur Erstürmung des Rathauses, wo man den Dogen kidnappen wollte, blieb das Häuflein Badoers buchstäblich im Dreck stecken. Man weiß, man weiß, so manche große Tat fiel schlechtem Wetter zum Opfer! Denken Sie nur an Napoleons Schlachtplan in Waterloo. Genial, aber verregnet! Doch dieser Tiepolo hätte es nicht mal zu Napoleons Kutscher gebracht! Wenige Steinwürfe von Badoers Schlammdesaster entfernt, rannten Tiepolos Leute plötzlich in wildem Schrecken davon. Und warum? Ihrem Fahnenträger war ein Steinmörser auf den Schädel gedonnert. Tja, so geht Nietzsches schauerliche Herrschaft von Unsinn und Zufall! Vom Lärm und Gewitterdonner verschreckt, hatte eine Frau Giustina Rossi das schwere Küchenwerkzeug, das sie sonst zum Zerreiben von Stockfisch nutzte, aus dem Fenster ihres Hauses fallen lassen. Es gibt auch ein Bild von Gabriele Bella, das zeigt, wie Tiepolos Bannerträger in einer Blutlache auf Venedigs Mercerie liegt. Im Hintergrund erhebt sich die herrliche Torre dell'orologio, der Uhrturm, den es allerdings 1310 noch gar nicht gab. Neben dem Toten liegt der steinerne Mörser, und daneben stehen schreckensstarr die Aufrührer. Aus einem Fenster oben beugt sich händeringend Frau Giustina. Das Bild ist dramatisch, aber, wie von Kinderhand gemalt, auch ein wenig zum Lachen!"

Papenfuß lachte wieder und auf seiner Robe bildeten sich die Heiterkeitswellen ab.

„Natürlich hieß die Hausfrau *Giustina*!" empörte sich die Referendarin. „Jobs für Frauen gab's nur als Justitia oder als Denkmal! Sonst keine Chance, um Politik zu machen. Allerdings muss ich sagen: Stockfischmörser auf Putschisten und Kidnapper zu schmeißen, das bringt nur höhere weibliche Vernunft zustande!"

„Man hat der Frau Giustina tatsächlich an einer Hauswand neben dem Uhrturm ein kleines Denkmal gewidmet", ergänzte der Richter und fuhr hinter vorgehaltener Hand fort: „Damals haben die Frauen Weltpolitik unter Schlafzimmer-Alkoven betrieben. Vielleicht hatte aber auch eine Whistleblowerin das Komplott verraten. Der Doge jedenfalls stellte einfach ein paar Kerle mit Schwertern und Lanzen vors Rathaus. Seine zwanzig Spießgesellen kühlten den Mut der Aufrührer rasch ab. Jetzt bedrohten die Rebellenköpfe keine herabfallenden Mörser mehr! Auf Badoers Haupt ging vielmehr nach kurzem Prozess das Richterschwert nieder. Baiamonte Tiepolo durfte zwar seinen hohlen Kopf behalten, aber er wurde ins Exil gejagt. Marco Querini war tot. Frau Rossi erhielt als Belohnung einen Mieterlass auf Lebenszeit. Anschließend wurde der Zehnerrat eingerichtet, um die Verfassung gegen alle Kidnapper und Umstürzler zu sichern."

„Aha, die zehn waren auch Verfassungsrichter?" fragte Frau Rittersporn.

„So könnte man sagen. Sie hatten aber einen kniffligen Job", Papenfuß lachte wieder, „denn die Richter mussten das Recht sogar vor den Richtern selbst schützen. Keine leichte Sache! Nach ein paar Jahren wurde nämlich einer von ihnen, der noch Baiamonte Tiepolo verjagt und Badoer geköpft hatte, selbst wegen Verfassungsbruchs angeklagt. Das war der achtzigjährige, gerade amtierende Doge Marino Faliero. Im April 1355 ließen ihn seine Kollegen enthaupten, weil der Alte

einen Umsturz geplant haben soll. Eine politische Tragödie, ein herzerweichendes Schicksalsstück, ein kolossales Seelendrama! Falieros Geschichte gab den Dichtern, Malern und Musikern zu tun. Eugène Delacroix malte den eben geköpften Faliero, mit einem Tuch bedeckt, tot auf der untersten Stufe der berühmten Treppe hoch zum Palazzo Ducale. Oben hinter der Brüstung stehen die Richter in ihren edlen roten Roben. Einer von ihnen schwingt das blutige Richtschwert. Der Maler hat die Geste so arrangiert, dass das Schwert das unschuldige Jesuskind auf einem Wandgemälde im Hintergrund aufzuspießen scheint. Mit ähnlichen Märtyrer-Anklängen hatte Lord Byron Falieros Geschichte in Szene gesetzt, die sogar Goethe in Weimar aufführen wollte. Und E.T.A. Hoffmann, kennen Sie den? E.T.A. Hoffmann war Richter und Dichter, und er machte Faliero zum Helden einer Novelle. Schließlich ließ Gaetano Donizetti den Faliero in der Oper schwarze Basspartien singen. Als am Ende dieses Musikdramas dem alten Faliero das Todesurteil eröffnet wird, wirft der Greis in erhabener Geste die Krone zu Boden und singt: `Überflüssige Last für einen sterbenden Leib!' Da schluchzten die Damen in den Logen."

„Krass!" rief Frau Rittersporn. „Jetzt müsste es mal eine Oper zu den Verfassungsbrüchen der FBD geben!".

„Damit könnten wir vielleicht Frau Doktor Kleists Tochter Viktoria beauftragen", meinte Papenfuß. „Die ist auch Komponistin. Sie hat mir mal was Selbstkomponiertes vorgespielt, Auszüge aus ihrer Kurzoper "Der weinende Löwe". Naja, ehrlich gesagt, Donizetti ist mir lieber!"

„Da wäre eine Enthauptung ein großes Spektakel. Mit richtigem Tamtam. Ich hätte dafür sogar ein paar Ideen. Sonst müssen in der Oper immer nur Frauen dran glauben: Sieglinde, Carmen, Leonora, Desdemona, Manon Lescaut und wie sie alle heißen."

„Halt! Ich kenne auch ein paar Kerle, die in der Oper den Kopf hinhalten müssen: Siegfried, Billy Budd, Danton oder der arme Don Giovanni!"

„Oh je, der ‚arme Don Giovanni', da kommen mir gleich die Tränen!"

„Gottlob fallen die Strafen für Verfassungsverstöße heutzutage milder aus", sagte Papenfuß besänftigend. „Nur modisch hat sich die Richterschaft kaum fortentwickelt."

„Es gibt ja wohl auch keine Umsturzversuche mehr!"

„Oh, da wäre ich mir nicht so sicher", zweifelte der Richter. „Die Zeiten ändern sich, aber die Tiepolos oder Badoers schlummern in vielen schwarzen Seelen fort und warten auf ihre Stunde. Denken Sie nur an den unseligen Donald Trump."

„Also vorsichthalber Mörser auf alle Fensterbänke?" fragte die Referendarin ironisch. „Nein, lieber mehr Frauen an die Macht!"

„Naja, vielleicht wäre das ein Fortschritt. Außerdem wurden die Verfahren modernisiert", nahm Papenfuß den Faden wieder auf. „Im alten Venedig konnte man noch Tag und Nacht Klagen einreichen. Da hatte man einige steinerne *bocche di leone* aufgestellt, Löwenköpfe mit offenem Maul, die als Briefkästen für Kläger und Whistleblower dienten. Die Venezianer warfen dort ihre an den Rat der Zehn gerichteten Beschwerden und Denunziationen ein. Wir haben ja auch noch einen solchen Briefkasten am Eingang."

„Frau Kleist ist nicht zu erreichen!" rief die Richterin Frau Brüninghaus-Goodwill, „ihr Mobiltelefon schaltet gleich auf die Mailbox um."

„Dann müssen wir wohl ohne sie antreten", sagte der Vorsitzende Rabenhorst verstimmt und griff nach seinem Barett.

„Lassen Sie uns noch einen Augenblick warten", bat die Pressesprecherin. „Vielleicht kommt sie doch in letzter Minute."

In den Gängen und auf den Treppen des gläsernen Gerichtsgebäudes wurden die Ströme der Besucher dünner, und die Gesprächsgruppen zerstreuten sich. Nur ein Kamerateam und eine Reporterin blieben im Foyer, um der vorbeieilenden Prominenz ein Statement zu entlocken. Gerade näherte sich die Vizepräsidentin des Bundestages mit feinem Selbsteinladungslächeln. Guten Tag, Frau Vizepräsidentin, was erwarten Sie von dem Urteil? Ich erwarte, dass das Gericht unsere Verfassung schützt! Vielen Dank für Ihre Stellungnahme, Frau Vizepräsidentin!

Im Sitzungssaal des Verfassungsgerichts hatten sich bereits am frühen Vormittag die Zuhörer gedrängt. Enger ließen sich die Stühle nicht mehr rücken. Die Sitzungsamtsmeisterin musste sogar diskret einige Personen ermahnen, die sich hinter die Richterbank drücken wollten. Alle Verfahrensbeteiligten, Vertreter der Länder, des Bundes, Abgeordnete und Ministeriale, Antragsteller und Antragsgegner sowie ihre Anwälte, hatten sich in den vorderen Reihen niedergelassen. Zwei TV-Kameras und einige Fotografen lauerten auf die Richter, die gleich durch die Tür neben dem mächtigen Bundesadler an der Wand treten sollten. Der hölzerne Vogel breitete seine Schwingen so weit, als wollte auch er die Verfassung schützen. Juristen, Bürger, Neonazis aus Ost und West hatten sich nach Karlsruhe aufgemacht, um das Urteil live zu erleben. Weltweit war das Interesse riesig. Die Berichterstatter drängten sich auf der Pressetribüne. Mehr als hundert Journalisten hatten Akkreditierungsanträge gestellt. Zum Teil mussten sie sich mit der Video-Übertragung im Pressesaal begnügen.

Während das auf- und abschwellende Gemurmel im Sitzungssaal die Spannung anzeigte, wölbte sich draußen der blaue Himmel kühl und gelassen über dem Geschehen. Von jenseits des befriedeten Gerichtsbezirks kamen Getrommel, Gejohle, Sprechchöre. Im Schlossgarten und in den sternförmig auf die Anlage zulaufenden Straßen drängten sich mehrere tausend Demonstranten. Die Anhänger der vom Verbot bedrohten Partei, zumeist graubärtige Männer, waren aus über sechzig Bussen gequollen und hatten Plakate und Transparente aufgerollt. Eine Hakenkreuzflagge versank im Pulk der Fahnen. Auf einem der Plakate, das jemand aus dem Gewoge hochhielt, sah man eine Figur hinter Gitterstäben mit der Überschrift „Knast für Rechtsverdreher". Auf anderen Tafeln hieß es „Nur das Volk hat Recht!" Ein Transparent verlangte „Deutschland den Deutschen und keinen Richtern". Von irgendwo tönte der Sprechchor: „Alle freien deutschen Bürger gegen die Verfassungswürger". Eine Polizeikette trennte die Gegendemonstranten auf der Rückseite des Gebäudes ab. Auch die hielten Plakate hoch „Alle FBD-NAZIS zurück in die Hölle!" Die Ordnungskräfte des Landes und des Bundes standen mit Helmen und Schutzwesten gerüstet, um die Gebäude und die Zugänge zum Gericht zu sichern.

Im Beratungszimmer saßen inzwischen alle Richter in ihren Roben, als wollten sie noch einmal von Gabriele Bella porträtiert werden. Der Vorsitzende Rabenhorst schaute gerade zum hundertsten Mal auf die Uhr, als eine Mitarbeiterin durch die Tür stürzte und ihm ein Papier in die Hand drückte.

„Das ist soeben in der Pressestelle eingegangen!" rief sie atemlos.

Richter Rabenhorst überflog das Blatt. Seine Gesichtszüge fielen kurz in sich zusammen. Er murmelte:

„Die Urteilsverkündung muss verschoben werden."

Dann fasste er sich:

„Wir erhalten eben die Mitteilung, dass Frau Doktor Kleist von Leuten der FBD entführt worden ist. Die Kidnapper drohen damit, sie umzubringen, wenn ein Urteil verkündet werden sollte. Wir müssen das ernst nehmen."

3. Parteichefs und Gauleiter schauen Phönix live

In der Berliner Bundesgeschäftsstelle der FBD gab es kein Tun und Verweilen mehr. Aufgetürmte Umzugskartons, eine Batterie Computer, blinde Bildschirme, lange weiße Kabelschlangen und andere elektronische Requisiten standen kreuz und quer. Die digitale Intelligenz dachte nichts mehr. Nur der Kaffeeautomat hatte noch Strom und ließ bisweilen zischend etwas Dampf ab. Um den Besprechungstisch herum saßen der Partei-Führer, die Stellvertreterin, der Chef der Propagandaabteilung, mehrere Gauleiter, Abgeordnete und Mitarbeiter. Fünf Security-Männer in Uniform standen am Fenster. Einige Damen nippten an Kaffeebechern, einige Herren schlürften aus Bierdosen. Die gestapelten Pappboxen verdeckten die schwarzweißen Fotos mehrerer Parteigötter an den Wänden. Man konnte Kronprinz Wilhelm, Hindenburg, Erwin Rommel und Alfred von Thadden erkennen. Auf einem der halbhohen Kartontürme funkte ein aktives TV-Gerät. Der Sender Phönix übertrug live die Entscheidung des Bundesverfassungsgerichts.

Die zwei Dutzend Führungskräfte der Partei und die Mitarbeiter starrten missmutig auf ihre Taschencomputer oder auf den Bildschirm, wo der ARD-Justiziar Sonderegger gerade einen weißhaarigen Staatsrechtler der Universität Mainz befragte. Herr Sonderegger im stylischen grauen Anzug erinnerte an die TV-Experten bei Fußballspielen. „Wie lautet ihre Prognose, Herr Professor Hachmeister?" wollte Sonderegger wissen. Der Professor, in dessen Rücken die Glasverkleidung den Blick in den Gerichtssaal freigab, wollte aber nichts prognostizieren, sondern erklärte im Volkston die schwierigen politischen und rechtlichen Fragen, die zu beantworten waren. Und dazu zitierte er einige frühere Urteile des Gerichts, die die Erwartungen enttäuscht hatten. Außerdem sei man bekanntlich vor Gericht wie auf hoher See in Gottes Hand.

„Nein, in der Hand von Volksfeinden", schrie einer der Parteileute in der Berliner Zentrale.

Den Dialog im TV kommentierten die FBD-Zuschauer mit Kraftworten und hämischem Gelächter. Der Partei-Führer Kaltwasser beteiligte sich nicht daran. Er hing schlaff in einem Bürosessel. Seinen Jägerschlips hatte er gelockert, der graugrüne *Lodenfrey*-Janker mit dem hochstehendem Kragen und den silbernen Hirschmotiv-Trachtenknöpfen hing schief von seinen Schultern, in seinen geröteten Augen stand trübe Müdigkeit. Die nach Altherrenart quer über den Schädel gekämmten Haare hatten sich in Strähnen geteilt. Kaltwassers smarte

Stellvertreterin hingegen, Lilith Tamerlan-Borman, saß aufrecht neben ihm. Sie war wie stets sorgfältig gekleidet, mit hellem *Brunello Cucinelli*-Blazer und engen Jeans, die dunklen Haare frisch getönt und frisiert. Im Ausschnitt der mintfarbenen Bluse krümmte sich eine Perlenkette. Auch der Pressesprecher, Sebastian von Neurath, wirkte in seinem weißen Hemd und der blauen *Armani*-Steppjacke frischer als der alte Chef. Sein auffällig nach vorne geschobener Unterkiefer signalisierte Entschlossenheit. Und die Security-Leute am Fenster, die grüne Ranger-Feldhosen und *Combat*-Jacken trugen, standen stramm, als ginge es auf zum letzten Gefecht.

Gegen die üble Stimmung halfen kein Alkohol, kein Hohn, kein zynisches Wort. Die Führung der bei Wahlen zuletzt erfolgreichen Freien Deutschen Bürger-Partei hegte kaum Hoffnung, dass in letzter Minute das Verbotsurteil abgewendet werden könnte. Als die Reporterin auf dem Bildschirm den Eintritt der Richter ankündigte, erhob sich Frau Tamerlan-Borman und schaltete mit der Remote-Steuerung den Ton ab:

„Liebe Parteifreunde, liebe Kampfgenossen", rief sie, und schloss kurz ihren stets ein wenig offen stehenden Mund, „ein paar korrupte Richter können unsre Bewegung nicht zum Verstummen bringen! Wir sind das Volk! Wir schauen nicht still zu, nein, man wird uns bald noch lauter hören. Unter Gewalt verlassen wir unsere Büros und treten den Weg in die Verbotszone an. Ins Exil wie einst das Volk Israel! In der Verbotszone aber leben viele, viele tausend Parteifreunde, Genossen, Sympathisanten, Wähler, die das Schandurteil zum Anlass nehmen werden, den Kampf gegen den Ausländerstaat noch entschiedener zu führen. In wenigen Wochen wird unser Volk über den Austritt des Landes Brandenburg aus der BRD entscheiden. Wir werden die Macht nutzen, und unter meiner Führung werden wir dem Volkswillen und der deutschen Erde Gerechtigkeit widerfahren lassen. Außerdem…"

„Mach mal den Ton wieder an," rief einer der Security-Leute und deutete auf den Bildschirm, „da muss irgendwas passiert sein!"

Die TV-Regie hatte die Übertragung aus dem Plenarsaal unterbrochen. Nach kurzem Schneegestöber auf dem Bildschirm meldete sich erneut die sichtlich irritierte Moderatorin aus dem Foyer und las von einem Zettel, dass die Verkündung des Urteils im Bundesverfassungsgericht vertagt werde. Die Amtsmeisterin, die üblicherweise den Eintritt des Gerichts ankündige, habe das soeben bekannt gegeben. Hilfesuchend schaute die Reporterin nach dem geschniegelten ARD-Chefjuristen, mit dem sie zuvor gesprochen hatte. Der Mann trat auch gleich an ihre Seite und vermutete, dass es sich um eine technische Störung handeln müsse. Etwas anderes könne er sich nicht vorstellen, da das Urteil feststehe und die Verkündung eigentlich Formsache sei, trotz der öffentlichen Aufmerksamkeit.

„Vielleicht hammses sich doch nochmal überlegt," meinte ein Security-Mann in der Geschäftsstelle der FBD. "Oder die Richter kamen heute alle besoffen ins Büro. Prost Verfassung…" Er lachte heiser und schwenkte seine Bierdose, dass der Schaum auf seine Army Cap spritzte.

„Hat es so eine Verschiebung bereits früher mal gegeben?" fragte die Reporterin im TV den Rechtsexperten. Sie drehte den Kopf und schaute dabei durch die Glasscheibe in den Sitzungssaal, wo sich die Zuhörer erhoben hatten.

„Wenn ich recht sehe, herrscht da drinnen große Überraschung", kommentierte sie die Szene.

Kurz schaltete die Regie in den Sitzungssaal, und die Kamera fing die Reaktionen der Leute ein. Alle sprachen in Zeichen der Ratlosigkeit: Kopfschütteln, leere Blicke, Schulterzucken. Dann kehrte die Reporterin auf den Bildschirm zurück.

„Da muss ich passen", sagte der Rechtsexperte verlegen. „Mir ist nicht bekannt, ob es jemals eine so kurzfristige Verschiebung gegeben hat. Ich habe nur vorhin gehört, dass sich wohl eine Richterin verspätet hat. Aber eigentlich muss nicht der vollständige Senat anwesend sein, um das Urteil bekanntzumachen."

Es tat sich nichts. Die Reporterin trat einem Bundestagsabgeordneten in den Weg und fragte, ob die Verzögerung etwas zu bedeuten habe. Aber auch aus dem Abgeordnetenmund kam keine Deutung.

Während die Kamera noch dem Parlamentarier nachblickte, der zwischen anderen Besuchern abtauchte, wurde die Übertragung aus Karlsruhe unterbrochen. Eine Nachrichtensprecherin schaute unsicher vom Bildschirm und kündigte, nervös ihre Blätter ordnend, eine Eilmeldung an. Kaum hatte die Regie zurück ins Gericht geschaltet, da erschien sie erneut im Bild und bat um Geduld. Aber die war in der Berliner Parteizentrale längst aufgebraucht. Kaltwasser hatte sich erhoben und nervös seinen Janker zugeknöpft, als wollte er etwas sagen; dann hatte er sich aber, etwas ärgerlich murmelnd, wieder gesetzt. Aus dem TV kamen Minuten lang nur Hintergrundgeräusche. Unterdessen blickte die Kamera durch die Glaswände in den Sitzungssaal. Dort war wie bei einer Futtergabe im Aquarium das Leben in Erregung geraten. Indessen wurde die Übertragung fortgesetzt. Die Saaldienerin im blauen Hosenanzug und weißer Bluse mit breiten Krägen öffnete die Tür, und man sah den Verfassungshüter Rabenhorst in seiner roten Robe durch die Tür hinter den Richtertisch treten. Er begrüßte die Anwesenden kurz und kündigte stehend eine Erklärung an.

„Meine Damen und Herren", las er mit belegter Stimme, „das Bundesverfassungsgericht sieht sich heute in einer nie dagewesenen ernsten Lage. Eine unserer Richterinnen im zweiten Senat, Frau Doktor Ulrike Kleist, ist offensichtlich gewaltsam entführt worden. Dem Gericht ist vor einer halben Stunde ein Schreiben zugegangen. Man droht darin mit einer die Gesundheit und das Leben der Richterin gefährdenden Reaktion, wenn das Gericht ein Verbotsurteil gegen die FBD verkünden würde…"

„Ne supergute Idee", rief Propagandaleiter Sebastian von Neurath hinter einem Kartonstapel. „Hätten wir auch drauf kommen können. Am besten gleich alle acht Richterhalunken. Prost Verfassung!"

„Sei still!" rief Kaltwasser. „Ich will das hören!"

Der Vorsitzende Richter Rabenhorst im TV fuhr fort:

„Zu der Tat bekannten sich in dem uns vorliegenden Erpresserschreiben ‚Reichstreue' und Anhänger der Partei ‚Freie Bürger Deutschlands'!"

„Sagt mal, Leute, wer hat das denn ausgeheckt? Ist ja genial!" rief Kaltwasser. Als er sich umdrehte, schaute er in lauter überraschte Gesichter. Und nach kurzem Bedenken: „Oder ist das eine Falle des Verfassungsschutzes? Jetzt lasst uns das erstmal weiter anschauen!"

„Wir haben uns vergeblich bemüht," hörte man wieder Rabenhorst aus dem Gericht, „mit Frau Doktor Kleist, die sich heute zur Urteilsverkündung angesagt hatte, Verbindung aufzunehmen. Wir müssen davon ausgehen, dass sie tatsächlich gewaltsam daran gehindert worden ist. Die Drohung der möglichen Entführer ist daher nach Einschätzung des Gerichts und der Bundesanwaltschaft, mit der ich soeben gesprochen habe, ernst zu nehmen. Wie Sie wissen, geschieht es heute nicht zum ersten Mal in der Geschichte der Bundesrepublik Deutschland, dass der Staat und seine Organe in erpresserischer Absicht daran gehindert werden sollen, nach Recht und Gesetz zu handeln. Als Verfassungsorgan der Bundesrepublik Deutschland verurteilen wir jeden gegen unsere Rechtsordnung gerichteten Versuch der Geiselnahme und des erpresserischen Menschenraubs auf das Entschiedenste! Nach Rücksprache mit dem Präsidenten des Bundesverfassungsgerichts, Herrn Hinrich Sonnenmoser, hat der zweite Senat soeben beschlossen, die Urteilsverkündung zu verschieben. Ich bitte Sie um Verständnis, dass wir es zunächst bei dieser Erklärung belassen."

Im Karlsruher Sitzungssaal wie in der Berliner Parteizentrale wurde es lebhaft.

Aber während die Reporterin in Karlsruhe erneut um Fassung rang und das Mikrofon hilfesuchend ihrem Rechtsexperten entgegenhielt, breitete sich im Berliner Führungskreis der Partei Freude aus.

„Hoppla! Denen muss man nur die Pistole an die Birne drücken!" meinte der sächsische Gauleiter Hartmut Presskopf. „Da müssen wir einen drauf trinken!"

„Wer hat was davon gewusst?" fragte der Vorsitzende Kaltwasser ernst. Die Erwähnung der "Reichstreuen deutscher Erde" konnte ihm nicht gefallen. In der Partei traten immer mehr Reichstreue auf, die gezielte Terroraktionen forderten. Man hatte sich zwar davon distanziert, aber immer mehr Stimmen verlangten eine Zusammenarbeit mit den Extremisten. Das ging noch im Augenblick zu weit, aber auf keinen Fall durfte man solche Leute verprellen. Diese Taktik hatte auch im Verbotsverfahren eine Rolle gespielt.

„Das müssen Reichstreue-Genossen in Baden sein", meinte der Gauleiter von Hessen, Julius Keczsup. „Die haben das wahrscheinlich auf eigene Faust gemacht. Anders geht das ja auch nicht!"

„Ich ruf den Holzapfel an und frag ihn, was da los ist!" kündigte Schatzmeister Damian Grützmacher an.

„Du wirst abgehört, Damian," warnte von Neurath. „Ich versuch's lieber über meine Signal-App."

Auf dem TV-Bildschirm wurde die Live-Übertragung aus Karlsruhe fortgesetzt. Die Beteiligten dort hatten ihre Sprache wiedergefunden. Alle Zungen vereinigten sich im Entsetzen und in der Empörung über die Entführung und Erpressung. Die Staatsekretärin im Innenministerium, Gräfin von Langenfeld, betonte in einem kurzen Statement, die Regierung sei fest entschlossen, den Rechtsstaat und seine Einrichtungen gegen alle Feinde von rechts wie links zu verteidigen. Auch der Vertreter der FBD, der als Verfahrensbeteiligter sprach, distanzierte sich mit dünner Stimme von der Aktion. Einer der Anwälte der Bundesregierung, ein Bonner Staatsrechtler, übte allerdings Kritik daran, dass das Gericht der Erpressung nachgegeben habe. Nie und nimmermehr dürfe der Staat Schwäche zeigen! Die FBD habe sich endgültig ihr wahres kriminelles Gesicht gezeigt, und es sei höchste Zeit, dem Neonazi-Spuk in Deutschland ein Ende zu bereiten.

Während die starken Worte vom Bildschirm polterten, stand Kaltwasser in der Parteizentrale erneut auf, straffte sich und rückte seinen Janker zurecht. Er schaute auf seine jüngeren Parteileute, die nicht wussten, welche bitteren Enttäuschungen ihm sein politisches Leben bereits beschert hatte. Er spürte sein politisches

Ablaufdatum heranrücken. Aber jetzt erfüllte ihn neue Zuversicht, wie er sie lange nicht mehr gespürt hatte. Seine Stellvertreterin dagegen schnitt eine angewiderte Grimasse und meinte mit spitzen Lippen:

„Ich mag keine toten Verfassungsrichterinnen!"

4. Viktoria erzählt von Osei Tutu und wird angerufen

Viktoria Kleist war erleichtert, dass im ICE nach Dresden ihr Nebensitz frei war. Sie hatte sonst immer zwei Plätze für sich reserviert, weil sie wegen ihrer Körperfülle häufig unangenehme Bemerkungen oder gar Beleidigungen erdulden musste, wenn die Sitzplätze knapp waren. Oder die Blicke! Oft hatte sie sich eine magische Hand gewünscht, um glotzende Augenpaare abzuschalten. Ihre Therapeutin hatte sie jedoch so weit gebracht, dass sie die Körperscham allmählich ablegte und sich nicht mehr versteckte. Der Nebenplatz würde für ihre zarte Freundin Loretta ausreichen, die zumeist in Fulda zu ihr stieß.

Als sich der Zug aus den Schatten des Frankfurter Bahnhofs löste, ließ sich Viktoria von den vorbeilaufenden Bildern der Stadt und vom Takt der Bahn mitnehmen. Zu allen Rhythmen fielen ihr wie von selbst musikalische Themen oder Melodien ein. Das hatte sie bereits als Kind mit ihrer Mutter geübt. Während sie leise summte, verwischten sich mit der Beschleunigung des Zuges die Gesichter der Leute draußen, und hinter den Farbschlieren der bewegten Wagenreihen verblich im Hintergrund die Bankenskyline! Die Kapitalistenprotzklötze! Allmählich legte sich ihre Unruhe, die sie vor jeder Zugreise quälte: Ist mein Platz auch nicht belegt? Wohin das Gepäck? Ist mein Mobiltelefon mit dem Ticket aufgeladen? Jetzt könnte sie entspannt ihre musikalischen Einfälle vor sich hin summen. Aber nein! Sie hatte doch Geburtstag! Viktoria öffnete im Happy-Birthday-Takt den Reißverschluss ihrer Reisetasche neben sich und holte das liebevoll verpackte Geschenk ihrer Mutter hervor. Als sie die goldfarbene Schleife und das glänzende Papier abgestreift hatte, kam der blaue Band mit Chopins Klavieretüden zum Vorschein. Herrlich! Sie strich vorsichtig über den glatten Einband, der auf ihren Knien lag, und blätterte dann einige Seiten durch. Das waren seit Langem ihre Lieblingsstücke!

Wer hatte gratuliert? Sie griff nach ihrem Mobiltelefon und scrollte die Whats-App-Glückwünsche durch. Fast 20 Nachrichten! Sogar ihr Vater, der Telefonmuffel, hatte sich gemeldet: „Liebstes Vickikind, Papa grüßt Dich aus Brüssel und umarmt Dich an Deinem Geburtstag. Ich rufe dich später an!" Und dann dieser seltsame Typ aus Santa Barbara, der von Geldklängen und Identitätsstörungen heimgesuchte Kleistforscher Benny Brezlower, der vor ein paar Wochen ihre Mutter besucht und nach Kleists Vermögen ausgefragt hatte.

Bennys Text: „My best wishes on your birthday. The LORD, blessed be his name, loves you, because HE makes you play golden music from golden coins". Oha! Sicher war Benny ein hochmusikalischer, aber seinen eigenen Worten nach auch etwas "meschuggener" Jude, weil er sich manchmal für eine Reinkarnation von Kleist gehalten hat. Wer noch? Onkel Ewald von Kleist, der eben in Guatemala oder El Salvador recherchierte. Natürlich die Freunde und Genossen von der Sächsischen Antifa. Alle setzten Heerscharen von Victory-Zeichen hinter die Glückwünsche. Einige von ihnen würde sie heute Abend sehen. Und nein, sowas! Ganz reizende Worte von ihrem uralten Latein- und Klavierlehrer, Professor Sternbald Schade! Der liebe Mann schickte eine alte MP3-Datei mit ihrem Mozart-Vorspiel auf dem Konservatorium vor 15 Jahren, wo er sie hingeleitet hatte. Nein, bitte nein, das würde sie sich niemals wieder anhören! Überdies bedankte er sich zum 1000sten Mal! Als der gute alte Schade vor zehn Jahren mit mehr als 70 Jahren den Klavier-Unterricht beendete, hatte sie aus der Tonfolge es, c, h, a, d, e seines Namens ein kleines Thema mit Variationen komponiert und ihm zum Abschied geschenkt, und da hatte der alte Mann geweint!

Männertränen sieht man nicht oft, es sei denn, einem Kerl wird sein Auto weggenommen. Aber diese Tränen von Osei! Bei jedem Gedanken an sein Weinen damals schoss ihr ein neuer Schmerz durch die Brust. Auf Oseis schwarzer Haut glänzen damals die Tränen wie Kristalle. Was hatte der arme, so freundliche Mann alles durchgemacht! Wenn sie auf ihrem WhatsApp Account zurückscrollte, fand sie die vier Zeilen, die er ihr vor genau einem Jahr zum 8. Mai geschrieben hatte: „Sweet Viktoria, I would like to be one of these small black keys on the piano and taste the touch of your soft fingers".

Als der ICE wenig später in Fulda hielt und ihre Freundin Loretta zustieg, liefen ihr noch die Tränen.

„Happy birthday, Vicky", sagte Loretta leise und versorgte ihre Tasche im Gepäckfach über ihr, „was ist denn passiert?"

„Weißt du, wegen Osei, ich musste gerade wieder an Osei denken…", murmelte Viktoria.

Vorsichtig setzte sich Loretta auf den Nebensitz, schaute Viktoria aus ihren schönen braunen Augen an und griff nach ihrer Hand.

„Immer noch die schreckliche Geschichte! Du Ärmste! Will der Kummer denn nie aufhören?"

Sie zog ein Papiertaschentuch aus der Tasche und tupfte behutsam das Feuchte von Viktorias Wange. Nach einigen Augenblicken sang sie leise ihrer Freundin ins Ohr:

„Nun hast du mir den ersten Schmerz getan,
Der aber traf!
Du schläfst, du harter, unbarmherz'ger Mann,
Den Todesschlaf."

Das Lied aus Robert Schumanns *Frauenliebe, Frauenleben* hatten Viktoria und Loretta in den letzten Wochen geprobt. Loretta studierte in Dresden Gesang, und sie hatte in der Freundin die lang gesuchte Piano-Begleiterin gefunden. Viktoria dankte mit einem schwachen Nicken. Sie hatte Loretta erst nach Oseis Tod im Februar in ihre bitterbittersüße Liebesgeschichte eingeweiht. Und das auch erst, nachdem die Freundin die äußeren Veränderungen an ihr wahrgenommen hatte. Viktoria hatte nicht nur deutlich zugenommen, sondern auch die Pflege vernachlässigt. Ihre schönen langen braunen Haare ließ sie beim Klavierspiel nicht mehr mitschwingen, sondern würgte sie mit einem roten Gummi, das aussah, als sei es einem Einmachglas entwendet worden.

„Erzähl' mir doch ein bisschen von deinem ‚unbarmherz'gen' Osei", bat Loretta. „Ich weiß so wenig von ihm! Wie habt ihr euch überhaupt kennengelernt?"

Es war die richtige Frage, denn aus Viktorias Traurigkeit wagte sich ein dünnes Lächeln hervor.

„Damals war er eher barmherzig", fasste sie sich. „Das erste Mal sahen wir uns in der S-Bahn. Die Bahn war voll, ich saß am Gang, mir gegenüber ein junger dunkelhäutiger Mann, also Osei, und neben ihm noch eine Frau. Es war eng in unserer Sitzreihe. Als ich auf mein Handy schauen wollte, rutschte es mir aus der Hand und fiel runter. Osei hatte vorher schon ein paar Mal versucht, Blickkontakt aufzunehmen, und weil mir das unangenehm war, hatte ich mein Handy aus der Tasche geholt, um irgendwas zu lesen. Jetzt lag das Ding am Boden, und ich konnte mich in der Enge unmöglich bücken. Erst habe ich die Frau am Fenster und dann Osei hilfesuchend angeschaut, jedenfalls hat er sich gleich auf den Boden gekniet und das Handy hinter meinen Füßen gefunden. Ich bedankte mich, aber er wollte es mir nicht gleich zurückgeben, sondern fragte ein wenig schüchtern: ‚Darf ich Deine Nummer wissen?' Und ich gab zurück: ‚Nein, warum?' Und er sagte leise, mit einem Schimmer von Lächeln in den Augen: ‚Vielleicht Finderlohn, oder so.' Und ich sagte: ‚Ja, soll ich was bezahlen? Aber das Handy ist nicht viel wert.' ‚Nein, nein, kein Geld! Finderlohn. Bitte mal mit Osei telefonieren.' ‚Okay', sagte ich, ‚dann geben Sie mir Ihre Nummer, und ich rufe irgendwann mal an.' Und er gab mir mein Handy zurück, zeigte mir auf seinem Display die Nummer, um sie zu scannen. Als er kurz darauf in Reinickendorf aufstand, um auszusteigen, griff er in die Tasche und drückte mir eine kleine Holzfigur in die Hand, ein fein geschnitztes Kunstwerk aus Afrika, das eine junge Frau darstellte, und sagte wieder ganz unaufdringlich: ‚Geschenk von Osei. Bitte nicht vergessen!‘"

„Und du hast ihn dann wirklich angerufen…", vermutete Loretta.

„Ja, gleich am nächsten Morgen. Ich war neugierig, was diese Figur bedeutete, und er erklärte, dass das eine Lobi-Figur sei. Die kleine Göttin würde alle Geister vertreiben, die die Erinnerung stören wollen."

„Du solltest so an ihn denken! Der Zauber hat wohl gewirkt! Und hat auch noch nicht aufgehört", meinte Loretta. „Und weiter?"

„Dann haben wir uns getroffen, sind ein wenig im Park spazieren gegangen", erinnerte sich Viktoria, „und Osei hat mir erzählt, dass er aus Krindjabo von der Elfenbeinküste stammte und dort Mathematik- und Deutschlehrer war. Vor anderthalb Jahren ließ er sich beurlauben und übernahm diese mysteriöse Mission. Im Auftrag seines Königs oder Häuptlings flog er in die USA. Dort sollte er nach dem Erbe von Michael Jackson suchen, der 1992 in Krindjabo zum König gekrönt worden war. Michael Jackson hatte dem Volk von Anjyi schriftlich einen Teil seines Vermögens versprochen."

„Wie, Michael Jackson war König der Elfenbeinküste?"

„Nein, nicht direkt, er war König von Oseis Volk, das dort lebt, von den Anjyi!"

„Das wusste ich nicht", staunte Loretta. "King Michael!"

„Es gibt Fotos von der Zeremonie. Michael Jackson trägt eine Krone aus schwarzem Stoff mit goldenen Applikationen und einer kleinen goldenen Maske drauf. Außerdem hatte man ihm einen Mantel umgelegt, den die Anjyi wohl seit Jahrhunderten für eine solche Zeremonie aufbewahren. Seine Vorfahren kommen wohl auch von der Elfenbeinküste. Und aus Dank und Anhänglichkeit hat er dann dieses Legat verfasst."

„Und habt ihr euch geküsst?" Loretta interessierte sich weder für Völkerkunde noch für Erbgeschichten.

„Er hat mir gesagt, dass er sich in der S-Bahn gleich in mich verliebt habe", sagte Viktoria verlegen. „Ich wusste zunächst nicht, was ich davon halten sollte. Aber dann hat er mir eine hübsche Geschichte erzählt, warum er sich in eine so dicke Frau wie mich verliebt hat."

„Na, das macht mich wirklich neugierig!"

„Es war nämlich so, dass die Anjyi vor langer Zeit von einem König regiert wurden, der eine junge Schwester hatte, und die hieß Obiri. Die Königsschwester Obiri war unverheiratet, denn sie war so übermäßig dick, dass kein Mann ihr ein Kind machen wollte. In ihrem Unglück wandte sich Obiri hilfesuchend an den Gott Otutu, der im Nachbarkönigreich zu Hause war. Otutu wollte gerne helfen, er gab ihr ein Zauberkraut, und tatsächlich wurde Obiri mit einem Jungen schwanger. Als der kleine Sohn auf die Welt kam, nannte sie ihn Osei Tutu, also genau wie mein Osei. Später wurde Obiris Sohn Osei als Nachfolger seines Onkels zum König erhoben. Doch die pummelige Königsmutter Obiri hatte inzwischen ein so großes Ansehen gewonnen, dass die Leute vor allem auf ihr Wort hörten. Daher herrschte eigentlich Obiri als Königin und nicht Osei. Dazu erzählte mein Osei, dass ganz früher bei den Anjyi überhaupt nur Frauen ins Königsamt kamen. Später erst habe man Männer zu Häuptlingen gemacht, und weißt du warum? Es ist lustig. Die Königinnen hatten meistens keinen Bock, in den Krieg zu ziehen. Und immer dann, wenn ein Feldzug gegen irgendwelche Feinde angesagt war, wären die Königinnen mit der Ausrede gekommen, sie hätten gerade ihre Tage.“

Viktoria lachte, und Loretta stimmte ein.

„Wenn das so ist, dann hat Osei in dir auch eine Mutter gesehen?“ fragte Loretta.

„Nein, das nicht. Er meinte vielmehr, ich sei seine Königin, und er nannte mich manchmal auch französisch-deutsch 'Reine Obiri'!“

„Und ich wette, du trägst die kleine Holzfigur immer noch bei dir?“

„Ja, ich habe sie immer bei mir! Schau doch mal!“

Viktoria holte die kleine Figur aus der Tasche und legte sie Loretta in die Hand. Es war eine aufrecht stehende weibliche Gestalt aus dunkelbraunem Holz. Ihren Kopf schmückte eine kunstvolle Frisur mit kleinen Zöpfchen. Unter der feinen langen Nase öffnete sich einen Spalt breit der große Mund. Sie hatte Ziernarben auf der Stirn und unter den spitzen Brüsten. Die Hände mit langen Fingern lagen auf ihrem Bauch unter einem großen runden Nabel.

„Oh, wie schön!“ Loretta drehte die kleine Skulptur in alle Richtungen. „Dann wirst du Osei auch niemals vergessen können.“

„Nein, niemals!“ bekräftigte Viktoria.

In diesem Augenblick ertönte die Melodie ihres Mobiltelefons auf dem Klapptisch. Es war die Klage von Hektors Witwe „Ayez pitié de mes cruelles peines“ aus Grétrys Oper *Andromaque*. Viktoria blickte aufs Display, wo eine unbekannte Zahlenfolge flimmerte, und sie nahm das Gespräch mit fragender Miene an. Loretta neben ihr hörte eine rasend schnelle, regelrecht hackende Männerstimme. Viktoria antwortete nur kurz und leise, dass sie seit heute Vormittag nicht mehr mit ihrer Mutter gesprochen habe. Kurz darauf verstummte das Stimmgeräusch, Viktoria stellte das Telefon ab, ihre Hände zitterten, und sie sagte tonlos:

„Das war jemand vom Generalbundesanwalt in Karlsruhe. Meine Mutter ist heute Morgen entführt und vielleicht umgebracht worden."

5. Kidnapper verstoßen gegen das Genfer Abkommen von 1977

Ulrike Kleist lag in einen Narkoseschlaf versenkt. Irgendwann erwachte sie aus unruhigen Träumen. Ihr Kopf dröhnte und weigerte sich lange Zeit, Traum und Wirklichkeit zu entwirren. Was war geschehen? Wo war sie? Die Helligkeit brannte, als sie die Augen öffnen wollte. Erst beim dritten oder vierten Versuch ließ der Lichtschmerz nach, und die Schemen der Umgebung klärten sich zu Bildern. Sie lag auf einer weiß bezogenen Liege. Arme und Beine unter einer Wolldecke leisteten noch Widerstand, als sie versuchte sich zu bewegen. Das war im Traum eben ganz anders gewesen. Hier fand sie sich in einem weißgetünchten kahlen Raum, der seine Helligkeit aus den großen schrägen Oberlichtern im Dach bezog. Eine Klinik? Ein Gefängnis? Auf dem grauen Steinboden standen dem Bett gegenüber ein Tisch und zwei Stühle. Als sie den Kopf vorsichtig zur Seite drehte, sah sie auf einer Ablage neben sich eine Flasche Mineralwasser.

Ihr Herz schlug unruhig und ihr war übel. Ein abscheulicher Geruch hing ihr in der Nase; Mund und Hals waren trocken, aber es fehlte ihr die Kraft, nach der Flasche zu greifen. Hatte sie sich verletzt? An der Stirn ertastete sie eine schmerzende Stelle. Von einem Sturz, oder war sie gegen eine Wand gelaufen? Mühsam stocherte sie im Nebel der Erinnerung. Was war passiert? Ein in Amnesie versackter Unfall? Mit dem Auto? Oder war ihr Flugzeug abgestürzt? Nein, ihre Füße waren zusammengebunden. Wieso denn? Nach und nach stellten sich ein paar Erinnerungsbilder schärfer. Sie hatte in der Regionalbahn gesessen mit zwei weiteren Reisenden, und durch die letzten Momente flackerte ein Blaulicht. Ein Notarzt? Oder gehörte das zum Traum, wo sie auf einer Bank saß und von zwei Männern durch einen grünen Dschungel getragen wurde? Statt des Grüns jetzt dieses Weiß und Grau. Vielleicht immer noch Traum? Hallo, hallo, Ulrike, bist du wach? Frau Doktor Kleist, was ist mit Ihnen? Haben Sie noch alle Tassen im Schrank? Oh, vielen Dank der Nachfrage, ich fühle mich hundeelend! Langsam setzte das Denken wieder ein. Wieso war sie gefesselt? Und warum war hier niemand? Ihre Tasche? Ihr Mobiltelefon? Wo war das alles? Verloren?

„Hallo! Ist da jemand?" Die Stimme, die das rief, war ihr unbekannt. War sie das selbst? „Hallo!" Es klang befremdlich. Ihre Lippen, die Zunge, Mund und Hals rieben, als hätte sie Eisenspäne geschluckt.

Sie lauschte. Nichts zu hören, nur von draußen ein paar Vogelstimmen, wie ein fernes Glockenspiel. Und durch die Oberlichter kam etwas Blau. Das könnte der Himmel sein! Dann war sie wohl nicht auf dem Mond. Dort ist der Himmel doch schwarz. Ach je, sie musste zur Urteilsverkündung ins Gericht! Sie war auf der Fahrt nach Karlsruhe gewesen! Wie viel Uhr mag es sein? Um 10 Uhr soll es losgehen!

„Hören Sie mich? Sind Sie wach?"

Das war eine Männerstimme hinter ihr. Sie wollte sich umdrehen, aber Kopf und Oberkörper machten nicht mit.

„Wer ist da?" rief sie mit ihrer fremden Stimme ins Leere.

Eine maskierte Person trat in ihr Sichtfeld. Hilfe! Was für ein Freak! Der Mann da vor ihr trug schwarzweiß karierte Pyjamashorts, ein grüngraues Camouflage-Shirt, und die Füße hingen in pinkfarbenen Flipflops mit grellgrünen Socken, die die Zehen freiließen. Auf dem oberen Abschnitt der rotweiß gestreiften Maske über Mund und Nase hing eine altmodische Brille mit eckigem schwarzem Rahmengestell. Bis in die Mitte der Stirn reichte ein umgedrehter schwarzer Snapback Cap.

„Ich hatte Sorge, dass Sie gar nicht wieder wach würden", sagte der Mann, ohne dass die von der Maske gedämpfte Stimme besorgt klang. „Wir brauchen Sie lebendig! Sonst hätten wir uns das alles sparen können."

Sie benötigte einige Zeit, um die Worte zu verarbeiten.

„Können Sie mir bitte sehr erklären", sie versuchte die Tonstärke der unbekannten Stimme, die sie beim Sprechen hörte, zu steigern, „was hier mit mir passiert ist? Binden Sie mich bitte los! Ich habe einen wichtigen Termin!"

„Den Gerichtstermin haben Sie verpasst, Frau Doktor Kleist," sagte der Maskierte und griff nach der Wasserflasche und dem Glas neben ihr. „Deshalb wurden Sie gefangen genommen. Sie wollten die FBD verbieten. Das musste verhindert werden. Aber trinken Sie erst mal einen Schluck Wasser!"

„Danke," sagte sie mechanisch und nahm das Glas. Er hatte es ihr mit einer von Tattoos bedeckten Hand gereicht. Das Wasser tat gut. Sie hatte das Gefühl, beim Trinken ein wenig Gehirn nachzufüllen, weil ihr langsam die Lage klar wurde. „Sie haben mich gekidnappt, um das Gericht zu erpressen?"

„Ja, aus Notwehr," sagte der Mann und lüftete seine Maske ein Stück. „Sobald die nationale Ordnung wiederhergestellt ist, lassen wir Sie frei!"

„Wie bitte? Die nationale Ordnung?" Sie ersparte sich erst einmal einen Kommentar. Kurz darauf fragte sie „Und wenn nicht? Werden Sie mich umbringen?

Dieses Kidnapping steht in einer unangenehmen Tradition. Ich denke an Aldo Moro oder Schleyer. Haben Sie die Terror-Geschichte studiert?"

„Über solche Dinge möchte ich jetzt lieber nicht mit Ihnen sprechen, Frau Doktor Kleist."

Die Richterin spürte, wie ihr Kopf trotz des Rumorens die geordnete Arbeit wieder aufnehmen wollte. Aber es waren zu viele Gedanken auf einmal. Sie war entführt worden, und damit wurden das Gericht oder gar der Staat unter Druck gesetzt. Sie war gefangen. Einem tätowierten und maskierten Papageienmann ausgesetzt. Auf unabsehbare Zeit! Gefangen! Aber was wird aus Viktoria! Und Adam! Immanuel kommt wohl erst morgen aus Brüssel zurück.

„Wo bin ich hier überhaupt?" fragte sie. „Ich habe eine Tochter und einen Hund, um die ich mich dringend kümmern muss!"

„Frau Doktor Kleist", sagte der Mann ernst, „hier geht es um Politik. Um große Politik. Ihre Tochter ist erwachsen, und ihren Hund wird schon jemand versorgen. Ich wäre an Ihrer Stelle froh, wenn Sie hier wieder gesund herauskommen."

„Wieso das? Was haben Sie mit mir vor?"

„Hören Sie, ich muss nur dafür sorgen, dass sie leben und dass es Ihnen hier gut geht. Alles Weitere wird sich zeigen."

„Was sich bis jetzt zeigt, ist erpresserischer Menschenraub, Paragraf 239a Strafgesetzbuch, und bringt Ihnen mindestens fünf Jahre."

„Es ist eine politische Sache, nichts sonst! Ins Gefängnis kommen nur Übeltäter"

„Könnte ich wenigstens mal telefonieren?"

Der bunte Freak lachte, aber es klang nicht belustigt.

„Es ist mein Job", der Mann sprach wieder ernst, „aufzupassen, dass Sie hier niemand hört oder sieht. Auf keinen Fall dürfen Sie geortet und gefunden werden. Kein Telefon, keine Funksignal nach außen. In ein paar Tagen werden wir vielleicht mal ein Lebenszeichen von Ihnen senden. Sie sind politische Gefangene. Wie lange, weiß ich nicht. Wochen, Monate, ich kann es nicht sagen. Sicher keine hundert Jahre!"

Als wollte er andeuten, dass er über reichlich Zeit verfügte, holte er sich einen Stuhl und setzte sich ein paar Meter vor sie und schaute irgendwie zufrieden seine Gefangene an.

„Soll das hier eine Kriegshandlung sein?" wollte Ulrike Kleist wissen. „Haben Sie noch mehr Leute gekidnappt? Muss ich Herr General oder Herr Obersturmbannführer zu Ihnen sagen?"

„Sie haben es mit dem bewaffneten Arm der "Reichstreuen deutscher Erde zu tun", gab der Mann Auskunft. „Ich bewache Sie im Auftrag der Kommissarischen Reichsregierung, die in enger Abstimmung mit der FDB handelt. Noch haben wir der BRD nicht den Krieg erklärt."

„Hören Sie", die Richterin versuchte vergeblich sich aufzusetzen, „teilen Sie Ihrer großartigen Reichsregierung mit, dass sie sich an das Zusatzprotokoll zum Genfer Abkommen von 1977 halten soll. Das regelt den Schutz der Opfer in nicht-internationalen bewaffneten Konflikten. Teil II, Artikel 5, Absatz 2 b bestimmt, dass Gefangene, die nicht am Kriegsgeschehen beteiligt sind, Briefe und Postkarten verschicken dürfen. Ich will wenigstens eine Mail senden dürfen!"

„An ihre Tochter oder ihren Hund?" Der Nazi-Freak hinter der Maske wollte auch noch witzig sein.

„Außerdem haben solche Gefangene Anspruch auf ärztliche Untersuchung. Mir geht es sehr schlecht. Ich brauche Medikamente."

„Ihre Krankenakte ist bekannt, Frau Doktor Kleist", sagte der Mann kühl. Er schlug die Beine übereinander, wippte mit den Flipflops und knackte seine Fingergelenke. „Die Akte wurde schon vor ein paar Wochen gehackt. Soweit ich weiß, sind Sie gesund. Im Augenblick leiden Sie vermutlich unter den Nachwirkungen des Betäubungsmittels und haben leider eine Prellung am Kopf. Wollen Sie ein Aspirin?"

Die Leute der Reichsregierung hatten den Coup offenbar präzise und von langer Hand geplant, sie hatten ihr Leben, ihre Familie, sogar ihre Krankenakte ausgespäht, und dieser Clown war trotz seines bizarren Aussehens kein Depp. Sie musste sich mit Geduld wappnen und so viel wie möglich über den Kerl und seine "Reichstreuen deutscher Erde" herausfinden.

„Könnten Sie mich erst mal losbinden", bat sie. „Mir tun alle Knochen weh, und ich kann nicht mehr liegen. Außerdem muss ich auf die Toilette. Hoffentlich hat Ihre Reichsregierung dafür gesorgt."

„Ich nehme Ihnen versuchsweise die Fesseln ab", der Ton hinter der Maske wurde streng. „Aber nur wenn Sie sich kooperativ verhalten und keinen Versuch unternehmen, sich mir zu widersetzen."

Der Mann stand wieder auf, hob sein Camouflage Shirt und zeigte einen Gurt mit zwei Revolvern daran.

„Ich habe den Auftrag, Sie bei Widersetzlichkeit zu erschießen."

6. Generalbundesanwalt Gracchus gibt einen Lagebericht

Im Besprechungsraum des Bundesverfassungsgerichts saßen die Richter mit versteinerten Gesichtern am Beratungstisch, tippten und wischten auf ihren Mobilgeräten oder blätterten mechanisch in ihren Papieren. Es gab kein Mittel gegen diese Unruhe. Ihre venezianischen Roben und Kopfbedeckungen hatte die Amtsleiterin in den Schränken versorgt, und mit dem roten Samt war der richterliche Glanz verflogen. Die Mitarbeiter hockten im Hintergrund. Auch sie starrten auf ihre digitales Handwerkszeug oder unterhielten sich leise. Die Nachrichten von der Entführung und Erpressung waren bereits um den Globus gegangen und hatten in TV, Funk und Online-Medien ungläubiges Entsetzen, Spott, aber auch Triumph aufgewirbelt. Die Social Media spuckten den immergleichen Schwachsinn aus.

Jetzt am späten Nachmittag bot sich beim Blick durch die Fenster draußen ein verändertes Bild. Die meisten FBD-Anhänger hatten die Plakate eingerollt, ihre Busse bestiegen und waren wieder abgereist. Die ausharrenden Sympathisanten der Neonazi-Partei hielten sich offenbar auf höhere Weisung zurück und gaben nur verhalten ihrer Genugtuung über den abgesagten Richterspruch Ausdruck. Die Leitfiguren der Partei waren vorsichtig genug, kein mögliches Verbrechen zu feiern. Dafür war die Menge der Bürger angeschwollen, die gegen das Kidnapping der Richterin demonstrierten. Aber auch ihr Protest blieb leise.

Der Präsident des Bundesverfassungsgerichts, Hinrich Sonnenmoser, hatte sich zu den Kollegen des zweiten Senats gesetzt. Er war ein schlanker nachdenklicher Mann in den Fünfzigern, der es in seinem Amt innerhalb weniger Jahre zu großem Ansehen gebracht hatte. Angesichts der zerklüfteten Parteienlandschaft in Deutschland und inmitten der schweren Krise der Europäischen Union verfügte er noch über eine gewisse Autorität. Jetzt kündigte er den Generalbundesanwalt Wendelin Gracchus an, der von einer Dienstreise zurückgerufen werden musste. Seine Behörde hatte den Fall wegen seiner Bedeutung und wegen der Gefahr für die innere Sicherheit der Bundesrepublik sofort an sich gezogen und Ermittlungen aufgenommen.

„Die Frau Innenministerin Molly Zhang", berichtete Sonnenmoser, „hat in einer Videoschalte ausdrücklich die Verschiebung der Urteilsverkündung gutgeheißen. Es gab allerdings Stimmen aus dem Lager der Opposition, die das Ein-

knicken vor den Erpressern kritisierten. Alle Organe des Staates sollten ohne Rücksicht auf Verluste klare Kante zeigen. Die Bundesregierung will sich über das weitere Vorgehen mit dem Verfassungsgericht, dem Generalbundesanwalt, dem Bundeskriminalamt sowie der Landesregierung beraten. Das Innenministerium wird einen Krisenstab einrichten. Alle Entscheidungen werden im Einvernehmen mit den zuständigen Behörden getroffen. Ich denke, das findet auch in unserem Kreis Zustimmung."

Die Richterinnen und Richter hatten keine Einwände. Generalbundesanwalt Gracchus traf kurz darauf mit seiner Pressedame ein, im Schlepptau der Referatsleiter Rechtsradikalismus, Bundesanwalt Paul Schleicher, und einige weitere Beamte. Wendelin Gracchus war ein hochaufgeschossener Mann mit sorgfältig gescheiteltem grauem Haar und einer winzigen Brille, die so starke Gläser hatte, dass seine blauen Augen etwas Kabeljauartiges annahmen, wenn sie einen Gesprächspartner mit Blicken bearbeiteten. Er bewegte sich mit schwerfälligen Schritten auf Präsident Sonnenmoser zu, grüßte die übrigen Anwesenden mit einem knappen Handzeichen. Noch im Stehen gab er bekannt, dass jetzt alle Verfassungsrichter Personenschutz erhielten und dass die damit beauftragten Frauen und Männer binnen kurzem eintreffen würden. Seine gemächliche Sprechweise hatte er unüberhörbar im alemannischen Raum eingeübt.

„Isch der Raum hier überhaupt abhörsicher?" unterbrach sich Gracchus.

„Das glaube ich nicht", antwortete Sonnenmoser zögernd, „ist das denn notwendig?"

„I hab ebe mit Frau Kühnlechner vum BfV geschproche. Des Bundesamt rät partuu dezu."

„Dort lässt sich am besten in Erfahrung bringen, ob wir vielleicht abgehört werden", meinte Richter Papenfuß.

Gracchus erfasste Papenfuß mit seinen Fischaugen.

„Bisher habe mir no kaa verfassungswidrige Äußerunge aus dem Verfassungsgericht vernomme", knurrte Gracchus humorlos.

Dann setzte er sich, fasste in die Tasche seines grauen Blazers, zog einen Zettel mit Notizen hervor und fuhr fort:

„I gäb Ihne einen kurzen Lagebericht. Noo den bisherige Ermittlungen von de hiesige Behörde und der Polizei isch Frau Doktor Kleischt heut am frühe Morge auf der Streck von Winden noo Karlsruhe im Bahnhof Wörth aus dä Regionalbahn von zwei Männern geschleppt worde. Äs gibt jedefalls Zeuge, die beobachtet habe, wie ane Person läblos aus dem Bahnabteil gehobe worde isch. Vor dem

Bahnhof in Wörth hett an Kranketranschporter mit Blaulicht gschtande, und zwei Helfer in weiße Kittel habe ane bewusstlose Person in Empfang genomme. Sie isch wohl kurze Zeit im Transchportwage untersucht worde, ehe des Fahrzeug wieder davongefahre isch. Weiter wisse mer, dess Frau Doktor Kleischt weder in ihr Haus in Bergzabere zurückgekehrt isch, noch het se mit aner Person von der Familie Kontakt ghet. Wir habe ihre Tochter telefonisch erreicht, den Ehemann no net. Ihr Händi isch ausgschtellt und natürlich isch so au kei Ortung möglich. Des sin die Ergebnisse von unsere erschte Ermittlunge."

Und nach einer kurzen Pause wandte er sich an den Referatsleiter Rechtsradikalismus:

„Hen i eppes vergesse, Herr Schleischer?"

„Ich glaube, das ist alles, was uns vorliegt, Herr Generalbundesanwalt."

Bundesanwalt Gracchus blickte in die Runde, als ob er für die bisherige Arbeit seiner Behörde Beifall erwartete.

„Wie werden Sie weiter vorgehen?" wollte Präsident Sonnenmoser wissen.

„Wäge der ungeklärte Abhörfrage", antwortete der Generalbundesanwalt rasch, „empfiehlt es sich, dess mer hier erscht emol nix über unsere Schtrategie sage. Es schad' aber nix, wenn i Se hier frog, ob im Rahme von de Verhandlunge über den Verbotsantrag Drohunge an Sie ergange sind oder ob es sonscht Vorfälle gegäbe hett, von denne mir wisse müsst."

Das schien nicht der Fall zu sein, worauf sich wieder Richter Papenfuß zu Wort meldete:

„Frau Doktor Kleist hat mir allerdings gedroht, mich nicht mehr zum Essen einzuladen, wenn ich ihre Urteilsvorlage ablehnte. Sie macht köstliche Königsberger Klopse."

„Do müsse mir die Frau Doktor Kleischt no emol befrage, wann se wieder do isch", reagierte Gracchus geschmeidig.

Nach kurzem Schweigen ergriff Sonnenmoser erneut das Wort.

„Ich möchte trotz oder gerade wegen Ihrer Besorgnis, dass hier eine Abhöranlage installiert sein könnte, ganz allgemein wissen, ob Sie noch andere mögliche Akteure im Blick haben, die dazu logistisch in der Lage wären. Denn eigentlich ergibt sich aus den Umständen, soweit wir sie kennen, dass lediglich die FBD irgendeinen Vorteil aus diesem Kidnapping ziehen kann."

Gracchus wand sich ein wenig. Dann meinte er, dass bei der Aufklärung und Ermittlung mehrere Varianten in Erwägung gezogen werden müssten. Aber es würden gegenwärtig alle Geschäftsstellen der FBD durchsucht. Längst gebe es eine Reihe von Neonazi-Netzwerken, vor allem die Reichstreuen, mit denen die besagte Partei kooperiere und die zum Teil über erhebliche technische Ressourcen verfügten. Ganz abgesehen von mehreren ausländischen Geheimdiensten, die an der Destabilisierung unseres Landes interessiert seien.

„Wir werde Se auf dem Lauffende halte", versprach der Generalbundesanwalt zum Abschied.

7. Der Vorsitzende Kaltwasser schüttelt den Kopf

Zur gleichen Stunde am Spätnachmittag saßen die Parteileute der FDB immer noch zwischen ihren Umzugskisten und den gedankenlos herumstehenden elektronischen Geräten. Nur der Fernseher lief weiter und schickte seine Farben über trübe Gesichter. Man schaute die TV-Show „Bares für Rares", die Lieblingssendung des Vorsitzenden Kaltwasser. Eben bot dort ein älterer Herr ein Totenkopfzeichen des Freicorps Werwolf zum Verkauf, und der Experte urteilte, dass das schöne Stück einige hundert Euro wert sei.

Die Freude des Herrn im TV blieb bei den Freien Deutschen Bürgern unbemerkt, weil jemand erregt durch den Raum rief, es sollten alle ans Fenster kommen. Man konnte aus dem zweiten Obergeschoss sehen, wie fünf wuchtige blaue Polizeipanzer der Anti-Terror-Einheit *BFE plus* vor der Parteizentrale in Berlin-Wilmersdorf hielten. Drei Sicherheitsleute stiegen aus den Einsatzfahrzeugen, sperrten die Straße ab und sicherten den Eingang des Gebäudes. Gleich darauf öffneten sich die Türen aller fünf Einsatzwagen, und es sprangen nacheinander weitere zehn Männer aus. Sie trugen Helme und Sturmhauben, die nur ihre Nasen und giftig blickende Augenpaare freiließen. Sonst trugen sie ballistischen Westen und schwangen ihre Sturmgewehre, als stünde ein Häuserkampf bevor.

Die Chefs der Partei sahen diesen Aufmarsch und ahnten, was sie erwartete.

„Wir sind doch gar nicht verboten!" rief jemand.

„Sollen wir aus den Kisten Barrikaden bauen und schießen?" fragte einer der Security-Leute.

„Du bist wohl des Irrsinns!" schrie Gauleiter Keczsup. „Die knallen uns alle ab!"

„Sollen wir uns einfach ergeben?" fragte der Sicherheitsmann zurück. „Das ist total undeutsch!"

„Hier wird nicht geschossen!" brüllte Kaltwasser in das Stimmengewirr. Er hatte sich jetzt aufrecht gesetzt. „Wir werden die Aktion ausschlachten. Die Partei ist nicht verboten! Man kann auch siegen, ohne zu schießen! Lasst die Kameras mitlaufen und setzt das direkt ins Netz!"

„Ich werde gleich unsere Anwälte alarmieren", rief Frau Tamerlan-Borman, die weiter kühl und gelassen wirkte. "Wir haben gute Beziehungen!"

Doch waren die Parteiprominenz, die Mitarbeiter und Sicherheitsmänner auf diese Aktion nicht gefasst. Die auf dem Tisch verteilten leeren Bierdosen zeigten

an, dass sie sich nicht auf dem politischen Kriegspfad sahen. Ihre Gesichter hatte der Alkohol rosa retuschiert, und ihre Augenlider kämpften gegen die Erdschwere. Jetzt aber ging neues Leben durch die Reihen. Eben noch Rares für Bares, jetzt gab es Saures! Einige zückten ihre Smartphones und filmten aus dem Fenster den Aufmarsch der Polizeipanzer unten auf der Straße. Man hörte bereits Schritte im Treppenhaus.

Kurz darauf krachte die Tür auf, und fünf BFE-Polizisten drängten hintereinander in den Raum. Die Männer in Kampfmontur trugen Titanhelme mit Visierschutz und Körperschutzwesten, drückten zwei Mitarbeiter beiseite, die an der Tür standen und richteten ihre Sturmgewehre auf die Parteileute. Ihr Anführer brüllte:

„Waffen weg! Kameras aus! Keiner bewegt sich!"

„Ihr habt uns wohl mit der Salafisten-Moschee verwechselt? Die ist 200 Meter weiter!" rief Kaltwasser kaltblütig.

„Wir sind an der richtigen Adresse!" kam es zurück. „Waffen auf den Tisch! Auf der Stelle! Keinen Gegenwehrversuch! Sonst machen wir von der Waffe Gebrauch!"

Die Security-Leute schauten erst in die Mündungen der Gewehre, dann auf Kaltwasser, der den Kopf schüttelte und die undeutsche Spielart der Auseinandersetzung anmahnte.

Murrend legten die Partei-Sicherheitsmänner ihr Kriegsspielzeug, zwei Maschinenkarabiner, vier Schreckschusspistolen, fünf Macheten, eine Armbrust, drei lange Messer und einige Zwillen auf den Tisch zu den Bierdosen. Die Polizisten beäugten eingehend das martialische Stillleben und musterten anschließend die Sicherheitsleute.

„Ist das alles an Waffen?" fragte einer der BFE-Leute.

„Nur noch hinten im Schrank die Atombomben!" rief Grützmacher.

Die Security-Leute lachten. Einer zog grinsend die Futter aus den beiden Taschen seiner grünen Ranger-Feldhosen.

„Auch keine Streubomben mehr", spottete er.

Die BFE-Männer überzeugten sich davon und ließen ihre Waffen sinken. Dann räumten sie den Eingang und machten Platz für drei unbewaffnete Beamte, die, vorsichtig nach rechts und links blickend, eintraten. Nach kurzer Übersicht eröffnete einer von ihnen den Anwesenden, dass sie auf richterliche Anordnung die Geschäftsräume der Partei durchsuchen und Beweismaterial sichern würden. Einige Personen müssten sie unter dem Vorwurf des erpresserischen Menschenraubs bzw. der Geiselnahme nach Paragraf 239 a und b vorläufig festnehmen. Der Sprecher der Beamten fragte dann:

„Ist hier der Herr Joseph Kaltwasser? Gegen ihn liegt ein Haftbefehl vor. Er ist der erste auf unserer Liste. Wer ist Herr Kaltwasser?"

„Wä is dattdenn? Dä sütt jo uss wie ich!" dröhnte es eben aus dem TV-Gerät. Es war die Stimme von Horst Lichter aus der Sendung „Rares für Bares", die immer noch lief. Jemand hatte sich die Fernbedienung geschnappt und den Ton auf höchste Lautstärke gestellt. Der Moderator auf dem Bildschirm deutete auf ein leicht vergilbtes Foto, das den Kaiser Wilhelm II. zeigte und das soeben von einem Experten mit einer Lupe inspiziert wurde. Der Moderator und der Kaiser trugen den gleichen hochgezwirbelten Schnurrbart. Weiter kam es laut aus dem Fernseher:

„Ah, dä aale Kaiser Willem!" sagte der Moderator zu der Anbieterin des Originalfotos. „Ne hübsche Kääl, nä Frau Schoppmann. Isch will jo nit behauptn, datt isch wie sonne reaktionäre Kriegstreiber aussehn tu."

Einer der BFE-Beamten riss wütend die Stromversorgung des Fernsehers aus der Steckdose, worauf das Bild in sich zusammenfiel und der Ton verstummte. Die Security-Leute lachten und freuten sich über die Störung des Auftritts.

„Wissen Sie überhaupt", rief Kaltwasser wütend und erhob sich aus dem Sessel, „dass hier Mandatsträger des Bundestags sitzen, die Immunität genießen?"

„Das ist uns bekannt", antwortete der Beamte. „Sie sind nicht vor Strafverfolgung geschützt, wenn sie unmittelbar eine Straftat begehen. Das prüfen wir gerade. Aber erst müssen wir ihre Identität feststellen. Es geht um das Beweismaterial."

„Sie sehen doch", Kaltwasser wechselte ins sarkastische Register, „wir haben Ihnen unsere Geheimakten bereits in Kisten vorbereitet. Darin finden Sie alles über die Geiselnahme: wann, wo und wie, vor allem auch, wo sich die Geisel aufhält und wer sie entführt hat. Wenn Sie lange genug suchen, finden Sie auch die Telefonnummer der Entführer. Nein, ich korrigiere mich: der Entführerinnen und Entführer. Ich erhebe hiermit Beschwerde gegen diese unverhältnismäßige Aktion. Wir bestehen darauf, dass unsere Anwälte dabei anwesend sind. Außerdem wüsste ich gerne: Untersagen ihre höchsten Richter auch, dass man in Ruhe und Frieden Fernsehen schaut?"

„Die Anordnungen kommen vom Generalbundesanwalt und sind vom Ermittlungsrichter des Bundesgerichtshofs bestätigt worden", sagte der Beamte trokken.

Während die Polizisten die gestapelten Kisten öffneten, um sie nach kurzer Inspektion wegzutragen, zeigte der Sprecher der Einsatzgruppe seinen Dienstausweis, nannte seinen Namen und Dienstgrad, Hauptmann Borislaw Toplak und verlangte die Personalpapiere der Anwesenden.

„Sind Sie überhaupt Deutscher?" fragte Schatzmeister Grützmacher, als er seinen Abgeordnetenausweis vorzeigte.

„Alle Beamten im Polizeivollzugsdienst sind Deutsche, Herr Grützmacher", antwortete Toplak, während er das Dokument prüfte. Dann zeigte auf seinen Polizei-Aufnäher am linken Arm mit dem schwarzen Bundesadler auf goldgelben Grund. Oben und unten leuchteten ihre Klauen und der Schnabel rot.

„Der Staat hat Adleraugen und scharfe Krallen", sagte er. "Aber wir werden Sie jetzt nicht weiter bei der Erfüllung Ihres Abgeordneten-Mandats, Bierdosen zu leeren, behindern."

„Das wird Folgen haben", schrie Grützmacher. „Unsere Leute sitzen an den entscheidenden Stellen!"

„Das ist wohl leider so", gab Toplak zurück.

8. Geschichten vom Honeyman

Ulrike Kleist hatte die Drohung ihres Bewachers nicht vergessen. Aber als der Paradiesvogel ihre Fesseln gelöst hatte und sie nach ein paar Fehlversuchen wieder auf den Beinen stand, wollte sie doch nach Fluchtmöglichkeiten Ausschau halten. Vielleicht bot der Weg zur Toilette, den er ihr gezeigt hatte, eine Gelegenheit dazu. Sie humpelte, die Richtung seines Zeigefingers aufnehmend, durch ihr Gefängnis. Es schien eine alte Schule zu sein, und mit dem Gedanken an ihre eigene Grundschule wich plötzlich der ekelhafte Geschmack aus Mund und Nase. Stattdessen glaubte sie, Kreide und einen nassen Tafelschwamm zu riechen. Verschwommene Bilder von Lehrern und Schulfreunden zogen an ihrem Auge vorbei. Es war aber nur eine kurze sentimentale Rückschau.

Neben dem größeren Saal mit ihrem Lager und den wenigen Möbeln, wo früher Kreide und Tafelschwämme ihr gutes Werk taten, gab es über eine Gangverbindung einen kleineren, ebenso kahlen Raum, wo durch den feuchten, bröckelnden Putz an den Wänden einige rote Ziegelsteine blinkten. Dort hatte sich ihr Bewacher mit einem TV-Gerät, einer Spielkonsole und einem zerschlissenen Sessel als Sitz- und Schlafgelegenheit eingerichtet. Ein paar Batterien Bier und Mineralwasser in angerissener Stretchfolie standen daneben. Der Raum wurde von einer alten Deckenlampe mit grauem Metallschirm erleuchtet, denn das einzige Fenster war von außen mit Brettern zugenagelt. Neben einer roten Reisetasche mit herausquellenden farbigen Klamotten stand ein riesiger Überseekoffer in der Ecke. Das Ende eines Balancierseils hing über den Rand. Vielleicht um mich zu entsorgen, dachte Ulrike. Dahinter führte sie der lange, matt beleuchtete Gang an zwei geschlossenen Türen ohne Öffnungsgriffe vorbei zu einem dritten Zugang. Den Druck auf die abgegriffene Metallklinke beantwortete die Tür mit einem Klagelaut und gab nach. Sie betrat den fensterlosen muffigen Raum etwas beklommen, nachdem sie den Schalter betätigt hatte. Das Licht, das ein paar Motten aufscheuchte, hob aus dem Dunkel eine alte Toilettenschüssel in gelbstichiger Keramik hervor. Vorsichtshalber blickte sie nicht in den Abgrund der Abortmuschel. Als sie an der in einen Porzellangriff auslaufenden rostigen Kette der Spülung zog, setzten zögernd Rasseln und Rauschen ein. Immerhin! Daneben hing noch ein Waschbecken mit mehreren Bruchstellen. Das Wasser, das sie aus der Leitung ließ, hatte wohl beim Warten auf diesen frohen Tag allerlei Rost angesammelt. Keine Dusche, kein Bad! Weit und breit kein Reinigungsmittel. Aha, so sah das Hygienekonzept der Kidnapper aus! Aus dem halbblinden rissigen Spiegel über dem

Waschbecken, dem sich ihre Augen vorsichtig näherten, starrte sie eine unbekannte Person mit wirrer Frisur und einer blauroten Markierung auf der Stirne an. Nein danke, keine Lust, mit Ihnen zu sprechen! Auf der Ablage darunter ruhte der Staub einiger Jahrzehnte. Das konnte ja lustig werden! Der Gang vor der Toilette lief hinten am Ende auf eine hölzerne Türe zu, die vermutlich nach Außen führte, an die sie sich aber erst einmal nicht herantraute.

Sie würde ihren Bewacher beobachten und abwarten müssen, ob er vielleicht zu überlisten wäre. Auf keinen Fall wollte sie sich von ihrer Angst lähmen lassen. Geduld, Geduld, mahnte sie sich, auch Politidioten und Verbrechergenies machen Fehler. Als sie in den Klassenraum mit der Tafelschwammerinnerung zurückkehrte, schaute sie der Wächter prüfend an und schien ihre Gedanken zu erraten. Er erklärte trocken, dass es für sie beide keine Chance gebe, das Gefängnis zu verlassen. An allen Türen und Fenstern seien Sprengfallen angebracht, die sich nur von außen abschalten ließen.

„Da scheint man Ihnen auch nicht recht zu trauen", vermutete Ulrike Kleist.

„Das stimmt", antwortete ihr Bewacher. „Bei uns traut niemand niemandem. Es gibt ja auch keinen Grund, irgendjemandem zu trauen. Nicht einmal sich selbst. Man muss bei allen mit den übelsten Absichten rechnen. Wenn sich alle misstrauen, gibt es keine Enttäuschung."

Er drehte eine Runde durch den Raum zupfte hinten am Schirm seiner Kappe und sagte dabei:

„Ich weiß! Sie wollen hier wieder raus, möglichst gesund und lebendig. Vielleicht sind Sie zur Heldin geboren, aber lieber möchten Sie ihre Tochter wiedersehen."

Der Mann schaute sie durch den schwarzen Rahmen seiner Brille fragend an.

„Die Sache wird schiefgehen", prophezeite Ulrike Kleist und hielt seinem Blick stand. „Das wird für Sie dann wohl keine Enttäuschung sein."

„Wir werden hier versorgt", wechselte der Mann hinter der Maske das Thema. „Uns wird Essen gebracht. Spätestens morgen kommen ihre Kleider."

„Meine Kleider?"

„Soweit ich weiß, werden die bei Ihnen abgeholt."

„Wie kommen Sie in mein Haus?"

„Es gibt sicher Schlüssel. Sie können mir noch aufschreiben, was Sie benötigen."

Jetzt schien der Kerl sich an ihrem Erstaunen zu weiden. Er lachte sie entspannt an. „Glauben Sie mir, die Aktion hat man gut organisiert."

„Außer, die Regierung spielt nicht mit", gab sie zu bedenken.

„Meinen Sie vielleicht, man würde Sie opfern?"

„Es hängt wohl davon ab, wie weit ihr es treibt."

„Das kann ich Ihnen sagen", der Mann machte eine bedeutungsschwere Pause und knackte mit seinen Fingergelenken. „Es wird so weit getrieben, bis das Ziel erreicht ist."

Die Gedanken wirbelten ihr durch Kopf. Natürlich geht Deutschland nicht unter, wenn man das Verbotsurteil erst später in Kraft setzte. Aber würden sich diese skrupellosen Leute der FBD damit begnügen? Oder diese irrwitzige Reichstreuen-Armee! Immer angenommen, sie würde nicht vorher gefunden oder befreit. Man benötigte sie dann weiter als Geisel oder als Faustpfand. Vielleicht geht es den Kidnappern auch nur darum, Zeit zu gewinnen, bis die Neonazis ganz legal das Volksbegehren in Brandenburg durchgebracht haben. Dann träte eine neue politische und verfassungsrechtliche Lage ein. Besser lässt sich die Regierung nicht auf die Erpressung ein. Oh weh! Dann Adieu, du liebe schöne Welt! Dieser Typ würde sie abknallen, in den Reisekoffer stecken, ins Meer kippen, und sie würde irgendwo an der Küste Hollands oder Dänemark oder an einer Bohrinsel als Wasserleiche stranden. Ophelia im Watt. Schöne Aussichten! Aber noch gibt's Zeit. Und viele Rätsel. Wie kommen diese FBD-Idioten auf eine derart riskante Strategie, und wer hat das so gut geplant? Sofern alles stimmt: Entführung, Einbruch, Versteck, gehackte Patientendaten, Sprengfallen. Vielleicht war das ja auch nur Bluff. Aber eines hatte er verraten: Wenn man ihr von einem auf den anderen Tag Kleider bringen will, dann kann ihr Gefängnis nicht tausend Meilen von ihrem Haus entfernt liegen. Sie musste diesem Freak hier etwas mehr auf den Zahn fühlen. Sie setzte sich auf die Liegestatt.

„Sagen Sie mal", begann sie, „haben Sie auch einen Namen, oder wie soll ich Sie anreden?"

„Nennen Sie mich einfach ‚Honeyman'", antwortete ihr Wächter nach kurzem Nachdenken und zog die Maske langsam vom Gesicht. Leise wiederholte er: „Mein Name ist ‚Honeyman'."

Das Gesicht, das er enthüllte, ähnelte ein wenig dem von Helge Schneider, den Ulrike bisher sehr mochte. Einen Augenblick lang dachte sie sogar, das sei der Musiker selbst. Sein mit reichlich grauem Haarunkraut bewachsenes hartes Gesicht ergänzte die Augenpartie mit der schwarzen altmodischen Brille und der Snapcap darüber. Der Mann war mittelgroß, über vierzig, schätzte sie, schlank, kräftige Beine, sonst eher dürr, ganz ohne das Bauchfett, das bei Männern in diesem Alter gedeiht.

„Ist das ihr wirklicher Name?" fragte Ulrike verblüfft. „Klingt ziemlich nach schlechtem Kino!"

„Nein, meine Frau hat mich so genannt," antwortete Honeyman ernst. „Es war ihr Kosename für mich!"

„Und jetzt nennt ihre Frau Sie nicht mehr so?"

„Nein, sie sagt gar nichts mehr. Weder meinen Namen noch sonst etwas. Sie ist verstummt", erklärte Honeyman bedrückt.

„Dann ist ihr etwas Schlimmes widerfahren?"

„Ja, sehr schlimm. Sie spricht nicht mehr. Sie ist stumm, seit unser Kind tot ist."

„Oh, das tut mir leid", sagte Ulrike Kleist, und sie spürte, wie den Honeyman vor ihr die Trauer überfiel. „Darf ich fragen, woran ihr Kind gestorben ist?"

„Sie ist beim Training vom Seil gestürzt", erklärte Honeyman und seufzte, „sie wollte wie ich Akrobatin werden."

„Sie sind Akrobat?"

„Ich war es, denn ich bin nach ihrem Unfall auch gestürzt, aber ich lebe noch, leider."

„Ihnen ist aber sonst nichts passiert?"

„Doch", Honeyman liftete etwas seine Kappe. „Ich bin auf Kopf und Schulter gefallen und habe mir eine Schädelverletzung und ein Hirntrauma zugezogen. Seit dem Unglück kann ich nicht mehr schlafen. Ich schlafe weder am Tag noch in der Nacht. Meine Tochter lebt nicht, meine Frau spricht nicht, ich schlafe nicht und höre nächtelang ihr Schweigen. So bin ich Wächter geworden. Sonst benötigen Wächter Schlaf und müssen daher abgelöst werden. Ich bin Vollzeitwächter und Akrobat. Ich zeig's Ihnen mal."

Mit einem warnenden Blick an seine Gefangene legte der Honeyman seine Kappe, die Brille, seinen Gürtel und die Revolver auf den Tisch, atmete kurz und sprang aus dem Stand einen Salto. Dann nahm er ein paar Schritte Anlauf, turnte eine Radwende und ließ einen Flickflack folgen. Der Schulraum bot dafür genügend Platz. Als er wieder stand, wippte an seinem Hinterkopf noch ein graublondes Schwänzchen nach.

Es war eigenartig, dieser klapperdürre Freak war Nazi, Clown und Artist. Bei seinem Turn-Kunststück sah man unter dem Camouflage-Shirt die Rippen mit Tattoos, und die pinkfarbenen Flipflops flogen durch die Luft. Ein wenig außer Atem sammelte der Honeyman seine Fußbekleidung ein, setzte Brille und Kappe auf, befestigte den Gürtel mit den beiden Waffen und schaute Ulrike ernsthaft an.

„Ich war Seiltänzer und bin abgestürzt, als ich im Zirkus auf dem Seil an meine Tochter dachte. Ich bin acht Meter tief auf dem Boden gelandet."

„Ah, dann wundert es mich nicht, dass Sie sich den 'Reichstreuen deutscher Erde' angeschlossen haben", Ulrike dämpfte ihre Mitleidsregung. „Sicher sind die meisten ihrer Reichstreuen-Freunde von einem Seil gefallen."

Der Honeyman reagierte nicht. Er schien weiter in dieser Traurigkeit zu stekken, denn er schwieg längere Zeit und ließ seine Finger knacken. Als er einmal den Kopf drehte, las sie auf seiner schwarzen Kappe das Wort *Insomnia*.

„Schlaflosigkeit ist eine Dauerqual. Wie heißes Blei, das dir auf den Schädel tropft", sagte er dann. „Es ist meine Strafe im Voraus. Noch bin ich unschuldig. Das Verbrechen muss ich noch begehen. Heute hab' ich angefangen."

Dann schaute der Wächter seine Gefangene an, als seien sie bereits Vertraute, und sagte leise:

„Sie könnten mich auch Funambulus nennen. Aber lieber noch wäre mir Palmström! Sagen Sie einfach Palmström zu mir."

„Palmström? Das ist mir angenehmer als der Kosename Ihrer Frau", antwortete Ulrike. „Aber wer hat Sie denn auf diesen Namen getauft?"

„Der Christan Morgenstern."

„Wie, der Dichter?"

„Ja, ja, der Dichter," betonte Palmström. „Der Morgenstern und ich, wir lernten uns in der Uni-Klinik Heidelberg kennen. Die Ärzte haben mich in die Psychiatrie dort geschickt, weil sie mir nicht helfen konnten. Ich war da wegen der Schlaflosigkeit und habe außerdem noch eine bipolare Erkrankung."

„Und der Morgenstern? Ich dachte, der ist schon lange tot?"

„Eigentlich schon", sagte der seltsame Wächter. „Aber unser Morgenstern wollte das nicht begreifen. Oder meistens nicht. Deshalb war er dort."

Der Honeyman-Funambulus-Palmström erzählte das tonlos, als zitierte er eine Krankenakte. Da hörte sie eine ganz andere Stimme als zuvor. Das war sehr irritierend. Ihr wäre ein brutal eindeutiger Wärter lieber gewesen als dieser seltsame, traurige dürre Dauerwächterclown, mit der schwarzen *Insomnia*-Kappe, den das Schicksal so mitgenommen hatte. Aber schließt man sich Faschisten an, weil die Tochter verunglückt ist und die Frau nichts mehr sagt? Wie kann man sich für Verbrechen bestraft fühlen, die man erst noch begehen will?

„Ich habe jetzt Hunger", sagte Ulrike Kleist ein wenig entnervt.

9. Stimmungstrübe Geburtstagsparty

Viktoria Kleist wohnte in Dresdens Südvorstadt. In ihrer Sechser-Wohngemein-
schaft im 4. Stock einer wuchtigen Villa aus der Gründerzeit, die Lorettas ver-
mögendem Onkel gehörte, hatte sie das kleinste Zimmer bezogen. Vermutlich
war das in den goldenen Reichsjahren einmal die Gesindekammer. Sie hatte es
gewählt, obwohl sie von allen Musikern in der WG das größte Instrument spielte.
Dieser geliebte, durch einige Umzüge leicht ramponierte Erard-Flügel verschlang
bereits zwei Drittel des Raums. Unter seinen Schwingungen schienen sich die
Wände ein wenig zu dehnen. Dann stand da noch ein Schrank, ein Tisch mit
Stuhl, und die Raumnot verlangte, dass sie sich bisweilen von ihrem Flügelhocker
gleich ins Bett fallen ließ. Durch das kleine Fenster an der Schmalseite konnten
Schwindelfreie in den Garten schauen, wo man an schönen Tagen in der Sonne
saß und Wein trank oder kiffte. Sonst war ihr Leben Lesen, Schlafen, Weinen,
Klavierspielen, Essen. Viermal in der Woche ging sie zu Fuß zur Musikhoch-
schule, wo sie seit fünf Jahren Komposition und Klavierspiel studierte.

Als Viktoria mit Loretta am Abend ihres Geburtstages nach den vier Stock-
werken heftig atmend in der WG eintraf, war dort die Entführung ihrer Mutter
in aller Munde. Die Freunde schauten bedrückt, als Viktoria eintrat. Geburtstag
oder Unglückstag? Am Morgen, noch ehe die Nachricht von ihrer verschwundenen Mutter um den Globus ging, hatten die WG-Mitbewohner und ein paar
Freunde einen Geburtstagskuchen auf einem Holztablett mit 25 Kerzen vorbereitet. Jetzt flackerte und dampfte es in der gemeinsamen Küche. Auf dem Gasherd
simmerte das Festmahl, ein veganes *Chili sin Carne*. Viktoria wurde von kollek-
tiver Scheu begrüßt. Ohne großes Hallo nahmen sie die Freundin mit tröstenden
Worten in den Arm. Sie musste sich erst einmal setzen, um etwas Atem zu schöp-
fen und ihre Rührung ausklingen zu lassen. Doch dann konnte sie die Kerzen
unter dem Beifall der Freunde ausblasen. Der Kuchen sollte später auf die Teller
verteilt werden. An eine Party wie sonst mit anschließendem Feiern war nicht zu
denken.

Die WG-Küche fasste jede Menge Leute, und der breite Holztisch zog alle ma-
gnetisch an. Dahinter an der Wand stand ein altes Sofa mit weinroten, abgeses-
senen Polstern und einstmals goldenen, geflochtenen Bordüren, der umkämpfte
Lieblingsplatz. Wer zu spät kam, musste mit einem Gartenstuhl Vorlieb nehmen.
Dafür bot die andere Seite des Tisches die günstigste Aussicht auf das mit Tesa ge-
flickte *Erinnern heißt kämpfen!*-Plakat an der Wand überm Sofa, das Berlins An-

tifaschisten immer noch zu einer Silvio-Meier-Demo im Jahr 2012 aufrief. Doch der Star unter den Fotos und Plakaten, die die fleckigen Zonen der bleichen Tapete überdeckten, war die große Mona Lisa mit dem fetten Joint in der Hand. Gloryanne Brown, genannt Dusty, hatte es an die Wand gepinnt. Gloryanne hieß Dusty, weil sie seit zwei Jahren über das Thema „Kunst und Staub" arbeitete und über nichts sonst redete. Ihr Studium am Royal College of Art in London hatte sie mit einer preisgekrönten Fotoserie „Dusty Feet of Poverty" abgeschlossen. Sie hatte die nackten und schmutzigen Füße von mehreren hundert Kindern aus Armutsvierteln in aller Welt fotografiert. Jetzt bereitete sie im Hygiene-Museum eine Ausstellung zum Thema „Memories in Dust and Ash" vor. Die übrigen Schadstellen an der Wand überdeckten noch ein paar grobkörnige Blow-Up-Fotos von spektakulären Polit-Aktionen. Darunter ein mit roten Farbklecksen entheiligtes Bismarck-Denkmal.

Heute hatten die WG-Mitbewohner alle Sitzmöbel in die Küche geschleppt. Wer dort vor dem Tisch saß, konnte durch eine leichte Körperdrehung den wuchtigen Kühlschrank öffnen. Die alte Kiste kühlte unermüdlich Bier und andere Getränke, soff dafür aber unsagbar viel Strom. Daher bildete sie ein Dauerstreitthema, und die kleine, superdünne, supergrüne vegane Maximiliane, die Posaune studierte, wütete darüber am heftigsten. Als Blasmusikerin und Essgestörte sprach Maximiliane gerne in oralen Bildern und schimpfte, dass der Kühlschrank Unmengen Strom aus der Wand *lutschte* und Millionen Tonnen CO_2 in die Atmosphäre *blies*. An der Wand auf der weißen Anrichte, deren Lack in ganzjährigem Herbst abblätterte, lief ohne Ton ein TV-Gerät. Man wollte keine Nachricht verpassen. Eben hüpfte das MDR-Sandmännchen über den Bildschirm. Gleich neben der Anrichte konnte man durch die Fenster der Glastür auf dem Balkon die dahinsiechenden Pflanzen bedauern, denen der eingeklappte, gestreifte Liegestuhl beistand. Schaute man über das florale Elend hinweg, dann zeichneten sich im weiteren Hintergrund die mächtigen Wohnblöcke an der Budapesterstraße ab, wo nach und nach die Lichter angingen.

Viktoria hatte das winterliche Lichtspiel, wenn in dem Wohnhaus gegenüber ein Fenster nach dem anderen hell wurde, in einer kleinen Komposition für ihre WG verewigt. Das Stück hieß *December Twilight Sounds*. Eine rhythmisch und melodisch abgestimmte Tonfolge bildete das abendliche Hellwerden der Fenster gegenüber ab. Das hatte sie zunächst mit einem Handy-Video festgehalten. Die Tondauer in der Grundmelodie entsprach dem Intervall zwischen dem Aufleuchten des einen Fensters und des nächsten. Hingegen bestimmte das Stockwerk des Hauses, wo ein Licht anging, die Höhe eines jeden Tons, so dass das zehnstöckige Hochhaus im Sichtbereich immerhin eine Komposition im Tonumfang von einer guten Oktave erlaubte. Gingen zwei oder mehr Lampen zugleich an, bildeten sie bisweilen einen misstönenden Zufallsakkord. Dennoch entstand aus den lichten Zufällen ein stimmungsvolles Musikstück. Das Eingangsthema brachte Viktorias Zimmernachbar, der in einem pompösen, alle Lebenslüste verkündenden Körper steckende František Novotný, auf dem Xylophon tröpfchenweise zum Klingen, und dann spielte das kleine, in der Musikgeschichte bislang einmalige WG-Orchester aus Klavier, Schlagzeug, Posaune, Singstimmen, Gitarre und Cello das *Twilight-Sounds*-Thema in zehn Variationen durch.

Die Komponistin saß heute mit geröteten Wangen auf dem Sofa-Ehrenplatz und schaute in fragende Augen. Leise und bedrückt erzählte Viktoria von ihrer Mutter, mit der sie noch am Morgen im Park gejoggt war, von der Zugreise mit Loretta und vom Anruf der Bundesanwälte aus Karlsruhe. Während der ganzen Reise und auch jetzt noch wartete sie auf den Anruf ihres Vaters, der in Brüssel bei der EU zu tun hatte. Zwischendurch hatte eine Nachbarin aus Bad Bergzabern angerufen. Die alte Dame hatte beobachtet, wie Unbekannte nebenan das Haus betraten, worauf ihr Hund Adam hinkend ausgebüxt sei. Auf und davon! Wo seid ihr denn? Du und deine Mutter? Dein Vater ist ja sowieso nie da, hatte sie gemeint. Die Nachbarin, eine Ärztin im Ruhestand, wusste noch nichts von der Entführung und war von der Nachricht entsetzt. Vielleicht habe die Kripo das Haus in Augenschein genommen.

Loretta bestand darauf, dass trotz allem dem Geburtstagskind ein Ständchen dargebracht wurde, und sie führte dann den *Happy-Birthday*-Chor an. Ihr Mitbewohner und Mitglied des WG-Orchesters Luigi Campelli begleitete auf der Gitarre. Luigi kam aus Apulien und war wie Loretta Gesangsstudent, ein blonder, maßlos hübscher Contratenor mit einer Stimme, die wie der Gesang seliger Engel über dem irdischen Tönen der anderen schwebte. Danach kündigte Luigi ein Lied von Francesco Guccini an, das er für Viktoria singen und spielen wollte. Es war ebenfalls ein Geburtstagslied oder eher eine melancholische Geburtstagsballade, die so begann:

Non è proprio il giorno del tuo compleanno,
però è di domenica che le feste si fanno
e di sera tuo padre vuol stare a guardar la T.V.

Da die Zuhörer die Worte nur zum Teil verstanden, fasste Luigi das Lied zusammen. Die Ballade erzählt von einem Mädchen, das sich riesig auf seinen Geburtstag freut, aber es muss bis zum Wochenende warten, weil die Familie immer nur sonntags feiert. Für die Party hat sie ein teures neues Kleid bekommen, sie war beim Friseur, die Mutter hatte einen Reiskuchen mit Wermut und Wein gewürzt, aber ihre Erwartung und alles Wünschen richten sich auf den Jungen, in den sie verliebt ist. Die Freunde kommen, bringen Geschenke, sie tanzen, sind lustig und verzehren den Kuchen. Aber es ist nicht schön. Ihre boshafte Freundin hat nicht nur das gleiche Kleid angezogen wie sie, sondern sie flirtet auch noch mit dem Jungen, der sich keinen Augenblick um die Hauptperson kümmert. Und am Abend ist dann alles vorbei, die Zeit verging im Fluge, die Freunde sind weg, das Mädchen ist traurig, der Papa macht den Fernseher an. Immerhin, ein kleiner Trost, in einem Jahr wird wieder Geburtstag sein!

Die wehmütige Ballade nahm die Stimmung heute Abend auf. Und weil das Geburtstagslied allen darum gut gefiel, erzählte Luigi etwas mehr vom Sänger Francesco Guccini, der über achtzig Jahre alt war. Francesco hatte bereits sechs Jahrzehnte zuvor ein Lied über die ermordeten Kinder von Auschwitz gesungen. Seine *canzone del bambino nel vento* gibt einem toten Kind eine Stimme. Es singt, wie es aus dem Schornstein als Rauch emporsteigt und wie es vom Wind als Asche und Staub über das winterliche Vernichtungslager davongetragen wird.

„Es ist eine *canzone* über Staub, Gloryanne", sagte Luigi.

"il fumo saliva lento
Nel freddo giorno d'inverno
E adesso sono nel vento."

Als Luigi mit den blonden Engelhaaren die schwermütigen Strophen in seinen hellen Stimmregistern wiederholte, überfiel Viktoria das Gefühl, mit den emporsteigenden Tönen den Boden unter den Füßen zu verlieren und staubgleich davongeweht zu werden. Wo war jetzt ihre Mutter? Lebte sie noch? Würde es je ein Wiedersehen geben? Wie sollte sie ohne ihren Rat, ihre Einfälle, ihre Zuwendung, ihre Musik weiterleben? Ihre Mutter war trotz ihrer Karriere als Anwältin und Richterin immer für sie dagewesen. Sie hatte ihr als dreijährigem Kind bereits Klavierunterricht erteilt, hatte mit ihr vierhändig gespielt, ihre ersten Auftritte als Solistin gefördert. Vor allem hatte sie Viktoria gelehrt, alle möglichen Zeichen in Töne und Tonfolgen zu übersetzen, Vogelstimmen, Buchstaben, Rhythmen oder

Fensterlichter. Und seit einem Jahr weinte sie wegen dieser elenden Essstörung tausend Sorgentränen, obwohl Viktoria eine Therapie begonnen hatte. Immer wieder floh Viktoria zu ihr nach Bergzabern oder Potsdam und suchte ihre Nähe und ihr Verständnis, während der Vater ihrer Krankheit gegenüber hilflos war. Dafür hatte sich Immanuel für die Aufklärung von Osei Tutus rätselhaftem Tod eingesetzt und kämpfte immer noch darum, Licht in die dunklen Vorgänge zu bringen. Er hatte Kontakte zum Brüsseler Geheimdienst der EU. Warum nur meldete sich ihr Vater heute nicht? Das Gericht oder der Bundesanwalt mussten ihn längst informiert haben.

Die trüben Gedanken und Luigis Gesang unterbrach ihr Freund Kamil Steinbrecher, genannt Don Camillo, der eben durch die Tür rumpelte und Viktoria hinterm Tisch auf dem Sofa linkisch umarmte. Camillo, der Philosoph, Theologe und Überaktivist ihrer Antifa-Gruppe, der mit seinem wuchernden schwarzen Haarschopf und der winzigen Nickelbrille wie Leo Trotzki aussehen wollte, vertat seine Zeit nicht mit Zuhören oder Anteilnahme. Kaum hatte Luigi seine traurige Canzone fertig gesungen, preschte Don Camillo mit dem Vorschlag vor, gleich morgen eine Demo für Viktorias Mutter zu veranstalten. Alles, was er sagte und tat, war von verrücktem Eifer getrieben. Er habe alle Genossen bereits über *Telegram* in Alarmbereitschaft versetzt. Die Bundesregierung solle auf die Forderungen der FBD-Kidnapper unverzüglich eingehen. Wenn nichts passierte, würde man ein paar Autos anzünden. Viktoria war jetzt nicht nach politischen Aktionen zumute. Nur zwei andere Genossen aus ihrer Antifa-Gruppe, Lezlie Curzon und Dimitri Schierling, fanden die Idee gut, allerdings gaben sie zu bedenken, dass ein paar Pegida-Idioten auf die Straße kommen und auch gegen das Verbot der FDB protestierten könnten. Von denen müsste man sich doch fernhalten.

„Nein", rief Don Camillo, „wir bleiben bei unserer Linie, die Neonazis nicht anzugehen. Wir warten, bis sie endgültig ihre wahre Faschistenfresse zeigen."

„Was tun sie denn grade anderes!" schrie Jenny Siebenschön wütend. „Entführung und Erpressung sind die krassesten Verbrechen!"

„Okay", räumte Don Camillo ein, „aber alle Polit-Verbrecher behaupten, dass sie gute und sinnvolle Ziele verfolgen!"

„Das sagen doch alle diese Typen", rief Jenny, die Juristin mit der lila Undercutfrisur, die zugleich Cello studierte. „Selbst Bankräuber reden sich raus, dass ohne die Knete ihre Kinder hungern müssten oder dass ihre kranke Oma nicht operiert werden kann."

„Klar, das sagen die! Aber das ist nicht das wahre höllische Böse", dozierte Don

Camillo. „Das Wesen des Bösen kommt erst dann ans Licht, wenn es unverhohlen sagt, dass es das Böse will. Nimm und lies doch mal de Sade! In einem Roman lässt er den Papst auftreten, sozusagen den 'Schwarzen Papst'. Und der predigt, das Morden sei das wahre Gesetz der Natur. Von der unteren bis zur oberen Seinsstufe fressen sich die Lebewesen wechselseitig auf. Tja, und warum tun das die hochmütigen Menschentiere nicht? fragt der schwarze Papst. Sie simulieren nur Anstand und Moral, verkündet er. Daher macht sich Gottes Stellvertreter zum Hüter dieser Mordgesetze. Kaum hat der Papst seine Predigt beendet, reißt er einem Kind das Herz aus dem Leib und verspeist es genussvoll. Das ist das Böse in Reinform.“

„Nein, ganz im Gegenteil“, riefen Maximiliane und ihr grünes Gewissen. „Das Aussaugen der natürlichen Ressourcen und der Verzehr des Lebendigen, das ist das Böse.“

„Wenn Don Camillo Recht hat“, meinte Jenny ironisch, „dann müssen wir warten, bis ein Oberfaschist daherkommt und sagt, dass die Natur Rassenhass und Völkermord will und er selbst ein paar kleine Judenkinder verspeist.“

„Ja, so ähnlich“, meinte Don Camillo und ruckelte mit dem Kopf vor und zurück, dass er einem Huhn ähnelte. „Das Böse ist nicht das Gute auf Abwegen, wie ihr vielleicht meint, sondern das Böse ist der teuflische Wille zum Bösen. Die Zersetzung. Genau das sagt Nietzsche!“

„Das ist doch total abgefuckt. Vielleicht passt das für bescheuerte Philosophen“, meinte Lezlie Curzon, „aber die Politik lässt Millionen Sprechblasen steigen, dass sie das Gute tun. Egal, woher es diese Leute haben, am liebsten ja gleich von Gott oder dem Volk, sie wollen immer die Welt von allem Übel befreien. Deinen de-Sade-Papst gibt es nur in alten Literaturschinken!“

Lezlie studierte in dem neu eingerichteten Master-Studiengang „Big Data-Theologie“, eine Verbindung von Informatik, Big Data-Theorie und digitaler Religionswissenschaft.

„We are doing the same thing doch auch“, meinte jetzt Gloryanne in ihrem ulkigen Sprachmix, „we fight die fascists, denn die sind for us die Bösen. I will show their dust and ash in my Memories-Ausstellung.“

„Ja klar“, Don Camillo ließ nicht locker. „Wir müssen sie reizen, bis aus ihnen das Böse herausquillt wie der Eiter aus der Beule. Dann erst kann alles gut werden und die Welt zu ihrer Einheit zurückfinden!“

Im Hintergrund hörte man das Geläut der großen Suppenkelle, denn Maximiliane verteilte das vorbereitete vegane *Chili sin Carne* auf die Teller. Luigi brachte die Gitarre in sein Zimmer zurück, und Dimitri, der den günstigen Platz am Stromverzehrmonster hatte, holte die gekühlten Bierflaschen hervor.

Die Tagesschau meldete wenig später, dass im Zusammenhang mit der gewaltsamen Entführung der Verfassungsrichterin Doktor Ulrike Kleist drei Spitzenfunktionäre der FBD vorläufig festgenommen worden seien. Es gebe indessen noch keine Hinweise auf die Entführer.

10. Schwierige Beratungstätigkeit

Einen langen Nachmittag hatte Immanuel Cammerer mit Václav Kašparovič, dem Vertreter der Europäischen Union verhandelt. Vier oder fünf Stunden in einem seelenlosen *conference room* der riesigen Brüsseler Flügelschraube, wo die Kommission ihren Sitz hat. Bürokratie ist Sitzen bis in alle Ewigkeit. Eingesunken in die mächtigen türkisgrünen Ledersessel, an seiner Seite ein Weinkühler, aus dem er sich und seinem Gast bisweilen einschenkte, sah der untersetzte slowakische EU-Sekretär mit dem schwarzen Haarkranz wie ein kleiner Junge aus, der in den üppigen Möbeln seiner Eltern Erwachsensein spielt. Über seine Züge glitten wie bei einem digitalen Wechselrahmen immer wieder neue Bildchen lächelnder Geneigtheit. Er erinnerte Immanuel lebhaft an einen Straßenhändler, der ihm vor Jahren in Umbrien unter allerlei Wortgeprassel eine vermeintlich goldene Talmi-Uhr angedreht hatte. Er war damals noch Student und ziemlich benebelt von der unverhofften Aussicht, einen fein tickenden Goldklumpen an der Hand zu tragen. Seine misstrauische Frage, warum die herrliche goldene Uhr nicht tickte, beantwortete der Händler hinter vorgehaltener Hand: Das kostbare Stück sei nicht ganz legal importiert worden; man habe das Uhrwerk stillgestellt, damit hellhörige Zöllner nicht auf die heiße Ware aufmerksam würden. Das brachte dann Immanuels Misstrauen zum Schweigen. So gab er für den törichten Handel sein halbes Reisegeld her. Denn auch später, fern aller Zöllnerohren, wollte die Uhr nicht ticken. Immanuel brachte sie nach seiner Rückkehr zum Uhrmacher, der das illegal erworbene Prunkstück in Gang bringen sollte. Diesen spöttischen Blick würde er nie vergessen! Der Meister im weißen Kittel mit langen grauen Haaren und einer krummen Nase, an der die Lupenbrille auf und ab rutschte, schien zwar einem Schauermärchen entsprungen, aber er hatte recht. Es war ein lehrreiches Geschäft.

Mit dem kleinen Marathonlächler verhandelte Immanuel über die Unabhängigkeit Kataloniens. Zuständig war in der Brüsseler EU-Zentrale eigentlich der Kommissar für interinstitutionelle Beziehungen, aber dieser eifrige Sekretär hier war seine rechte Hand, vielleicht auch seine linke. Oder eigentlich seine beiden diskret aufgehaltenen Hände. Zwei Mittelsmänner der katalonischen Exilregierung hatten dieses inoffizielle Gespräch eingefädelt und hilfreich dazu eine Sendung Wein aus der Region spendiert. Die Verhandlung verlief trotz der gutgemeinten Gaben zäh, wort- und gestenreich wie einst der Handel mit der Talmi-Uhr. Die katalanischen EU-Abgeordneten hatten Immanuel Cammerer als

erfahrenen, europaweit vernetzten Politikberater angeheuert und ihm opulente Erfolgshonorare in Aussicht gestellt. Ein Abschlag war bereits auf einem Konto der *Banco del Ejército* in Guatemala gelandet, die Auszahlung würde aber über deren Broker in einer Kryptowährung erfolgen. Das war zwar keine seriöse Adresse, aber für heikle Geschäfte war die Bank mit ihrem üblen Leumund, den sie sich durch jahrzehntelanges Geldwaschen erworben hatte, sehr gut ausgewiesen. Die Sache musste im Dunkeln bleiben, denn die spanische Regierung durfte ja nichts davon wissen. Allerdings würde er die Kryptos niemals annehmen. Daher hatte Immanuel seinem Schwager Ewald von Kleist einen Tipp gegeben, da Ewald für einige deutsche Zeitungen in Guatemala und anderen seligen Steuerparadiesen recherchierte.

Und nun, im coolen Brüsseler Besprechungsraum mit der türkisfarbenen Sitzgruppe und dem anthrazitfarbenen Weinkühler gab ihm sein Verhandlungspartner in zarten Anspielungen und feindosierter Mimik zu verstehen, dass er über diese Honorare im Bilde war. Immer wenn er seine Andeutungen vorbrachte und sich im Sessel bewegte, gaben die Lederposter leise Quietschtöne von sich, als ob in ihrem Innern ein Schweinchen pfiff. Aha, ging es Immanuel durch den Kopf, die zehn Sorten Lächeln kommen aus deiner beteiligungslüsternen Seele. Sag's doch gleich! Warum nicht? So läuft es allenthalben in der Welt! Aber wie viel, mein lieber Václav? Es ging in der Verhandlung einmal darum, dass die EU sich nicht einmischen sollte, wenn Katalonien um seine Unabhängigkeit kämpfte. Das ließ sich machen. Aber weiter erwarteten die Separatisten, dass ihr neuer Staat umgehend als Mitglied der Union anerkannt würde. Denn einen regulären Beitrittsprozess könnte Spanien leicht durch ein Veto blockieren. *A very delicate matter*, wiegte Václav das bekränzte Haupt!

Immanuels Mission war daher nicht einfach, und die Last auf den Schultern des Herrn Kommissions-Sekretär wog, gemessen an der Zahl seiner jedes Lächeln begleitenden Seufzer, besonders schwer. Da mussten viele, viele einflussreiche Leute zustimmen und viele Bitcoins in viele offengehaltene Händchen wie in Nikolausschuhe gefüllt werden. Vom Straßburger Parlament gar nicht zu reden! Doch nichts ist unmöglich. Wir sind ja eine lebendige Wirtschaftsgemeinschaft!

„We are living and dealing in an economic community", seufzte Václav Kašparovič. "Cheers! Mister Cammerer!" Wieder pfiff das Schweinchen in seinem Sessel.

"Absolutely!" stimmte der Mister Cammerer zu. „To live and to deal! Cheers!"

„However, above all, it's *community*, you know", seufzte der Sekretär erneut und legte ein Lächeln mit etwas füchsischer Note auf. „'Community' sounds a bit like 'communism'. But actually, what we are dealing with is sort of *voluntary communism*. That means, everyone likes to give what the other does not yet have."

"I totally agree with you", sagte Mister Kammerer lebhaft, obwohl er nur ahnte, was sein Gegenüber meinte. Das Wortspiel mit *community* und *communism* rief in ihm manche heiße Debatte mit Viktoria wach. Eine Gemeinschaft ist die höchste Form der Gesellschaft! eiferte sein radikales linkes Töchterlein. *Community* ist wie eine Familie! Jeder ist für jeden da! Ach, jetzt fiel ihm siedend heiß ein, dass er Viktoria noch zum Geburtstag anrufen wollte. Aber erst musste er den *community-communism* von Herrn Kašparovič enträtseln, wo man dem anderen freiwillig das gibt, was dieser nicht hat. Okay! Aber irgendetwas müsste der Habenichts doch auch geben! Vielleicht eine nicht-tickende Talmi-Uhr?

Herr Kašparovič sagte schließlich zu, dass er dem Kommissar die geheime Vorlage über den automatischen Beitritt Kataloniens unterbreiten würde. Aber, you know, seufzte er einmal wieder, es ist eine vertrackte Sache. very tricky business! Ja, ja, ich verstehe: Der Kommissar ist auch Fan des community-Kommunismus mit den aufgehaltenen Händchen.

„Economy in this sense always means sort of payment, right?" tastete sich Immanuel vorsichtig zur Enträtselung dieses liebenswürdigen EU-communism voran.

"Exactly, you give, I take, I give, and you take", erklärte Herr Kašparovič unter neuem Geseufze, "and in this magical give and take, money also magically transforms into wise political decisions. Cheers!"

"Cheers!", lautete Immanuels Echo, und rasch warf er den Köder aus. „So, it would not be correct to speak of *bribery* in such give and take!"

„Absolutely not!", rief Herr Kašparovič und legte die ernste Spielart seines Lächelns frei. „To give and to take is deeply human!"

„Of course, and the European Union is fighting for humanity. Cheers!" prostete Immanuel Cammerer zurück.

In diesen Augenblick beidseitiger Entspannung hinein klingelte der Anruf aus dem Büro des Generalbundesanwaltes. Als Immanuel mit einem entschuldigenden Blick in Václavs Richtung sein Mobiltelefon ans Ohr hielt, erlosch schlagartig alle Heiterkeit. Sorry, what did you say? Wie bitte? Was sagen Sie? Meine Frau gekidnappt? Um die Urteilsverkündung zu verhindern? Aus einem Regionalzug verschleppt? Ja, leider, Herr Cammerer, bislang ohne jede Spur! Man habe nur das Erpresserschreiben in Händen. Man unternehme begreiflicherweise alles, aber es gebe noch keine Anhaltspunkte. Vermutlich Leute der FBD, die auf eigene Faust handelten, vielleicht auch nicht. Man wisse es nicht.

Immanuel stellte dem Beamten am anderen Ende der Funkstrecke stockend eine Reihe verlegener Fragen, wann, wo und wie und wer und was, aber woher sollte sonst die Zeit kommen, um die entsetzliche Meldung zu begreifen. Oh, nein! Das ist furchtbar! Wie konnte das passieren? Du lieber Himmel! Und jetzt? Herr Cammerer, wir müssen Sie auffordern, sich umgehend dem Generalbundesanwalt zur Verfügung zu stellen! Dringend! Es gebe für die Bundesrepublik eine akute Gefahrenlage. Ach so, Sie sind gerade geschäftlich in Brüssel? Da könnten Sie doch in fünf bis sechs Stunden in Karlsruhe sein! Na gut, dann erwarten wir Sie morgen früh. Ja, danke. Glauben Sie uns, wir tun das Menschenmögliche! Wir wünschen trotz der schlimmen Nachricht gute Reise!

Immanuel konnte den Schock vor seinem Gesprächspartner nicht verbergen. Er musste sich erst wieder fassen. Doch bemerkte er selbst in dieser äußersten Verwirrung, dass ihn der kleine Sekretär aufmerksam beobachtete. Wie ein Versuchstierchen. Immanuel stellte sein Mobiltelefon mit unsicherer Hand ab und verirrte sich beim Einstecken zweimal in seinem Blazer.

Dann murmelte er: „Sorry, I've just been told that my wife has been kidnapped..."

"Oh my God, this is really horrible news!"

" Possibly from a radical right-wing movement!" ergänzte Immanuel mit leiser Stimme.

"I'm terribly sorry, Mister Kammerer!"

Jetzt lief über die Züge des Herrn Kašparovič eine Serie von lächelfreien Bildern mit wechselnden anteilnehmenden Neigungen des Hauptes, aber es waren keine Seufzer zu hören, die zum Wörtchen ‚sorry' passten. Es war nur ein Sorry-Lüftchen. Allerdings bewegte sich der Mann etwas vorsichtiger, um das Sesselschweinchen nicht zu quälen. Immanuel überfiel kurz ein Gefühl, als ob der kleine Herr Sekretär in dem mächtigen Lederfauteuil bereits von der Entführung wusste. Ohne Fragen zu stellen, zeigte er Verständnis dafür, dass sein Gesprächspartner aufbrechen wollte. Es gebe zwar im Augenblick Wichtigeres, aber es müssten demnächst noch einige Punkte geklärt werden, fügte er hinzu, erst dann könne er im Sinne der katalanischen Bewegung tätig werden, aber er glaube zuversichtlich, dass man sich einigen werde. Einstweilen wolle er Mister Cammerer nur mit einigen Informationen dienen, die hilfreich sein könnten. *Please take this small leaflet!* Herr Kašparovič zog einen crèmefarbenen Briefumschlag aus der Brusttasche und legte ihn mit einem tiefgründigen Blick neben die halbgeleerten Rotwein-gläser auf den Besprechungstisch.

Als Immanuel Cammerer zwei Stunden später im ICE nach Köln saß, öffnete er den Umschlag. Er fand darin ein Blatt mit den IBAN-Ziffern eines Kontos in Honduras, darunter aufgedruckt die Kopie eines Überweisungsträgers, wo im Feld des anzuweisenden Betrags bereits fünf Nullen vor dem Komma eingetragen waren. Also mindestens 100.000. Er musste lachen, obwohl die Sorge um seine Ul-rike an ihm zerrte. Dieser Talmi-Gnom! Aber vielleicht könnte er die Uhr doch zum Ticken bringen!

11. Der Ecce-Homo-Vorsitzende

In einem Raum des Berliner Terrorismus-Abwehrzentrums wartete an diesem Abend des 8. Mai der Parteivorsitzende der FBD, Josef Kaltwasser, auf seine Vernehmung. Er schaute müde und entnervt durch das Fenster auf die roten Ziegelgebäude des einstigen Kasernengeländes am Treptower Park und strich sich mechanisch über die gerötete Stirn. Es wollte wohl nicht mehr hell werden in seinem Kopf. Graues Abendlicht trübte die weite Gedächtnisstätte ein, wo einst die ruhmreichen deutschen Armeen Geschichte schrieben. Noch vor gut 100 Jahren war das hier der Standort des ersten Telegrafenbataillons des preußischen Heeres, die das Kriegsglück zuletzt im Stich gelassen hatte. Eine Nazi-Heereswaffenmeisterschule rückte als Nachfolger in die Gebäude ein, bis die Rote Armee 1945 alle Waffenmeister verjagte. Nach dem Krieg errichtete die DDR hier eine Politoffiziersschule, und nach dem Mauerfall schreckte das Jägerbataillon 581 der Bundeswehr Deutschlands Feinde. Neuerdings hatten es sich das Bundeskriminalamt und das Terrorismus-Zentrum der Bundesrepublik in neueren Gebäuden gemütlich gemacht.

Vielleicht wärmte doch die Erinnerung an das Kaiserliche Preußische Deutsche Heer und an Hitlers Wehrmacht Kaltwassers unruhiges Gemüt. Wie sehr hing sein Herz an den vergangenen Herrlichkeiten! Bisweilen wandte er den Blick vom Fenster zurück in die graue Gegenwart und prüfte, ob Doktor Andreas Mahler jun. noch zur Stelle war. Der junge kahlköpfige Rechtsanwalt saß an der Schmalseite des Besprechungstisches, vor sich eine Kladde mit einem gespitzten Bleistift. Er war damit beschäftigt, sein Schreibheft bündig an die Tischränder zu rücken und den Bleistift in wechselnden Abständen parallel zur Längsseite des Heftes auszurichten. Dabei neigte er immer wieder den Kopf, mal nach rechts, mal nach links, um aus verschiedener Sicht die korrekte Position seines Schreibzeugs zu prüfen. Der Raum war amtlich möbliert, auf einem Wagen stand allerlei technisches Equipment, Bildschirm, Rechner, Drucker, eine hypermoderne audiovisuelle Aufnahmestation, Stühle und hinten der Besprechungstisch, wo der Anwalt Mahler wartete. Hier hausten keine Dämonen. An der Wand spendete das Bild des Bundespräsidenten ein wenig Farbe, und zwischen den beiden steinmeierlichen Grübchen schien milde die Sonne seines Lächelns. Es dauerte nicht lange, bis sich die Tür öffnete und der Bundesanwalt Schellhorn auftrat. Der Mann von etwa vierzig Jahren trug einen navyblauen Havanna Sakko, darunter einen schwarzen Rollkragenpullover mit feinen weißen Querstreifen, und eine hellgraue

Braddonhose mit Bundfalte. Sein gepflegtes Bild krönte eine graue Lockenfrisur, und in dem braun getönten Gesicht sprießten kurze graue Dreitagestoppeln. Der Staatsanwalt verströmte den diskret herben Bergamottduft seines Ermenegildo Zegna-Parfums.

„Guten Tag, die Herren!" rief er und schwang sich auf den rollbaren Sessel, nachdem er den Knopf seines Sakkos gelöst hatte. Dann warf er mit leichter Geste seine Akte auf den Tisch.

„Mein Name ist Hunter Schellhorn. Ich bin Oberstaatsanwalt des Generalbundesanwalts und mit Ermittlungen in dem Staatsschutzdelikt nach § 105 StGB beauftragt, das ich Ihnen sofort erläutern werde. Machen wir uns doch an die Arbeit! Sie sind bereits belehrt, Herr Kaltwasser, und im Bilde, was Sie erwartet? Es geht um eine kurze Befragung, die wegen der Bedeutung der Sache in Bild und Ton aufgezeichnet wird."

„Ich hätte erwartet, dass Sie mich mit ‚Ecce homo' grüßen", entgegnete Kaltwasser mit einer Betonung, als hingen schwere Bedeutungen an jedem Wort. Er wendete sich dabei langsam vom Fenster ab. Sein grün-rustikales Jäger-Outfit bildete einen deutlichen modischen Kontrast zu dem eleganten Schellhorn. Der sächsische Weichzeichner in seiner Sprache machte aus dem biblischen Spruch ein „Eggse hemo".

„Wie soll ich das verstehen?" fragte der Staatsanwalt daher. Er war abgelenkt, weil er nach dem Schalter für die audiovisuelle Aufnahme suchte.

„Das ist eine alte biblische Formel, mit der man unschuldige Angeklagte begrüßt!"

Das Lächeln des Bundespräsidenten an der Wand schien sich ein wenig einzutrüben.

Kaltwasser wartete, bis ihn der Staatsanwalt wieder anschaute. „Haben Sie die Worte noch nie gehört? ‚Eggse hemo'."

„Sagt mir nichts! Helfen Sie mir!"

„Sollten Sie mal lesen, Johannesevangelium", sagte Kaltwasser lehrerhaft. "Wäre eigentlich Pflichtlektüre für Ankläger. Die Geschichte vom unschuldigen Mann, der verhört und gepeinigt wird, bis er zuletzt am Kreuz endet, weil ihn ein gleichgültiger Richter vernimmt."

„Ich gestehe, dass ich nicht sehr bibelfest bin und nehme daher Ihre Leseempfehlung gerne an", antwortete Schellhorn verbindlich. „Unserer Vernehmung heute liegt allerdings die Strafprozessordnung zu Grunde, die auch eine Lektüre wert ist. Sie wurden bereits auf Ihre Rechte hingewiesen und haben ja den Beistand Ihres Anwaltes, Herrn Doktor Mahler. Überdies wird die Vernehmung audiovisuell aufgezeichnet."

„Die Bundesanwaltschaft macht offenbar gerne Videos, und schaut sich anschließend an, wie sie Unschuldige verfolgt und ihre Justizirrtümer vorbereitet?" Kaltwasser verspürte Oberwasser.

Der Bundesanwalt schüttelte den Kopf, wobei seine Lockenfrisur in feine Schwingung geriet.

„Die Aufzeichnung ist sachlich geboten, und Sie haben sich im Vorgespräch damit einverstanden erklärt."

„Ja, wir sind sehr daran interessiert, die Vernehmungsweise der Bundes-Staatsanwaltschaft dokumentiert zu sehen", erklärte Doktor Mahler jun. und ließ seinen Schreibstift kurze Scheibenwischerbewegungen machen. „Bitte eine Kopie an meine Kanzlei!"

„Ich würde dann gerne zur Sache kommen, Herr Kaltwasser. Ihnen wurde bereits eröffnet, dass Sie im Verdacht stehen, die Entführung der Bundesrichterin Frau Doktor Kleist sowie die Nötigung eines Verfassungsorgans angestiftet oder Beihilfe dazu geleistet zu haben. Wir halten die Annahme für plausibel, dass Sie Mitwisser der geplanten Tat sind. Der Verdacht betrifft ein Staatsschutzdelikt, daher ist hier der Generalbundesanwalt zuständig."

„Ich will Ihnen sagen, was meine Sache ist, Herr Oberstaatsanwalt", giftete Kaltwasser und erhob sich ein Stück von seinem Stuhl. „Meine Sache ist die Unschuld am Kreuz. Eine böse Eggse-Hemo-Sache. Darf ich vielleicht wissen, wer ihre Pharisäer und Hohepriester sind und welche Anhaltspunkte Sie für Ihre Beschuldigung haben?"

„Aber gerne", antwortete der Beamte freundlich. „Der Verdacht ergibt sich aus einem dem Bundesverfassungsgericht zugeleiteten Dokument. Darin wird im Namen Ihrer Partei das Gericht aufgefordert, das drohende Verbotsurteil der FBD nicht zu verkünden. Andernfalls sei das Leben der Richterin gefährdet. Ich würde meinen, die Motivlage für Sie und Ihre Partei dabei ist eindeutig."

Bundesanwalt Schellhorn hatte währenddessen ein Blatt aus seiner Handakte gezogen und es Kaltwasser unter die Augen geschoben. Während der FDB-Chef nach seiner Brille suchte, warf Anwalt Mahler jun. einen Blick auf das Schriftstück, das Schellhorn zitierte:

„Die Richterin Doktor Ulrike Kleist, treibende Kraft bei der Unterdrückung der Freien Bürger Deutschlands, ist in der Gewalt des bewaffneten Armes der deutschen Reichstreuen-Bewegung. Wir werden das Verbrechen gegen Volk und Reich nicht

hinnehmen. Sollte das Verbot der FBD ausgesprochen werden, können wir für das Leben der Frau Kleist nicht mehr garantieren. Das Kommando des bewaffneten Armes der Reichstreuen deutscher Erde"

„So was kann doch jeder Idiot verfassen und an ein Gericht schicken", meinte Doktor Mahler jun. „Wie soll das die Grundlage für eine Inhaftnahme sein?"

„Aber nicht jeder Idiot kann ein Kidnapping organisieren," meinte der Oberstaatsanwalt und strich durch seine Locken, „dazu gehört eine Organisation, die über Logistik und Ressourcen verfügt. Das haben Sie und Ihre Partei zur Hand, aber nicht die sogenannten Reichstreuen deutscher Erde. Wir haben keine Hinweise auf andere Täter oder Organisationen."

„Eine reine Vermutung", ging Doktor Mahler jun. dazwischen.

„Dieses Schriftstück stammt nicht von mir, wurde von mir weder angeregt noch autorisiert. Ich habe auch nichts davon gewusst", ergänzte Kaltwasser. „Und mit der Entführung, wenn es denn wirklich eine gegeben haben sollte, haben ich und meine Partei nicht das Geringste zu tun."

„Vielleicht können Sie dann zur Aufklärung beitragen", fuhr der Oberstaatsanwalt fort. „Ich möchte gerne wissen, in welcher Beziehung Sie zu dieser Gruppierung stehen, die hier behauptet, die Richterin entführt zu haben und sie mit dem Tod bedroht."

„Ich stehe nur in einer einzigen Beziehung zu irgendetwas", antwortete Kaltwasser wütend, „ich stehe in der Beziehung eines Patrioten zu meinem Deutschland, das ich aus tiefstem Herzen liebe. Und ich führe eine Partei von Patrioten, die von dieser gleichen tiefen Vaterlandsliebe erfüllt sind. Aber der Staat, der unser Deutschland und seine Deutschen leider ins Unglück führt, hindert uns mit Gewalt daran, unseren Willen zum Deutschtum und zur Erhaltung der deutschen Erde politisch zu vertreten. Unsere Abgeordneten werden bespitzelt, unsere Telefone und Internetverbindungen abgehört, unsere Anhänger benachteiligt, unser Parteieigentum konfisziert, unsere Akten beschlagnahmt. Und jetzt werden wir auch noch verhaftet, verhört, unsere Partei verboten, und ich hänge demnächst am Kreuz."

Das bundespräsidentielle Lächeln an der Wand sah jetzt so aus, als wollte es gerne Lachen werden.

„Könnten Sie mir bitte erklären, in welcher Beziehung Sie zu der Gruppierung stehen, die sich 'Reichstreue deutscher Erde' nennt? Sind Angehörige dieser Gruppierung Mitglieder Ihrer Partei? Und haben Sie Einfluss auf diese Leute?" unterbrach ihn Schellhorn.

„Ich bin mitten in meiner Erklärung", sagte Kaltwasser, um Beherrschung des sächsischen Weichzeichners in seinem Sprechen bemüht. „Hören Sie, Herr Oberstaatsanwalt, die 'Reichstreuen deutscher Erde' interessieren mich nicht die Bohne. Nur, offen gesagt, bleibt uns nichts anderes übrig, als im Sinne des Artikels 20, Absatz 4 des Grundgesetzes Widerstand zu leisten. Wie Sie als Rechtskundler sicher wissen, ist ein solcher Widerstand vom Grundgesetz gedeckt, wenn ,andere Abhilfe nicht möglich ist'. Sagen Sie mir, welche Abhilfe gibt es gegen ein Verbot durch das Verfassungsgericht? Sie werden mir wohl nicht den albernen Europäischen Gerichtshof für Menschenrechte empfehlen."

„Es ist nicht meine Aufgabe, Ihnen Rechtsberatung zu erteilen", gab Schellhorn zurück. „Nur so viel: Ihre Lesart von Artikel 20, Absatz 4, ist abwegig. Stattdessen erwarte ich eine Antwort auf meine Frage. Der Bundesrichter, der über Ihre Haft zu entscheiden hat, wird sich kaum für Ihre Auslegung des Grundgesetzes interessieren."

„Weil er vermutlich auch nichts ist als ein Staatsknecht", giftete Kaltwasser. „Und außerdem hängen Sie dort das Bild von der Wand ab. Oder drehen Sie es um. Ich kann dieses Grinsen nicht mehr sehen, dieser Oberstaatsknecht!"

Kaltwasser sprang erregt auf und machte Anstalten, das Bild des Bundespräsidenten an der Wand abzuhängen, aber der Anwalt Mahler jun. hielt ihn zurück.

„Lass das Joseph, damit erreichen wir nichts."

„Dann sehe ich mich genötigt, Ihnen meinerseits als Staatsknecht", Schellhorn schien der Titel zu behagen, „Ihnen als Staatsknecht zu erklären, warum das Bild unseres Staatsoberhauptes dort hängt. Es zeigt an, dass unser Handeln einer rechts- und verfassungswahrenden Autorität unterliegt, die durch das höchste Amt repräsentiert wird. Dass Ihnen das nicht gefällt, haben Sie hinreichend deutlich gemacht."

„Sie handeln im Auftrag Ihres Staates; ich aber handle im Auftrag des deutschen Volkes!" Kaltwasser setzte sich wieder. „Wer hat Sie denn in das Amt gehievt? Sind Sie vom Volk gewählt? Nein! Seilschaften und Gerichtsmuftis, die kein Schwein kennt, haben Sie auf ihr Staatsanwaltsstühlchen gesetzt."

„Gleich, wie Sie mich betrachten und ob Ihnen der Bundespräsident gefällt", sagte der Mann auf dem Staatsanwaltsstühlchen, „ich werde die Befragung fortsetzen. Doch wenn Sie sich auf Ihr Aussageverweigerungsrecht berufen, dann ist das Ihnen freigestellt."

„Ich verweigere Ihnen keineswegs die Auskunft über das, was ich von Ihnen halte", wetterte Kaltwasser weiter. „Das ist eine Hexenjagd! Und wir sind im Widerstand."

„Darf ich fragen, warum Sie und Ihre Gesinnungsgenossen, ich meine die ‚Reichstreuen', sich auf das Grundgesetz berufen, wo die doch die Ansicht vertreten, dass Bismarcks Reichsverfassung von 1871 noch gilt. Darin gab es kein Widerstandsrecht."

„War ja auch nicht nötig", sagte Kaltwasser etwas abgekühlt. „Die Freien Bürger Deutschlands vertreten diese Position nicht. Wir erklären nur, dass das Recht, das das Verfassungsgericht angeblich wahrt, ein Widerstandsrecht einräumt. Darauf berufen wir uns. Verstanden?"

„Haben Sie weitere Anhaltspunkte zu Ihren Vorwürfen gegen meinen Mandanten?" wollte Dr. Mahler jun. wissen.

„Es gibt schwerwiegende Verdachtsgründe, die Sie nicht ausgeräumt, sondern mit Ihrem Hinweis auf ein angebliches Widerstandsrecht nur noch verstärkt haben!"

„Wenn das alles ist, verlange ich die umgehende Freilassung von Herrn Joseph Kaltwasser", erklärte Dr. Mahler jun.

„Das wird der Bundesrichter entscheiden", sagte der Oberstaatsanwalt.

Zwischen den Grübchen des Bundespräsidenten an der Wand schien sich das Lächeln wieder zu entspannen.

12. Vater-Tochter-Telefonat

Im voll besetzten ICE von Brüssel nach Köln hatte sich Immanuel Cammerer neben einen überbelegten Gepäckhalter in eine Ecke zurückgezogen, wo er halbwegs ungestört und ungehört telefonieren konnte. Allerdings irritierte ihn dort ein Koffer mit einem uralten zerschlissenen Aufkleber "Atomkraft? Nein Danke!", wo um die grinsende rote Sonne herum nur noch die Buchstaben A...n...anke zu lesen waren. Ja, das Schicksal! Er ahnte, dass Viktorias Geburtstagsfreude unter der Angst um ihre Mutter verschüttet lag. Und was sie beide nun darüber sagen würden, war nicht für alle Ohren. Als dann in Dresden auf Viktorias Smartphone endlich der Name ‚Papa' aufleuchtete und dazu Grétrys Andromaque-Klage ertönte, saß sie immer noch gedrückt und schweigsam im Kreis der Freunde. Bei kalten Getränken, *Chili sin Carne* und dem Kuchen mit abgebrannten Kerzen diskutierten sie Don Camillo Steinbrechers Plan, am nächsten oder übernächsten Tag in Dresden und anderen Städten zu demonstrieren und vielleicht ein paar Autos in Brand zu setzen. Das Verfassungsgericht und die Bundesregierung sollten den Kidnappern nachgeben, auf das Verbotsurteil verzichten und die Richterin Dr. Ulrike Kleist aus aller Gefahr befreien.

Viktoria drückte sich aus dem weinroten Sofa, klopfte die Kuchenkrümel von ihrem Sweatshirt und ging durch den Flur in ihr kleines Zimmer. Dort zwängte sie sich durch die enge Stelle zwischen der Wand und ihrem Flügel und ließ sich auf das Bett fallen, da der einzige Stuhl heute in die Küche abgewandert war. Auf dem Schemel neben ihr stand der Radiowecker, ein Rahmen mit Fotos ihrer Lieben, Mutter, Vater, Osei und Onkel Ewald, und daneben eine kleine Büste von Fanny Hensel.

„Weißt Du irgendetwas von Mama?" fragte Viktoria und starrte unter einer Woge von Traurigkeit auf das Bild ihrer Mutter, als lebte sie schon nicht mehr.

„Nein, leider nichts", gab Immanuel leise zurück. „Entschuldige, Viktoria, ich kann nicht lauter sprechen, weil ich in diesem überfüllten Zugabteil das Gefühl habe, dass alle Leute zuhören. Man hat mich überhaupt erst vor wenigen Stunden über Mamas Entführung informiert, weil ich die ganze Zeit bei der EU Gespräche geführt habe. Und ich bin auch jetzt noch restlos durcheinander. Jemand von der Bundesanwaltschaft hat mich angerufen. Ich habe sogar den Namen vergessen. Und Du? Wann hat man dich informiert?"

„Ich weiß davon seit heute Mittag. Auch von der Bundesanwaltschaft. Nur eben hieß es im Fernsehen, dass ein paar Leute von den FBD verhaftet worden sein

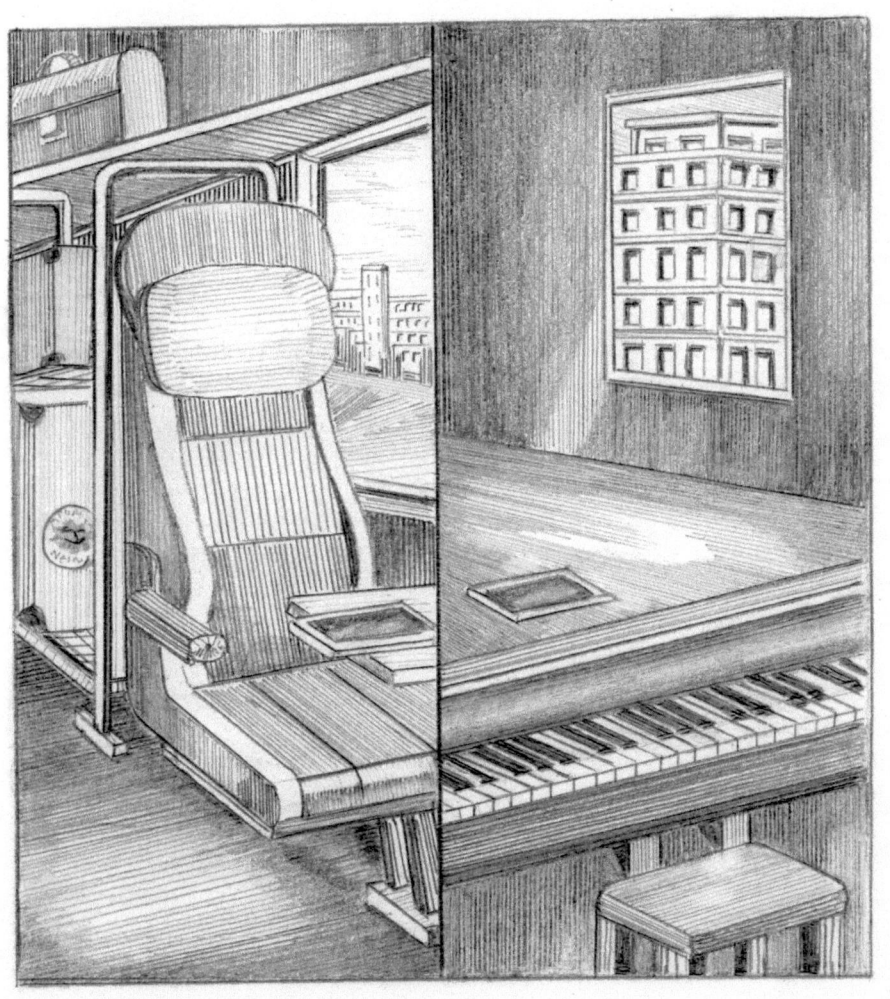

sollen. Mehr nicht. Die arme Mama! Das ist so grausam! Ich bin total verzweifelt, Papa. Wie wird das ausgehen?"

„Ich will das Beste hoffen", sagte Immanuel, und er mühte sich, in sein Flüstern etwas Zuversicht zu geben und nicht weiter auf das Fragment des Ananke-Aufklebers zu blicken. „Dass diese Nazi-Leute zu allerhand fähig sind, glaube ich schon, aber die Ermordung einer Geisel traue ich ihnen nicht zu. Was immer geschieht, wir brauchen erst einmal Geduld. Hoffentlich gibt es bald wenigstens ein Lebenszeichen von Mama. Das wäre eine kleine Beruhigung."

„Du traust ihnen keinen Mord zu?" rief Viktoria. So laut, dass sich ihr Vater im Zug umblickte, ob sich nicht mit ihm der ganze Großraumwagen erschreckt habe. „Wie bist du dir da sicher?" fragte sie zum Glück etwas leiser. „Und Osei? Das waren doch auch Rassisten, die ihn auf dem Gewissen haben."

„Vicky, bitte", bat Immanuel, „wir wissen doch immer noch nicht, was mit ihm passiert ist. Und wir wissen auch nicht, wer dafür verantwortlich ist. Außerdem sehe ich keinen Zusammenhang mit der Entführung von Mama. Das sind ganz andere Leute, die dahinter stecken."

„Dann sag mir bitte, wer denn?" Wieder erschrak Immanuel über die Lautstärke. „Was für Leute ermorden einen dunkelhäutigen Touristen, frage ich dich! Na, Papa? Welche Leute entführen eine Richterin, die eine Neonazi-Partei verbieten will? Das sind die gleichen Höllenhunde!"

„Es gibt auch unter Höllenhunden verschiedene Rassen und Beißgewohnheiten, Vicky", versuchte Immanuel seine Tochter zu besänftigen. „Einen schwarzen Mann umzubringen, dafür brauchst du nur zwei schmutzige Hände. Aber bei einer solchen Entführung, da sind viele Leute nötig. Sie haben sogar einen Notarztwagen gekapert und Mama damit am Bahnhof abtransportiert."

„Ich weiß, Papa", schluchzte Viktoria jetzt. „Glaubst du denn, dass sie noch lebt?"

„Das glaube ich sicher!" Immanuel legte alle Kraft in seine Antwort. „Um sie zu ermorden, hätte es dieses Aufwandes nicht bedurft. Nur wenn eine Panne den Plan der Entführer durchkreuzt hätte, wäre es vielleicht um Leben und Tod gegangen. Aber da es überhaupt keine Spuren gibt, ist das doch ziemlich ausgeschlossen. Und wäre die Aktion wirklich als terroristischer Mord geplant gewesen, dann hätten die das spektakulär in Szene gesetzt. Diese riskante Entführung kurz vor der Urteilsverkündung und die Erpressung des Gerichts wären dann nur eine Ablenkung, im Effekt aber gänzlich fruchtlos."

„Und wenn es ganz andere Täter sind als die von den FBD oder die Reichstreuen?"

„Das lässt sich nicht ausschließen", sagte Immanuel nach längerem Nachdenken. Er schaute aus dem Fester, weil der Zug dicht an Häuserreihen und an den Zufallsmustern erleuchteter Fenster entlang fuhr. „Ich wüsste aber nicht, welches Interesse man daran haben könnte. Ich habe mir auch schon den Kopf zerbrochen. Mir schiene es plausibel, wenn die Leute von den FBD Zeit gewinnen wollten. Das Verbot tritt so lange nicht in Kraft. Nur kann das nicht ewig dauern, und sie müssen irgendwann erklären, wen oder was sie gegen ihre Geisel tauschen wollen."

„Meine Freunde hier von der Antifa, vor allem Don Camillo, den du kennst, planen eine Demo", sagte Viktoria jetzt unsicher. „Die Regierung soll erklären, dass das Verbot auf keinen Fall in Kraft treten darf. Ich weiß nicht, ob das Sinn macht."

„Das weiß ich auch nicht, Vicky." Der Vater seufzte wie zuvor sein Herr Kašparovič. Er vermied seit einiger Zeit alle politischen Debatten mit seiner Tochter. „Vielleicht ist es besser, erst mal etwas zu warten. Ich rechne damit, dass die Kidnapper sich bald mit Erklärungen oder weiteren Forderungen melden."

Die beiden mussten ihr Gespräch unterbrechen, weil Immanuels Zug in den Kölner Bahnhof eingefahren war, wo er sich aus seiner Ananke-Position am Gepäckhalter herauswinden musste, um in den Intercity nach Karlsruhe umzusteigen. Eine halbe Stunde später meldete er sich wieder. Viktoria saß noch immer wie gelähmt auf ihrem Bett. Ihr Vater wollte ein wenig von dem quälenden Thema ablenken und fragte Viktoria, wie sie denn den Tag verbracht habe. Während Viktoria unwillig erzählte, vom Anruf der Nachbarin und von Adams Flucht, steckte Loretta den Kopf durch die Tür. Sie schaute die Freundin fragend an und flüsterte: „Alles okay mit deinem Papa?"

Viktoria nickte, worauf Loretta etwas lauter nachhakte, ob er auch etwas Neues über Osei in Erfahrung gebracht habe. Das hatte Immanuel wohl gehört, und er wollte wissen, ob Viktoria denn in der Stimmung sei, um über Osei zu sprechen.

„Ja, es geht", sagte Viktoria. „Ich spreche auch mit meiner Therapeutin darüber. Morgen bin ich wieder bei ihr."

„Das ist sicher gut", meinte Immanuel.

„Weißt du etwas Neues?" wollte Viktoria wissen. „Hat deine seltsame Quelle in Brüssel etwas gesagt?"

„Es gibt nicht viel", antwortete Immanuel vorsichtig, „aber eines scheint inzwischen klar zu sein. Als Osei im April des vergangenen Jahres von San Franzisco nach Berlin geflogen ist, folgte ihm ein Mann der CIA. Man hat in Brüssel die

Vermutung, dass das eine hochpolitische Sache sei. Man kann nichts sagen, solange noch die Untersuchungen gegen die Polizeibeamten laufen. Dass der CIA-Mann Osei nur begleitet hat, damit er nicht im falschen Flughafen aussteigt, kann man sich schwer vorstellen. Ich hoffe, wir werden über unseren Freund Samuel Papenfuß eher etwas erfahren. Er will mit Gottlieb Feyerling vom Bundeskriminalamt sprechen, den er gut kennt."

„Osei hat mir selbst erzählt, dass er dauernd beschattet wurde. Das begann ziemlich genau, nachdem er sich bei John Branca gemeldet hatte."

„Wer ist denn John Branca?" wollte Immanuel wissen.

„Das ist einer der drei Nachlassverwalter von Michael Jackson. Der Branca versprach Osei, dass er den Anspruch von Oseis Volk auf einen Teil des Erbes prüfen wollte. Du weißt, dass Michael zum König der Anjyi gekrönt worden war. Osei hat vermutet, so erzählte er mir, dass Michaels Jacksons Vater Joseph, der im Testament nicht bedacht worden ist, schon vorher irgendwelche Leute auf ihn angesetzt hat. Sie haben seine Wohnung durchsucht. Und dann hatten auch noch andere mächtige Leute ihre Finger im Spiel. "

„Ja, kein Wunder, wenn so viel auf dem Spiel steht."

„Osei hatte ein authentisches Dokument, das man ihm aber in Berlin weggenommen hat. Darauf stand das Versprechen von Michael Jackson, den Anjyi aus seinem Nachlass Grundbesitz und Songrechte zu vermachen. Das blieb aber wohl gegen alle Vereinbarungen nicht geheim, und da vermutete der Vater Joe, dass es noch weitere Testamente gibt, die dann auch ihn begünstigen würden. Raymone Bain, die frühere Pressedame von Michael Jackson, hat auch kürzlich behauptet, dass es nach Michael Jacksons Testament von 2002 noch ein weiteres aus dem Jahr 2006 gebe."

„Hast du dieses Papier mit dem Erbversprechen denn jemals gesehen?"

„Ja, eine Kopie, er hatte jede Menge Kopien gemacht und versteckt" sagte Viktoria hastig. „Das Original hat er nur ganz kurz in Händen gehabt, bis man es ihm weggenommen hat."

„Wirklich? Hast du es gesehen?" Immanuel wollte es nicht glauben. „Und wo ist das jetzt?"

„Nein, Papa, ich habe das Original nicht gesehen," räumte Viktoria ein. „Auf der Kopie standen nur ein oder zwei Sätze, die habe ich nicht mehr genau in Erinnerung. Aber die Unterschrift von Michael Jackson war wohl wirklich echt, mit dieser markanten Verbindung des letzten Buchstabens ‚l' im Vornamen zum ersten ‚J' des Nachnamens. Dieser Schnörkel sieht aus wie ein Violinschlüssel. Ich habe keine Ahnung, wo das Dokument ist. Die Leute beim Gericht haben mir gesagt, dass sie Oseis gesamten Nachlass an seine Familie geschickt hätten. Das wäre noch die harmloseste der vielen Lügen, die sie in die Welt gesetzt haben."

„Wenn das ein wichtiges Dokument war, dann könnte sich das auch jemand angeeignet haben. Und vielleicht war das auch ein Mordmotiv."

„Jetzt sprichst du selber von Mord, Papa."

„Ich habe das ja nie ausgeschlossen", verteidigte sich Immanuel. „Aber mit Hinweis auf ein solches Motiv könnte ich noch mal meine Kontaktleute befragen."

„Und hat dein toller europäischer Geheimdienst denn keine V-Leute bei den FBD? Die Partei ist doch eine riesige Gefahr für ganz Europa, weil sie aus der EU austreten wollen."

„Ach, Viktoria", Immanuel seufzte erneut. „Bisweilen glaube ich, dass eher die FBD ihre V-Leute beim BND und dem *Intelligence College in Europe* untergebracht hat."

13. Palmström der Wächter

Wie der Honeyman oder Palmström angekündigt hatte, brachte jemand etwas zu essen. Das Fahrzeug hatte Ulrike draußen gehört. Nebenan ertönte dann ein telefonisches Signal, und Palmström kam eilig, um sie in ihrem Raum einzusperren. Zuvor legte er ihr einen Schreibblock mit Stift bereit. Sie musste rasch notieren, was man ihr aus ihrem Haus besorgen solle. Während sie in Gedanken ihren Kleiderschrank durchsah, kam aus dem Flur das Geräusch einer Tür, Männerstimmen und Schritte. Wenig später holte der Honeyman ihren Zettel ab, auf den sie nur einige Toilettensachen und bequeme Hosen mit Oberteilen notiert hatte. Ein paar Bücher wären auch sinnvoll gewesen. Nur welche? Vielleicht John Bunyans Lebensgeschichte, die er im Gefängnis geschrieben hat. Sie kam nicht mehr dazu. Kurz darauf hörte sie, wie draußen das Auto wieder davonfuhr. Dann trat ihr Wächter mit zwei Papiertüten in der Hand ein, legte ihr eine auf den Tisch und sagte:

„Belegte Brötchen, mehr haben sie nicht besorgt. Später soll es noch Pizza geben." Als hätte er Angst vor ihrer Reaktion, zog er sich wieder zurück.

Leider stand auf der Tüte nicht der Name des Bäckers oder Metzgers, der die kleine Mahlzeit zubereitet hatte. Auch die Krustenmarkierung der Brötchen oder der Geschmack des Käses verrieten nichts. Die Schrippen in Potsdam sahen anders aus als die badischen Brödle oder die langgezogenen elsässischen Petits Pains. Spurensuche an allen Dingen. In den Stunden des Alleinseins zuvor hatte sie die Möbel, Wände, Türen, Bettwäsche nach Etiketts oder Hinweisen abgesucht, an welchem Ort oder in welcher Region ihr Gefängnis stand. Kaum ein Indiz. Nur den Viertelrest eines Bildes von Kinderhand hielt ein dünner Nagel an der Wand, auf der Tafel fand sie unvollständig abgekratzte Reste von Abziehbildchen, an der Tür klapperte beim Öffnen und Schließen ein alter Kleiderhaken, kein Etikett am Bett oder Bettzeug, nur auf dem Boden die Spur von Millionen Fußtritten. So verzehrte sie erst einmal ihr Abendessen. War es wirklich Abend? Die Tageszeit ließ sich nur vermuteten, denn der Honeyman hatte ihr die Handtasche und die Uhr nicht zurückgegeben, vom Mobiltelefon ganz zu schweigen. Lediglich das matter werdende Licht, das die Verbundglasscheiben der schrägen Dachfenster durchließen, konnte sie nach der Zeit fragen.

Ein Brötchen mit nichtssagendem Scheiblettenkäse reichte ihr. Die wiedergewonnenen Kräfte würde sie jetzt für einen Abendspaziergang durch den langen Gefängnisraum nutzen. Ihre Schrittlänge waren 63 Zentimeter, die hatte sie einmal in ihre Fitness-App eingeben müssen. Für einen Längenweg benötigte sie 33 Schritte, also war ihr Gefängnis etwa 20 Meter lang. Für die berühmten 10.000 täglichen Schritte müsste sie daher dreihundert Mal auf und ab gehen. Also los, Ulrike! Und tröste dich, sagte sie sich, andere Gefangene müssen in winzigen Zellen hin und her wandern; eigentlich hast du es noch gut. Und pass auf: Gedanken sind die engsten Kerker, wo man umherirrt, 33 Irrtümer in die eine und 33 Irrtümer in die andere Richtung. Auf dem Hinweg zur Tür sah sie ihre Zukunft glasklar: Dort würde sie irgendwann hinausschlüpfen oder hinausgeschleppt werden. Aber die verschlossene Tür sagte auch, dass es kein Entrinnen gibt, wenn sich der Himmel nicht etwas einfallen ließ. Ihre Lage, dachte sie dann auf dem Rückweg, gleicht einem Wimmelbild. Zahllose Leute, Regierung, Parteien, Abgeordnete, die Geheimdienste, die Verfolgungsbehörden, Kollegen, Familie, Freunde, erst recht ihre Feinde, das Neonazipack, spielten die nächsten Züge aus, was mit ihr geschehen wird. Wohin würde sich der Ausgang, der da am Ende des Ganges versiegelt war, einmal öffnen? Ach, auf dem Wimmelbild glaubte sie alle Einzelgesichter zu sehen, Viktoria, Immanuel, ihren Bruder, Adam, ihre betagten Eltern, die nichts von ihr wussten.

Jetzt vermisste sie besonders ihren Vater. In seinen späten Tagen brachte der liebe Mann noch so viel Heiterkeit in die Welt. Nach dem Bierernst von vierzig Jahren in der höheren Finanzverwaltung hatte Vater Primislaf als Pensionär begonnen, ein Archiv des Gelächters zu errichten. Unter begeisterter Unterstützung der technikbegabten Mutter Solveig hatte er Lachszenen aus Filmen, Radio, Fernsehen, alten Schallplatten gesammelt und nach Ländern, Kulturen, Geschlechtern, Epochen geordnet. Erst hatten die Leute darüber gelacht (was er gleich aufgenommen hat), später haben ihm Forscher und Anthropologen die Bude eingerannt. Aber wie liebte sie sein Lachen, das in den tausend Fältchen nistete!

Und wie ging es jetzt dem armen Adam-Hund? Der hatte gerade auch nichts zu lachen. Hoffentlich nehmen sich die Wolkensteins nebenan seiner an. Herrjeh, auf welchem Gedankenkarussell saß sie denn, dass Adam ihr dauernd durch die Gedanken hinkte; dabei würden Viktoria und Immanuel gerade vor Sorgen vergehen. Immerhin können die beiden miteinander sprechen, aber ein verirrter Hund! An welchem Fleckchen der Erde wird er jetzt klagen. Oje, wie kann er klagen, der arme Adam! So ein Hypochonder! Vor allem in der Nacht, wenn er sich allein fühlt. Und sein nächtliches Bellen! Wie im Gedicht *Nachtgeräusche*: „erst das laute Nachtgebell der Hunde, dann der abgezählte Schlag der Stunde", nein: „erst das *traute* Wachtgebell" hieß es wohl.

Sie hatte dann doch vergessen, die Wege im Schulraum hin und zurück zu zählen, denn ihre Gedanken gingen nicht hin und her, sondern drehten sich in Spiralen um die Häupter ihrer Lieben. Vielleicht sollte sie sich hinlegen. Dann hinge sie in einem anderen Drehkreuz als stehend oder gehend. Sie musste ihren Kopf wieder ihrem Willen gefügig machen. Dazu wollte sie das ganze Gedicht aus Schulzeiten in ihrem Gedächtnis finden. In einem Vers war vom „Geisterlaut der Stille" die Rede. Zwar hörte sie von nebenan das TV oder ein anderes Gerät des Honeyman, aber der Rest war wirklich Stille, und wenn die Stille in Dämmerung versank, dann tauchten andere Nachtgeräusche und Nachtgedanken auf.

Nachtgedanken sind stärker als Tagesgedanken, schwarz ist stärker als weiß. Schwarz auf weiß, dachte sie einst, das ist das Recht. Aber welch schwacher Behelf ist das Recht gegen die Gewalt von Unglück, Zufall, Tod, die uns schütteln! Kein Recht gilt ohne Schwert, aber wie viele Schwerter werden ohne Recht geschwungen, wie viele mörderische Fäuste fliegen! Und wie sollen die schwarzen Buchstaben solcher Gewalt trotzen? Nur etwas Betäubungsmittel über einen Lappen träufeln, auf die Nase drücken, und das Grundgesetz fällt in Ohnmacht. Was sind wir für Richter in unseren Ornaten! Sie sind so rot und edel und schön, weil wir ihnen magische Kräfte zuschreiben wie in den Sagen den Königen und Päpsten in Hermelinmänteln.

Dann fiel er ihr wieder ein, der Anfang des Gedichts: „Melde mir die Nachtgeräusche, Muse, die ans Ohr der Schlummerlosen fluten!" Was für Nachtgeräusche mag sie jetzt hören, ihre schlummerlose Viktoria in Dresden, in ihrem winzigen Zimmer? Wahrscheinlich wird sie ein schwarzes Stück auf dem Flügel spielen und dazu viele Stücke Torte verschlingen. Und hier nebenan, der dürre Palmström, der idiotische TV-Programme anschaute, war schlummerlos wie Viktoria und auf seine Clownsweise traurig. Rettungslos sind Schlummerlose ihrem Kummer ausgesetzt! Nur ist der Kummer ein letzter Halt vor dem Abgrund. Er hält dich zurück, er bindet dich noch an etwas, was du unglücklich liebst. Und so überfiel sie auch eine wilde Traurigkeit, an der sie gar nicht unterscheiden konnte, ob es ihr Schicksal war oder der Gedanke an Viktoria oder gar der Wächter. Sie hielt es jetzt nicht mehr auf ihrem Lager.

Ulrike stand auf, öffnete die Tür und bewegte sich durch den dunklen Gang hinüber zu Palmströms Zimmer. Unter der Tür sah sie den Lichtstreif, dahinter vernahm man andere Nachtgeräusche. Sie klopfte an, und von innen rief die Stimme „herein". Der Wächter hing im Schlafsessel, die *Insomnia*-Kappe hing

schief auf seinem Kopf, und er schaute ein Pornovideo, das er gleich verlegen vom Bildschirm bannte, als sie ein paar Schritte eintrat.

„Ich musste eben an meine Tochter denken", sagte sie. „Sie leidet auch an Schlaflosigkeit. Schon als Kind. Und jetzt musste ich nach Ihnen schauen, als wären Sie mein Kind. Ich mache mir um jeden Menschen Sorgen."

Palmström schaute sie erstaunt, aber auch ein wenig ratlos durch seine altmodische Brille an und knackte mit den Fingern.

„Was war denn mit ihrem schlaflosen Kind?" fragte er und richtete sich auf.

„Oft sind es Ängste, wenn ein Kind nicht schläft."

„Ich habe ihr Geschichten erzählt", sagte Ulrike. „Als sie ganz klein war, immer die gleiche Geschichte, und als sie älter wurde, wuchs mein Repertoire um ein paar weitere Geschichten, vielleicht drei oder vier."

„Und was waren das für Geschichten?" fragte Palmström.

„Es waren Geschichten von Wunderkindern", antwortete Ulrike schmunzelnd. „Viktoria wollte gerne ein Wunderkind sein."

„Und dann ist sie eingeschlafen?"

„Wenn alles gut war am Ende der Geschichte, ist sie wirklich eingeschlafen. Wie ein Dichter gesagt hat: ‚Dann des Schlummers leise Tritte'."

„Von Conrad Ferdinand Meyer", sagte Palmström.

„Was, Sie kennen den Dichter?"

„Ja, er war mit mir und Morgenstern in der Heidelberger Psychiatrie", sagte Palmström und rückte seine schiefe Kappe wieder gerade.

14. Osei Tutu im „Disneyland der Verblichenen"

Zu den Ereignissen, die der Entführung am 8. Mai vorausgingen und auf rätselhafte Weise mit dem Schicksal von Ulrike Kleist verknüpft waren, zählt auch die Geschichte von Osei Tutu. Osei wurde nach dem Studium der Mathematik und Germanistik in Paris Gymnasiallehrer in Abidjan, der Hauptstadt der Elfenbeinküste. Er war etwa 28 Jahre alt, als er drei Monate, bevor er Viktoria kennenlernte, und rund 16 Monte vor dem fatalen 8. Mai, im Auftrag des Königs Amon N'Douffou V. von Krindjabo seine Mission antrat, die ihn später auch nach Berlin führte. Er sollte in den USA die Vermögensanteile, die der verstorbene Popstar Michael Jackson vor vielen Jahren in einem schriftlichen Vermächtnis dem kleinen Völkchen der Anjyi in Krindjabo zugesagt hatte, amtlich endlich geltend machen.

Es war ein frühlingshafter 3. Januar, als Osei Tutu mit dem Airbus der JetBlue Airways auf dem Flughafen Los Angeles landete. Der großgewachsene dunkelhäutige Mann trug einen eleganten, eng geschnittenen braunen Kamelhaarmantel, unter dem ein blendend weißer Rolli leuchtete. Die Einreiseformalitäten erledigten sich zügig, denn die misstrauischen Blicke des Immigration-Officers entschärften sich schlagartig, als er in Oseis Pass das Diplomatenvisum entdeckte. Anschließend konnte Osei auch ohne langes Warten seinen Rucksack und die beiden Koffer, die er am Tag zuvor in Abidjan aufgegeben hatte, vom Gepäckband pflücken. Da ihm jedoch der mittellose König, der ihn auf diese Reise schickte, nur ein schmales Reisebudget an die Hand gegeben hatte, machte sich Osei Tutu zu Fuß auf den langen Weg vom Flughafen zum Forest Lawn Memorial Park in Glendale. Auf diesem Friedhof wartet neben vielen Größen aus TV und Kino in einem pompösen Marmorsarkophag die Asche des großen Entertainers und Erblassers Michael Jackson auf die Ewigkeit. Ihm sollte der Gesandte Osei gemäß der alten Sitte seines Völkleins aus Dankbarkeit huldigen. Den 18 Meilen-Marsch unter blauem Himmel nach Glendale unterbrach Osei Tutu nach vier Stunden kurz im Starbucks Coffee House auf der North Fuller Avenue, wo er einen karamelisierten Vanillecreme- Espresso mit einem Schokoladen-Cookie bestellte und als Proviant zwei Sandwiches in einer Tüte mitnahm. Osei benötigte dann noch einmal vier Stunden, bis er endlich aus der Ferne das große schlossartige Mausoleum im Forest Lawn von Glendale erblickte. Obwohl Osei nach diesem Marsch mit schwerem Gepäck reichlich erschöpft war, legte er auch die letzten anderthalb Meilen zügig zurück und erreichte schließlich den Eingang des weitläufigen Memorial Parks, über den er Viktoria später wie von einem Abenteuer-Friedhof erzählen würde. Da inzwischen die Dämmerung vom Himmel sackte und nur noch wenig Zwielicht zwischen den Wegen, Grabstelen, Hügeln und Bäumen übrig ließ, konnte er durch das schmiedeeiserne Gitter des verschlossenen Tores hindurch eben noch den kleinen Teich mit drei aus Flamingo-Schnäbeln emporschießenden Fontänen erkennen und im Hintergrund die pinienbelebten Hügel.

Dafür richteten mehrere Überwachungskameras ihre nachtsichtfähigen Objektive auf den späten Besucher, und diese Bilder sollten am nächsten Tag noch eine Rolle spielen. Zunächst sahen die elektronischen Augen, wie Osei Tutu eine Decke aus dem Gepäck zog, sich mit seinen beiden Koffern einen Schlafplatz im Grün am Rande des Friedhofzauns rahmte und seine beiden Snacks verzehrte. Dann bettete er sich unter seinen Kamelhaarmantel und versank offenbar rasch in Schlaf.

Am nächsten Morgen, noch ehe der Osten das Licht freigab und der Friedhofpark geöffnet wurde, kletterte Osei, mit dem Rucksack auf dem Rücken, über das Gitter. Ein mitgebrachter Plan führte ihn entlang der Cathedral Drive. Der frühe Besucher ließ zwar wohlgefällig seine Blicke über die empordämmernde Hügellandschaft wandern, aber er zeigte kein Interesse an den der alten Welt nachgebauten Kirchen, den marmornen Michelangelo-Kopien, den Prunkgräbern und erst recht nicht den Bildsäulen, die die verblichenen Hollywood-Stars ehrten. All dies hatte dem Memorial Park den Titel „Disneyland für Verblichene" eingetragen. An den „Flüsternden Pinien" vorbei nahm Osei in dem großen Bogen den Weg zum Great Mausoleum, das eines der sieben Weltwunder imitierte. Er bog in die Santa Sabrina Lane ein, um die Plattform zu Holly Terrasse zu erreichen, die im Kleinformat das Portal einer Kathedrale nachäffte. Dort rüttelte er vergeblich an der Tür der Entrance, vor der nur ein paar geknickte Blumen, welke Sträuße und kindlicher Krimskrams von misslungenen Verehrerbesuchen kündeten. Eigentlich suchten die meisten nach dem mächtigen Marmorsteinblock, in den Michael Jacksons goldener Sarg einbetoniert worden sein soll. Die butzenartigen Glasscheiben in der Eingangstür gaben vom Innen der Holly Terrace nur verzerrtes Dunkel zu sehen, und kein Blick drang bis zur kryptaartigen Ruhestätte der Sanctuary of Ascension, wo Michaels mächtiger Sarkophag auf seine Himmelfahrt wartete. Vielleicht aber gab es ihn auch gar nicht, und die wenigen Fotos von einem Grabstein dienten als Simulakren nur zur Irreführung der andächtigen Besucher.

Nach kurzem Besinnen entfaltete Osei Tutu am Eingang vorsichtig ein mitgeführtes Poster und befestigte es mit einer Klebefolie neben der verschlossenen

Tür an der Mauer. Das Plakat aus dem Jahr 2009 zeigte ein großes Foto des Sängers Michael Jackson in einer schwarzen mit Metallschnallen besetzten Lederjacke und darunter die Schrift „Krindjabo te pleure" (Krindjabo beweint dich). Als nächstes blies der Tutu einen roten, schwarze Tränen weinenden, Ballonlöwen auf, den er vor den Eingang stellte. Anschließend schlüpfte er in eine goldene Hose, streifte sich eine hellgelbe Weste über und setzte sich eine Michael-Jackson-Maske aus Gummi auf. Anschließend führte er zu dem von seinem Mobiltelefon gespielten und über einen kleinen Blue-Tooth-Lautsprecher verstärkten Lied des Sängers „You're not alone" einen Tanz auf, von dessen Choreographie die tageslichtempfindlichen Überwachungskameras lediglich bewegte Schatten festhielten.

Es dauerte nicht lange, bis ein Jeep unterhalb des Mausoleums vorfuhr, zwei blauweiß uniformierte schwarze Security-Männer herbeistürmten und den Tutu lautstark anwiesen, seine Musik abzustellen, weil sie die Stille und Würde der vornehmen Ruhestätte störte. Er solle schleunigst seinen unerlaubten Besuch dieser Trauerstätte beenden. Aber der Tutu bestand darauf, seinen zeremoniellen Tanz zu beenden.:

"Oh, please, let me go!" rief er laut, als ihn die beiden Sicherheitsleute festzuhalten suchten. "This is how my people show their mourning and veneration to one of our deceased kings. It is a centuries-old holy custom!"

Als sich Osei etwas beruhigt hatte, stellte einer der beiden Security-Männer den Blue-Tooth-Lautsprecher ab, während der Kollege die Sicherheitsleute im Police Department von Glendale alarmierte, die kurz darauf den unwilligen Tänzer in Handschellen abführten. Kaum eine halbe Stunde später saß Osei Tutu, ohne Maske, aber immer noch in seinem gelbgoldenen Outfit in der mit Schweißgeruch gesättigten Polizeistation und erklärte den konsternierten Beamten, dass ihn sein König Amon N'Douffou V., der in Krindjabo, der Hauptstadt des Sanwi Kingdoms, residierte, beauftragt habe, dem toten Sänger, der von seinem Volk abstamme, diese Ehre zu erweisen. Jetzt habe er seine Pflicht erfüllt, und es läge ihm sehr am Herzen, den roten Ballonlöwen, der ein von seinem Volk verehrtes heiliges Tier verkörpere, und sein übriges Gepäck wiederzuerlangen.

Für die Polizeibeamten, die erst einmal die Ivory Coast mit der Ivy Leage verwechselten, und Krindjabo für eine Droge hielten, klangen Oseis Auskünfte, obwohl er gut Englisch sprach, bizarr und unverständlich. Als sie dann die von den Memorial-Park-Wächtern überspielten Bilder der Überwachungskameras anschauten, vermuteten sie bei Osei Tutu eine geistige Störung und beschlossen,

den seltsamen Mann in die Adult Behavioral Health Unit des Glendale Memorial Hospitals einzuliefern, um seinen geistigen Zustand untersuchen zu lassen. Nachdem man Osei Tutu dort zugesichert hatte, dass ihm sein Ballonlöwe, das Plakat und das außerhalb des Parks abgestellte Gepäck später wieder ausgehändigt würden, unterzog er sich ohne Protest verschiedenen kognitiven Tests, und verblüffte dabei die diensthabende Neurologin, als er die von ihr gestellte Aufgabe 12 x 15 in Logarithmen vorrechnete. Da er danach bei der Ärztin einen leisen Respekt spürte, ließ er sich auch noch für einen Hirnscan in die MRT-Trommel stecken. Da sich weder Anomalien noch Hirntumore fanden, sah man von der vorläufigen Aufnahme des Tutu in die geschlossene Abteilung der Klinik ab. Als aber der Mister Tutu neben seinem Pass ein von der US-Embassy der Ivory Coast ausgestelltes Diplomatenvisum aus dem Koffer zog, sah sich die Klinikleitung gehalten, den für illegale Immigration zuständigen Officer der Homeland Security zu informieren. Nachdem der aufblasbare Löwe mit den schwarzen Tränen, das Plakat und die drei Gepäckstücke herbeigeschafft worden waren, ließ man den afrikanischen Diplomaten zu einem Interview beim Immigration and Customs Enforcement der Homeland Security im Federal Building Los Angeles abholen.

Auch dieses Interview überstand der Tutu mit Geduld und Humor. Anschließend folgte er notgedrungen der Empfehlung der Einwanderungswächter und meldete sich für die Nacht im YMCA-Hotel of Glendale an, wohin er noch einmal eine geschlagene Stunde laufen musste. Am nächsten Morgen verließ Osei geich in der kühlen Frühe das YMCA-Hotel in der Louise Street, besorgte sich in einem chinesischen 24-Stunden-Fastfood-Imbiss einen Snack, fuhr mit dem Greyhound-Bus nach Santa Barbara und wanderte von dort erneut 15 Meilen nach Goleta, wo er bereits ein winziges Airbnb-Studio gemietet hatte. Am nächsten Morgen bestieg Osei Tutu den Amtrak Truway Bus nach Buelton, um von dort über Los Olivos zur berühmten Sycamore Valley Ranch zu wandern, die von 1998 bis 2005 Wohnsitz des Entertainers und Ehrenkönigs von Sanwi Michael Jackson war. Inzwischen war die Nacht hereingebrochen, und Osei tastete sich durch das Dunkel zum sogenannten Giving Tree, einer alten kalifornischen Eiche, die einst Michael Jackson als Ort der Inspiration diente. Den Giving Tree umgab das weitere Gerücht, dass dort die Asche des Sängers beigesetzt worden sein soll. An diesem imposanten Baum befestigte Osei erneut sein Plakat mit klebefähiger Folie, blies den roten weinenden Ballonlöwen auf, zog die glänzende goldene Hose mit dem gelben Oberteil an und setzte die Jackson-Maske auf. Sein Mobiltelefon ließ er wieder einen Song von Jackson spielen, und er führte dazu den traditionellen Trauertanz seines Anjyi-Volkes auf. Nachdem er seine Sachen wieder versorgt hatte, verschaffte sich Osei Zugang zum unbewohnten Hauptgebäude der Ranch, in dem er dann die Nacht verbrachte.

Das nächtliche Ritual war zunächst unbemerkt geblieben. Erst am nächsten Morgen entdeckte der Santa-Barbara-County Sheriff, Isiah W. „Longhair" Ledbetter, in Solvang auf Bildern einer Überwachungsdrohne den Fremden, der unerlaubt auf das Gelände der Ranch gelangt war und in einem der Gebäude übernachtet hatte. Osei Tutu wurde eine gute Stunde später festgenommen. Geduldig erklärte er auch in Ledbetter's Sheriff's Office seine Mission, aber der langhaarige Ordnungshüter wollte die für seine Ohren irrwitzigen Reden nicht verstehen. Immerhin gelang es Osei, die erneute Einlieferung in eine Klinik zu vermeiden, da er auf die zuvor erfolgte Untersuchung in der Adult Behavioral Health Unit des Glendale Memorial Hospitals verweisen konnte. Längst hatte man dort eine elektronische Akte des ivorischen Diplomaten Osei Tutu erstellt, die Befunde wurden sofort durchgegeben, und so ließ sich zweifelsfrei die Identität und geistige Gesundheit des Mannes im County Los Angeles und Santa Barbara bestätigen.

Dennoch blieb im Kopf des in allen Verdacht-Spielarten trainierten Sheriff ein Rest an Unglauben. Auf Anregung einer im Sheriff's Office zufällig anwesenden Praktikantin, die an der Faculty of Law studierte, wurde über das Institut für Anthropology der Universität Santa Barbara der emeritierte dreiundneunzigjähriger Ethnologe Professor Donovan Riffensteel kontaktiert, der auf Forschungsreisen mehr als fünfhundert Trauertänze in Westafrika filmisch dokumentiert und nach dem Verhältnis von rechts- und linksseitigen Drehungen analysiert hatte. Der rüstige Professor Riffensteel war rasch zur Stelle. Er konnte Oseis Aussagen bestätigen und ihn weiter entlasten.

Überdies versicherte Osei, dass er in Ledbetters County künftig keine unerlaubten Trauertänze mehr aufführen werde. Er habe die zeremoniellen Gesten, zu denen ihn die Sitte und Tradition seines Volkes zur Ehre eines Königs verpflichteten, abgeschlossen. So wurde er wieder auf freien Fuß gesetzt. Auch den beschlagnahmten aufblasbaren roten weinenden Löwen gab der Sheriff frei.

Am nächsten Tag setzte sich der Tutu mit dem Law Office von David E. Salomon in Santa Barbara in Verbindung, das auf Erbangelegenheiten spezialisiert war. Dort erhielt er zu seiner großen Überraschung noch am gleichen Tag einen Termin. Monate später erzählte Osei Tutu lachend seiner Freundin Viktoria, wie sich sein Empfang im vornehmen salomonischen Büro abgespielt hatte. Nur nach

wenigen Minuten habe ihn der Attorney David E. Salomon in seinem Büro empfangen. Der bereits recht betagte Anwalt habe kurz gestutzt, dann sei er aufgesprungen, habe seine Hand ergriffen und gerufen:

"Oh, your Majesty, you are warmly welcomed! I am David. Are things going well in your Ireland-kingdom?"

"Hallo, David, I am Osei," antwortete Osei verlegen auf diese überbordende Höflichkeit. "Thank you very much for making an appointment for me so quickly!"

" We really enjoyed arranging this for your Majesty!"

Es fiel Osei nicht leicht, den leicht schwerhörigen Anwalt davon zu überzeugen, dass hier vor ihm nicht der König von Irland, sondern ein dunkelhäutiger Bürger der Elfenbeinküste stand. Irritiert blickte Attorney David immer wieder auf sein Merkkärtchen, telefonierte dann mit seinen Angestellten, bis sich herausstellte, dass die koreanische Office-Telefonisten den neuen Klienten falsch als „King oft the Ireland Coast" auf dem Merkzettel notiert hatte.

Osei brachte sein Anliegen dann immerhin im Namen des Königs Amon N'Douffou V. von Krindjabo vor, der in der Klienten-Datei des Office noch nicht registriert war. Als er dann die Kopie der Bestimmung vorlegte, mit der Michael Jackson dem Volk der Anjyi einen Teil seiner Hinterlassenschaften vermachte, ging durch das Auge des Attorneys ein Wetterleuchten. Da das Dokument einen mehrere Objekte umfassenden, in der Summe sehr hohen Anspruch begünstigte, forderte der Notar sogleich einen Vorschuss von 20.000 Dollar, ehe er tätig werden könnte. Von diesem Augenblick an, erzählte Osei später, lief die Sache nicht mehr gut. Denn weder er noch König Amon verfügten über Reserven in dieser Höhe.

Der Attorney beließ es nicht beim Rat, einen Job aufzunehmen, um den Vorschuss zusammenzubringen, sondern er vermittelte den ratlosen Osei sogleich an die Firma MLML (*Million like Million Likes*) in Fresno, in die die Kanzlei bereits investiert hatte und die in ihrem Business sehr erfolgreich war. Mit einigen hundert, größtenteils im Ausland stationierten illegalen Angestellten lieferte sie auf Bestellung in den Social Media von Facebook oder Instagram und auf anderen Plattformen wie BeBee oder TikTok Millionen von Likes bzw. sie programmierte und steuerte Bots, über die positive oder auch negative Feed-backs in den unterschiedlichsten Geschäftsfeldern generiert werden. Ganz in der Nähe des Unternehmens bezog Osei auf einem Campingplatz einen Caravan der Firma als Wohnung. Da er innerhalb kurzer Zeit in der Lage war, pro Minute bis zu 2000 Likes zu klicken, die jeweils mit einem Cent honoriert wurden, konnte er nicht nur rasch einiges Geld ansparen, sondern er stieg nach zwei Wochen in der sonst flachen Hierarchie des StartUp-Unternehmens MLML zum Departement Manager auf. Mit weiteren geschulten Mitarbeitern testete er illegale Software, die wiederum die Gegensoftware erfolgreich hackte.

Osei Tutu arbeitete in Fresno etwa sechs Wochen lang praktisch Tag und Nacht. Er bezog dann Ende Februar wieder das Airbnb-Studio in Goleta, das er im Januar aufgegeben hatte, und setzte mit einem von MLML gestellten leistungsfähigen Rechner seine Arbeit fort. Anfang März sprach er erneut im Law Office von David E. Salomon vor, das nach einer ersten Rate von 5000 Dollars den Kontakt mit einem der in Jacksons Testament genannten Bevollmächtigten, John Branca, herstellte. Das im Michael Jackson Family Trust niedergelegte Vermögen verwalten Branka und zwei weitere Jackson-Beauftragte treuhänderisch.

Branca und seine Kollegen hatten nach Einsicht in das vom Tutu präsentierte Dokument mit Jacksons darin niedergelegtem Versprechen, dem Königreich der Anjyi einen namhaften Teil seines Vermögens zu vermachen, sofort die Überprüfung durch die CIA erbeten. Zur gleichen Zeit lancierte die *Los Angeles Times* ohne Quellenangabe eine Meldung über die von Osei Tutu erhobenen Ansprüche, woraufhin der Vater des verstorbenen Sängers, Joseph Jackson, hektische Aktivitäten Gang brachte. Wie Osei Tutu erst Monate später erfuhr, hatte sich die CIA auf undurchsichtige, aber effektive Weise in diese Erbsache eingemischt. Und mancher vermutete, dass der Geheimdienst später auch bei der Entführung der Richterin und der Erpressung der Bundesrepublik Deutschland seine Finger im Spiel hatte.

15. Lagebesprechung

Am Tag nach der Entführung der Richterin Frau Doktor Ulrike Kleist und dem Aufschub der Urteilsverkündung im Bundesverfassungsgericht war man in den staatlichen Behörden der Bundesrepublik ratlos. Frühmorgens fand unter Vorsitz des Generalbundesanwalts Wendelin Gracchus die Lagebesprechung statt. Der Karlsruher Dienstsitz der Bundesanwälte mit seiner halbrunden Vorderfront erinnerte an ein halbiertes Salatsieb. Doch die Damen und Herren, die innen im Siegfried-Buback-Saal saßen, schauten durch die Fenster hindurch auf die geometrischen Außenfassaden des Gebäudes. Nicht nur der Name des vormaligen Generalbundesanwalts, der 40 Jahre zuvor von der RAF ermordet worden war, lief stumm durch ihre Beratungen. Stärker noch bedrückte die Teilnehmer an dem anthrazitfarbenen Besprechungstisch, wo neben Erfrischungen und Knabberzeug einige Tageszeitungen mit den großen Schlagzeilen lagen, die Erinnerung an den einstigen Arbeitgeberpräsidenten Hans-Martin Schleyer, der im Oktober 1977, gerade ein halbes Jahr nach dem Mord an Siegfried Buback, von RAF-Henkern hingerichtet worden war. Auch Schleyer hatte man entführt und die damalige Bundesregierung erpresst. Die Runde musste sich fragen, ob die Entführer der Richterin nach diesem Muster geplant hatten und ob sie womöglich eine ähnliche Prüfung für den Staat bedeuten würde.

Geladen waren Frauen und Männern aus den wichtigsten Behörden und Ministerien der Bundesrepublik. Neben Gracchus und seinem Referatsleiter Schleicher saßen dort der Ministerpräsident des Landes Baden-Württemberg, Anton Liebstöckl, der Präsident des Bundeskriminalamtes, Gottlieb Feyerling, die Präsidentin des Bundesamtes für Verfassungsschutz, Izabel Köhnlechner, die Staatssekretärin im Innenministerium, Lea Gräfin von Langenfeld, die Ministerialdirektorin Karoline von Kotzebue aus dem Justizministerium mit einigen weiteren Mitarbeiter und Protokollanten. Und schließlich der Präsident des Verfassungsgerichts, Hinrich Sonnenmoser, der Vorsitzende des 2. Senats am BVG, Horst Rabenhorst, der dienstälteste Richter Papenfuß. Papenfuß hatte bereits einen Teil des kleinen Snacks, das vor ihm stand, verzehrt.

Zunächst berichtete der Präsident des Bundeskriminalamtes notgedrungen knapp über die bisherigen Ermittlungen durch die Kriminalpolizei und andere Behörden. Viel war bisher nicht herausgekommen. Während Gottlob Feyerling die spärlichen Erkenntnisse darstellte, wanderten seine Blicke an den ultramarinblauen Würfeln auf dem weißen Fries des Saales entlang, als verdeckte die

Kunst am Bau-Figuren geheime Botschaften. Die bedrückende Lage entsprach mehr der düsteren, gleichfalls anthrazitfarbenen Täfelung des Raums. Es sei inzwischen sicher, betonte Feyerling, dass die Richterin Frau Doktor Kleist am Bahnhof Wörth um 8:50 von zwei Männern aus dem Erste-Klasse-Abteil der Regionalbahn 12015, die zwischen Winden und Karlsruhe verkehrte, tot oder bewusstlos herausgetragen worden sei. Vermutlich wurde sie zuvor mit Betäubungsmitteln wehrlos gemacht. Im Abteil der Regionalbahn sollen noch zwei weitere Reisende gesessen haben. Andere Zeugen erklärten in Einklang mit Bildern der Videoüberwachung, dass am Bahnhof Wörth seit 08:45 ein Krankentransporter mit eingeschaltetem Blaulicht gestanden habe. In einem Bereich des Bahnhofs, den die Überwachungskamera nicht mehr abdeckte, nahmen zwei Ärzte oder Krankenhelfer die leblose Person in Empfang und fuhren kurz darauf mitsamt den beiden mutmaßlichen Entführern davon. Es konnte noch nicht ermittelt werden, von welcher Notarzt-Ambulanz oder von welcher klinischen Einrichtung das Fahrzeug stammte. In der Zwischenzeit wurden rund 20 solcher Fahrzeuge aus der Umgebung auf Spuren hin untersucht. Nur seien die Ergebnisse noch nicht ausgewertet. Überdies würden die Daten der Funkzellenabfrage in der betreffenden Region noch nach einschlägigen und hochaktuellen AI-Parametern gescannt.

In der Runde nickten die Damen und Herren in unterschiedlichen, diskret Ungeduld anzeigenden Frequenzen, weil die präsidentiellen Ausführungen ein wenig weitschweifig auszufallen drohten.

Da tags zuvor das Erpresserschreiben gegen 09:50 in der Pressestelle des Verfassungsgerichts eingetroffen war, fuhr Feyerling in seinem Bericht fort, hätten die Akteure etwa 60 Minuten Zeit gehabt, um die Entführte an einen Ort zu bringen, wo sie möglicherweise dauerhaft gefangen und versteckt werden konnte. Aus dem Grunde habe man den Radius, innerhalb dessen die Fahndung erfolge, fürs erste begrenzt. Offenbar hätten die Entführer ihre Aktion generalstabsmäßig geplant, und daher müsse man auch damit rechnen, dass die Gefangene an einen weiter entfernten Ort gebracht worden sei. Zwischenzeitlich habe man Erkenntnisse darüber, dass gestern noch am frühen Nachmittag Unbekannte ins Privathaus der Familie Kleist in Bergzabern eingedrungen sind und dort verschiedene Gegenstände entwendet haben. Dabei ist nach Auskunft von Nachbarn der Hund der Familie davongelaufen. Die Kollegen der Kriminalpolizei haben noch am Abend das Haus durchsucht und bislang keine verwertbaren Spuren gefunden. Am späten Abend sei auch der Ehemann der Entführten in dem gemeinsam bewohnten Haus in Bergzabern eingetroffen, und er habe sich heute noch nicht in der Lage gesehen, der Bundesanwaltschaft mögliche Hinweise zu geben.

Die Damen und Herren nickten nur noch schwach. Generalbundesanwalt Wendelin Gracchus erhob sich und schaute jeden der Anwesenden mit seinen Fischaugen durch die kleine Brille an, ehe er dem Präsidenten des Bundeskriminalamtes für seine Ausführungen dankte. Der Rechtsstaat werde diese schwere Herausforderung bestehen. Um das zu betonen, brachte er seine rechte Faust in so bedrohliche Schlagstellung, dass ihre vier weißen Knöchelchen wie Projektile aufblitzten. Allerdings schien er in diesem Kampf seinem Referatsleiter, Bundesanwalt Schleicher, keine Heldenrolle zuzutrauen. Als sich nämlich Schleicher erhob, um die Lage der Abteilung Rechtsradikalismus vorzutragen, blieb Gracchus stehen und blickte aus den drei höheren Dimensionen des Raums, der Dienstherrschaft und der Verachtung auf seinen Referenten herab.

Schleicher, ein Beamter von Mitte fünfzig, war durch die Schule der Unterwürfigkeit gegangen, aber er zog dennoch die Blicke der Anwesenden auf sich. Sonnenbankgebräunt, mit schwarz gefärbtem Vollbart und glatten Haaren, in extravaganter Kleidung, blaugrauer Karoweste, Fliege, rosa Businesshemd und grauer Chinohose, sah er aus wie ein verirrter Hochzeitsgast. In leicht gebeugter Haltung gab er nach Musterschülerart sein Bestes:

„Meine Damen und Herren", begann er, räusperte sich ausgiebig und prüfte dabei sein Zeitbudget auf einer Taschenuhr, die an einer silbernen Kette aus seiner Weste zog, „verschiedene führende Personen der FBD sind noch gestern Abend von Kollegen befragt worden. Dabei hat sich in groben Zügen ein Bild ergeben, wonach die Parteispitze der FBD über die Pläne und Ausführung der Aktion nicht oder nur vage informiert gewesen ist. Das Ergebnis mag einerseits überraschen. Andererseits aber auch nicht. Denn durch die enge bundesweite Überwachung der Partei hätten wir längst Hinweise auf ein so hochpolitisches Unternehmen erhalten, wenn die Aktion von dort aus geplant worden wäre. Vielleicht kann Frau Köhnlechner dazu eine Einschätzung ihrer Behörde geben."

Die Präsidentin des Bundesverfassungsschutzes bestätigte den Befund und fügte hinzu, dass die Spitze der FBD so zerstritten sei, dass dort kaum ein konspirativer Plan geheim geblieben wäre. Auch sei man über die Verbindungen zwischen dem FBD und den "Reichstreuen deutscher Erde" genau im Bilde. So kam Schleicher ans Ende seines Berichts:

„Auch die Befragung einiger bekannter Vertreter der sogenannten Reichstreuen deutscher Erde hat keine Anhaltspunkte ergeben. Wir gehen gegenwärtig davon aus, dass eine sehr gut organisierte Gruppe mit erheblicher logistischer Unterstützung von dritter Seite diese Aktion geplant und in die Tat umgesetzt hat."

„Mit anderen Worten", platzte Richter Papenfuß in die Pause, „Sie sind hervorragend informiert, tappen aber vollständig im Dunkeln!"

Den Eindruck schienen die Anwesenden zu teilen. Gracchus kommentierte den dünnen Bericht seines Referenten mit einer Geste, die Bedauern und Missbilligung anzeigte. Referatsleiter Schleicher ließ seinen Blick über alle Anwesenden gehen, ob er irgendwo ein ermutigendes Zeichen erhaschen könnte. Er ahnte, dass ihn die anwesenden Würdenträger seine mageren Erkenntnisse spüren lassen würden. Um ihn bildete sich eine eisige Zone von Schweigen und Ablehnung.

"Genau", sagte er, um sich gegen die bedrückende Stille zur Wehr zu setzen. Durch einen Blick auf die Uhr löste er auch seine Starrheit. Er räusperte sich, atmete tief und fuhr mit neuem Eifer fort:

„Wir sind erst am Anfang, meine Damen und Herren. Die FBD werden nicht außer Verdacht gesetzt. Bei seiner Befragung durch den Kollegen gestern in Berlin hat der Parteivorsitzende Kaltwasser den Märtyrer zu spielen versucht. Das war auffällig, da Herr Kaltwasser auch von einem Widerstandsrecht gesprochen hat. Er ließ jedoch offen, ob seiner Auffassung nach die Entführung und Erpressung durch dieses vermeintliche Recht gedeckt seien. Ich gebe zu bedenken, dass seine Partei nach dem aktuellen Stand der Ermittlungen, den wir erreicht haben, die einzige Nutznießerin des Verbrechens ist."

"In meinen Augen ist das kein Stand, sondern ein Taumeln von Ermittlungen", kommentierte Papenfuß grimmig.

Vor dem Hintergrund dieser unklaren Lage und der kläglichen Ermittlungsergebnisse diskutierten die Damen und Herren das weitere Vorgehen. Man wolle sich auf keinen Fall in die Entscheidung des Bundesverfassungsgerichts einmischen, betonte die Staatssekretärin von Langenfeld im Namen der Bundesministerin für das Innere und der Bundeskanzlerin. Die Bundesregierung erwarte, dass sich die Entführer demnächst näher erklären würden, welche Ziele und Absichten sie mit ihrem Verbrechen verfolgten. Der Präsident Sonnenmoser ergänzte, beide Senate verträten die klare Auffassung, dass alles vermieden werden müsse, was Leben und Gesundheit der Richterin in Gefahr bringen könnte.

Am Ende meldete sich die bislang schweigsame Ministerialdirektorin von Kotzebue zu Wort. Sie hielt die aktuelle BILD-Zeitung in die Runde und zeigte auf die Schlagzeile: „Moskaus Novitschok vergiftet das deutsche Verfassungsgericht".

„Hatten wir es denn nicht in den vergangenen Jahren auch mit geheimdienstlichen und verfassungsfeindlichen Aktionen von Seiten Russlands zu tun?" fragte sie.

"Wir haben jede Menge Russland auch in Deutschland", antwortete Papenfuß, "wer weiß, wen Putin hier noch füttert."

Und mit gespielt schuldbewusster Miene stibitzte er vom unbenutzten Snack-Teller seiner Nachbarin ein paar Kräcker.

16. Immanuel Cammerer vermisst seinen Hund

Am Morgen des 9. Mai erwachte Immanuel Cammerer mit heftigen Kopfschmerzen und einer in Magen und Gedärm tosenden Übelkeit. Seine spontane Selbstdiagnose lautete: Vergiftung. Dabei hatte er am Abend zuvor nur eine halbe tiefgekühlte Seafood-Pizza verzehrt und den lauen Papp mit einem Glas Rotwein versenkt. Waren die Krabben überaltert? Oder das Barrique-Fass, aus dem der Wein abgefüllt worden war? Oder hatte sich das üble Gefühl von gestern Abend verselbständigt? Denn die Leute vom Bundeskriminalamt hatten, wie es bereits am Telefon hieß, das Haus durchsucht. Ihm war alles vergällt. Sogar in Ulrikes offenstehendem Kleiderschrank hatten fremde Hände gewühlt, als ob sich dort die Kidnapper eingenistet hätten.

Diese Malaise, Kopfschmerzen, Übelkeit und Sorgen, verstärkte dann noch die dröhnende Stille im Haus, wo sonst am Morgen stets irgendeine Seele klapperte, Türen schlug, Klavier spielte, den Kenwood-Mixer heulen ließ, einen Schlüssel drehte oder aufdringlich kläffte. Üblicherweise schlich sich mit den vom Radiowecker verbreiteten Frühnachrichten auch der hinkende Adam ins Schlafzimmer und klagte den frühen Auslauf ein. Es war Ulrikes Idee gewesen, den fußkranken Adam auf den Namen des gehbehinderten Dorfrichters in Kleists „Zerbrochenem Krug" zu taufen, weil der gute Hund vor ein paar Jahren in einem Freudenanfall einen Terracotta-Krug von der Fensterbank gewedelt hatte. Das wohlerzogene Tier, ein Hovawart, der früher als beamteter Spürhund Dienst bei der Drogenfahndung tat, bis ihm ein LKW über die linke Pfote fuhr, hatte damit erneut den Sündenfall begangen.

Eigentlich hatte Immanuel gestern am Telefon dem namenlosen Bundesanwalt in Aussicht gestellt, dass er heute nach Karlsruhe käme, um vielleicht ein paar hilfreiche Aussagen zu machen. Vor allem hätte er gerne Mitspracherechte bei Entscheidungen dort oder auch in der Bundesregierung. Aber daran war nicht zu denken. Es war eigentlich an nichts zu denken, weil sein Kopf auf jedes Fünkchen Hirnaktivität mit heimtückischen Stichen antwortete. Selbst der vorsichtige Blick auf sein Mobiltelefon wurde brutal bestraft.

Immerhin erfuhr Immanuel dabei, dass es inzwischen Mittag war. Überdies hatte in der Nacht zuvor sein Schwager versucht, ihn anzurufen. In einer Voicemail-Nachricht fragte Ewald von Kleist schockiert nach seiner Schwester. Begreiflich, aber Immanuel wollte erst einmal in der Küche ein Glas Wasser trinken. Dabei sah er, dass die Fahnder auch die Weltordnung in seinem Kühlschrank ruiniert und die Trennung von Schinken und Käse aufgehoben hatten. Auch das schmerzte ihn. An Gemüt und Gliedern geschlagen, schlich er zum Küchentisch zurück und überlegte, ob er das Pochen in seinem Kopf durch sanfte Denkübungen mildern könnte. Während er vorsichtig begann, die Zahl der in seinem Mineralwasser aufsteigenden Perlen zu schätzen, meldete sich der Bundesanwalt Paul Schleicher am Telefon. Mit ihm hatte er tags zuvor gesprochen. Schleicher wollte wissen, wann er Immanuel zur Befragung in Karlsruhe erwarten könne, aber er erklärte sich auch bereit, selbst kurz nach Bad Bergzabern zu fahren, um Rücksicht auf Herrn Cammerers begreiflich angeschlagenen Zustand zu nehmen.

Ein Stunde später entstieg der Bundesanwalt seinem Dienstwagen und schickte an der Tür erst einmal einen Schwall mitfühlender Worte voraus, ehe er der Einladungsgeste ins Haus folgte. Der im gelben Hahnentritt-Sakko und einem Stehkragenhemd für Immanuels müde Augen etwas schrill gekleidete Beamte setzte sich, unablässig redend, gleich in einen der Sessel. Er wolle den Ehemann der entführten Richterin aus erster Hand über die Ermittlungen in Kenntnis setzen, obgleich er im Augenblick nur wenig Ermutigendes zu sagen habe. Viel mehr als das am gestrigen Abend telefonisch Mitgeteilte hätte er auch jetzt nicht in der Hand. Er könne nur betonen, dass seine Behörde alles, aber auch wirklich alles unternähme, um die entführte Frau Doktor Kleist zu finden und ohne jede Gefahr für Leben und Gesundheit zu befreien. Dafür aber müsse er unbedingt wissen, ob Herr Cammerer im Rückblick irgendwelche Hinweise geben oder Verdachtszeichen nennen könne, die vielleicht zur Vorbereitung des Verbrechens gehörten. Immanuel durchfahndete alle Winkel seines schmerzenden Kopfes nach solchen Hinweisen, aber er musste zunächst den nachwirkenden Ärger über die groben Hände der Fahnder loswerden, die in ihrem Haus herumgewühlt hatten. Schleicher bedauerte das lebhaft und stellte großzügige Kompensation in Aussicht, sofern dabei Schäden entstanden sein sollten. Sonst fiel Immanuel nur der verrückte, in Geldklangobsessionen steckende Kleistforscher Benny Brezlower aus Santa-Barbara ein, der vor einem halben Jahr seine Frau, Viktoria und ihn eine Woche lang genervt hatte, weil er angeblich hoffte, dass Ulrike etwas über Heinrich von Kleists Schwester Ulrike und das Geld sagen könnte. Eigentlich eine verrückte Annahme für einen Wissenschaftler, aber bisweilen sorgt ja der Irrsinn für neue Erkenntnisse. Bundesanwalt Schleicher notierte sich den Namen und dankte für den Hinweis. Da werde man nachhaken, aber er bat Immanuel dringend, solche vielleicht nur vagen Hinweise zunächst für sich zu behalten. Und überhaupt bitte er darum, alle weiteren Informationen allein ihm zukommen zu lassen. Die Er-

fahrung habe gezeigt, dass bei solchen Verbrechen mit terroristischem Hintergrund höchste Wachsamkeit geboten sei, damit die Gegenseite nichts über die Ermittlungen erführe.

Dann aber fiel Immanuel in einem Augenblick nachlassender Kopfschmerzen doch etwas ein. Er fragte Herrn Schleicher, ob die Bundesanwaltschaft in dem Beschwerdeverfahren gegen die polizeilichen Ermittlungen über die Umstände von Osei Tutus Tod tätig werden würde. Schleicher erklärte, dass solche Beschwerden nicht in die Zuständigkeit seines Amtes fielen; er selbst habe nur zufällig einmal davon gehört. Ob denn auch nach Herr Cammerers Ansicht die Polizeibehörden dort fehlerhaft ermittelt hätten.

Immanuel war klug genug, seine Bemühungen in dieser mysteriösen Sache für sich zu behalten. Er wies auf die enge Freundschaft zwischen seiner Tochter und dem Herrn Tutu hin und wie untröstlich sie der Tod des Freundes gelassen habe. Man sei in der Familie sehr an einer restlosen Aufklärung interessiert.

Ja, das sei der Bundesanwaltschaft bekannt, und man habe sich aufgrund eines Hinweises von befreundeten Geheimdiensten kurz mit der Person des Herrn Osei und dessen Umfeld befasst.

Nachdem sich der Bundesanwalt verabschiedet hatte und, von seinem schwarzen Dienstwagen verschluckt, zur amtlichen Terrorbekämpfung zurückgefahren war, meldete sich die liebenswürdige neugierige Nachbarin Frau Doktor Wolkenstein. Sie unterbrach die Dauer-Wache am Küchenfenster ihres Hauses und wollte wissen, wer da zu Besuch geweilt habe. Als sie Immanuels Einladung folgte und in ihrer von Jonathan Meese, mit dessen Mutter sie befreundet war, entworfenen Kittelschürze das Haus betrat, schnüffelte sie auffällig und fragte dann, ob ein Arzt im Hause gewesen sei. Es rieche intensiv nach Isofluran oder einem anderen Betäubungsmittel dieser Art, die sie von ihrer Tätigkeit im Krankenhaus noch kenne. Damit würden Narkosen eingeleitet. Sehr seltsam! Nein, nein, der Besucher eben war ein Staatsanwalt, erklärte Immanuel überrascht, die riechen eher nach Knast als nach Operationssaal. Er ging ein paar Schritte vor dem Haus auf und ab, um sich nach dem Frischebad auf den Geruch im Haus einzustimmen. Was seine Nase jetzt meldete, war sehr unangenehm. Aber warum hatte ihn sein Besucher zuvor nicht darauf aufmerksam gemacht?

17. Geständnisse auf der Couch 1
(Chopin-Etüden mit Apkessi-Gemüse)

Viktorias Psychotherapeutin, Sibylle Carus, war eine weißhaarige Dame in den Siebzigern, die bereits zu DDR-Zeiten depressive Regimegegner behandelt hatte. Ihre Praxis lag in einer Villa an der Mendelssohnallee im Stadtteil Blasewitz. Die psychosoziale Beratung der Hochschule, die vor allem junge Musiker mit Versagensängsten, Pianistinnen mit zitternden Händen, Sänger mit Schluckauf oder Bläser in Atemnöten betreute, hatte die Therapeutin empfohlen. Zunächst gefiel Viktoria nur der Straßenname. Dann aber fasste sie Mut, als sie beim ersten Besuch drei Wochen zuvor in der großen Wohnung, wo die Therapeutin ihre Patienten empfing, einen alten Rosenkranz-Flügel stehen sah. Frau Carus war klein und rundlich untersetzt. Sie trug ein altmodisch wirkendes, weiß gepunktetes blaues Kleid, das sie ponchoartig weit umschloss. Dass die leicht gebeugt gehende Therapeutin so offensichtlich ihre aus den Fugen geratene Figur beschönigte, flößte Viktoria Vertrauen ein. Hier könnte sie mit ihren leiblichen Nöten vielleicht auf Verständnis stoßen.

Die kleine alte Dame, die in den hohen Räumen wie eine gepunktete Schnecke wohnte, streichelte den Flügel liebevoll und gestand, seit Jahren nicht mehr darauf gespielt zu haben. Viktoria öffnete den Tastendeckel und erlöste das Instrument mit drei Akkorden von der langen Stille. „Dornrosenkranz erwache!" rief sie. Das Instrument klang schön, aber sie schloss den Deckel gleich wieder, weil sie sich erst einmal umschauen musste. Das große Zimmer mit den Stuckdecken und den breiten Fenstern, die einstmals weiße, vom langen Hängen ergraute Gardinen rahmten, diente offenbar auch als Salon, Musik- und Lesezimmer. An den Wänden erhoben sich übervolle Bücherregale, dunkle Kommoden, Spiegel und pompös gerahmte Gemälde, darunter eine biedermeierliche Elblandschaft. In mehreren Ecken saßen edel herausgeputzte Puppen mit feinen weißen Porzellanköpfchen neben marmornen Künstlerbüsten, silbernen Kerzenhaltern und Bergen anheimelnden Plüschs. Auf allen Dingen ruhte eine dünne Schicht von Staub und Zeit, und ihnen entströmte das Aroma der alten Dinge.

Frau Carus nickte während des Behandlungsgesprächs bisweilen ein, wobei sich dann das Netzwerk ihrer Gesichtsfalten hexenhaft verdichtete. Viktoria fühlte sich bei ihr aufgehoben. Der große Raum, der weiche Behandlungssessel und das Klavier in ihrem Blickfeld taten ihr wohl. Die Therapeutin zeigte Verständnis für

Viktorias Leid als unvollendeter Tochter und Künstlerin mit ungewissen Aussichten. Die fortwirkende Trauer über den toten Freund kam in den ersten Sitzungen nur kurz zur Sprache. Denn nach der Anamnese war die Therapeutin davon überzeugt, dass die Essstörung früher eingesetzt haben musste.

Heute, einen Tag nach der Entführung von Ulrike Kleist, musste die Patientin ihr Herz erleichtern. Nachdem der Tränenstrom etwas von den Ängsten und Sorgen fortgetragen hatte, wechselte die Therapeutin behutsam das Thema. Gewiss könnte Viktorias Mutter bereits ermordet worden sein. Wenn diese Ängste ihren Kummer über den toten Osei Tutu noch weiter verstärkten, könnte dieses Doppeltrauma einen vollständigen Kollaps herbeiführen. Und so brachte sie die Sprache auf Osei.

„Sie lieben den Mann immer noch so sehr?" fragte sie. „Bisher haben Sie aber nur wenig von ihm gesprochen."

„Es fällt mir so schwer!" seufzte Viktoria. „Ich glaube, ich liebe den toten Osei noch heftiger als den lebendigen, weil Mitleid und böses Gewissen die guten Gefühle noch verstärken."

„Erzählen Sie von ihm, vielleicht nur von einem Augenblick oder einer Szene, wo Sie diese Liebe für den Mann besonders intensiv empfanden."

„Es gab viele solcher Augenblicke", begann Viktoria vorsichtig. „Osei und ich, wir haben uns anfänglich nur zu Spaziergängen getroffen, manchmal sahen wir uns im Café oder im Museum. Einmal waren wir zusammen in einem Konzert von Gary Clark jun. in Friedrichshain."

„Und waren Sie auch tanzen?"

„Ach nein, Osei wollte das auch gerne, er tanzte so wunderbar und wollte auch mir afrikanische Tänze beibringen. Aber irgendwo in einer Disko oder dort, wo anderen Leute zuschauten, mag ich nicht tanzen."

„Ah, für Schwarze geht es beim Tanzen nicht darum, elegant auszusehen, sondern es ist auch eine Art zu sprechen", wusste die Therapeutin.

„Ja sicher", sagte Viktoria langsam und tauchte in eine Erinnerung ab. „Als uns Osei einmal in unserer WG in Dresden besucht, wo alle Musiker sind und gerne tanzen, hat er uns das vorgemacht und wir haben ihm das dann abgeschaut. Das war ganz wunderbar."

„Wovon hat ihr Freund denn hier überhaupt gelebt?"

„Ich weiß bis heute nicht richtig, wovon Osei hier lebte", berichtete Viktoria etwas munterer, „vielleicht hatte er einiges Geld von der Elfenbeinküste oder auch Ersparnisse durch seinen Job in den USA. Er wollte mich mit diesen schlimmen Geschichten verschonen. Er wurde offensichtlich verfolgt. Als irgendjemand herausfand, dass er von hier aus für die US-Firma MLML arbeitete, wurde er angezeigt, denn er hatte nur ein Schengen-Visum. Das war ein gefundenes Fressen für die Juristen. Wenn jemand in Deutschland für ein amerikanisches Unternehmen via Internet arbeitet, geht er dann einer gesetzeswidrigen Tätigkeit nach? Das konnte mir sogar meine Mutter nicht beantworten."

Viktoria lachte. Dann fuhr sie ernst fort.

„Es gab dieses Rätsel, weil er einfach nicht davon sprechen mochte. Ich wollte ihn zunächst nicht in seiner Wohnung besuchen, wohin er mich mehrmals eingeladen hat, wenn ich in Berlin war. Er hat mich aber nicht gedrängt, er war immer liebenswürdig und zurückhaltend, und wir hatten lange keine intime körperliche Nähe, außer dass wir uns an den Händen gehalten und uns geküsst haben. Ich hatte ehrlich gesagt auch Angst davor."

Viktoria legte eine Pause ein und spürte wohl dieser Angst nach.

„Dann ist es aber doch passiert", vermutete die Therapeutin

Die Patientin seufzte sie und fuhr fort:

„Nach einiger Zeit, gegen Ende Mai, lud er mich erneut ein, er wollte etwas kochen und mir seine Musik vorspielen. Und er lockte mich mit einer Überraschung, die er vorbereitet habe, damit ich mich bei ihm ganz gewiss gut fühlte. Und so überwand ich meine Bedenken und fuhr nach Wittenau. Dort fand ich dann auch nach einigem Suchen die Adresse in der Finsterwalder Straße und stieg die Treppen hoch. Das Haus war etwas verwahrlost, Papier und Plastiktüten hingen zwischen dem Handlauf, und mir war unwohl zumute. Doch ich hatte mich im Haus verlaufen. Er wohnte nicht oben, sondern unten im Souterrain. Da stand dieser hübsche schlanke Mann aufgeregt in der Tür und strahlte eine Freude aus, die gleich auf mich übersprang. Er bewohnte ein winziges Appartement, eigentlich nur ein Zimmer, aber seine Habe hatte er geschickt im Raum verteilt. Als erstes fiel mir ein großer roter ballonartiger Löwe ins Auge, der sogar schwarze Tränen weinte. War das die Überraschung? Aber nein, das wilde Gummitier stand auf einem Klavier. Nicht der Löwe in Tränen, ein heiliges Tier in seiner Heimat, sondern das Klavier war die Überraschung. Osei hatte bei einem Piano-Verleih nur für mich ein Bechstein-Klavier gemietet. Das zeigte er mir stolz und schaute mich erwartungsvoll an. Und als ich vor lauter Verwunderung nichts antworten konnte, sagte er leise, vielleicht würde ich ab und zu wegen des schönen Klaviers zu ihm kommen, wenn schon nicht seinetwegen. Und wie er das zugleich traurig und etwas kokett sagte, hat mich das so bewegt, dass ich ihn umarmt habe. Das war der erste Augenblick, wo ich ihn geliebt habe."

Jetzt schimmerte es wieder in Viktorias Augen. Einen Augenblick später lächelte sie:

„Und dann wollte er unbedingt, dass ich ihm etwas vorspielte. So habe ich in dem winzigen Zimmer auf seinem Küchenstuhl gehockt und ein paar Chopin-Etüden gespielt, die ich zu der Zeit übte und auswendig konnte. Während ich spielte und auf dem Klavier der rote Ballonlöwe bisweilen etwas schwankte, kümmerte sich Osei um das Essen. Erst schälte er an dem kleinen Tisch ein paar Süßkartoffeln, anschließend garte er sie auf den beiden Elektroplatten und bereitete so das Apkessi d'Igname vor. Apkessi heißt das Gericht, und Igname sind Süßkartoffeln. Zum Apkessi gehört ein köstlicher Gemüsebrei, den er aus gegarten gehackten Zwiebeln, Tomaten, Knoblauch, afrikanischen Auberginen, Kräutern und Gewürzen herstellte. Es war seltsam und vielleicht magisch, weil sich nach und nach der Geruch des Gemüses und der gebratenen Makrelen mit dem Klingen der Etüden mischte. Als ob sich unsere Seelen und die Dinge vereinten: meine Chopin-Traurigkeit mit dem weinenden Löwen und seine Apkessi-Lebensfreude auf den Herdplatten. Ehe ich die Chopin-Etüde Ges-Dur op.10 Nr. 5 anfing, sagte ich Osei, dass diese Etüde den Namen ‚die Schwarzen' hat, weil sie fast vollständig auf den schwarzen Tasten gespielt wird. Da hat er gelacht, und seitdem wünschte er sich immer wieder, ich sollte ‚die schwarzen Tasten' spielen. Später erzählte er, wie er davon träume, eine schwarze Taste auf meinem Klavier zu sein. Und so entstand unsere Geheimsprache. Immer wenn er die Chopin-Etüde hören wollte, sagte er vieldeutig zu mir ‚Viktoria! Étude toucher le noir', was ja auch bedeuten konnte: ‚Übung, das Schwarze zu tasten' oder ‚Übe, den Schwarzen zu berühren'! Und so nannte ich ihn auch oft 'my black ivory', also: meinen schwarzen Elfenbeiner. Weil er doch von der Elfenbeinküste kommt und alle Klaviertasten früher mit Elfenbein belegt wurden."

Viktoria lächelte erneut und versank in den Erinnerungen. Ihr Blick wanderte dabei durch den halbdunklen Raum, an den vollgestopften Bücherregalen entlang zum Dornröschen-Flügel der alten Dame. Dabei fragte sie sich, was in der Vergangenheit wohl darauf gespielt worden war. Denn die Seele eines Instrumentes bildet sich aus der Musik, die es zum Klingen bringt. In einem kleinen Regal neben dem Flügel sah sie die Musiknoten. Auf einem Heft konnte sie den Namen ‚Pfitzner' lesen. Also Klavierstücke des alten Nazi-Komponisten. Jetzt

drohte eine schlimme Gedankenreihe, aber Frau Carus, die eben nicht eingeschlafen war und geduldig gewartet hatte, fragte rechtzeitig:

„Und wie hat es geschmeckt?"

„Wir haben das Apkessi auf afrikanische Art gegessen. Wissen Sie, wie das
geht?"

Viktoria musste lachen.

„Osei machte es mir vor, also mit den Fingern, und dabei haben wir uns manchmal gegenseitig die Bissen in den Mund gesteckt. Das war wie ein Kinderspiel,
denn es ging immer mal etwas daneben. Und wenn es so einen Fleck auf meinem
T-Shirt oder auf seinem Hemd gab, lachten wir und sagten, oh, das muss gleich
in die Waschmaschine! Das musst du ausziehen! Darum ließen wir natürlich auch
mal absichtlich etwas heruntertropfen, aber entschuldigten uns wortreich, mal
englisch, mal französisch, mal deutsch. Oh sorry! Ah, pardonnez-moi! Ach, wie
leid mir das tut! Am Ende lag so ein Berg befleckter Sachen auf dem Boden und
wir beiden ohne alles auf Oseis schmalem Bett."

„Ich wollte wissen, wie es geschmeckt hat, das afrikanische Gemüse…"

„Das Essen war für uns wie Liebe machen. Daher sagten wir auch, ich habe
Appetit auf ‚Apkissing'. Das war ein anderes Wort aus unserer Geheimsprache
neben den ‚schwarzen Tasten'. Ehrlich gesagt, weiß ich gar nicht mehr richtig, wie
es geschmeckt hat, weil meine Erinnerung nur aus diesem Lachen und der Lust
besteht."

„Also haben Sie es vergessen?"

„Es geht mir einfach so, dass sich das verbindet, das Essen, die schwarzen Tasten auf dem Klavier, wenn ich die Etüde spiele, die schwarzen Tränen des Gummilöwen und diese Augenblicke. Wahrscheinlich ist das Liebe, ich glaube es
jedenfalls. Wo sie ausbleibt und mich wieder die Traurigkeit überfällt, glaube ich,
muss ich etwas essen."

18. Frau Tamerlan-Borman verhandelt im 19. Stock des Hyatt-Hotels

Im 19. Floor des Hyatt-Regency am Embarcadero im Finanz-Distrikt von San Francisco wartete die Nummer zwei der FBD, Frau Tamerlan-Borman, auf ihre Gäste. Die amerikanischen Partner hatten ihr eine großzügige abhörsichere Executive Suite reserviert mit direktem *Bay View*, höchstem Luxus und *Special Services*. Das Mobiliar glänzte dunkel, ein edler, runder, sonnenstrahlenartig gemusterter Teppich auf dem braunen Parkettfußboden dämpfte ihre unruhigen Schritte. Den Raum füllte luxuriöse Stille. Selbst die Verdunkelungslamellen, die der elektronischen Steuerungsanlage gehorchten, gingen mit zartem Summen zur Seite. Im Breitbild des Fensters überwältigte das Auge dann die San Francisco Bay, wo sich zeitlupenhaft einige Segelschiffe bewegten. Der Wind wehte bisweilen feine Wellen auf, und Frau Tamerlan-Borman kam es vor, als ginge eine Gänsehaut über die Wasseroberfläche. Denn unter den Nachwirkungen des Jetlags fröstelte sie ein wenig. Am Ufer der herrlichen Bucht standen in der Nachmittagssonne die weiß gleißenden High-Society-Villen, die es ihrem Auge antaten und Wünsche in ihr weckten. Lilith Tamerlan-Borman hatte sich frisch gemacht, ihr Mundspray genutzt, die Frisur gerichtet und kurz ihre Mimik geprüft, denn sie wusste, dass ihr in unkonzentriertem Zustand bisweilen der Mund ein wenig offenstand. Dann pflückte sie ein paar Flusen von ihrem Blazer, Spuren des gelben Flauschkissens auf dem Sofa, wo sie vor dem 50 Zoll-TV kurz eingenickt war. Sie hatte es sich dort bequem gemacht, um die späte Tagesschau aus Deutschland einzuschalten. In der Themenfolge der Nachrichten war die Entführung der Richterin vor vier Tagen inzwischen an die dritte Stelle gerückt, und so hatte sie ein wenig der Jetlag-Müdigkeit nachgegeben.

Ja, sie war nervös. Vermutlich würde sich jetzt entscheiden, ob ihr Coup gelingen könnte. Sie hatte ja in dem Deal nur die ungewisse, wenn auch wahrscheinliche Aussicht zu bieten, dass sie in sechs Wochen, nach der gewonnenen Landtagswahl in Brandenburg, Ministerpräsidentin sein würde. Und das setzte dann weiter voraus, dass der Volksentscheid die erforderliche Mehrheit für den Austritt erbrächte. Durch die Entführung der Richterin und das öffentliche Entsetzen darüber war aber die Zustimmung für ihre Partei auch in Brandenburg um zwei Prozentpunkte gesunken.

Frau Tamerlan-Borman hatte sich ohne Wissen ihrer Parteifreunde, nur von

ihrem fernen juristisch erfahrenen einflussreichen Freund ermutigt, zu dieser Verhandlung nach San Francisco begeben. Es war klar, dass die Reise nicht unbemerkt bleiben würde. Aber sie würde den Trip als Besuch bei ihrer Großtante begründen, die sie am Abend tatsächlich treffen wollte. Jetzt war sie mit zwei noch unbekannten Personen aus der Leitungsebene der *Freeland & Peace Global State Group* verabredet. *Freeland & Peace* war ein mächtiges, inzwischen nahezu übermächtiges Corporate-Venture-Kapital-Unternehmen mit Sitz in Guatemala, das seinem Management Unmengen Private Equity zur Verfügung stellte, um politisch und finanziell ruinierte Staaten, Teilstaaten, Provinzen oder ganze Länder aufzukaufen. Im Jahr zuvor hatte das junge Management weltweit Aufsehen erregt, als es eine Reihe von halbautonomen Inseln im Pazifik akquirierte und für einen unbekannten, vermutlich astronomischen Betrag auch Grönland übernahm. Die Strategie der *Freeland & Peace* war langfristig und global angelegt, aber sie hatte bereits spektakuläre Erfolge erzielt. Die Unternehmer hatten von verschiedenen Warlords erst kleinere, dann größere Wüstenareale in Libyen, Mauretanien und Afghanistan erworben und sie in Beteiligungen umgewandelt. Später übernahm die *Freeland & Peace* neben kleineren Landstrichen, die sie Oligarchen und Strohmännern der Machthaber in Osteuropa abkaufte, ganz Turkmenistan und Andorra. Auch in Südamerika verscherbelten ihr die Kleptokraten aus Regierung und Armee ganze Provinzen. Das Unternehmen verband seine Akquisitionen ausdrücklich mit der Botschaft, dass alle ihre Aktivitäten auf Friedenssicherung und wirtschaftliche Prosperität ausgerichtet seien. Silvio Gesells Freigeld- und Freiland-Konzept sollte auf der Grundlage eines privaten, staatlich unabhängigen globalen Unternehmens realisiert werden. Das Firmenemblem zeigte einen Schwarm goldener Bitcoinlogos mit Flügeln und weiße Tauben mit Bitcoinleibern. Unter dieser Symbiose oder gar dieser organischen Verschmelzung von Geld, Land und Frieden war man auf Taubenfüßchen auch diskret an die stellvertretende FBD-Chefin herangetreten, die den Austritt des Landes Brandenburg aus der Bundesrepublik und aus der Europäischen Union betrieb.

Weil man Frau Tamerlan-Borman zutraute, nach einem Wahlsieg in Brandenburg das Bundesland in die Unabhängigkeit zu führen, hatte sie das Interesse der *Freeland & Peace* geweckt und deren Lockrufe vernommen. Die geheimen Gespräche waren bereits zu einem zehnseitigen Vertragswerk gediehen, das die FBD-Frau eigenständig ausgehandelt hatte. Allein ihr juristisch ausgefuchster Freund, der sogar als Staatsanwalt arbeitete, hatte sie dabei beraten. Das Dokument lag unterschriftsreif auf der Mahagoni-Vitrine, an der Frau Tamerlan-Borman unruhig auf und ab ging, denn die Entführungsgeschichte in Deutschland konnte alles wieder in Frage stellen.

Endlich meldete sich an der Sprechanlage des Apartments die Akquisitions-Managerin der *Freeland & Peace*. Nach einem kurzen Blick in den Spiegel öffnete Frau Tamerlan-Borman die Tür, und begrüßte eine etwa dreißigjährige Frau, die sich als CEO Nathalie Toussaint vorstellte. Die Frau war eher klein, aber alles fürs Auge Unscheinbare an ihr war eingehüllt in einen unsichtbaren Kältemantel. Sie trug Jeans und einen halblangen, recht abgetragenen gelben Blazer. Über ihrer linken Schulter hing ein schwarzer kleiner Rucksack, den sie gleich auf die edle Kommode stellte, um daraus einige Papiere zu ziehen. Sie hatte den jungen Dolmetscher Sam Mercury mitgebracht, der sich bei der Deutschen mit der Bemerkung einschmeichelte, dass er in Frankfurt an der Oder Deutsch studiert habe. Das sei doch die Kleist-Stadt des Landes Brandenburg, das Miss Tamerlan-Borman demnächst regieren wolle.

Die Politikerin antwortete mit einem kurzen geschmeichelten Lächeln und geleitete ihre Gäste zu der mit Tapas und Erfrischungen lockenden Sitzgruppe. Die Erwähnung des Namens Kleist rief sogleich ihr aktuelles Sorgenthema wach, und so fragte sie in einem zuvor geübten Satz:

„I am hoping that Miss Kleist, the judge of our constitution tribunal, is not killed!"

Nathalie Toussaint ignorierte diese Frage sowohl in der Tamerlanschen Pidgin-Version als auch in Sams hochsprachlicher Veredelung. Während sie sich mit hastigen Bewegungen von Hand einige mit buntem Kochgemüse garnierte Bissen in den spitzen Mund schob, ließ sie ihren Dolmetscher ausrichten, dass die *Freeland & Peace* ihre politischen Aktionen stets fehlerlos durchziehe, und dazu gehöre der eiserne Grundsatz, keinen Gossip darüber zu dulden. Das gelte für Frau Tamerlan-Borman ebenso. Sie werde daher eine Verpflichtung zur absoluten Verschwiegenheit unterzeichnen. Miss Toussaint gab sich keine Mühe, ihre Worte durch Lächeln anzuwärmen oder ihre Verhandlungspartnerin für sich einzunehmen. Nur wenn sie einen Tapas-Happen in ihrem Mündchen zermalmte, kam etwas Leben in ihre eisigen Züge. Sam hingegen versuchte den schneidenden Sätzen seiner Chefin ein wenig Nettigkeit einzuhauchen. Aber es war zunächst eine Art Belehrung angesagt.

Nachdem sie sich, fein züngelnd, die Finger abgeleckt hatte, ließ Nathalie Toussaint verlauten, dass die *Freeland & Peace* die Lage in Deutschland sehr genau beobachte, wie es für ein weltweit offensiv operativ tätiges Unternehmen selbstverständlich sei. Miss Tamerlan kenne ja das langfristige Ziel der *F & P*, aller Politik im steinzeitlichen Verständnis von Streit, von Feindschaft, von falschem Geben und Nehmen ein Ende zu bereiten. Freeland and Peace – das sei vor allem Nehmen. Nehmen für alle. Sie sprach so schnell, dass Sam mit dem Dolmetschen in Verzug geriet. *It is the opposite to boxing,* sagte sie weiter im Blitztempo, *the boxer wants to give, to throw punches, not take them. With us, it's the other way around.* Daher habe man Länder und Gebiete im Blick, wo die führenden Mächte und Persönlichkeiten die alten politischen Formen von Staatlichkeit und das von Banken kontrollierte Finanzsystem ablehnten. Das Ende von Politik, Währungen, Staaten und die Verwirklichung von Free-Land und Free-Money setze voraus, dass alle Bullshit-Parlamente und die Bullshit-Währungen ein Ende haben und dass jede Form von sinnloser öffentlicher Debatte darum verstumme. Um zu wissen, wohin dieses Nonsense-Geschnatter in Parteien und Parlamenten führe, *you only have to leaf through our history books with a wet finger.* Die Probleme und Bedrohungen der Welt lösten sich weder durch Demokratie, Diktatur oder Oligarchie, erst recht nicht durch Nationalstaaten und Zentralbanken. *All this bullshit is coming to an end.* Die gesamte Erdoberfläche müsse privatisiert und zum Freiland und Freimeer aller werden. Nur ein souveränes, mächtiges, kapitalstarkes, erfolgsorientiertes, straff geführtes, unabhängiges Unternehmen wie die *Freeland & Peace* könne Klimawandel, Energiekrise, Vergiftung der Meere, Wüsten, Hunger, Migration, religiöse, nationale Konflikte oder auch Rüstungswettläufe abwenden. Internationale Organisationen, die UNO, EU, NATO, Freihandelszonen wie die RCEP, das ganze brüchige Bullshit-Vertragswerk sei Mittelalter.

Das war der Angesprochenen nicht neu, aber sie brannte eigentlich darauf, etwas über die Entführung der Richterin in Erfahrung zu bringen. Die Antwort hatte ihre Besorgnis leise gemildert.

„Und welche Vorstellung haben *Freeland & Peace* von Nationen und Völkern, die nicht so leicht privatisiert werden können?" fragte Frau Tamerlan-Borman.

Als Antwort erhielt sie eine neue Vorlesung.

Es sei eben der Sinn der radikal zukunftsorientierten, rein unternehmerischen Weltordnung, die *F & P* anstrebe, dass nationale und regionale Interessen auf die ökoterrestrische Grundlage einer *Sharing Community* gebracht würden. Alle Entscheidungen würden von Anteilseignern getroffen, die Subjekt wie Objekt ihrer Entscheidung seien. Es solle in ferner Zukunft keinen Quadratmeter Erde oder Meer mehr geben, der nicht zur *Freeland & Peace* gehöre. Bis man das Ziel erreicht habe und die neue terrestrische Großordnung aus Free-Land and Free-

Money errichtet sei, würde sicher auch gedealt werden. So lange gelte dieses archaische Nehmen und Geben noch. Man könnte zum Beispiel in taktischer Absicht das kaspische Meer gegen Burundi tauschen oder Alaska gegen Sibirien. Das geschehe dann auf eigens neu eingerichteten Territorial Stock Exchange-Börsen und über digitale Währungen.

„Ich habe das verstanden", warf die FBD-Frau ein, „aber in welcher Weise spielen beim Nehmen nationale Identitäten, Sprachen, Volkstum und Heimaterde weiter eine Rolle? Ich denke dabei an meine Wählerschaft."

Dieser ganze Bullshit, ließ Miss Toussaint erklären, werde sich in der Performance solcher geopolitischen Akquisitionen abbilden. Natürlich sinke bei jeder Art von *political disruption* der interne Wert einer Fischereizone, einer Provinz, eines Landes oder Territoriums, da solche Störungen stets Folgen für Umsatz, Produktivität und für die direkten wie indirekten Steuern etc. haben würden. Steuern oder vielmehr: die *territorial rents in bitcoins*, wie sie künftig heißen, sind der Hauptposten in der Bilanz.

Die Parteifrau, die erst Brandenburg und dann weitere Bundesländer in die Unabhängigkeit führen wollte, um sie zu verkaufen, fragte dann noch einmal nach, was im Rahmen der *F & P* aus den Stimmungen und Erregungen des Volkes werden würde, die ihr zur Macht verhelfen, sie ihr aber gegebenenfalls auch wieder nehmen könnten. Und offenbar sagte der politische Instinkt der CEO, dass sie diese Fragen anhören und beantworten müsse.

Wie überall im Business, erklärte Miss Toussaint langsam zu Ende kauend, gebe es auch an der Börse ein Sonderkapital, nämlich das *mind capital*. Wie lange benötige die alte Politik, um eine Führungsfigur, die das *mind capital*, das irreführend ‚Vertrauen' genannt wurde, also das *mind capital* von Wählern und anderen Akteuren verloren habe, aus dem Amt zu drängen! Aber sobald die CEO's eines Unternehmens das *mind capital* der Eigentümer verlören, würden sie gefeuert. Die moderne terrestrische Ökonomie hat gelehrt, dass *mind capital* ein Äquivalent von Geld und Erde ist. Je mehr Geld und Erde desto mehr *mind capital*.

Die eisigen Blicke, die sie aus den grauen Bullshit-Augen erreichten, und die Worte, die blizzartig aus dem mahlenden Mündchen der CEO-Frau kamen, erweckten in Frau Tamerlan-Bormans Herz keine echte Zuversicht. Sollte sie das Spiel wirklich wagen? Für den Fall der Fälle gehörte zum Vertragswerk eine Garantie der Regierung von Guatemala, dass man ihr und wohl auch ihrem Freund, der ein wichtiges Amt bekleidete, politisches Asyl gewähren werde.

„Are there any open questions?" fragte Frau Toussaint ungeduldig und mit spöttisch verzogenen Mundwinkeln um das schwarze Tapas-Löchlein herum, die alles Fragen zur Mutprobe machten. Als ihre Gesprächspartnerin zögerte, schlug sie im Vertragspapier die letzte, für die Unterschriften vorgesehene Seite auf, fischte mit geschmeidigen Bewegungen ein Schreibgerät aus ihrem schwarzen Rucksack und hielt es ihrer Vertragspartnerin beinahe unter die Nase.

„Ich möchte etwas zur Bedingung machen", sagte Frau Tamerlan-Borman, indem sie vor der Überrumpelung zurückwich. Sie holte tief Luft und erklärte dann mit fester Stimme: „Ich will über alle politischen Aktionen und Entscheidungen der *Freeland & Peace* in Deutschland und Europa informiert werden."

Nach Sams Übersetzung kehrten die Mundwinkel der CEO in ihre Ausgangsstellung zurück. Das sei aus naheliegenden Gründen unmöglich, ließ sie ausrichten, während sie das *impossible* noch dreimal wiederholte. Manager und Teilhaber der *F & P* handelten jeweils eigenständig, und die Leitung entscheide unter strikter Geheimhaltung. Sobald Frau Tamerlan-Borman zur Teilhaberin aufgestiegen sei, werde sie unverzüglich an den Informationsfluss angeschlossen. Das werde wohl noch eine Zeitlang dauern. Aber sie könne sicher sein, dass die *F & P* ihr jede Unterstützung zukommen lassen werde.

„Da benötige ich allerdings noch Bedenkzeit", sagte Frau Tamerlan-Borman nach längerem Zögern. „Sie wissen, ich gehe ein großes politisches Wagnis ein, und die Risiken kann ich nur abwägen, wenn ich alle Informationen habe. Wohin haben Sie die Verfassungsrichterin entführt, wie geht es ihr, und was haben Sie weiter mit ihr vor?"

Überlegen Sie es sich gut, ließ die eiskalte Frau ihren Dolmetscher sagen, während ihre Hände noch einmal zum Tapas-Tablett schnellten. Wir haben viele Geschäftspartner in Deutschland. Sie haben drei Tage Bedenkzeit.

Frau Toussaint brach auf und grüßte in einem Ton, als habe sie ihren Unternehmensnamen um den *Peace*-Teil gekürzt. Ohne ihre Gesprächspartnerin noch eines Blickes zu würdigen, schritt sie zu der Tür, während der liebenswürdige Dolmetscher den schroffen Abmarsch mit einem von Schulterzucken begleiteten gequälten Lächeln zu mildern suchte.

19. Klavier mit verstaubten Tasten (Ulrikes Tagebuch 1)

Ulrike Kleist hatte den Schreibblock auf ihr Bitten hin wieder zurückerhalten und begonnen, Gedanken und Beobachtungen wie in einem Journal festzuhalten. Über die ersten Tage ihrer Gefangenschaft gab es diese Notizen.

„11.05. vierter Tag.

Ich muss einige Erlebnisse und Gedanken notieren. Nach meiner Befreiung wird es vielleicht ein wichtiges Dokument sein. Sollte ich die Entführung nicht überleben, dann gelangt es hoffentlich doch in die Hände meiner Lieben. Komisch, aber vor allem denke ich unaufhörlich an euch alle. Wie mag es euch ergehen? Habt Ihr überhaupt auf irgendeinem Wege erfahren, was mit mir geschehen ist? Wahrscheinlich wisst ihr auch mehr als ich. Und ich denke nach, was früher vielleicht auf dieses Kidnapping hingedeutet haben könnte. Der Coup war perfekt vorbereitet, man hat sich sogar Zugang zu unserem Haus in Bad Bergzabern verschafft. Mich quälen so viele Fragen! Wie war das möglich? Ist Immanuel zurück? Oder hat man ihn auch entführt? Hoffentlich nicht Viktoria! Und weiter: Erpressen die nur das Verfassungsgericht, oder wollen sie auch Geld? Gestern sind ein paar Sachen von mir eingetroffen. Der Wächter Palmström lachte, als er mir alles in einem Plastiksack überreichte. Ein seltsamer Vogel. Immer wieder zeigt er mir die Waffen. Die Pistolero-Gesten dazu hat er sich dem Kino abgeschaut. In Wahrheit ist er ein geschlagener Mann. Wie er selbst sagt, eine bipolare Störung. Man sieht ihm Schlaflosigkeit und Depression an, der trübe graugrüne Blick durch seine Brille, die Augenringe, die fahle Haut unter dem Bart, die eingefallenen Wangen. Und immer wieder dieses Knacken seiner Fingergelenke. Gestern bat er mich, ihm wie Viktoria eine Wunderkindgeschichte zu erzählen. Mir fiel Kleists Geschichte von der Heiligen Cäcilie und der Macht der Musik ein. Er hörte aufmerksam zu, wie die vier Protestanten-Brüder mit ihren Gesinnungsgenossen am Fronleichnamstag die Klosterkirche der Heiligen Cäcilie in Schutt und Asche legen wollen. Beile und Brecheisen in den Händen, sammeln sie sich in der Kirche, wo die Nonnen mit Chor und Orchester eine Messe aufführen. Sie ahnen nicht, dass die Heilige Cäcilie diese wundersame musikalische Feier dirigiert. Das „gloria in excelsis" klingt so herzergreifend, dass in der Kirche, wie Kleist schreibt, „der Staub auf dem Estrich nicht verweht ward". So wagt es keiner der Bilderstürmer-Halunken, auch nur einen Finger zu bewegen. Vielmehr knien sie auf den Boden und drücken die Stirn inbrünstig in den Staub. Am Ende macht der Gloriagesang die Brüder verrückt. Sie landen als vier irre, gottergebene Frömmler im Narrenhaus, wo sie ihre wahnwitzige Dauerandacht allnächtlich unterbrechen, um mit lärmenden Stimmen das „gloria in excelsis" zu singen.

Palmström schlief nicht ein. Er ahnte, warum ich diese Geschichte erzählte, und er wollte wissen, ob ihm das gleiche Schicksal drohe. An Verrücktheit jedenfalls mangele es ihm nicht. Ich gab ihm den Rat, alle zwei Stunden statt des 'gloria in excelsis' den § 105 StGB über Nötigung von Verfassungsorganen zu rezitieren. Ich könnte ihm eine Begleit-Melodie dazu komponieren. Er erzählte daraufhin von dem Mann in der Heidelberger Psychiatrie, der sich für den Dichter Christian Morgenstern hielt. Wenn Morgenstern seine Medikamente nicht eingenommen hatte, dann hörte er in der Umgebung Stimmen, die seine Gedichte rezitierten. Das machte ihn rasend, er schlug gegen Wände, Tische oder auf andere Patienten ein, die er verdächtigte, seine Worte und Verse zu missbrauchen. Dann verfiel er in ein Dauerschimpfen. Das war sein Tourette-Syndrom. Weil er glaubte, dass mein Honeyman seine Palmström-Gedichte rezitierte, taufte er ihn auf dessen Namen. Zugleich schrie Morgenstern, dass die Stimmen, die ihn dauernd verfolgten, seine Strafe seien, weil er immer noch lebe und über 150 Jahr alt sei.

Ich erklärte Palmström, er könne die übelsten Folgen seiner Verbrechen mildern, weil das Strafgesetzbuch unter gewissen Voraussetzungen bei Rücktritt von der Tat und Verzicht auf die Vollendung auch Straffreiheit oder Strafminderung vorsehe. Daraufhin fragte er, ob ich ihm die Straffreiheit verschaffen könne, und als ich sagte, dafür sei unser Gericht nicht zuständig, riss er sich seine Insomnia-Kappe vom Kopf und brach in laute Verzweiflung aus:

„Diese elende Zuständigkeit. Das ist nicht zu ertragen. Zuständig, zuständig, zuständig! Da frage ich, in welchem Zustand ist denn die Zuständigkeit? Keine Sau ist zuständig! Immer ist die Zuständigkeit woanders. Wer ist zuständig, um zu sagen, wo sie ist? Niemand und nirgendwo. Die Zuständigkeit ist ein Phantom. Alles ist unzuständig. So war das in der Klinik. Wenn ich fragte, wann werde ich entlassen? hörte ich: Ich bin nicht zuständig. Aha, wer ist es denn? Weiß ich nicht. Wen kann ich fragen? Weiß ich auch nicht. Vielleicht den Chef. Wo ist der Chef? Kann ich nicht sagen. Es gibt Unzuständigkeit ersten Grades, zweiten Grades, dritten, vierten, fünften Grades bis unendlich. Da muss man sich dem Irrsinn in die Arme werfen. Oder du schlägst dir freiwillig den Schädel ein. Beamter wird, wer auf Unzuständigkeit schwört. Je höhergradig jemand unzuständig ist, umso besser wird er bezahlt. Vielleicht gibt es Zuständigkeit auf dem Mond. Ist der Mann im Mond für den Mond zuständig? Ist Gott überhaupt für die Welt zuständig? Für die gna-

denlose Scheiße, die er uns hier eingebrockt hat? Da kann man nur noch um sich ballern...".

So schrie er herum. Er wurde noch wütender, schleuderte seine Insomnia-Kappe in die Ecke, riss einen Revolver aus dem Halfter, drehte sich wild im Kreis und tat so, als würde er um sich schießen. Ich hatte kein gutes Gefühl. Aber dann warf er sich in seinen Sessel und schlug die Hände vor die Augen und schluchzte.

Später versuchte ich zu trösten. Musik mache nicht nur Kirchenschänder verrückt, wenn es die Heilige Cäcilie will, sondern auch Verrückte vernünftig. Er höre doch dauernd Musik, sagte Palmström und zeigte mir sein Smartphone. Trotzdem bleibe er verrückt, ein irrer schlafloser Wachmann. Wir sprachen noch allerlei, und ich wollte erneut wissen, wie es seine Kumpane geschafft hätten, in mein Haus einzudringen. Und er behauptete, die "Reichstreuen deutscher Erde" hätten dichte Netze von Anhängern und Agenten. Die würden alles besorgen, was ich wollte. Das machte mich übermütig, und sich fragte, ob er mir dann nicht das Klavier aus unserem Haus herbeischaffen könnte. Ich würde ihm gerne vorspielen, und vielleicht kehrte dann seine Vernunft zurück.

Zu meiner Verblüffung stand er auf und führte mich in den Gang zu einer der verschlossenen Türen ohne Drücker. Mit einem Vierkantschlüssel, den er bei sich trug, öffnete er die übel knarzende Tür. In diesem Nebenraum der Schule, o Wunder, stand an der Wand ein altes braunes Klavier. Es sah jämmerlich aus, mit blätterndem Lack, voller Staub, die Rückseite zur Wand voll von dicken schwarzen Spinnweben. Ich öffnete den Tastaturdeckel und sah, dass es ein Hillgärtner-Klavier war, sicher über hundert Jahre alt. Die schwarzen Tasten grau verstaubt, die weißen Tasten vergilbt. Wie viele Schulmeister hatten wohl das arme Instrument misshandelt! Palmström ließ mich ein paar Töne anschlagen. Das Instrument ist verstimmt, aber noch spielbar. Dann unterbrach er mich, ich solle aufhören, er wolle nichts von der Heiligen Cäcilie hören oder sehen. Ich setzte mich auf den wackeligen Hocker und fragte ihn, warum er mich dann hierhergeführt habe. Er redete etwas wirres Zeug und nannte mich Cäcilie. Während er von Zuständigkeit und Straferlass delirierte, konnte ich mich umschauen. Der Raum steckt voller Gerümpel: eingerollte Landkarten, angebrochene Schulbänke und Stühle, eine zerkratzte Tafel, Plastikeimer, Besen, Schrubber, Luftmatratze, eine Gitarre ohne Saiten, ein rostiges Metallspind und ein Regal mit Büchern und Heften, die vor lauter Ungelesensein gelb und braun geworden sind. Die Fenster aus Strukturglas lassen oben an der Decke das Licht durch. Immerhin erahnt man draußen etwas Grünes, Büsche oder Bäume. Schließlich war mein Wächter einverstanden, dass ich jeden Tag etwas spiele. Mal sehen, ob es dabei bleibt."

20. Eine Rocker-Hochzeit bringt die Anarchisten aus dem Tritt

Für den Dienstag hatte Don Camillo bei Dresdens Versammlungsbehörde eine Demonstration unter dem Motto „Freiheit für Ulrike Kleist" angemeldet. Eigentlich waren bereits am Montag Spontandemos geplant. Genossen sollten zugleich in Berlin, Frankfurt und Karlsruhe auf die Straße gehen. Die Leute dort waren schlecht organisiert und nicht so schnell auf die Beine zu bringen. Daher hatte Don Camillo die Demo in einer Erklärung über Instagram an die Presse angekündigt und gefordert, die Bundesregierung solle einlenken und das Verbot der FBD aussetzen, um die Richterin zu befreien. Das hatte im Netz wütende Reaktionen ausgelöst.

Der Zug in Dresden sollte bei der Mensa Reichenbachstraße starten, nicht weit vom WG-Sitz an der Hochstraße, und weiter über die Hochschulstraße und Pragerstraße bis zum Neumarkt gehen. Dusty wollte unbedingt an ihrem Hygiene-Museum vorbei. Da Don Camillo etwas größenwahnsinnig 2000 Demonstranten angemeldet hatte, kam von der Ordnungsbehörde die Auflage, dass die Demo über die Nürnberger- und Budapesterstraße ziehen müsse.

Es war tatsächlich nur ein bescheidenes Grüppchen von eben 30 Leuten, die sich am Dienstag gegen 11 Uhr (Studentenmorgendämmerung) versammelten. Das Wetter war nach einhelliger Ansicht beschissen: knalliger Regen und schneidend kalter Wind, der ein paar Regenschirme zerfledderte. Die Hälfte der zehn Männer vom Ordnungsdienst, die die Demo begleiten sollten, verdrückte sich gleich in ihre blauweißen Dienstautos, als sie das Häuflein der Protestierer überblickten. Die paar Hansel, dachten sie instinktsicher, würden den Verkehr nicht ins Chaos stürzen. Es ließ sich auch sonst kein Schwein auf der Straße blicken. Trotzdem sollte die Demo laufen. Dusty hatte in einer Werkstätte, die fürs Hygiene-Museum Aufträge erledigte, ein 10 Meter breites rotes Spruchband bestellt, das „Freiheit für Ulrike Kleist" forderte. Das wurde jetzt aufgerollt, und sofort zerrte der Wind so wütend daran, als sei er dagegen. Um dem antifaschistischen Sprechchor später in der Altstadt richtig Power zu geben, hatte Maximiliane ihre Posaune dabei, aber auch bei dieser zarten kleinen Frau musste man Sorge haben, dass sie die Böen davontrügen. Überdies hatten sich ihre Haare wie eine Kinderfrisur in viele, längst auch feuchte Fransen zerlegt. Man hätte ihr gerne eine stämmige Tagesmutter an die Seite gestellt. František, den Zweimeter- und Zweizentnertrommler, hätte hingegen kein Tornado vom Fleck gerüttelt. Er trug auf dem Rücken seine teure Bass Drum, die er mit einer dicken durchsichtigen Plastikfolie vorm Regen schützte. In den anderen zwei Dresdner Anti-Fa-WGs hatte man noch ein paar Schilder gepinselt, auch ein rührend gereimtes wie „Keine Tote für Parteiverbote!" Hoffentlich waren das Regionalfernsehen und die Presseleute zur Stelle, wo sich sonst keine Menschenseele auf die Straße wagte.

Aber die Sache lief nicht gut. Denn kaum war der Zug der Demonstranten, von Wind und Schauern schon ziemlich mutlos gebeutelt, in die Nürnberger Straße eingebogen, da tuckerte ihnen am Nürnberger Ei, wo sich die Straße kurz teilt, eine Kavalkade Motorradfahrer im Schritttempo entgegen. Es waren Bandido-Rocker auf schweren Harleys, die man vor einer Viertelstunde bereits hören konnte, als die ihre Maschinen in der Ferne aufheulen ließen. Die Biker mit dem säbelschwingenden Sombrero-Pistolero als Backpatch auf den schwarzen Leather Jacketts gehörten zur Eskorte eines regionalen Oberrockers. Der Typ hockte in einer weiter hinten gemächlich anrollenden weißen Stretchlimousine. Drei Biker sicherten als Vorhut den Weg. Auf den Kühler der langen Kiste hatte man ein riesiges rotes Plastikherz gepflanzt, das unter den Windstößen taumelte. Dahinter folgte ein herzloser weißer Rolls Royce und dann noch einer und noch einer, und als Nachhut brummten am Ende wieder ein paar Dutzend Motorräder.

Die vorderen drei Männer der Eskorte brachten ihre Harleys eben knapp zehn Meter vor den Trägern des Spruchbandes zum Stehen, und die vermummten düsteren Rocker machten keine Anstalten, den demonstrierenden Antifaschisten, die in ihren nassen Anoraks ziemlich jämmerlich aussahen, Platz zu machen.

„Das ist eine angemeldete Demo", schrie Don Camillo durch den Regen, „und wir lassen uns von keinen Scheißrockern aufhalten!"

Zum Glück hatten die Bandidos unter ihren mächtigen Sturzhelmen nichts gehört. Einer der Passanten, der in einem neongelben Regenponcho den Zug an der Seite begleitete, erklärte Don Camillo, dass diese fünfzig oder mehr Rocker gerade aus der Zion-Kirche kamen, wo eben ihr sächsischer Häuptling Gonzalo „Mukki" Schrottmann und seine Lebensgefährtin Ludmilla Chanelle getraut worden waren. Man solle sich mal vorstellen, wie eine kirchenfüllende Rockerbande „Befiehl du deine Wege" singt!

„Ja", rief Don Camillo, der wie so mancher Anarcho ein Sohn von Pastoreneltern war, „das passt doch! Wolken, Luft und Winden, gibt Wege, Lauf und Bahn, der wird auch Wege finden, da dein Fuß gehen kann".

Aber die Einladung zum protestantischen Frieden ging mit den Sturmböen dahin. Auf einmal, seltsam, seltsam, waren die letzten blauen Männer vom Ordnungsamt nirgendwo mehr zu blicken. Vielleicht war der Crash mit den Rockern von der Behörde boshaft arrangiert worden, weil Don Camillo bereits des Öfteren für Ärger gesorgt hatte.

Da sich die Motorrad-Eskorte und die Demonstranten am Nürnberger Ei blockierten, stiegen die drei vorderen Bandidos von ihren Maschinen und rückten mit einer körpersprachlichen Botschaft an, die man aus Gangsterfilmen kennt. Es sah bedrohlich aus, und die tapferen Demonstranten hatten nur das von Regen und Wind schwer hängende rote Spruchband, um sich zu verschanzen.

„Haut ab, ihr Scheiß-Kommunisten! Oder ihr kriegt was vor die Fresse!" rief einer der Typen, der die Harley als erster abgestellt hatte und in seiner Lederkutte schweren Schrittes näherkam.

„Ich bin hier der Road-Captain!"

Der Mann klang so heiser, als rasselte ihm Kies zwischen den Stimmbändern. Der Bandido war gewiss über 60 und sehenswert: Aus dem Sturzhelm fielen aschgraue Haarfransen auf seine Schultern, und um seinen Mund („Bier-Einfüllstutzen") herum wucherte ein bis auf die Brust reichender Bart rätselhafter Farbe. Im Bartgewölle flimmerten Regentropfen und allerlei Benzin- und Ölreste. Als der Mann seine Sonnenbrille zur vollendeten Kriegsdrohung unter den schwarzen Sturzhelm schob, gab er zwei wasserblaue Augen frei, in denen auch nichts Liebliches blinkte.

Trotzdem trat Maximiliane vor, wedelte mit ihrer Posaune, und forderte den Bandido wütend auf, seine Maschine abzustellen, da er die Luft mit Abgasen vollpustete.

„Hör mal, du verzwergte Ökotussi", kam es zurück, „du kannst mir einen blasen, wenn deine Tröte eingerostet ist!"

Ein zweiter Vorhut-Rocker mit kurzem schwarzem Kinnbart baute sich vor Maximiliane auf:

„Hey, ihr Straßenclowns, wir mögen euren Spaß nicht. Wer einen Bandido auf dem Weg in die Kneipe aufhält, spielt mit seinem Leben!"

„Wenn wir Durst haben, kann schon mal Blut fließen", rief der dritte.

„Aus wasfürnem Rübezahl-Seniorenheim seid ihr denn?" rief einer der Studenten von hinten.

„Was soll der Scheiß! Haut ab, sonst brettern wir euch über den Haufen!" kam es unter einem anderen Sturzhelm hervor, und der Typ preschte mit seiner Maschine von hinten ein Stück vor, riss das Vorderrad zum Wheelie vorne hoch in das Spruchband hinein. Die zwei Träger an der Seite gerieten ins Taumeln.

„Hey, du Arsch, das ist eine Demo zur Freiheit!" schrie Maximiliane wütend, während die Träger zurückwichen und das Spruchband sinken ließen. Die Gemüter schienen sich nicht mehr zu beruhigen. Da tauchte von hinten Präsident Mukki Schrottmann auf, oder vielmehr zeigte er sich in seiner rockerlichen Pracht. Er war mit dem Champagnerglas in der Hand seiner Stretchlimo entstiegen und arbeitete sich an der Eskorte vorbei. Hinter ihm schlich ein Nachwuchsrocker mit Regenschirm, der Mukkis Sondereggerkleidung schützen wollte, den Tom Ford Smoking, das weiße Seidenhemd mit Kläppchenkragen, die orangefarbene Fliege und das Einstecktüchlein im gleichen Ton. Aber der Präsident, hünenhaft und pompös dem Wetter trotzend, achtete nicht darauf. Er war braungebrannt, und auf seiner polierten Glatze glänzten die Regentropfen wie Noppenfolie.

Hatten vielleicht der frische pastorale Segen und der Champagner Mukki in friedfertige Stimmung versetzt? Er warf einen Blick auf das Spruchband und rief: „Hey Leute, wen wollt ihr denn befreien?"

Das klang nicht mehr ganz so bedrohlich, und als Mukki auch noch sein Glas mit dem vom Regen verdünntem Champagner leerte, spürte Don Camillo auf der anderen Seite, dass hier Diplomatie helfen könnte:

„Erstmal Glückwunsch zur Hochzeit!" rief er und bewegte seinen Kopf nach Hühnerart vor und zurück. „Es geht bei uns um Ulrike Kleist, die ist gekidnappt worden. Die muss befreit werden!"

„Wer hat die Frau gekidnappt?"

„Irgendwelche rechtsradikalen Idioten."

„Einfach gekidnappt? Hat die denn so viel Knete? Was ist das für'ne Alte?"

„Die Mutter einer Genossin und ist am Verfassungsgericht!"

„Au, mit Bullen und Rechtsverdrehern haben wir nix am Hut!"

Auf der Lederweste eines Bikers stand „Snitches are a dying breed".

Inzwischen hatten sich aus den anderen Rolls Royces vier imposante Kerle zu Mukki gesellt. Sie witterten Krieg und hatte ihre Brustkörbe in den blauen und gelben Markenblazern voll aufgepumpt. Während sie näherkamen, scheuchte der Wind kalte Regenvorhänge über die feindlichen Fronten, und die Genossen aus der Demogruppe wurden unruhig. Zwei machten sich auch schon auf und davon. Unbeirrt und cool stellte Mukki seine prominenten Festgäste vor: MC Präsident Barry Bonebreaker aus Hannover, den St-Pauli-König Sascha Pollnareff, der einst der Hamburger Nutella-Bande angehört hatte, den Chef der Frankfurter Body-guard-Firma Angels for Security, Ricardo „King Kong" Schweinitzer, und Andy „Ancalagon" Schurigel, den Boss des Gremium MC Southgate aus Mannheim.

„Angenehm", sagte Don Camillo, der einen guten Kopf kleiner war als die fünf Kerle, dafür rund 40 Jahre jünger. „Ich bin Kamil Steinbrecher von der Antifa Dresden."

"Ist Antifa eine Kneipe?" wollte Barry wissen.

„Quatsch! Die Mama von einem dieser Leute da wurde gekidnappt!" rief Mukki seinen Kollegen zu und wischte sich über die nasse Stirn.

„Fuck! Sauerei!", ereiferte sich Ricardo „King Kong" Schweinitzer, der passend zu seinem blauen Anzug einen blauen Hut trug. „Solln wir die 'rausholen? Wo ist die Alte?"

„Hört mal, Leute", schaltete sich Sascha Pollnareff ein und zeigte die feuchten Stellen an seinem gelben Anzug. „Können wir nicht im Hotel weiterquatschen?"

„Sollen wir die Demo abbrechen?" fragte Don Camillo unsicher Maximiliane, die das Wasser von ihrer Posaune abstreifte. Sie wollte einen Probeton blasen, aber der gurgelte komisch.

„Das Scheißwetter saugt einem das Mark aus den Knochen", klagte Maximiliane.

„No, no!" ging Gloryanne dazwischen. „At Waterloo war also Scheißwetter! And we have gewonnen!"

"Ich wollte, es wäre Nacht oder die Preußen kämen", brummte Don Camillo. „Das wird nix mehr heute."

Auch Don Camillos ruckelnden schwarzen Trotzki-Schopf hatte der Regen ge-plättet, und man sah jetzt, wie dort über der Stirn bereits das Testosteron am Haar-ansatz nagte.

„Und dann?" Aber auch bei Maximiliane war der Dampf raus.

„Wer will, kann bei uns mitfahren!" rief Mukki. „Auch der Mann mit der Trom-mel da! Kommt ihr linken Vögel! Ab Leute, in die Hotelbar!"

21. Osei Tutu bekommt in den USA Ärger mit der *Freeland & Peace Global State Group*

Osei Tutus Mission in den USA, ein gutes Jahr zuvor, war nicht vorangekommen, obwohl er nach ein paar Wochen einen weiteren Teil des Vorschusses an das Law Office David E. Salomon überwiesen hatte. Völlig unerwartet forderten ihn seine Anwälte auf, das Originalpapier mit der vom Sänger eigenhändig signierten Verfügung vorzulegen, da Osei dem Office lediglich eine Kopie überlassen hatte. Der Estate Administrator Branca et al., der den Family Trust der Jacksons managte, hatte Zweifel geäußert hatte, ob das Dokument, das die Ansprüche der Anjyi belegen sollte, tatsächlich echt sei. Osei Tutu, der die David E. Salomon-Anwälte langsam eines Doppelspiels verdächtigte, wollte die Originalurkunde jedoch ausschließlich dem Gericht aushändigen. Hilfsweise verwies er seine Anwälte auf eine Tonaufnahme im Archiv der Radio France Internationale (RFI), wo Jackson als Dank für seine Krönung am 12. Februar 1992 in Krindjabo das später schriftlich niedergelegte Erbversprechen bereits mündlich gab. Darauf konterte die Familie, die Stimme auf der Tonaufnahme sei keineswegs mit der des Jackson identisch.

Zugleich hatte eine andere Gruppe von Erbinteressenten, vielleicht Michael Jacksons Vater, das ghanaische Fotomodell Sucxky Lamb engagiert, die an der Vanderbild University in Nashville *Nuclear medicine and medical physics* studierte und ihr Studium als High Level Escort für Sponsoren und hochkarätige Gäste der Hochschule verdiente. Miss Sucxky Lamb sollte mit Osei Tutu aus dem westafrikanischen Nachbarland Kontakt aufnehmen, ihn in seinem Apartment mit den K.-o.-Tropfen Temazepam für kurze Zeit ausschalten, um dann das Original-Dokument des Jackson-Vermächtnisses ausfindig zu machen und zu entwenden.

Miss Sucxky Lamb ließ sich auf diese gut honorierte Aktion ein, besuchte Osei Tutu unter dem Vorwand, ihn für die *West-African Friendship Society* zu werben und konnte nach ihren Angaben dem westafrikanischen Freund das Temazepan in den Tee mischen. Das Papier fand sie in einer Klarsichtfolie unter der Matratze, wo der Tutu ohnmächtig lag. Als sich herausstellte, dass auch Sucxky lediglich eine Kopie erwischt hatte, erwirkte das FBI auf Betreiben der einflussreichen Erbinteressenten ein Search Warrant im Apartment von Osei Tutu wegen angeblicher Drogendeals. Tatsächlich fand man nach langer Suche in seiner Seifendose ein klein gefaltetes Papier, das man für das Original der gesuchten Verfügung halten musste. Das stellte sich nach genauer Analyse aber wiederum als Täuschung heraus, und bei einer zweiten Durchsuchung entdeckten die Beamten hinter dem Badezimmerspiegel noch einmal fünf Kopien, die Osei dort offenbar in Erwartung weiterer Filzaktionen versteckt hatte. Allerdings fanden die Beamten das Diplomaten-Visum von Osei Tutu und nahmen es mit.

Als daraufhin diese oder eine andere der beteiligten Parteien ihren Einfluss geltend machte, um den Tutu aus den USA auszuweisen, ergab sich nach Prüfung durch einen unabhängigen Richter, dass Miss Sucxky Lamb den Mister Tutu wohl im Auftrag konkurrierender Interessenten gewarnt, die Betäubung mit K.-O.-Tropfen unterlassen und dem zweiten Auftraggeber die vom Tutu gefertigte Kopie ausgehändigt hatte. Die Klage auf Vertragsbruch gegen die Sucxky wurde vom gleichen Richter wegen offensichtlicher Sittenwidrigkeit des Kontraktes abgeschmettert.

Zum Kreis der Akteure, die aus Eigeninteresse die Echtheit der Verfügungen von der Hand des toten Sängers Jackson bestritten, zählte auch die *Global State Group*, die zuvor die einstige Ranch Neverland und jetzige Sycamore Valley Ranch bei Los Olivos erworben hatte. Zugleich hatte sie sich das Vorkaufsrecht für alle Real Estate-Vermögensteile aus dem Nachlass des Jackson gesichert. Die *Freeland & Peace-Group* hatte noch ganz andere Absichten. Ihre Vertreter boten Osei Tutu über das Law Office Unterstützung in seiner Nachlasssache und die Rückgabe seiner Diplomaten-Visums an. Ihre Hilfe knüpften sie jedoch an die Bedingung, dass Osei Tutu Druck auf seinen ivorischen König Amon N'Douffou V. ausübte. Der König weigerte sich nämlich hartnäckig, das von seinem Volk bewohnte Gebiet an die *Freeland & Peace* zu veräußern, während einige ungenannte einflussreiche Politiker des Landes dem Verkauf der gesamten Elfenbeinküste an die *Freeland & Peace* längst zugestimmt und Teile der Kaufsumme bereits kassiert hatten.

Da Osei Tutu auch diese Zumutung beharrlich ablehnte, erhob die *Freeland & Peace* Klage, indem sie behauptete, dass sich Herr Osei Tutu in der Nacht vom 7. zum 8. Januar gewaltsam Zugang zum Hauptgebäude der Sycamore Valley Ranch verschafft, einen Kühlschrank geöffnet und eine silberne Schatulle mit Teilen des organischen Nachlasses, genauer: den Augäpfeln des 1955 in Princeton verstorbenen Nobelpreisträgers Albert Einstein entwendet habe. Einsteins Augen waren 1955 gleich nach dem Ableben des großen Physikers vom Neurologen Dr. Thomas Harvey, der zuständigkeitshalber die Leiche seziert hatte, gesichert worden.

Anfang der neunziger Jahre hatte nach Angaben der Kläger der frühere Eigentümer der Sycamore Valley Ranch, der Popstar Michael Jackson, die Augen von Professor Einstein für fünf Millionen Dollar auf einer Auktion ersteigert und sie im Kühlschrank eines seiner sieben Schlafzimmer in der Ranch aufbewahrt. Angeblich wollte er einen Song mit tänzerischer Choreographie unter dem Titel "the deepest insight into time and space" konzipieren. Um aber alle unerwünschten Neugierigen oder gar Diebe in die Irre zu führen, habe Jackson die Fake-Pressemitteilungen verbreiten lassen, wonach die Präparate von Professor Einsteins Augäpfeln in einem New Yorker Safe aufbewahrt würden. Tatsächlich aber habe er sie in einer eigens dafür angefertigten silbernen Schatulle mit dem eingravierten Profil des Professors Einstein aufbewahrt und zur Inspiration seines Songs regelmäßig betrachtet.

Die Kläger legten als einziges Beweismittel für die Plausibilität ihrer Beschuldigung einen Aufsatz der Anthropologin Prof. Catharina Nkagawa von der University of Iowa vor: „The evil eye and the witchcraft of eye amulets in Western Africa culture". In dem Aufsatz, der im Jahre 1984 in der angesehenen Zeitschrift „African Science" erschienen war, wird beschrieben, wie in westafrikanischen Kulturen Augenamulette von Monameerkatzen als Zaubermittel genutzt werden. Für die Kläger war es daher naheliegend, dass sich auch Mister Osei Tutu, der dem westafrikanischen Kulturkreis entstammt, die Augen des Professors Einstein angeeignet habe, um so gemäß dem magischen Glauben seines Volkes auf die Erbangelegenheit rechtswidrig zauberischen Einfluss ausüben zu können.

Für den Beklagten erklärte sein Anwalt Mr. Augustin Whitewash, Mr. Tutu sei tatsächlich in der Nacht zum 8. Januar, als er das traditionelle Trauerritual am Grab verstorbenen Sängers vollzog, in das Hauptgebäude der Ranch gelangt. Er habe sich jedoch keineswegs gewaltsam Zugang zum Haus bzw. zum Kühlschrank verschafft. Vielmehr hatte Mr. Jackson anlässlich seiner Krönung zum König der Anjyi 1992 in Krindjabo seinen Gastgebern die beiden Geheimcodes seines Hauses und seines Kühlschranks anvertraut. Er wollte damit allen „subjects of my kingdom", wie er damals scherzhaft erklärte, jederzeit eine sichere Zufluchtsstätte bieten und dann, wenn er abwesend sei, den Zugriff auf frische Nahrungsmittel gewährleisten. Mister Osei Tutu habe lediglich den zwölfstelligen Code für die Tür und die siebzehnstellige Nummernfolge zum Öffnen des Kühlschranks, die er sich eingeprägt hatte, ausprobiert, und zu seiner großen Überraschung hätten sich sowohl die Haustür als auch der Kühlschrank öffnen lassen. Allerdings sei der

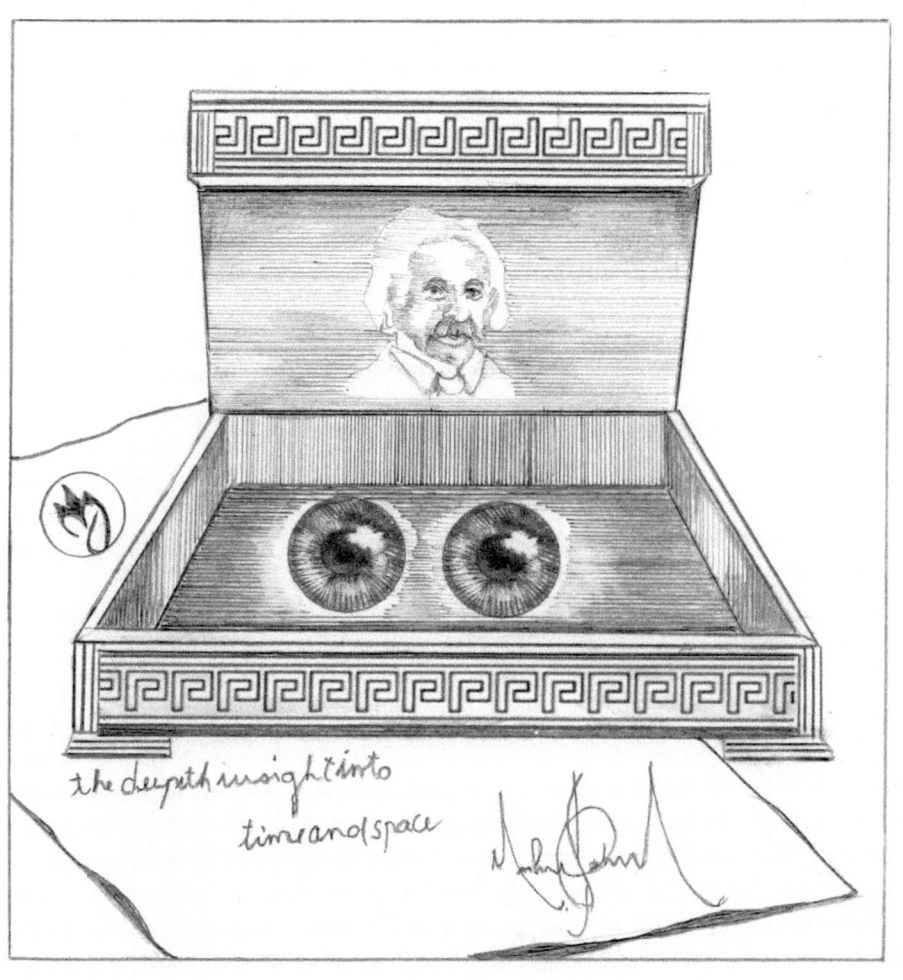

the deepest insight into
time and space

Kühlschrank leer gewesen. Der Beweis für beide Behauptungen lasse sich leicht vor Ort erbringen, wenn es das Gericht für nötig halte.

Weiter erklärte Mr. Whitewash, die Kläger hätten keinen einzigen Beweis für ihre Behauptung vorgelegt. So gebe es außer vielfach dementierten Gerüchten keine Belege, wonach sich der verstorbene Michael Jackson tatsächlich im Besitz dieser Präparate befunden habe; erst recht wurde dieses Material niemals im Kühlschrank des genannten Hauses aufbewahrt. Vielmehr habe das Princeton Medical Center auf Nachfrage des Anwaltes die amtliche Auskunft erteilt: Sowohl die Schnitte des Gehirns als auch die Präparate der Augen von Professor Einstein würden dort seit vielen Jahren konserviert.

Angesichts dieser Nachstellungen und Verleumdungen resignierte Osei Tutu. Anfang April wandte er sich an die deutsche Botschaft in Washington mit dem Antrag, ein Schengen-Visum für die Bundesrepublik zu erhalten. Alle seine Versuche, das ivorische Diplomaten-Visum wiederzuerlangen, waren am Mauerwerk korrupter Ablehnung gescheitert, und ohne sein Diplomaten-Visum war er in der Auseinandersetzung mit dem FBI und der *Freeland & Peace* chancenlos. Er berief sich bei der Behörde der Bundesrepublik auf seine Bekanntschaft mit dem Botschaftssekretär Herrn Dr. Karlheinz Rumbaum, der fünfzehn Jahre zuvor mit Osei Tutu in Abidjan zur Schule gegangen war. Damals arbeitete Rumbaums Vater an der deutschen Botschaft. Die beiden hatten am Lycée Blaise Pascal gemeinsam Rugby gespielt und die westafrikanische Schulmeisterschaft gewonnen. Er mache er sich Hoffnung, in Deutschland unbehelligt bleiben und seinen Auftrag mit dem Jackson-Erbe von dort aus erfüllen zu können. Dank der Referenz von Dr. Rumbaum erhielt er innerhalb von zwei Wochen das Schengen-Visum; allerdings wurde sein Abflug durch eine erneute Intervention des FBI zunächst verzögert. Erst am 10. April flog der Osei Tutu von San Francisco nach Berlin.

22. Ewald von Kleists (verschlüsselte) Nachricht aus Guatemala

„Hallo, altes Schwagerherz, da ich Dich heute (13.05.) wieder nicht am Handy erwische, frage ich auf diesem Weg, ob Du endlich Nachrichten über Ulrikes Entführung und die Erpressung hast. Weißt Du vielleicht aus amtlichen Quelle mehr? Haben wirklich diese Reichstreuen-Irren ihre Hände im Spiel? Werden wir die denn nicht los? Die sitzen doch vor allem in den neuen Bundesländern! Ich hatte schon früher den Vorschlag gemacht, dass man dieses Sachsen und Thüringen, deren Erde sie so lieben, einfach an Russland oder Ungarn verkaufen sollte.

Ich will ich Dir schnell einen ersten Bericht aus Guatemala durchgeben. Ein paar delikate Einzelheiten bleiben hier ungesagt, da ich sicher bin, dass alle meine Bewegungen von der Polizei, von staatlichen und privaten Geheimdiensten (wo ist der Unterschied?) beobachtet werden. Daher die unumgängliche Verschlüsselung.

Für die staatlichen und industriellen Player, die nach wie vor hier alle Macht und alles Kapital in Händen halten, wird das nichts Neues sein. Die deutsche Botschaft weiß Bescheid, dass ich in dieser Ecke für unser Recherche-Netzwerk unterwegs bin. Alle zwölf Stunden melde ich mich dort, damit die notfalls intervenieren können. Ich schreibe aus Antigua Guatemala, der einstigen Hauptstadt von Guatemala, die auf einer Höhe von rund 1500 Metern liegt. Hier bin ich in einem verdammt vornehmen Hotel gelandet, dem Hotel Museo Casa Santo Domingo, wohin mich ein schwer bekiffter Taxifahrer gebracht hat. Die Hotellerie ist in den baulichen Resten eines ehemaligen Klosters untergebracht, mit einem grün überwucherten Ruinengarten und einer alten Kirche. Könnte von Caspar David Friedrich sein. Abends gibt es nämlich mit viel Kerzen volle Kanne falsche Romantik. Statt Gott betet man hier Luxusgötzen an, die Haute Cuisine, den Pool, Markenklamotten und die Wellness-Schikanen. Ich kann gut darauf verzichten. Das Publikum setzt sich aus vergreistem lateinamerikanischem Geldadel und lackierten Goldfingern zusammen. Trotz intensiver Parfümierung stinken ihnen die zu Bitcoins gewaschenen Drogen-Millionen aus dem Kragen. Auch sonst lässt sich nicht viel Schmeichelhaftes über die Leute sagen, höchstens dass sie, trotz ihrer Entstellung durch Botox und chirurgisches Handwerk, Angehörige des Menschengeschlechts zu sein scheinen. Draußen hat man ein eindrucksvolles Panorama vor Augen, vor allem die grauen Umrisse der Vulkane, die die Stadt umstehen. Einer davon, der Vulcano Fuego, etwa 20 Kilometer südlich, ist ständig aktiv; meistens begnügt er sich damit, mächtige grauschwarze

Rauchwolken auszustoßen, aber immer wieder schockt der Feuervulkan mit gewaltigen Eruptionen. Noch vor drei oder vier Jahren gab es hier einen, wie ich gelernt habe, pyroklastischen Sturm. Dabei wurden die Aschewolken bis zu fünf Kilometer in den Himmel geschleudert hat, und Staub legte sich weit über das Land. Ganz schönes heißes Tosen unter unserer lieben dünnen Erdkruste! Der Krater spuckte glühende Lavaströme, Gerölllawinen und Schlammmassen, die mehr als hundert Häuser unter sich begruben. Der Fuego hat noch einen Zwilling, den weniger speiwütigen Acatenango, mit dem er aus der Fernsicht bei Tag eine anmutige Silhouette bildet. Vom Acatenango aus, der noch etwas höher in den Himmel ragt, kann man den Fuego beobachten und zuschauen, wie sein Schlund Feuer, Asche und Schlacke speit.

Diese alte Guatemala-Stadt wurde früher häufig von Vulkanausbrüchen heimgesucht, mit zahllosen Opfern und brutalen Zerstörungen. Aber fürs Auge sind es ungeheuer schöne Erhebungen, weit über 3000 Meter hoch. Daher habe ich gleich vor ein paar Tagen eine Wanderung zu den beiden Vulkanen unternommen. Ich hatte im Hotel einen Bergführer kennen gelernt, und der Mann war in mehrfacher Hinsicht ein Glücksgriff. Wir sind erst auf den Acatenango gestiegen, das geht über 1800 Meter in die Höhe, oben Übernachtung in einem Zelt. Dort wartet man fröstelnd die Nacht ab, um im sternegepunkteten Dunklen das Feuer aus dem Fuego lodern zu sehen. Es war verdammt anstrengend. Am nächsten Tag ging es erst 300 Meter bergab und dann wieder 300 Meter hoch, um in die Nähe des Kraters zu gelangen und das Feuer mit dem Ascheregen aus der Nähe zu erleben. Ich habe sicher mehr als 150 Fotos aufgenommen.

Als ich da am Krater stand, dachte ich, dass mich vielleicht der Geheimdienst hier, wie den Konsul in Lowrys Roman „Under the Volcano", in diesen Schlund entsorgen könnte. Also schaut im Zweifelsfall im Fuego genau nach, falls ich plötzlich verschwunden sein sollte. Haha!

Bei dieser in jeder Hinsicht atemberaubenden Wanderung habe ich meinen Führer Diego de las Sombras (vermutlich ein Pseudonym) näher kennengelernt. Er ist ein witziger sportlicher Mittdreißiger, Informatiker, und arbeitet für eine kleine EDV-Firma in Guatemala-City. Mit den Vulkan-Führungen verdient er sich etwas dazu. Er ist heillos in diese Feueröfen vernarrt und hat sich das Acatenango-Fuego-Paar farbig auf die Oberarme tätowieren lassen. Das hat er mir morgens gezeigt, als wir uns mit dem frühen Tau erfrischt haben. Bisweilen erledigt seine Firma auch Aufträge für den Banco de Guatemala. Die Bank hat ihren Hauptsitz in einem megabrutalistischen Bauwerk mitten in der Hauptstadt Guatemala, und ihre Architektur

lässt wenig Gutes ahnen, obwohl die westliche und östliche Fassade mit in Beton gegossenen Zeichen und Symbolen der alten Maya-Kultur verziert ist. Ich habe Diego erzählt, dass ich als Journalist in Guatemala unterwegs bin, und gleich deutete er an, dass er über Bank-Insider-Informationen verfüge, die mich interessieren könnten. Ich habe mir lange überlegt, ob Diego nicht vielleicht ein Agent eines der Geheimdienste sein könnte, der mich nur mit Infos ködern will, aber ich dachte, als er so etwas aus dem Geldwäsche-Nähkästchen plauderte, ich müsse das Risiko eingehen.

Daher eröffnete ich ihm, in welchem Umfang unser Netzwerk an den Recherchen zu den Panama-Papers beteiligt war und dass ich jetzt die Spuren der Nachfolger von Mossack Fonsecas Offshore-Imperium aufnehme und für alle einschlägigen Hinweise dankbar bin. Daraus wurde dann nach und nach eine doppelte Erleuchtung. Denn in das einzigartige Naturerlebnis mit dem nächtlichen Schauspiel des Feuerspeiers mischten sich die heißen Infos, die mir Diego gab. Natürlich nicht ganz umsonst! Bekanntlich stehen in der Küstenregion am Pazifik mehr als dreißig Vulkane. Aber offensichtlich wird derzeit die ganze Region von Staat, Armee und Geheimdienst verscherbelt. Diego erzählte, dass die Armee vor vierzig Jahren, zur Zeit der Militärdiktatur, eine eigene Bank betrieb, den Banco del Ejército. Als dann das Militär in robustem Stil die Landbevölkerung der Pazifikküste enteignete, organisierte die Bank die Sicherung und Verteilung der Beute. Vermutlich um ihre dunklen Geschäfte und ihre Verbrechen zu kaschieren oder nachträglich zu legalisieren, fusionierte die Bank mit dem staatlichen Crédito Hipotecario Nacional. Über diese Hypotheken-Bank wird nun offenbar der gigantische Deal abgewickelt, bei dem die gesamte Region in die Hände anonymer Investoren gehen soll. Diese Leisure-Class-Heuschrecken verfolgen eine teuflische geostrategische Politik. Darüber wusste Diego nicht so viel. Aber es ist durchgesickert, dass die Investoren vor allem die Geothermie-Potentiale der Vulkane in der Küsten-Region im Auge haben und vielleicht in ganz Südamerika ausbeuten wollen, um in einem bislang undenkbaren Umfang Energie für das Bitcoin-Mining zu gewinnen. Das soll entlang des Pazifiks auf einigen hunderttausend Quadratkilometern betrieben werden. Wenn das abgeschlossen sein wird, glaubt man, über riesige Energievorräte zu verfügen, die dann alle weiteren Pläne tragen sollen.

Diego sprach erbittert davon, dass diese bislang unbekannten Investoren buchstäblich die Hölle anzapfen wollen: „quieren aprovechar el infierno". Das ist, moralisch gesehen, sicher die korrekte Beschreibung dieser Pläne, die ihnen viele viele Milliarden einspielen sollen, um dann die übrigen Akquisitionen hier in Südamerika zu finanzieren. Diego vermutet auch in El Salvador einen solchen Deal, den Regie-

rung, Militär und das organisierte Verbrechen mit den gleichen Investoren abge-schlossen haben. Der Verkauf des Landes ist längst über die Bühne gegangen, ohne bislang die Öffentlichkeit zu informieren. Das läuft bekanntlich nur noch mit den landesweiten Bitcoin-Zahlungsmitteln. Guatemala wird vermutlich auch bald ein reiner Kryptowährungsstaat sein. Jeder Versuch, das öffentlich zu kritisieren, ist sau-gefährlich. Vor wenigen Tagen wurde hier der Herausgeber der letzten kritischen Zeitung elPeriódoco verhaftet. Kein Wunder, dass das US- Außenministerium der süßen Generalstaatsanwältin Mona Ramona Castilla di Barca, die eine Anklage gegen den Mann zusammenphantasiert hat, mitsamt ihrer Familie ausdrücklich wegen Korruption die Einreise in die USA verweigert. Aber die gute Frau wird dar-über nur lachen.

Ich sprach mit Diego auch über Ulrike. Kidnapping, Erpressung, Lösegelder seien in Guatemala an der Tagesordnung. Darum machten die großen Familien lieber gleich mit der Mafia gemeinsame Sache. Sicher ist sicher! Aber nicht alle Kidnapper sind solide organisiert! Es gibt auch in der kriminellen Wirtschaft Startups. Man müsse als Plutokrat stets ein paar Millionen bereit halten, wenn die eigenen Kinder dann doch einmal verschwinden. Es hat schon Lehrer gegeben, die da mitspielten.

Er habe nebenbei herausgefunden, und das war für mich nun sehr überraschend: In Guatemala existiere auch eine Siedlung der Colonia Dignitad, die zwar wenig von sich reden mache, aber dafür um so aktiver sei. Die aus der chilenischen Zen-trale der Colonia eingewanderten Deutschen trieben ihr tolles urchristliches Gehabe immer noch fort, aber die Sekte lebe in einer hypermodernen Siedlung und sei längst zur Anlaufstelle mehrerer Geheimdienste geworden. Wie er meinte, betrieb sie auch die Geschäfte verschiedener südamerikanischer Investoren. Ich werde da jetzt mal re-cherchieren.

Halte mich bitte auf dem Laufenden! Ich mache mir schauderhafte Sorgen! Gegen das Kidnapping verschanzen sich hier Geldadel, Politikadel und Justizadel, die sich wechselseitig die Kassen füllen, in riesigen Gated Communities, und weil die Poli-zei so fett geschmiert ist, droht der ehrenwerten Mafia-Gesellschaft keine Gefahr. Ich bin ja kein Verschwörungs-Hallodri, aber manchmal glaube ich, dass hier ein rie-siges kriminelles Netzwerk aktiv ist. Ich melde mich morgen oder übermorgen wie-der!"

23. „... das traute Wachtgebell der Hunde..."

Obwohl sie jeden Anflug von Mutlosigkeit bekämpfte, ging es Ulrike Kleist in ihrem Gefängnis immer schlechter. Sie wusste einfach nichts. Nicht, wo sie war, nichts von den Reaktionen auf das Kidnapping, nichts von ihren Lieben, und vor allem nicht, ob sie jemals in ihr altes Leben zurückkehren dürfte. Aber während sie Zweifel und Verzweiflung niederrang, spürte sie, wie weniger Todesfurcht als vielmehr Unruhe an ihrer Standhaftigkeit zerrten. Sie versuchte sich die Unterbrechungen ihrer Gefasstheit weg zu erklären, durch die schlechte Luft, die fehlende Arbeit, die Sorge und durch die Wechselbäder des Klimakteriums. Ängste kamen nicht darin vor. Die Gespräche mit dem schlaflosen Wächter taten ein Übriges. Mehr als die Drohungen ging ihr sein depressiver Tonfall und dieses ewige Knacken seiner Finger durch und durch. Sie musste das Mitgefühl verscheuchen, indem sie sich vorstellte, wie der Wächter ihr in den Kopf schoss und ihren leblosen Körper in dem riesigen Koffer faltete. Die kruden Bilder durchkreuzte dann jedoch wieder der unsinnige Gedanke, dass der Mörder dabei von seinem Gewissen gequält würde.

Doch in einer seiner düsteren Phasen reagierte der Honeyman entsetzt auf ihre Frage, ob er denn schon einmal einen Menschen umgebracht hätte. Er riss sich die Kappe vom Kopf und rief: "Nein, keineswegs, niemals!" Und wenn man ihn zwänge, sie tatsächlich zu töten, würde er sich anschließend selbst erschießen. Er hänge nicht an seinem Leben. Ein paar Tage in der Psychiatrie, und du lechzt nach dem Nirwana oder träumst, davon zu fliegen! Es ginge ihm nur um das Geld, das er für die Pflege seiner kranken stummen Frau benötigte. Dann wiederum trat er ganz anders auf und tönte, die "Reichstreuen deutscher Erde" planten, demnächst ihren eigenen Staat zu gründen, ohne Rücksicht auf Opfer. Und er würde sich auf jeden Fall für die Schließung aller Unzuständigkeits-Irrenhäuser einsetzen.

"Und was plant der Reichstreuen-Staat noch?" fragte Ulrike.

"Asylanten raus, Juden raus, Schwarze raus, Linke raus. Großes Reinemachen", verkündete Palmström, aber es klang etwas einstudiert.

"Da würden meine Tochter Ulrike und ihr frühere Freund Osei auch rausfliegen. Sie ist links und er schwarz", probierte es Ulrike, um die Reaktion zu prüfen.

"Wie? Osei Tutu?" fragte Palmström nach.

"Sie kennen ihn?"

"Den Namen habe ich schon mal gehört", antwortete der Wächter. "Aber ich kann mich auch täuschen."

"Woher ist ihnen der Name denn begegnet?" hakte sie nach.

"Ich weiß es nicht, das ist mir unangenehm", beendete er den Dialog.

Um auf andere Gedanken zu kommen, machte sich Ulrike unter Palmströms Aufsicht daran, das alte Hillgärtner-Klavier in dem Nebenzimmer wieder in Betrieb zu nehmen. Wie lange hatten die Jahre und die Holzwürmer an dem ehrwürdigen Ding genagt! Wann hatte es den letzten Finger gespürt? Das Hillgärtner musste behutsam wiedererweckt werden. Sie begann damit, die ausgedienten Netzwerke der Spinnen einzureißen, nachdem sie das schwere Instrument mit Palmström ein Stück von der Wand abgerückt hatte. Nacheinander baute sie den Deckel, die Zierleiste, den Ober- und Unterrahmen aus. Erst entstaubte sie den Filz an den Hämmern mit einem trockenen Tafellappen, aus dem sie alle Kreidereste zu Wolken geschüttelt hatte. Ein braunes Tuch und ein versteinerter Tafelschwamm hatten in einem angebrochenen Plastikeimer überlebt, den eine kreuz und quer huschende Familie von Silberfischen umhegte. Während Palmström in dem Eimer Wasser und Seife holte, hetzte sie ihre Blicke über das Gerümpel des Raumes. Gab es hier irgendwelche Hinweise auf den Ort ihres Gefängnisses? Sie wagte es aber nicht, in den vergilbten Büchern nachzuschauen, ob dort vielleicht ein Stempel Aufschluss über den Ort der Schule geben könnte. Oder sagte das deutsche Klavier etwas darüber? Sie fragte Palmström, als er mit dem Wassereimer zurückkehrte. Wissen Sie überhaupt, wo wir hier sind? Und der Wächter lachte nur kurz auf „Das hier ist Reichstreuen-Erde, aber vielleicht müssen wir auch von hier wieder verschwinden", sagte er.

"Für mich ist es staubige Kleist-Erde", gab Ulrike trotzig zurück.

"Was soll die Kleist-Erde sein?"

"Im Kleist-country, in allen seinen Werken, sinken Menschen und Dinge in Staub", erklärte sie. "Irgendwo heißt es: 'Das Blut des besten Deutschen fällt in Staub'."

"Wie ich. Ich bin gefallen und liege im Staub. Halte mich nur nicht für den besten Deutschen."

Nach der Grundreinigung der großen Mechanik, nahm sie mit etwas Seife vorsichtig den Staub auf, der sich zwischen den schwarzen und weißen Tasten gesammelt hatte. Die Klaviatur saß an einigen Stellen fest. Die Schlossleiste ließ sich von Hand abschrauben. Sie nahm die klemmenden Tasten heraus. Nach der Reinigung waren sie ganz leicht beweglich. Als zwei Stunden später alles wieder zusammengebaut war, bildete sie sich ein, dass die Tastatur leise glänzte und summte. Dann erst drückte sie auf ein paar Tasten, und aus dem Innern des Instruments antwortete ein wohlklingendes Tönen. Irgendwie war die Seele des Klaviers wiedererwacht.

Jetzt setzte sie sich auf den zerschlissenen, drehbaren Hocker, dessen pferdehaarartige Polsterfüllung an mehreren Stellen in die Freiheit strebte. Ganz wie sie es als Kind liebte, drehte sie auf dem Hocker erst eine Runde, ehe sie das alte Instrument mit einigen Akkorden richtig aufleben ließ. Es klang doch sehr verstimmt, aber irgendwie wunderbar! Wie im ersten Semester, als ihr die Vermieterin ein solches Klavier ins Zimmer gestellt hatte. Was sie danach aus dem Gedächtnis spielte, weckte schmerzliche Erinnerungen. All die kleinen Schumann- und Bartok-Stücke hatte sie früher mit ihrem Töchterchen geübt. In ihrer Vorstellung schaukelte auf den Klangfolgen dieser Kindermusik eine kleine Viktoria. Erst einmal mied sie die dunklen Nocturnes und Übungen, die die längst erwachsene, traurige Tochter in den letzten Monaten rauf und runter spielte, um ihrer Depression zu huldigen.

Wie gerne hätte sie ein für fremde Augen verschlossenes Tagebuch geführt, aber ihr Wächter kontrollierte alles, was sie notierte. Auf Papier hätten die niedergekämpften Ängste, Sorgen, Hoffnungen etwas von ihren Schrecken verloren. Unwillkürlich lauschte sie Tag und Nacht auf Geräusche, ob die ihr etwas zuflüstern könnten. Was sagte der Regen, der bisweilen auf das Dach prasselte? Oder der Wind? Von nebenan, wo Palmström wachte, kam nur dieses Rauschen des Fernsehens oder das Gestöhne der Pornos. Außerdem telefonierte er häufig. Bisweilen hörte sie draußen Autotüren schlagen, und dann wünschte sie sich die Ohren eines jungen Mannes, der vor vielen Jahren in einer Sendung von „Wetten, dass…" aus dem Geräusch der ins Schloss fallenden Türen den Autotyp erraten hatte.

Sie spürte, dass sich all diese ungeschriebenen Gedanken in ihr hartnäckig ausbreiteten, kaum ruhten, ja, sogar immer häufiger in ihre Träume eindrangen. In der Nacht oder im Traum hörte sie „Nachtgeräusche", Viktorias trauriges Klavierspiel oder Immanuels Flüche, wenn er etwas in der Küche oder im Keller nicht fand, und immer wieder klagte ihr Hinkefuß Adam, weil die knappen Portionen, die ihm seiner Magenempfindlichkeit wegen sorgsam zugeteilt wurden, jetzt gänzlich ausblieben. Ihre Adam-Träume wurden dann immer hartnäckiger, weil sie den armen Hund von fern zu hören glaubte, nachdem sie aus allem Traumgeräusch erwacht war. Die Hundeklage wurde ein Ohrwurm, und sie brachte ihn erst zum Schweigen, wenn sie sich später wieder ans Klavier setzte.

Am nächsten Morgen kam Palmström in ihr Zimmer und fragte, ob sie auch dieses dauernde Jaulen und Bellen hörte. Sie benötigte einen Augenblick, um die Frage zu verstehen. Dann dämmerte ihr, dass da ein lebendiger Hund unterwegs war, der nicht nur in ihrem Traum, sondern auch draußen vor dem Gefängnis eine Adam-ähnliche Stimme erhob, bellte und Klagelaute von sich gab.

„Ja", sagte Ulrike zögernd, „die höre ich, oder vielmehr habe ich gedacht, sie nur in meinen Albträumen zu hören."

„Nein", gab Palmström zurück, „das Vieh jault und bellt die halbe Nacht. Vermutlich ist es ein streunender Köter, denn man hört keine Menschenstimme. Eigentlich kommen hier keine Leute vorbei. Das Gelände um diese alte Schule ist, wie man mir sagte, vollständig abgesperrt."

„Dann lassen Sie den Hund doch rein", schlug Ulrike vor. „Das wäre ein wenig Abwechslung, und wenn er sich nicht ordentlich benimmt, können Sie ihn ja auch abknallen."

„Ich kann ebenso wenig hier raus wie Sie", brummte Palmström missmutig. „Ich hätte aber auch keine Lust, so einen Köter hier zu haben. Unsere Versorger sollen das Vieh verjagen."

„Vielleicht haben wir ihn angelockt mit dem Gedicht von Conrad Ferdinand Meyer", lenkte Ulrike ab. „Der reimte das 'traute Wachtgebell'. Als Wächter ist der Hund ihr Schicksalsgenosse. Erzählen Sie doch von Ihrem Conrad Ferdinand Mayer in der Heidelberger Klinik!"

„Ein andermal", sagte Palmström und zog sich in seine Behausung zurück, während Ulrike ihr 10.000 Schritte-Programm wieder aufnahm.

Ohne Zweifel kamen die „Wachtgeräusche" von ihrem Adam. Das Tier hatte durch eines dieser unerforschlichen hündischen Nasenwunder ihre Spur aufgenommen und strich ratlos um das Gefängnis herum. Das hieß doch, dass der arme Hinkefuß keine hundert Kilometer gelaufen sein konnte. Ihr Gefängnis musste nicht weit von Bergzabern weg liegen, jedenfalls nicht in übermäßiger Entfernung.

Half ihr das? Wenn Adam seit ein oder zwei Nächten vor ihrem Gefängnis klagte, war er sicher allein unterwegs, und da er wohl ahnte, sie gefunden zu haben, könnte er doch irgendwen aufmerksam machen. Hoffentlich war er so schlau, sich nicht fangen zu lassen. Aber Ulrike wusste auch, wie bestechlich ihr Hund war und trotz polizeilicher Elite-Ausbildung zum nahezu beamteten Fährtenhund für guten Fraß alle Staatstreue und Familienloyalität vergaß. Einen Hund kann man leider nicht vereidigen.

Wenige Augenblicke später, Ulrike hatte eben ein paar hundert Schritte ihres Pensums abgelaufen, trat Palmström wieder aus seiner Wächterstube hervor und fragte:

„Oder ist das vielleicht ihr Hund?"

24. Signierstunde in der Grand Hyatt-VIP-Lounge

Frau Tamerlan-Borman hatte sich besonnen und der *Freeland & Peace* ihre Entscheidung mitgeteilt, sie wolle das gemeinsam erarbeitete Vertragswerk unterzeichnen. Ihre Zweifel waren auch nach der beruhigenden Rücksprache mit ihrem fachkundigen Freund in Deutschland nicht völlig behoben, aber die drei Nächte im riesigen King Size Bett ihrer Executive Suite hatten allerlei königliche Gefühle aufwallen lassen. Vielleicht, dachte sie, könnte man auf Frau Toussaints Territorial Stock Exchange-Börse von *Freeland & Peace* später Brandenburg gegen Kalifornien tauschen. Und wenn sie sich in die weichste Lage sinken ließ, die das King Size Bett vorsah, dann überkam sie wie die Heilige Johanna eine Vision, und sie sah sich unter dem Jubel der nach Kalifornien umgesiedelten Brandenburger Bevölkerung im Purpurmantel über die Golden Gate Bridge schreiten. Bereits am Tag zuvor, als sie auf der Rückfahrt von Alcatraz-Island lange an der Reling lehnte und dem Lichtspiel der untergehenden Sonne auf den Wellen zublinzelte, war ihr eine großartige Idee gekommen. Zuvor hatte die abendliche Kühle die leisen Schauder wiederbelebt, die ihr eben entlang der musealen Gefängniszellen in Alcatraz über den Rücken liefen, und plötzlich stand ihr die Lösung vor Augen. Sie wusste, wie sie ihre im Wahlkampfprogramm lebhaft bejubelte Ankündigung, nach der Machtübernahme der FBD alle dunkelhäutigen Personen aus Brandenburg auszusiedeln, in die Tat umsetzen könnte. Sie würde das Gesetz zur Ausweisung mit der Drohung bewehren, die unwilligen Personen auf eine Ostseeinsel zu verbannen. Das könne man doch leicht organisieren.

Sie erhielt binnen weniger Minuten Antwort von der *Freeland &Peace*. Man schlug ihr ein Treffen zwei Stunden später vor. Am besten zunächst in der gigantischen Lounge des Hyatt-Hotels, wo man im Eclipse-Restaurant eine Kleinigkeit essen könnte, um dann den Vertrag in einem vorbereiteten Conference-Room zu unterzeichnen. Frau Tamerlan-Bormann machte sich gleich fertig, ließ sich vom Spiegel das King-Size-Format ihres Hochgefühls bestätigen, ehe sie in die Lobby hinabfuhr. Die riesige Halle, die dem Kopf eines schwer bekifften Architekten entsprungen sein musste, ragte dreizehn Floors in die Höhe. Der nach oben hin aufklaffende leere Raum und die Vertäfelung auf der unteren Ebene waren mit nichtssagendem geometrisch geformtem handwerklichem Schnickschnack dekoriert. Am übelsten machte sich die riesige, 10 Meter hohe, aus Aluminiumröhren gezwirbelte Skulptur von Charles O. Perry, die „Eclipse". Das verschlungene Ding schien der Spur eines Lichtpendels nachgebaut zu sein. An der von farbigen

LED-Spots bestrahlten „Eclipse" war nichts dunkel als ihr Sinn. Die Schmalseite der in Schatten getauchten Lounge hinter dem Eclipse-Rohrknäuel belebten zwei beleuchtete raumkapselförmige Lifts, die geräuschlos an der Wand hoch und nieder schwebten. Alle überdimensionalen Techno-Ornamente schickten jede Menge sublimer Impulse ins Gemüt der smarten Finanzleute, die aus dem benachbarten Geldviertel hierherkamen, um mit smarten Geschäftspartnern smarte Geschäfte abzuschließen. Die Formen, Höhen und Tiefen aller Kunstimitate, die die Leere der Lounge füllten, verstand auch Frau Tamerlan-Borman nicht ganz, doch machten sie ihr einen so starken Eindruck, dass sie sich vornahm, später ihr neues Regierungsgebäude in Potsdam ähnlich erhaben errichten zu lassen. Alle großen Machthaber, so wusste sie, von Ludwig XIV. bis Adolf Hitler hatten als geniale Baumeister die eigenen Monumente errichtet.

Pünktlich zur verabredeten Stunde erschienen nicht nur die CEO Nathalie Toussaint mit ihrem Dolmetscher Sam Mercury, sondern auch, wie die Vorstellung ergab, der Global Security-General der *F & P*, Captain Marlon Eisenhower, ein Urenkel des einstigen Präsidenten der USA. Der hünenhafte Mann in einer Camouflage-Jacke, auf der zahllose Taschen und Silberknöpfe prangten, drückte ihr schmerzhaft die Hand, und sein dröhnendes „Nice-to-meet-you" schien aus den unteren Tonlagen einer Tuba zu kommen: *neißtemietje!*

Frau Toussaint hatte sich diesmal nicht in den Eismantel gehüllt wie drei Tage zuvor. Nur zu offensichtlich himmelte sie den Kahlschädelriesen Eisenhower mit der tiefen Stimme und den stahlblauen Augen an, und so kamen auch die übrigen Anwesenden in den Genuss ihrer schmelzenden Seelenstimmung. Vielleicht auch wirkte ihr Training im fünf Minuten entfernten *Hyatt Regency San Francisco* Downtown SOMA *Gym* nach, denn davon schimmerte noch etwas Tau auf ihrer Stirn. Sie ließ eine Platte mit Bar Bites, Clam Showder, Trufle Fries, Chicken Posttickers, Caramelizes Soy Shrimp und Thai Style Spice Chicken Wings kommen. Da sich Captain Marlon als erster bedienen sollte, räumte der Mann gleich eine Drittel der Snacks von der Platte. Dabei durfte die deutsche Politikerin über ihre Eindrücke in San Francisco berichten. Kaum hatte sie mit der Erzählung von ihrem Trip nach Alcatraz begonnen, als Miss Toussaint erklärte „We are just about to purchase Alcatraz". General Marlon Eisenhower lieferte kauend ein paar Tubasätze dazu, die Sam Mercury für Lilith in den Klartext übertrug, wonach man das Gefängnis womöglich für Saboteure reaktivieren wolle. Daraufhin gab Frau Tamerlan-Borman nach einem scheuen Blick auf die Hautfarbe ihrer Sitznachbarn Einblick in ihre Pläne, das Brandenburger Rassengemisch durch zwangs-

weise Aussortierung zunächst der schwarzen Leute auf ein alcatrazartiges Eiland zu beenden. Kaum war ihr Satz zu Ende gesprochen, als die CEO auf ihrem Mobiltelefon bereits die ersten Inseln gefunden hatte, die *Freeland & Peace Europe* dafür anbieten könnte. *F & P* hatte in jüngster Zeit einige hundert Objekte im finnischen Schärenmeer erworben, die zum Teil gänzlich unbewohnt waren.

Nach dem Imbiss begaben sich die Vier in den reservierten *meeting room* im hinteren Atrium. Auch dort war es eher dunkel, nur ein Spotlight fiel auf den Tisch mit den zwei Ausführungen des Vertrags zwischen der *Freeland & Peace Global State Group* und Frau Lilith Tamerlan-Borman. Die Papiere lagen zur Unterschrift bereit. Die Deutsche erlebte noch einmal einen Anflug von Zaghaftigkeit, ehe sie nach dem von Frau Toussaint gereichten silbernen Schreibgerät griff und ihre Unterschrift aufs Papier setzte. Die CEO-Frau tat es ihr gleich und bedeute, dass sie die einmal akquirierten Länder, Inseln, Provinzen, Territorien, und künftig, *by the way*, auch die Meere niemals zurückgeben werde. Der Vertrag besiegele eine Verpflichtung, „some people say, a devil's pact", der auf ewig gelte. Und „Ewigkeit ist eine verdammt lange Zeit", fügte sie durch Sams Mund hinzu, während ihr eigener Mund lächelte. Und wie von Zauberhand herbeigewinkt, erschienen daraufhin zwei dunkelhäutige Kellner, Kandidaten für Frau Tamerlans Alcatraz-Schären, die einen Champagnerkühler und auf einem Silbertablett vier Gläser hereintrugen und die Kelche füllten.

„This is a very important moment and a historic contract that has been made here for eternity", erklärte Frau Toussaint, und diesmal klangen ihre Worte so feierlich, dass der Dolmetscher die Übersetzung nicht eigens ins Gemüthafte heben musste. Ein wenig wurden allerdings Frau Tamerlan-Borman die Knie weich, als sie sich die Dauer der Ewigkeit vorzustellen suchte.

Dann aber fiel ihr ein, dass die CEO in Aussicht gestellt hatte, nach der Unterzeichnung des Vertrags nähere Auskünfte über die Entführung der Verfassungsrichterin zu geben. Zwar hallte in ihrem Gedächtnis noch das eisige Verbot von politischem „gossip" nach, aber sie musste jetzt im Wahlkampf ihre Strategie auf genaue Informationen stützen.

Allerdings beschied Miss Toussaint Liliths etwas bange Frage nach dem Schicksal der Verfassungsrichterin kurz angebunden mit Worten, die wieder aus dem Tiefkühlfach kamen. Man werde die Miss Klys vor dem Wahltag nicht freilassen und sich eher noch ein paar Geiseln mehr schnappen.

„We hold the judge until the election day. Maybe before that we will grab some more people and increase the pressure. More I cannot say"."

„Und wenn das Verfassungsgericht das Verbot doch früher in Kraft setzt?"

„They will regret it." Das klang noch schärfer.

"Sie werden sie töten?"

"Yes." Das war ein Fallbeil-Ja.

Etwas verbindlicher bat die Acquisition Managerin gleich darauf ihre drei Gäste, sich in gleicher Blickrichtung mit ihr am Tisch niederzulassen. Sie wollte ihnen auf dem Bildschirm an der Kopfseite eine Präsentation zeigen. Und was es nun zu sehen gab, ließ der künftigen Shareholderin den Atem stocken. Zunächst tauchte auf dem Screen eine Satellitenaufnahme des Erdballs empor, den Googles 3D-Algorithmus sanft im Sternenhimmel drehte. Dann aber veränderte sich das Bild, und der Zoom brachte in wechselnder Einfärbung verschiedene irdische Landstriche zur Erscheinung. Ja, ja, all diese tiefroten Globus-Flecken befanden sich bereits im Portefeuille der *F & P!* Es waren Farbpartien in Afrika, Asien, Südamerika, am Nordpol und Südpol. Rund ein Fünftel der Erde, erläuterte die Managerin, gehöre bereits dem Unternehmen, und man setze dafür einen Bilanzwert von dreihundert Trillionen Dollars an. Die Kette dieser unzähligen Nullen, die an ihren Augen vorbeiliefen, lösten in Miss Toussaint einen Strom herrlicher King-Size-Gefühle aus, denn demnächst würde sie auf ihren Konten auch lange Nullenreihen lesen können. Als sie im Blick ihrer Adressatin nach ähnlichen Anwandlungen suchte, fand sie die auch. Denn nicht Habgier, hörte sie, sondern edle Absichten begleiten diese Landnahmen. It's your German ingenious Silvio-Gesell-Free-Land-politics. Dann setzte die kleine Führungsfrau ihre Präsentation fort und steuerte im virtuellen Adlerflug Mitteleuropa an, wo zur erneuten Verblüffung der Deutschen bereits große Teile markiert waren. Und sogar ihr Brandenburg zeigte sich im nächsten Blowup ebenfalls in ein liebliches Rosé eingefärbt. Wie konnte das sein?

„Das ist der *strategic view*", übersetzte Sam ein längeres Brummen von Captain Marlon. „Hier sind alle Territorien markiert, über die zielgerichtet verhandelt wird oder zu denen bereits ausgearbeitete Übernahmeverträge vorliegen, die nur noch durch die alten politischen Bullshit-Mühlen gedreht werden müssten."

Donnerwetter, dachte Frau Tamerlan-Borman, während sie dem über Europa gleitenden Satellitenauge folgte, da müssen ja doch schon viele Verträge geschlossen sein. Sie fand die rosa Markierungen von Katalonien, dem Baskenland, der Provence, Bretagne, Elsass, Teile Belgiens, Polens, der halbe Balkan, ja, selbst in Russland und China gab es bereits riesige Flecken. Dann zoomte Frau Toussaint noch einmal Italien an: Die Lombardei, Südtirol, Korsika schienen abtrünnig werden zu wollen, ja, und kann das sein? In Rom war der Kirchenstaat in Rosa getaucht. Da planten wohl der Papst und die Kurie, dieses antiquierte Objekt zu verscherbeln.

„I am very very impressed", murmelte Frau Tamerlan-Borman, die sich unwillkürlich an der Premiumholzplatte des Tisches festklammerte.

„Yes, there is a very powerful and actually irresistible dynamic in the expansion of the *F & P*", kommentierte das die CEO selbstbewusst.

Während Frau Tamerlan-Borman in ihrem Kopf nach kraftvollen englischen Vokabeln für die Großartigkeit ihrer Eindrücke suchte, erteilte die CEO ihrem Marlon, dem Captain Eisenhower, das Wort. Zuvor brachte sie eine neue Projektion auf den Screen. Es war wieder ein digitales Weltraumfoto, das wie bei Nacht alle um den Globus sausenden Raumstationen, Satelliten, Raketentrümmer, aber auch Flugzeuge als flimmernde Punkte sichtbar machte. Marlon sollte jetzt das Sicherheitskonzept erläutern.

Auch das war nicht ohne, wie es Lilith später ihrem Freund stolz verklickern würde. Denn alle Shareholder, und das hieß: alle Investoren mit Territorien oder Finanzeinlagen, die sich mit mehr als 10 Milliarden beteiligten, waren in hohem Maße terrorgefährdet. Die *F & P* habe daher ein eigenes *security concept*, das von erfahrenen Militärs entwickelt worden sei. Alle Personen würden in Echtzeit durch einen Satelliten überwacht. Die *F & P* habe bislang 3800 solcher Satelliten sowohl zur Kontrolle ihrer Territorien wie auch für die Sicherheit aller Investoren und Verkäufer in den Orbit geschickt. Zugleich sei ein globales *safety network* implementiert, das bei einer von diesen Satelliten gemeldeten Verdachts- oder Gefahrenlage innerhalb von wenigen Minuten alle für das betreffende geographische Modul zuständigen Analysten und die Security Task Forces mobilisierte.

Natürlich werde jetzt auch Miss Tamerlan-Bormann durch ihren eigenen „personal satellite" überwacht. Leider könne er unter den die Erde umschwärmenden Lichtlein nicht den exklusiv um ihre Sicherheit besorgten Satelliten zeigen, sagte Captain Eisenhower und senkte mit bedauernd gefalteter Stirn den kahlen Kopf. Aber sie dürfe sicher sein, dass sie dieses himmlische Auge, wo immer sie sich aufhalte, treu begleiten werde. Es sei eigentlich ein „guardian angel satellite"! Das werde eine eigens für sie programmierte App zeigen, die man ihr noch in der Nacht einrichten werde. Damit könne sie jederzeit mit dem Management der *F & P*-Security in Verbindung treten. Das WWMC, das Worldwide Monitoring Center aller von der *F & P* am Himmel befestigten Überwachungsaugen, befinde sich in Guatemala-City, an gleicher Stelle, wo auch der Hauptsitz des Unternehmens liege. Aber zur Sicherheit der *F & P* seien es fliegende Center, die innerhalb weniger Stunden an eine andere Location des Globus verschoben werden könnten. Sie wisse, unterbrach Miss Toussaint ihren Tuba-Riesen und erklärte mit dem vertrauten herablassenden Mundwinkelspiel, dass infolge der steinzeitlichen Politik immer wieder mit Unruhen, Revolten, Terroranschlägen, Kriegen, Regimewechseln, Inflationen zu rechnen sei. Daher müsse ihr global operierendes Unternehmen auch global beweglich sein.

Zuletzt zog die CEO aus ihrem schwarzen kleinen Rucksack ein in grünes Samtleder gebundenes Portefeuille hervor. Eines der Dokumente, die sie zeigte, regelte die künftige Überschreibung Brandenburgs an die F &P, eine zweite Urkunde war eine von der Regierung der Republik Guatemala ausgestellte Garantie, dass die Behörden des Landes Frau Tamerlan-Borman jederzeit politisches Asyl gewähren würden.

Während Frau Tamerlan-Borman über die Siegel der Urkunden tastete, ohne die Bedeutung der Schriftstücke gleich zu begreifen, bat Miss Toussaint ihren Marlon, die Champagnergläser erneut zu füllen und sagte dann: „I raise my glass to the great future of Brandenburg and to our unbreakable partnership. "

"So do I", antwortete Frau Tamerlan-Borman, ließ ihr Glas drei Mal klingen und leerte es in einem Zug. Nach einer halben Stunde drängte die kleine CEO zum Aufbruch, und Frau Tamerlan-Borman hatte das Gefühl, dass Miss Toussaint den Deal mit dem brummenden Eisenhowerhünen noch einmal in ihrem Appartement intim feiern werde. Das würde sie mit ihrem Liebsten jetzt auch gerne.

Sie war am Ende dieser Zeremonie ein wenig benommen, und als sie später wieder in ihrem King Size Bett versank, drehte der Champagner noch einmal den Globus vor ihren Augen, und sie sah das Fleckchen Brandenburgs darauf rosa schimmern. Keine fünf Wochen mehr bis zur Landtagswahl!

25. Der Kleistforscher aus Santa Barbara (Ulrikes Tagebuch 2)

„Jetzt dauert meine Geiselhaft in dieser alten Schule, wenn ich richtig zähle, bereits eine Woche. Ich fürchte weniger um mein Leben als um meine Figur. In die Cateringabteilung der Erpresser ist noch nicht durchgesickert, dass ich keine öltriefende Salamipizza mag. Immerhin hat Wächter Palmström diese Wünsche weitergegeben. Heute fragte er mich zu meiner Verblüffung, ob ich ihm Klavierunterricht geben könnte. Oh, heilige Cäcilie, ich müsste erst einmal seinen Musikgeschmack in Erfahrung bringen. Er dachte wohl an Zirkusmusik. Da sollte er mir die Noten besorgen. Vielleicht eine gute Idee, denn wenn nicht nebenan das TV dröhnt, herrscht hier unheimliche Stille. Nur seit ein paar Tagen hört man des Nachts das Klagen und Bellen eines Hundes. Palmström hatte den Verdacht, dass es unser Hund Adam sein könnte. Vermutlich hat das Tier gute Ohren, denn das Klagen wird dringlicher, so kommt es mir vor, wenn ich bestimmte Stücke auf dem Klavier spiele. Das alte Instrument mit seinen verblichenen Elfenbeintasten ist ein leiser Trost. Da Palmström danach fragte, erzählte ich von unserem Adam und der Herkunft seines Namens, vor allem seines Hinkens. Vom Staub-Kleist. Palmström schien sich ein wenig mit Adam zu identifizieren, weil sich auch unser Hund schwer verletzt hat, schlaflos ist und als Wächter dient. Ich sagte ihm, dass ich mich mit Adam tief verbunden fühle, weil er eine so gute politische Nase hat, denn er kann wie ich Neonazis riechen oder vielmehr nicht riechen. Das kühlte Palmströms Zuneigung zu Adam offenbar nicht ab. Dann erzählte ich ihm von Staub-Kleists Hunden im Amphitryon und im Bettelweib von Locarno. Während sich die Hunde Amphitryons vom Jupiter, der die Gestalt ihres Herrn angenommen hat, täuschen lassen, erspürt der Hund in Kleists kleiner Erzählung das allnächtliche seufzende und röchelnde Gespenst des Bettelweibes, das vom Hausherrn so rüde behandelt worden war, dass es kurz darauf verstarb. Dieser Hausherr zündete daraufhin sein Schloss an und verbrannte darin.

Palmström schaute mich wieder mit diesem unbegreiflichen Blick durch die schwarze Brille an und ließ seine Knöchelchen knacken. Das sei keine Geschichte zum Einschlafen, meinte er schließlich. Nein, sagte ich, die Geschichte ist eine Mahnung, mit älteren Damen sorgsam umzugehen. Dabei fiel mir ein, dass Adam unseren aufdringlichen amerikanischen Gast Benny Brezlower vor ein paar Monaten gebissen hatte, ohne dass der Mann das gutmütige Tier provoziert hatte. Benny war ein riesenlanger Kerl, über 2 Meter groß und so dürr, dass man eigentlich Erbar-

men mit ihm haben musste. Aber seine faltigen Gesichtszüge glichen auch einem Kampffeld, wo Sorge und Gier darum rangen, wer seine Signatur dort setzen durfte. Bisweilen war es aber eine andere Schlacht, die dort tobte, der Kampf zwischen Frömmigkeit und Irrsinn. Ich kann mir vorstellen, dass unser Adam sich geärgert hatte, weil ihn Benny immer ,Ädem' rief, aber Adam ist auch ein leider behinderter Polizeispürhund. Womöglich ist er eine Wiederkehr von Kleists begnadeten Götter- und Geisterschnüfflern, und er hat etwas Falsches an dem langen Mann entdeckt.

„War der Ami auch Neonazi?" wollte Palmström wissen. Nein, er war Kleistforscher und kam eigens aus Kalifornien, um sich auf die Spur von Kleists Halbschwester Ulrike zu begeben. Als Benny im Januar bei mir anfragte, ob er mich besuchen könne und ich ihm erklärte, dass ich nicht Kleists Schwester sei und es für reichlich abwegig hielte, mit seinen Forschungen in Deutschland bei mir zu beginnen, gab er zur Antwort, dass er tatsächlich etwas meschugge sei, aber er sei ein jüdischer Narr und die seien heilig.

Ich notiere das hier, weil Brezlowers bizarre Auftritte im Rückblick den Verdacht erwecken, an der Vorbereitung der Entführung beteiligt gewesen zu sein. Wie auch immer. Der Mann kam angeblich von der Universität Santa Barbara, und er verfolgte in seiner Forschung eine Idee, die, wie er uns sagte, eines jüdischen Narren würdig sei. Er war davon überzeugt, dass der mittellose Kleist an akustischen Halluzinationen von klingendem Geld und Gold gelitten habe. Von Gehörsdelirien erzählte Kleist wohl immer wieder. Im Wehen des Windes vernahm der Dichter ganze Symphonien und, wie Benny meinte, Geld- und Gold-Orchester. Tatsächlich hatte Kleist seiner Verlobten Wilhelmine von Zenge einmal das verzweifelte Geständnis gemacht, dass ihn ,der Klang rollender Münzen' verfolge. Nur das Herz, schrieb er ihr, nur das Herz erzeuge ,Goldklang', und dieses Herzklingen, meint Benny, sei gewiss die Gottesstimme. Das Verlöbnis mit Wilhelmine habe Kleist wegen seines wahnhaften Musikhörens gelöst. Überall im Werk des Dichters sei vom „Klang" des Geldes oder Goldes und vom falschen Klang des falsch gemünzten Geldes die Rede. Seine akustischen Gold- und Taler-Halluzinationen veranlassten Kleist auch im Herbst 1800 zu einer Reise mit seinem Freund Brockes nach Würzburg, um sich dort behandeln zu lassen. Da er anonym bleiben wollte, meldete er sich unter dem Patientennamen „Klingstedt" an. Kleists wahnhaftes Münzen-Klingen sei wohl in Würzburg durch die Therapie beim Chirurgen Wirth erst einmal geheilt worden, behauptete Benny, denn Kleist zeigte sich danach erleichtert, weil er von einem Leiden befreit sei, das ihn seit seiner Geburt gequält habe.

Mir kam diese Geschichte seltsam vor, aber ich konnte das nicht überprüfen.

Benny meinte nun, dass allein Kleists Schwester Ulrike von diesem delirösen Münz-
klang im Ohr ihres Bruders wusste, und nun forschte er mich über erbliche Wahn-
vorstellungen und andere Delirien in der Familie Kleist seit 250 Jahren und dann
über ihre Geldverhältnisse aus. Solche Fragen stellte er unangenehm hartnäckig und
erbat von uns Kontakte zu anderen Kleist-Familien, obwohl wir nichts dazu sagen
konnten. Noch irrsinniger waren seine späteren Äußerungen, für die er sich wohl zu
Recht als „jüdischen Narren" bezeichnete. Als er wieder einmal lang und breit über
Kleists akustische Geldklanghalluzinationen sprach, fiel er selbst in eine Art Delirium
und predigte, dass Gott, geheiligt sei sein Name, tatsächlich bisweilen singe. Kleist
habe dieses Singen fälschlich für Sphärenmusik gehalten, doch vermutlich habe er
echten Gottesgesang vernommen. Er selbst könne diese Kantaten des Herrn, geseg-
net sei sein Name, bezeugen, er höre sie bisweilen auch, und daher glaube er dann,
er sei entweder Kleist selbst oder eine Wiederverkörperung des Dichters. Daher prüfe
er dann immer wieder, ob seine Beschneidung noch sichtbar sei. Tatsächlich sei die
Beschneidung in seinen Augen manchmal "rückläufig", weil sich dann eine neue
Vorhaut zu bilden scheine, allerdings an einer unpassenden Stelle, die er aus Scham
nicht näher beschreiben wolle. Man wisse ja auch von Frauen, wie etwa der Jung-
frau von Orleans, die nach einem Fehltritt zu Heiligen geworden seien, dass ihnen
ein Hymen nachgewachsen sei. Sein Kleist-Wahn sei aber inzwischen, der Herr möge
ihm beistehen, nach einem Klinikaufenthalt teilweise behoben. Ganz und gar un-
bezweifelbar allerdings bewege sich Gottes Stimme im Reich der Töne von unhör-
baren Höhen hinab zu unhörbaren Tiefen, nur in den mittleren Tonlagen klinge
Gottes Gesang wie das Rollen von Münzen. Dass Gott der Herr gesungen habe, gehe
unbezweifelbar aus der in der biblischen Chronik erzählten Einweihung des Tempels
Salomos hervor, wo die Stimmen aller Engel und Leviten sowie die von 120 Priestern
mit Trompeten zu hören waren, und Gott habe aus einer Wolke heraus in den Ge-
sang eingestimmt. Der Herr summe auch in Zeiten des Müßiggangs allein vor sich
hin. Übrigens höre sich Gottes Stimme beim Rollen oder Fließen der Goldmünzen
ganz anders an, er wählte gleichsam ein anderes Register als bei Silbertalern oder
auch bei Kupfergeld. Die Größe der Geldstücke spiele dabei in das Klangergebnis
mit hinein. Das volle Singen des Herrn, geheiligt sei sein Name, vereinige sich bis-
weilen mit dem gewaltigen Chor der Engel und Cherubim, die sich aber damit be-
gnügten, in langen, ja unendlichen melismatischen Reihen den Namen Gottes
auszusingen, was der Herr, gelobt sei sein Name, ja nicht untersagt habe. Und der
herrliche, ja, er heiße mit Recht der herrliche Sound und die Stimmencluster der ge-
prägten Edelmetalle seien für ein feines frommes Ohr davon leicht zu unterschei-

den. Dieses Tönen ähnele sehr dem Gesang der Sirenen, wie er überhaupt vermute, dass Homers Odysseus einst keine Sirenenlieder, sondern Gottes Gold- und Silbertöne vernommen habe, die begreiflicherweise das unwiderstehliche Sehnen nach all den Schätzen auslöse, die aus Gottes Mund flössen. Man könne sich die ungeheure Wirkung von Gottes Gold- und Silberpsalmen auf Odysseus oder auf Kleist oder auf ihn Benny selbst wie den Gesang von Orpheus vorstellen, der die wilden Tiere bändigte und zur Sanftmut brachte, weil auch darin irgendein süßes Versprechen mitschwang. In der alten griechischen Kirche habe man daher den Sänger Orpheus für Jesus gehalten oder umgekehrt. Und so ging es in Bennys langen Reden immer weiter. Schließlich forderte er Viktoria auf, aus diesem Tönen oder Klingen der Geldmetalle eine Komposition aus Geräuschen und Klängen zu machen und sie als Gotteskantate aufzuführen. Ach, die Heilige Cäcilie sollte uns beistehen!

Ich halte das hier fest. Denn manchmal überfiel mich auch der Verdacht, dass der Benny diesen jüdischen Narren nur spielte. Vielleicht trägt es eines Tages zur Klärung meines Schicksal bei. Sicher wurde diese Geschichte durch die womöglich auch wahnhaft vernommene Stimme von Adam vor meinem Gefängnis noch einmal richtig lebendig.

Heute kündigte Palmström an, er werde auf höhere Anweisung demnächst eine Videobotschaft mit mir aufnehmen, die anschließend übers Internet laufen und das Gericht oder die Regierung erreichen würde."

26. Geständnisse auf der Couch 2 (kryptische Noten)

„Wollen Sie mir nicht einmal etwas vorspielen?", fragte Frau Carus, nachdem Viktoria ihren letzten nächtlichen Exzess mit Chopin gebeichtet hatte. Sie hatte sich tags zuvor am Nachmittag beim Bäcker eine volle Tüte mit Leipziger Lerchen-Stükken besorgt. Während sie fast bis Mitternacht die Girlanden der Chopin-Etüden nachspielte, hatte sie das süße Marzipan-Gebäck verschlungen. Und jetzt ging es ihr zwar hundsmiserabel, aber sie hatte auf keinen Fall den Samstagstermin bei ihrer Psychotherapeutin verpassen wollen.

„Fangen Sie bitte nicht damit an, in einem solchen Fall Ihren Mageninhalt zu erbrechen", mahnte die alte Dame zuvor noch. „Kotzen macht die Dinge nur schlimmer."

Viktoria zögerte, beschaute aber von ihrem Behandlungssessel aus das Regal mit den Noten. Wieder blieben ihre Blicke an dem Pfitzner-Band mit seinen fünf Klavierstücken hängen. Ausgerechnet der Nazi-Pfitzner! Als vor zwei oder drei Jahren der Chef der Staatskapelle Dresden Pfitzners Sinfonie für großes Orchester auf den Spielplan setzte, hatte die Fachschaft laut protestiert.

„Haben Sie Pfitzner auf diesem Flügel gespielt?" wollte Viktoria wissen.

„Sie mögen Pfitzner nicht?"

„Ein übler Nazi, der 1944 für den Generalgouverneur in Polen Hans Frank ein Orchesterstück komponiert und aufgeführt hat und von dem den Polen geraubten Geld 10.000 Mark Honorar kassierte", erregte sich Viktoria. „Das passierte keine Autostunde von Auschwitz entfernt. Wenn seine Musik auf diesem Flügel gespielt wurde, ist das Instrument für mich vollkommen kontaminiert."

„Ich habe früher nur Mozart gespielt", versuchte Frau Carus sie zu besänftigen.

„Ich bin musikalisch leider im 18. Jahrhundert stecken geblieben. Wollen Sie mir nicht vielleicht die Chopin-Etüde vorspielen, die mit den schwarzen Tasten?"

„Dann fange ich wieder an zu heulen", murmelte Viktoria.

„Das ist doch gut", meinte Frau Carus. „Ich habe hier zwar keine Lerchen-Kuchen, aber viele Taschentücher!"

Ohne die Antwort lange abzuwarten, schleppte die kleine gepunktete Dame aus einer der düsteren Ecken ihres Salons einen Klavierschemel herbei und rückte ihn einladend zurecht. Vorsichtshalber räumte sie vom Flügel noch eine silberne Etagere mit Trockenfrüchten und Tannenzapfen. Als sich Viktoria bedächtig an

den Flügel setzte und auf die Konzentration wartete, blieb der Tränenstrom vorerst aus. Sie spielte dann die Etüde leicht und perlend, und als Frau Carus am Ende mit den klimpernden Goldreifen an ihren Händen Beifall spendete, lächelte Viktoria, stand auf und streckte sich langsam wieder auf dem Behandlungssessel aus.

„Das ist ja eine ganzer Triolen-Strom, da ist kein Tränen-Strom mehr nötig", meinte die Therapeutin. „Außerdem steckt in diesen unzähligen Sechzehntel-Triolen doch keinerlei Traurigkeit."

„Es sind über achthundert Sechzehntel," sagte Viktoria. Und nach kurzer Besinnung fügte sie hinzu: „Osei hat sie gezählt. Er hat immer alles gezählt, alle Töne, die ich gespielt habe. Als er wieder einmal in unserer WG hier zu Besuch war, haben wir ein kleines Konzert gegeben, und er hat auch da die Töne gezählt von 5 Instrumenten! Es waren so ungefähr sechzigtausend! Oder wenn wir über eine Eisenbahnbrücke gingen, und es fuhr unten ein Güterzug vorbei, wusste er am Ende nicht nur die Zahl der Waggons, obwohl er zugleich mit mir gesprochen hat, sondern auch die Zahl der Achsen und Räder. Er hat alles gezählt, auch die Schläge, die er auf der Polizeistation erhalten hat, es waren sechs hoch zwei, wie er mir schrieb."

„Und auch daran müssen sie beim Spiel der Etüde denken? Spielen Sie dann überhaupt noch gerne?" fragte die Therapeutin weiter.

„Es ist so, als würde Oseis Zärtlichkeit, die in mir gespeichert wartet, beim Spielen geweckt und lebendig", antwortete Viktoria nach einer Pause, „als ginge die Sonne auf und das Licht sickerte durch meinen Körper. Ich höre seine Stimme und spüre die feinen elektrischen Vibrationen, wenn er mich berührte. 'I taste you', sagte er dann, halb deutsch, halb englisch. Manchmal denke ich, dass er auch Dichter war. Vielleicht zeige ich Ihnen irgendwann seinen letzten Brief an mich. Dieser Musikstrom ist erst wundervoll, doch nach kurzer Zeit wächst die Unruhe, das Gefühl der schwarzen Tasten könnte sich verflüchtigen und vielleicht nie mehr wiederkommen. Deshalb will ich diese, wie soll ich sagen, Fülle in mir, oder nein, dieses Erfülltsein bewahren, indem ich durch Essen das Körpergefühl festhalte."

„Es ist also ein Essen, das gar nichts mit Hunger zu tun hat", hakte die Therapeutin nach.

„Ein anderer Hunger, Sehnsuchtshunger oder Zärtlichkeitshunger, ja auch Hierseinshunger, denn er ist ja dann anwesend", sagte Viktoria. „Aber schlimm ist es, wenn dieses Gefühl wieder vergeht. Dann kommen die Tränen und wollen nicht aufhören."

„Nur ist das keine Trauer. Irgendwann müssen Sie mit dem Trauern beginnen. Er lebt nicht mehr", bemerkte Frau Carus vorsichtig. „Mir scheint, Sie wollen mit Gewalt sein Gespenst festhallten oder ihn mumifizieren."

„Nein, auftauen", antwortete Viktoria heftig. „Oseis Leiche liegt noch in einem Kühlhaus in Yamoussoukro, der Hauptstadt der Elfenbeinküste. Ja, das hat auch etwas Gespenstisches an sich. Ein Eisgespenst, das aber dem Leben noch nahe ist. Es gibt doch dieses Kryokonservieren von Toten, die an Krankheiten gestorben sind, von denen man hofft, dass sie irgendwann heilbar sind."

„Aber ihr Freund hat sich erhängt! Und welche ärztliche Kunst soll das in Zukunft rückgängig machen?"

„Wir glauben nicht, dass das stimmt. Wahrscheinlich hat man ihn bewusstlos geschlagen und dann aufgehängt."

„Und der Abschiedsbrief, den er geschrieben hat?"

„Ja, der Abschiedsbrief!" Viktoria kämpfte jetzt doch mit den Tränen. „Der Abschiedsbrief liest sich wie eine Nachricht der Verzweiflung. Hören Sie mal!"

Viktoria stand auf und setzte sich erneut an den Flügel. Dann spielte sie eine kurze Folge von Tönen, die sie mehrfach wiederholte.

„Was ist das?" fragte Frau Carus. „Das klingt nach Zwölftonmusik. Ich kann aber nicht so schnell zählen wie Ihr Freund. Waren es zwölf?"

„Nein, die Melodie besteht aus sechs Tönen, und einige Töne wiederholen sich. Hören Sie bitte noch einmal!"

„Ja, es klingt nicht wie eine Melodie in meinen Ohren, sondern zwölftonartig."

„Haben Sie vielleicht ein Stück Papier und einen Bleistift?" fragte Viktoria. „Ich könnte Ihnen die Noten aufschreiben."

Viktoria nahm das Schreibzeug, das Frau Carus aus der Schublade eines zierlichen Sekretärs holte, und zog fünf Linien, in die sie eine Reihe von Noten eintrug. Dann gab sie das Blatt ihrer Therapeutin, die lange und verständnislos darauf blickte.

„Übersetzen Sie einfach die Töne in Buchstaben!" forderte Viktoria sie auf.

„B, E, Es, C, His, Es, B, E, Es, C, His-Es-Akkord", entzifferte die Therapeutin nacheinander die Noten. „Und dann eine Akkordfolge?"

„Ja, das reicht schon", unterbrach Viktoria aufgeregt. „Fällt Ihnen nichts auf? Können Sie dem etwas entnehmen?"

„Ist das ein musikalisches Motiv, das man kennen müsste?"

„Wenn Sie die Buchstaben entsprechend in ihre Lautzeichen übersetzen, dann heißt es B – E – S – C – HIS – S."

Frau Carus verstand immer noch nicht.

„Im Klartext", rief Viktoria triumphierend, „lautet das ‚Beschiss!'"

„Ach, du lieber Himmel", staunte die Therapeutin. „Darauf wäre ich nie gekommen. Es ist auch ein dissonantes Wort, ein Zwölftonmusikwort!"

„Es ist ein O-Ton von Osei!"

„Wieso?"

„Die Notenfolge stand unten auf seinem Abschiedsbrief!" rief Viktoria laut. „Damit wollte er sagen, dass alles zuvor Geschriebene ein schweinischer Betrug war. Vermutlich erzwungen!"

„Und wann haben Sie diese Botschaft entziffert?"

„Zu spät, zu spät", seufzte Viktoria. „Man hat uns den Abschiedsbrief erst gezeigt, als die forensische und kriminaltechnische Untersuchung abgeschlossen war. Mehrere Tage nach seinem Tod. Osei hatte sich nur wegen der Aufenthaltsgenehmigung einen Anwalt genommen, nicht aber wegen der Misshandlung durch die Polizeileute. Doch bevor wir diese verschlüsselte Nachricht entdecken konnten, hatte die Bundesanwaltschaft den Fall wieder an die Dresdner Ermittlungsbehörden zurückgegeben, weil sie keine Anhaltspunkte für eine fremdenfeindliche Straftat gesehen hat."

„Hätte da nicht Ihre Mutter etwas bewirken können?"

„Von Amts wegen sicher nicht. Mein Vater hat sich dann um weitere Aufklärung bemüht. Denn zu unserer großen Überraschung hatte sich auch der Bundesnachrichtendienst in die Angelegenheit eingemischt."

„Nachrichtendienst? Also die Presse? Was hatte die damit zu tun?" wollte Frau Carus wissen.

Doch ehe Viktoria antworten konnte, besann sie sich und meinte:

„Wir haben jetzt alle therapeutischen Grundsätze missachtet, Frau Kleist. Lassen Sie uns die verbleibenden Minuten wieder Ihrer Krankheit widmen."

„Wir sind doch mittendrin, in meiner Krankheit!" rief Viktoria. „Der Mord an Osei ist meine Krankheit! Und zu ihrer Erklärung: Der Bundesnachrichtendienst ist ein Geheimdienst für Auslandsnachrichten."

„Das glaube ich nicht", gab Frau Carus vorsichtig zurück. „Aber dann klären Sie mich heute bitte weiter auf, und wir vertagen das Therapiegespräch auf die nächste Sitzung."

Nach einer Pause fügte sie hinzu:

„Ich bin ja selbst neugierig. Sagen Sie mir bitte, warum die Leiche, oder nein, warum der Körper von Herrn Tutu in der Elfenbeinküste eingefroren liegt."

„Dem Procureur Général der ivorischen Regierung ist damals eine anonyme Nachricht zugegangen, dass Osei ermordet worden sei. Das wurde uns inoffiziell mitgeteilt. Als er dann eine erneute Untersuchung durch die Berliner Behörden verlangte, wurde er offensichtlich von oben unter Druck gesetzt. Als letzte Information hat mein Vater auf Umwegen erfahren, dass der Generalstaatsanwalt der Elfenbeinküste mit der Aufklärung und Verfolgung von illegalen Grundstücksverkäufen überfordert sei. In der Zwischenzeit also soll der Leichnam für weitere Untersuchungen bereitgehalten werden."

"Sie müssen sich von ihm und seinem Körper verabschieden."

"Ich habe damit begonnen", sagte Viktoria. "Ich habe eine Kurzoper komponiert, und die heißt 'Der weinende Löwe'. Das ist die Geschichte von Osei, wie er in Kalifornien am Grab von Michael Jackson getrauert hat. Dabei hat er diesen Gummilöwen aufgeblasen und Musik dazu gespielt. So hat er mir das erzählt. An der Grabstätte wurde er dann kurz verhaftet und psychiatrisch begutachtet. Es ist eine komische und traurige Kurzoper mit Osei und Michael Jackson, die nur eine knappe Stunde dauert. Immerhin tritt darin der erste Löwe in der Musikgeschichte auf, der weint und singt. Vielleicht wird sie in der Musikhochschule hier in Dresden aufgeführt, wenn Osei beerdigt ist."

27. Schlechte Nachrichten

Am folgenden Sonntag, dem 18. Mai, beunruhigten zwei Nachrichten die deutsche Öffentlichkeit. Die Schlagzeilen beherrschten Zahlen zur politischen Stimmung, die der Mitteldeutschen Rundfunk in seiner wöchentlichen Umfrage erhob. Nach einer kurzen Delle in der ansteigenden Wählergunstkurve hatte die FDB die übrigen Parteien wieder deutlich hinter sich gelassen. Sie würde mit großer Wahrscheinlichkeit im Juni die Wahlen in Brandenburg gewinnen. Zugleich kam eine beunruhigende Meldung aus Guatemala, weil dort der Investigativjournalist Ewald von Kleist vermisst wurde. Er hatte sich seit zwei Tagen nicht mehr bei der Deutschen Botschaft gemeldet.

Am Sonntagabend ließ sich Frau Tamerlan-Borman in einem TV-Talk-Format mit dem Rundfunk Berlin-Brandenburg zur aktuellen politischen Lage befragen. Ihre Kleidung hatte sie in den Landesfarben Brandenburgs gehalten: weiße Flanellhose, gelbe Sneakers und roter Blazer, an den der rotgelbe Adler der Landesflagge gepinnt war. Gleich zu Beginn betonte die Politikerin ihre Entschlossenheit, in Brandenburg zum Wohl aller Bürger die Regierung zu übernehmen. Unter ihrer Führung werde man gleich in den ersten vier Wochen eine Reihe einschneidender Maßnahmen ergreifen. Als allererstes, kündigte sie ihren verblüfften Gesprächspartnern an, werde sie den Sender RBB reformieren. Dort sollten endlich keine Gossip-Linken, sondern politisch neutrale und national zuverlässige Journalisten Dienst tun. Zugleich wolle sie ihr Wahlkampfversprechen einlösen und aus der Präambel sowie allen anderen Artikeln der Landesverfassung die Sätze über die Zugehörigkeit Brandenburgs als „lebendiges Glied" zur Bundesrepublik Deutschland und zur Europäischen Union streichen. Sollte die nötige Zweidrittelmehrheit dafür im Landtag nicht erreicht werden, würde sie einen Volksentscheid darüber veranlassen. Den Ausgang könne man sich ja vorstellen. Auf die Frage nach den Beziehungen der FBD zu anderen separatistischen Bewegungen in Europa erklärte die stellvertretende Bundesvorsitzende der Partei, dass sie seit Langem mit der Exilregierung der spanischen Region Katalonien kooperiere. Weiter bestünden enge Freundschaftsbeziehungen mit der Lega Nord in Italien, mit den Parteien Schottlands und Nordirlands, die ebenso nach Unabhängigkeit strebten wie die Bürger Brandenburgs.

Die FBD werde ihre visionäre Politik in die Tat umsetzen, erklärte die Parteifrau. Im Falle des Erfolgs bei den bevorstehenden Wahlen, woran sie keinen Zweifel habe, werde sie die Brandenburger Bürger wie einst die Schweizer auf dem

Rütli zu einem Vereinigungsfest zusammenrufen. Mit dem *Oranienburger Schwur* werde man die „Freie Eidgenossenschaft Brandenburg-Preußen" gründen. Damit stelle das Land die Weichen für die Neuordnung Deutschlands überhaupt. Berlin könne zunächst, ähnlich wie durch die vier Sieger-Mächte nach dem Zweiten Weltkrieg, einen besonderen Status erhalten. Sie wolle dann auch für freie Zugangswege sorgen. Doch erwarte sie, dass die FBD nach dem Wahlsieg in Brandenburg sehr rasch auch Mehrheiten in anderen Bundesländern erreichen werde. Das deutsche Volk Brandenburgs müsse seine völkische Identität und territoriale Souveränität dann nicht mehr an historisch erledigte politische Vereinigungen wie die EU und ihr Gossip-Redner abgeben, sondern für eine solide und vor allem zeitlose Ordnung sorgen. Brandenburg werde aus der Politik, aus der Geschichte und aus der Zeit aussteigen und zu einer ewigen Einheit werden.

Während in den Medien bereits ein tausendfach geliketes satirisches Video kursierte, wo aus dem aufgesperrten Schnabel des brandenburgischen Wappen-Adlers auf dem roten Blazer der Politikerin unablässig Kotzbrocken kamen, die beim Herunterfallen die Physiognomie von Adolf Hitler annahmen, fragte die Moderatorin nach dem über der Partei schwebenden Verbot des Verfassungsgerichts und nach dem Schicksal der entführten Richterin. Frau Tamerlan-Borman erklärte unter ihrem Markenzeichen, dem überlegenen Lächeln, dass ihr alle Gossip-Urteile, ob sie nun kämen oder nicht, vollkommen gleichgültig seien. Gegen die Macht einer Volksbewegung sei kein Kraut und erst recht kein Richtersprüchlein gewachsen. Daher habe es ihre Partei niemals nötig gehabt, eine Richterin zu kidnappen. Lächerlich! Sie habe schon eine Idee, wer dahinterstecken könnte, vermutlich der deutsche Verfassungsschutz, der künstlich neue Vorwände für die Bekämpfung ihrer Partei schaffen wolle, aber das werde sich vermutlich demnächst klären.

Die Aufmerksamkeit, die das TV-Interview der FBD-Politikerin weltweit erregte, überlagerte die zweite beunruhigende Nachricht des Tages zum vermissten Bruder der entführten Verfassungsrichterin. Die deutsche Botschaft in Guatemala City hatte Alarm geschlagen, weil der Journalist sich seit zwei Tagen nicht mehr gemeldet hatte, wie es aus Sicherheitsgründen vereinbart war. Auch in dem Hotel Museo Casa Santo Domingo, wo Ewald von Kleist abgestiegen war, hatte man den Gast zu den Abendmahlzeiten länger nicht gesehen.

Inzwischen hatte die Botschaft über das Hotel Santo Domingo den Vulkanführer Diego De las Sombras kontaktiert, der in den Tagen zuvor mit dem Vermissten einige Bergwanderungen unternommen hatte. Sie konnte ihm erst nach mehreren Versuchen eine Nachricht auf das Mobiltelefon senden, weil De las Sombras wieder mit einer Gruppe auf dem Weg zum Vulcano Fuego war. Fünf Stunden später meldete sich der Vulkanführer selbst bei der Botschaft und berichtete mit gebrochener Stimme, wie er soeben am Rande des Feuer-Vulkans ein paar Wanderstiefel gefunden habe, die womöglich dem Senor von Kleist gehörten. Er könne nicht mit völliger Gewissheit sagen, ob der Vermisste diese Schuhe bei ihren gemeinsamen Ausflügen getragen habe. Doch das werde man vielleicht spurentechnisch klären können.

Daraufhin versuchte der stellvertretende Botschafter, Dr. Fritzwalter von Nettesheim, sofort Kontakt mit der Regierung und mit den Ordnungskräften der Region selbst aufzunehmen. Da die staatliche Regierungstätigkeit in Guatemala am Wochenende grundsätzlich ruhte, wurde der stellvertretende Botschafter auf den Montag vertröstet. Zwar erklärte die Regionalpolizei, sie stehe Tag und Nacht in Alarmbereitschaft; allerdings werde nach Vermissten nur dann gesucht, wenn nahe Familienmitglieder einen solchen Antrag stellten. Es gebe zu viele dieser Vermisstenanzeigen. Nur zu häufig wären sie von ihren Nahestehenden selbst beseitigt worden, oder die Familien hätten gar kein ernsthaftes Interesse daran, ihre verschwundenen Verwandten wiederzufinden. Leider würde immer häufiger Erbschaftskonflikte auf diese Weise gelöst. Daher habe die Regierung diese Regelung eingeführt. Grundsätzlich seien die Anzeigen im Ministerio de Gobernación zu stellen, wo sie umgehend innerhalb von fünf bis zehn Tagen bearbeitet würden.

Sogleich wurde der Schwager des Journalisten von Kleist, Herr Cammerer, der sich gerade in Katalonien zu Beratungsgesprächen aufhielt, durch die deutsche Botschaft informiert und um die Aufgabe einer Vermisstenanzeige bei der Regierung gebeten. Der Berater erlitt jedoch einen Schwächeanfall, als er von den beiden Wanderschuhen am Rande des Fuego-Kraters erfuhr. Er teilte ein paar Stunden später der Botschaft in Guatemala mit, sein Schwager habe in einer seiner Email-Nachrichten eher scherzhaft die Bemerkung gemacht, wenn er einmal vermisst werde, solle man vielleicht im Vulkan nach ihm suchen. In der Botschaft war nicht bekannt, dass der gesuchte Journalist der Bruder der in Deutschland verschwundenen, vermutlich gekidnappten Verfassungsrichterin Dr. Ulrike Kleist war.

Die deutsche Botschaft in Guatemala City informierte noch am gleichen Sonntag das private TV-Unternehmen Radio y Televisión de Guatemala und bat um Mithilfe. Der Kanal 3 des Senders brachte in den Abendnachrichten einen kurzen Beitrag über das Verschwinden des deutschen Journalisten und ein Telefoninter-

view mit dem Vulkanführer Diego De las Sombras, der sichtlich mitgenommen von seinem Wanderstiefel-Fund am Rande des Fuego berichtete.

In den Spätnachrichten der deutschen Fernsehsender kam ein Sprecher der Bundesregierung zu Wort, wonach die Außenministerin die Nachricht aus Guatemala sehr ernst nehme und vorsorglich einen Krisenstab eingerichtet habe. Der Fund der Wanderschuhe am Rande des Vulkankraters nähre die Befürchtung, der Journalist könne möglicherweise das Opfer eines Verbrechens sein. Die Bundesregierung sehe aber gegenwärtig keinen Zusammenhang zwischen dem womöglich gewaltsamen Verschwinden des deutschen Journalisten in Guatemala und der Entführung der Verfassungsrichterin.

28. Bundesanwalt Paul Schleicher im Innen-ausschuss des Deutschen Bundestages

Die Vorsitzende des Bundestagsinnenausschusses, die FBD-Abgeordnete Alice Unterlichter, eine Parteifrau des eher gemäßigten Flügels, hatte den zuständigen Bundesanwalt Paul Schleicher am 20. Mai zu einer nicht öffentlichen Anhörung eingeladen. Es ging ihr offensichtlich darum, den auf ihrer Partei lastenden Verdacht, das Kidnapping in Szene gesetzt zu haben, auszuräumen. Schleicher sollte über die Erkenntnisse der Bundesanwaltschaft zur Entführung der Richterin Frau Dr. Kleist berichten. Auf Antrag anderer Ausschussmitglieder sollte der Bundesanwalt auch Auskunft zu den Netzwerken und politischen Zielen der sogenannten "Reichstreuen deutscher Erde" erteilen. Andere Behörden waren ebenfalls geladen, der Vertreter des Bundeskriminalamtes, Sandro Gallimathias, die Leiterin der Informatik-Abteilung im Bundesamt für Verfassungsschutz, Amira Pahlewi, der dienstälteste Richter am Bundesverfassungsgericht, Samuel Papenfuß, sowie die Staatssekretärin im Innenministerium, Lea Gräfin von Langenfeld.

Bundesanwalt Schleicher wurde bereits bei seinem Eintreffen am Paul-Löbe-Haus in Berlin von Journalisten mit Fragen bestürmt. Der Beamte zeigte sich, wie es hieß, eher zugeknöpft, und die Presseleute konnten daher nur berichten, dass die Knöpfe des Staatsanwalts an diesem sommerlichen Morgen einen anthrazitfarbenen Havana-Doppelreiher in Fischgrätenmuster zierten, und dass er darunter einen schwarzen Longsleeve-Rolli trug. Seine Vintage-Taschenuhr blinkte als silberner Halbmond aus der Brusttasche, und das feine Silberkettchen hing am Reversknopfloch. Mit seinem schwarz gegelten Haar und dem ebenso schwarzen Vollbart erweckte er bei Beobachtern diesmal den Eindruck eines rasputin-artigen Geheimnisträgers, der in seiner edlen schwarzen Paolo Large Luxusaktentasche vermutlich auch nur schwarze Nachrichten mit sich führte.

Ehe der Bundesanwalt seinen Platz an dem riesigen Rundtisch unter dem mächtigen, von der Saaldecke herabhängenden, höhenverstellbaren mächtigen Videocubus Platz nehmen konnte, gab es dann noch ein Geplänkel, weil der Vertreter der Linken, Jean-Christophe Boltanski, ironisch fragte, warum die Ausschussvorsitzende nicht gleich ein paar 'Reichstreue deutscher Erde' eingeladen habe, was ihr doch die nachträgliche Information ihrer Gesinnungsgenossen ersparen würde. Zum ersten Mal in der Geschichte des Parlaments könne sich eine Partei, die nicht nur vom Verbot bedroht sei, sondern auch noch im Verdacht eines Staatsverbrechens stehe, unmittelbar bei den Sicherheitsbehörden Auskünfte über den Stand der Ermittlungen gegen sie einholen. Dem trat die Ausschussvorsitzende entgegen, ein solches Verbot sei noch nicht verkündet, und es gebe auch nur vage Anhaltspunkte für eine Beteiligung ihrer Partei an der Entführung und Erpressung. Schließlich konnte man doch beginnen.

Für die Sitzung des Innenausschusses hatte Schleicher eine Präsentation vorbereitet. Er wirkte gestresst. Die umständliche Geschäftsordnungsdebatte, die Verlesung der Tagesordnung und die Begrüßung erduldete er mit hängenden Schultern, hingegen strafte er den gemächlich bootenden Rechner, der über ihm auf dem Screen die Sicherheitspatches verarbeitete, mit genervten Blicken. Nachdem er dann mit flinken Fingern seine Präsentation hochgeladen hatte, räusperte er sich ausgiebig. Anschließend kommentierte er wortreich die mit viel Media-Poppycock beschwerten, nichtssagenden Schaubilder. Die ersten seiner Folien zeigten das Netzwerk der Reichstreuen, sofern man von ihnen wusste, denn neben einer kleineren Gruppe von Mitgliedern, die entweder prominent oder polizeilich bekannt waren, hatten sich die "Reichstreuen deutscher Erde" zumeist in Anonymität oder in einen Cyber-Untergrund zurückgezogen, wo der Verfassungsschutz trotz hypertechnisch und AI-gestützter Beobachtung nur sehr langsam eindringe, wie Frau Pahlewi durch Kopfnicken bestätigte. Die Dichte der Netzpunkte in den neuen Bundesländern sei zwar auffällig, aber die Gefahr, die von der Bewegung insgesamt ausgehe, bestehe unabhängig von der lokalen Verteilung.

Die weiteren Folien seiner Präsentation bildeten nun ein auf den atlantischen Raum, also auf die USA und Europa projiziertes weniger dichtes Netzwerk ab, zu dem Schleicher eine überraschende Erläuterung gab. Nach neuesten Erkenntnissen sei der heimliche Führer der Reichstreuen-Bewegung aktuell ein Nachfahre des eigentlich von der Geschichte vergessenen thüringischen Fürstenhauses Schwarzburg-Rudolstadt, nämlich ein Adolf Heinrich Joseph Graf Schwarzburg, der nicht zufällig die Vornamen der drei Nazi-Edlen Hitler, Goebbels und Göring trage. Dieser politisch eher unbekannte Nachkomme der erloschenen Familie Schwarzburg-Rudolstadt sei als Immobilieninvestor weltweit tätig und zähle zu den 20 reichsten Männern auf dem Globus. Sein zu großen Teilen in Kryptowährungen angelegtes Vermögen bilde wohl die wichtigste Ressource der Reichstreuen-Bewegung, allerdings habe Graf Adolf seinen Hauptwohnsitz nicht in Deutschland, sondern in Salt Lake City, Utah, wo er auch als Geldgeber der dortigen Neonazi- Gruppe *Aryan Nations* aktiv sei und den Radiosender "Aryan Nations Hour" betreibe. Adolf Heinrich Joseph habe nun im Erdorbit über den USA und Europa mehrere hundert Satelliten geparkt, die die digitale Kommunikation seiner verschiedenen rassistischen Netzwerke sicherstellen solle. Er, nämlich Bundesanwalt Schleicher, könne an dieser Stelle leider keine detaillierte Auskunft darüber erteilen, wie dieses Schwarzburg-Netzwerk aussehe, da alle Informationen dazu aufgrund der kritischen Weltlage gegenwärtig die allerhöchste Geheimhaltungsstufe hätten.

Dafür dürfe er ausführlicher über die politische Ideologie der "Reichstreuen deutscher Erde" referieren, für die die entscheidende historische Figur der einstige Kaiser Wilhelm II. sei. Wilhelms angeblicher Thronverzicht am 9. November 1918 sei auch nach Ansicht der "Reichstreuen deutscher Erde" auf Druck der USA ohne Rücksprache mit dem Kaiser persönlich und ohne jede Legitimierung von Seiten des damaligen Reichskanzlers Prinz Max von Baden II. ausgesprochen worden. Nach ihrer Auffassung habe Kaiser Wilhelm nie rechtswirksam seinen Verzicht auf den Thron erklärt, sondern sich nur verbal der Erpressung des amerikanische Präsidenten gebeugt, um Schaden von seinem Volke abzuwehren. Eine unter erpresserischer Gewalt abgegebene Erklärung könne niemals rechtsverbindlich sein. So äußerten sich auch heute noch führende Staatsrechtler. Überdies sei von der deutschen Regierung am 31. Januar 1937 der Versailler Vertrag rechtswirksam gekündigt worden, während die nach dem Krieg in Nürnberg gefällten Urteile gegen die deutsche Staatsführung allesamt auf einem durch die Siegermächte *ad hoc* erlassenen Statut beruhten. Dieses Statut sei dem deutschen Rechtsgefühl, das seine Wurzeln in einem Jahrtausende lang gewachsenen Bezug zur deutschen Erde habe, völlig fremd und daher illegitim. Hingegen sei 1871 die Reichsverfassung von der Versammlung der deutschen Reichsfürsten, also von Männern, die eine durch viele Jahrhunderte hindurch bewährte, von Gottes Gnade und dem deutschen erdbezogenen Volksgeist getragene legitime Herrschaft verkörperten, beschlossen worden. In dieser Verfassung habe sich das unsterbliche deutsche Wesen eine allein ihm eigentümliche Rechtsform gegeben, an der die Reichstreuebewegung in ewiger, unerschütterlicher Treue bis in den Tod hinein festhielte.

Bundesanwalt unterbrach sich. Er musste erneut einen Frosch aus seinem Stimmorgan freiräuspern und griff zum Wasserglas vor sich. Dann schaute er auf seine Taschenuhr. Sympathieheischend legte er den Kopf ein wenig schräg und betonte, dass die eben von ihm referierten und für manchen Ohren womöglich falschen Ansichten keineswegs strafbare Handlungen darstellten. Dann erschien auf dem Screen des Video-Kubus das berühmte Wislicenus-Wandgemälde "Barbarossas Erwachen" aus der Kaiserpfalz in Goslar. Und der Bundesanwalt fuhr nach erneutem Räuspern fort:

"In ihrem durchs Darknet geisternden Manifest *Barbarossa im Berg erwache!* begründen die 'Reichstreuen deutscher Erde' ihre Ansicht, wonach nicht nur der schändliche Vertrag von Versailles, sondern zuvor bereits die von dem damaligen Reichskanzler Max von Baden erklärte Preisgabe des Kaisers im schlimmsten Widerspruch zu allem Recht steht. Nur schiere anarchische Gewalt habe Wilhelm II. veranlasst, seine Armee, die glänzende Siege erfochten hatte und bekanntlich durch Verräter-Dolchstöße zusammengebrochen sei, zu verlassen und gleichsam in reiner Zungenrede auf den Thron zu verzichten. Jedoch habe der Kronprinz Wilhelm nie seinen Verzicht erklärt; vielmehr habe er in seiner Person, sowie durch seine Söhne und Enkel, das unsterbliche Haus Hohenzollern sowie das Fortleben des deutschen Kaiserreiches gesichert."

Von einigen Anwesenden am großen Rund des Sitzungssaales kamen zunehmend Unmutsrufe. Die Ausschussvorsitzende bemerkte mit der Bitte um Ruhe kurz, dass diese Lesart der Geschichte auch von renommieren Juristen und Historikern geteilt werde. Bundesanwalt Schleicher kündigte mit entschuldigender Geste das bevorstehende Ende seiner Ausführungen an.

"Meine sehr verehrten Damen und Herren, es geht mir lediglich darum, Ihnen einen Einblick in die Denkweise der möglicherweise hinter dieser beunruhigenden Erpressung stehenden Bewegung zu geben. Ihrer Auffassung nach missachte die durch anarchistische, vom feindlichen Ausland gesteuerte Soldatenräte und anschließend durch die so genannte Nationalversammlung eingesetzte Weimarer Verfassung das im deutschen Wesen niedergelegte Recht. Sie habe das über Jahrtausende hinweg durch Gottes Gnade gestiftete alte Römische Reich Deutscher Nation abgeschafft und die Wurzeln des Heiligen Deutschland gekappt. Daher betrachten es die Reichstreuen als ihre Mission, diese alte Ordnung wiederzubeleben und die in der erdbezogenen Natur aller Deutschen gegründete Monarchie wiederherzustellen. Und dieses heilige Recht, sagen sie, rechtfertige den Gebrauch der ebenso heiligen Waffen."

Der Bundesanwalt musste die letzten Sätze unter wachsender Unruhe im Kreis seiner Zuhörer sprechen. Er hatte seine Ausführung offenbar nicht vollständig vorgetragen, obwohl er noch einmal auf seine silberne Taschenuhr blickte, eher er sich setzte. Es war auch höchste Zeit, denn als er zuvor nach dem Wislicenius-Gemälde auch die aberwitzigen Kernsätze seiner Ausführungen auf Folien zeigte und die Anwesenden aufforderte, "auf den Kubus zu blicken" rief das Ausschuss-

mitglied Jean-Christophe Boltanski wütend "Das ist wohl eher ein Succubus!" Die Vorsitzende Unterlichter konnte das wütende Gelächter und die Abgeordneten noch einmal kurz beruhigen, indem sie sich bei dem bundesanwaltlichen Berichterstatter vorerst bedankte.

Auf die Frage, mit welcher Strategie Bundesanwaltschaft, Bundeskriminalamt, die Regierung und nicht zuletzt der Bundestag auf die Erpressung antworten sollten, erklärte Schleicher, dass er die Drohung der Entführer äußerst ernst nehme, gerade auch mit Blick auf die Parallelen zur einstigen Schleyer-Entführung. Er gebe den Rat, bis zum Abschluss der Landtagswahlen in Brandenburg keinerlei Risiko einzugehen und die Verkündung des Verbotsurteils unbedingt weiter zu verschieben.

In der folgenden Fragerunde wollte Verfassungsrichter Papenfuß von Schleicher wissen, ob die Zurückhaltung seines Amtes bei der Aufklärung des Verbrechens vielleicht darauf zurückzuführen sei, dass er mit den politischen Ansichten der sogenannten "Reichstreuen deutscher Erde" ein wenig sympathisiere. Jedenfalls habe man eine klare Distanzierung vermisst. Daraufhin rief der Bundesanwalt sichtlich erregt, dass er in seinen mehr als zwanzig Dienstjahren *ohne Wenn und Aber* für die freiheitliche demokratische Grundordnung eingetreten sei. Das Grundgesetz werde er bis zu seinem letzten Atemzug schützen. Er frage sich, was eine derart diskriminierende Unterstellung rechtfertigen könne.

"Naja", brummte Papenfuß, "in ihrer Studentenzeit haben Sie, wie wir beide wissen, auch schon mal weniger grundgesetzgemäße Ansichten vertreten."

Zur vorläufigen Zufriedenheit aller Anwesenden erklärte die Staatssekretärin und Vertreterin von Innenministerin Molly Zhang, Lea Gräfin von Langenfeld, dass der Abgleich der Infos und Lageeinschätzungen zwischen Regierung, Verfassungsgericht, dem Generalbundesanwalt, dem Bundeskriminalamt und dem Bundesamt für Verfassungsschutz im Stundentakt erfolge. Ganz allgemein wolle sie betonen, dass der Schutz von Menschenleben die allerhöchste Priorität genieße. Allerdings dürfe die Sicherheit und Rechtsordnung der Bundesrepublik dabei keinen Schaden nehmen.

29. Die Video-Botschaft aus dem Gefängnis und ein kurzer Auftritt der Speispinne

Zwei Tage später, am 22. Mai, gab die Pressestelle des Bundesverfassungsgerichts bekannt, dass eine Videobotschaft mit der entführten Richterin Dr. Ulrike Kleist auf dem Server des Gerichts eingegangen sei. Das Dokument werde noch geprüft. Jedenfalls zeigten die Bilder die Richterin zum Glück unversehrt und anscheinend in guter körperlicher Verfassung. Es gebe Hinweise, wonach dieses Video erst wenige Tage zuvor aufgenommen worden sei, da die Gefangene kurz die Titelseite der Frankfurter Allgemeinen Zeitung vom 19. Mai mit einem Foto der stellvertretenden Vorsitzenden der FBD, Frau Tamerlan-Borman, ins Bild halte.

Die Herkunft der Videobotschaft, so konnte man hören, ließ sich vorerst offenbar nicht entschlüsseln. Sie war über einen russischen Account an die Adresse des Gerichts gelangt, nach einem Zick-Zack-Weg durch den Cyberspace entlang einer ganzen Reihe von Servern in Asien und Südamerika. Die Botschaft, so hieß es, könne der Öffentlichkeit aus taktischen Gründen nicht gleich zugänglich gemacht werden. Vor allem hätten die Erpresser ihre Forderung wiederholt, auf keinen Fall ein Verbotsurteil in Kraft zu setzen; andernfalls sei mit schwerwiegenden Folgen für die Geisel zu rechnen.

Doch wenige Stunden später bereits kursierte das Video auf einzelnen Internet-Plattformen, darunter SPIEGEL-Online. Gleich die ersten Kommentatoren sahen sich durch das Video auf bedrückende Weise an die Aufnahmen erinnert, die 45 Jahre zuvor mit dem entführten und später ermordeten Wirtschaftsführer Hanns-Martin Schleyer zur Erpressung der damaligen Bundesregierung verbreitet worden waren. Wohl standen der entführten Richterin nicht die gleiche Todesangst und Zermürbung ins Gesicht geschrieben wie dem einstigen Opfer der RAF, aber die Bilder waren ein zynisches Zitat, da es erneut darum ging, einen verachteten Staat herauszufordern und zu erpressen.

In der eben zwei Minuten dauernden Sequenz sah man Frau Doktor Kleist auf einem Holzstuhl sitzen, vor einer kahlen Wand mit bröckelndem, möglicherweise etwas feuchtem Putz. Sie trug ihre eigene, geordnet wirkende Kleidung, einen dunkelgrauen Jersey-Blazer mit etwas helleren Businesshosen. Ihre graublonden Haare hatte sie nicht wie sonst als Lob gekämmt, sondern mit einem Gummi am Hinterkopf zusammengehalten. In ihren Händen hielt sie den breiten Holzrahmen einer mit Kreide beschrifteten älteren Schultafel. Darauf stand „Gefangene der

Befreiungs-Armee der Reichstreuen deutscher Erde". Einige Augenblicke lang konnte man die unruhige Haltung der Gefangenen studieren, ehe man aus dem Hintergrund eine dünne Männerstimme vernahm, die folgendes erklärte:

„Die Reichstreuen deutscher Erde haben die Richterin Doktor Ulrike Kleist verhaftet, um das Verbot der FBD, der einzigen patriotischen Partei des Deutschen Kaiserreichs, zu verhindern. Solange die Reichstreuen deutscher Erde und alle national Denkenden auf deutscher Erde in ihren Rechten und in ihrer Freiheit eingeschränkt werden, greift die Reichstreuen-Armee gegen Regierungen, Gerichte, Polizeien und Behörden in Bund und Ländern zur Waffe. Sie wird ihren Kampf mit allen politischen und militärischen Mitteln zu Ende führen. Die Verhaftung der Richterin ist der erste Schritt zur grundlegenden Revision der illegitimen gegenwärtigen Staatsordnung. Sie bleibt als Geisel in der Gewalt der Reichstreuen-Armee, bis die herrschenden Mächte verbindlich erklärt haben, dass sie die legitime nationale Schutzbewegung der Reichstreuen deutscher Erde und der FBD weder durch Gerichte noch durch andere administrative oder polizeiliche Mittel behindern will."

Ulrike Kleist wirkte in dem Video äußerst angespannt, was sich an ihren Gesichtszügen und an den nervös bewegten Fingern am Rahmen der Schultafel ablesen ließ. Bisweilen drehte sie den Kopf zur Seite, vermutlich zum Sprecher dieser Botschaft, dann bewegte sie sie ihn kurz hin und her, als wollte sie etwas sagen oder als ob sie einer Musik lauschte. Als schließlich die Stimme im Off verstummte, sprach sie doch mit belegter stockender Stimme noch ein paar Worte:

"Ich möchte allen, die sich um mich und mein Schicksal Sorgen machen, etwas Wichtiges zu bedenken geben."

Jetzt kamen ihre Hände zur Ruhe, und nach einem Moment, wie es schien, der inneren Sammlung sagte sie mit eigentümlichem Nachdruck:

"Heute oder morgen organisieren populistische Reichstreue in meinem Umfeld sicher andere demonstrative Entführungen. Rechtzeitig angebotene Teilkonzessionen hätten immerhin Chancen..."

Hier unterbrach die männliche Stimme im Hintergrund schroff mit dem Ruf "Schluss!!", und das Video endete darauf mit dem Anflug eines gequälten Lächelns der entführten Richterin.

Die Inszenierung, die tatsächlich den einstigen Video-Erpressungen der RAF mit dem entführten Manager Schleyer ähnelte, wirkte eigenartig und irritierend. Denn der Ton und vor allem die Drohungen klangen eher gemäßigt im Vergleich mit anderen Verlautbarungen der von allen guten Geistern verlassenen Reichs-treuen-Populisten. Und die abschließende Bemerkung der Gefangenen wirkte ge-radezu diktiert; jedenfalls war es keine spontane, sondern eine irgendwie verklausulierte Äußerung, sonst wäre sie gewiss auch nicht verschickt worden. Was wollten die Entführer sagen, wenn sie einerseits "andere demonstrative Ent-führungen" androhten, zugleich aber dunkel von "Teilkonzessionen" und "Chan-cen" sprachen oder sprechen ließen? Gab es da irgendeine Aussicht auf ein friedliches Ende der Entführung?

Die Bundesregierung benötigte mehrere Stunden, um zu erklären, dass die Entführer mit dem Video eine erste Forderung erfüllt hätten, nämlich ein aktu-elles Bild der Gefangenen zu schicken. Sie bemühe sich intensiv, Kontakt mit den Entführern herzustellen, während die zuständigen Behörden und Polizeien zugleich alles Nötige und Mögliche unternähmen, um die entführte Richterin zu finden. Mit einem eindrucksvoll drohenden Blick in die Kamera warnte die Sprecherin der Bundesregierung vor der Illusion, den Rechtsstaat zu erpressen. Jeder Versuch dazu werde entschieden zurückgewiesen. Die Täter und Täterin-nen müssten mit den härtesten Strafen rechnen, wenn sie ihrer Geisel nur das ge-ringste Leid zufügten. Sofern es keine sofortige Freilassung gebe, müsse man die sogenannte Reichstreuen-Bewegung und die FBD als Terror-Organisationen ein-stufen.

Unterdessen füllten sich die Social-Media Plattformen mit hirnverbrannten Kommentaren und Vermutungen über Konspirationen und Betrug. Die lauteste Stimme in diesem Cyber-Delirium glaubte zu wissen, dass die Regierung selbst die Entführung inszeniert habe, um die "Reichstreuen deutscher Erde" zu be-kämpfen. Während sich so der Cyberspace erneut zum Tollhaus dehnte, lockte ein winziges Detail im Entführer-Video ganze Kaskaden von Spekulationen her-vor. Irgendwer hatte einzelne Bilder in einer sehr hohen Auflösung analysiert und im Blowup des inzwischen tausendfach geposteten Videos am rechten oberen Bildrand eine winzige Spinne entdeckt, die ein bis zwei Sekunden lang über die Wand im Hintergrund krabbelte. Zufall oder Absicht? Der Wahn ergriff erneut das Wort. Zuvor noch hatte ein erster Spinnenexperte das Insekt mit dem runden grünlichgelben Hinterleib (Opistosoma) als Kürbisspinne identifiziert. Ein paar ins Netz verirrte Bildchen schienen das zu bestätigen. Da sich aber diese Spin-nenart, die Araniella opisthographa, gewöhnlich nicht in Innenräumen aufhält, knüpfte der unbekannte Arachnologe daran die Vermutung, dass der Bildhinter-grund nicht echt sei und dass die Gefangene womöglich irgendwo in einem Wald oder in grünem Gelände versteckt werde. Andere kundige Thebaner wieder glaubten zu wissen, dass die Entführer mit dieser aus einer grünen Umwelt deportierten Kürbisspinne einfach die Adressaten beleidigen wollten.

Wenig später aber identifizierte ein Sprecher der deutschen arachnologischen Gesellschaft das Tierchen an der Wand als eine Scytodes thoracica, eine Speispinne, die vulgär als "Leimschleuderspinne" bezeichnet werde. Der Name, erklärte der Arachnologe, rühre von der Jagdtechnik der Spinne her. Sie fesselt ihre Beute mit Hilfe von Leimfäden, die sie aus einer Drüse auf das Opfer spritzt und im Zickzack netzartig über die Beute spannt. Die Spinne verfüge noch über eine weitere wirksame Waffe, wenn sie ihr gefesseltes Opfer mit einem aus der zweiten Drüse munitionierten Giftbiss lähmt und zum Verzehr stillstellt. Die Scytodes thoracica, die sich an dem gleich großen Vorder- und bisweilen grünlichen Hinterleib erkennen lasse, lebe vor allem in Häusern, allerdings sei sie eher nachtaktiv. Vermutlich sei das Video daher nachts produziert worden.

An dem Namen "Speispinne" entzündete sich im Netz gleich erneut der volle Aberwitz der tausend Communities, der oft ins Geschmacklose und Absurde abstürzte. Die Entführer hätten mit der Speispinne zum Ausdruck bringen wollen, wie sehr sie den Staat zum Kotzen fänden. Oder es sei eine Morddrohung in Anspielung auf den iranischen Film "Holy Spider", wo ein irrsinniger Spinnenmörder in religiösem Wahn reihenweise Frauen umbringt. Als später der Arachnologe das Foto einer Scytodes thoracica postete, die ein viel größeres Beutetier in der beschriebenen Weise eingesponnen hatte, fühlten sich Literaturkenner an Jonathan Swifts gefesselten Gulliver bei den Liliputanern erinnert. Daraus lasen andere begnadete Zeichendeuter wieder eine neue Botschaft. Sie vermuteten in den Entführern frustrierte Engländer, die ihre Wut über den katastrophal verlaufenen Brexit zum Ausdruck bringen wollten. Das bedauernswerte Beutetier mit dem hellen Kopf ähnelte irgendwie dem abgesetzten Premier Boris Johnson. Dagegen trug der emeritierte Anglist und Swift-Experte an der Universität Vechta, Professor Sam Hawking, in seinem Blog *Swifty Readers* eine andere Deutung vor: In *Gulliver's Travels* lieferten sich die Liliputaner bekanntlich mit den Bewohnern der Nachbarinsel Blefuscu einen blutigen Streit um die Frage, ob man ein gekochtes Ei an der spitzen oder an der stumpfen Seite aufschlagen müsse. Dieser Streit führte zu einem Verfassungskonflikt, der das Liliputaner-Völkchen in Kirchentreue und in Parlamentarier spaltete. Hawkins meinte daher, dass die Speispinne des Videos wegen ihrer Liliputtaktik den Streit zwischen den "Reichstreuen deutscher Erde" und den Verfassungstreuen in Deutschland parodierte. Das Ni-

veau der Kommentare zu dem Entführer-Video hob sich ein wenig in der abendlichen Talkrunde bei Sandra Maischberger, wo der gut informierte, aber durch Korruptionsverdacht etwas anrüchige, ehemalige bulgarische Geheimdienstchef und Terrorismusexperte Pjotr Dimitroff den verklausulierten Satz der Entführten analysierte. Er war sich sicher, dass zwischen dieser Verlautbarung der Kidnapper und dem Verschwinden des Journalisten Ewald von Kleist in Guatemala eine Verbindung bestehe. Vielleicht sei die Videobotschaft der Entführer bereits ein paar Tage früher im Bundesverfassungsgericht eingegangen, und man habe daher die bedauernswerte Frau genötigt, das Kidnapping ihres eigenen Bruders anzudrohen. Die ganze Angelegenheit sei auch aus einem weiteren Grunde mysteriös: Die Auskunft der FBD-Stellvertreterin, Frau Tamerlan-Borman, wonach ihre Partei mit der katalanischen Unabhängigkeitsbewegung und dem in Deutschland ansässigen Separatistenführer Carles Puigdemont Beziehungen unterhalte, stehe in einem verdächtigen Zusammenhang mit der Tätigkeit des Ehemanns der entführten Verfassungsrichterin. Herr Cammerer sei nämlich als politischer Berater eben dieser katalanischen Exilregierung tätig sei.

30. Schockmomente in der Musiker-WG und Motorisierungsneigungen bei der Antifa

Viktoria Kleist brach erneut in Tränen aus, als sie vom Video der Entführer mit ihrer Mutter erfuhr. Eigentlich standen ihre Augen bereits länger unter Wasser, denn die Nachricht vom Verschwinden ihres Onkels in Guatemala vier Tage zuvor wirkte noch nach. Sie weigerte sich lange, die Bilder anzuschauen, die ihre WG-Freunde eifrig studierten. Es genüge ihr für den Augenblick, dass es wenigstens ein Lebenszeichen ihrer Mutter gebe, mehr wolle sie nicht. Nach einer Stunde konnte sie Maximiliane doch noch an den Küchentisch holen, wo der üppige František, Lezlie, Dimitri, Gloryanne und Luigi vor Dustys großem Bildschirm saßen und das Video sorgsam Bild für Bild anschauten. Einige der durchs Netz rauschenden Nachrichten und Mutmaßungen hatten sie nebenbei verfolgt. Vor allem die Diskussion über die mysteriöse Spinne hatte sie elektrisiert. Viktoria schien es dann doch nicht so nahe zu gehen, als sie das Gesicht ihrer Mutter so direkt vor sich sah; dennoch glaubte man, ihr Herz schlagen zu hören.

"Ich bin so froh, dass meine Mutter lebt und zum Glück auch nicht sichtbar misshandelt wurde", murmelte Viktoria endlich.

Maximiliane fand, in dem Video sei die Mundbewegung von Viktorias Mama unnatürlich, als käme das, was sie spreche, nicht von ihrem Lippen, sondern als werde jedes Wort wie ein Kaugummipäckchen von einem Automaten ausgeworfen. Luigi meinte, es gebe genügend KI-Programme, um aus digitalen Bildern einer beliebigen Person einen Avatar zu generieren, der sich dann kaum unterscheidbar und geradezu natürlich bewege und spreche. Erst recht lasse sich jede Stimme täuschend echt nachbauen. František wollte gerne die Tonspur des Videos durch einen Audio-Editor laufen lassen, um zu schauen, ob nicht irgendwelche Hintergrundgeräusche zu detektieren seien, die vielleicht Aufschlüsse erlaubten.

"Solche Analysen werden hundertpro auch im Bundeskriminalamt gemacht", meinte Dimitri. "Die sind doch technisch tausendmal besser ausgerüstet als wir mit einem heruntergeladenen Freeware-Programm."

"Du bist und bleibst staatsgläubig", fauchte Maximiliane. "Leck nur weiter den Faschisten die Füße. Du wirst sehen, wie die schmecken."

Das war sehr böse und stimmte nicht, denn Dimitri hatte sich in seinem Philosophiestudium mit Haut und Haar der Bitcoinphilosophie von Eric Cason ver-

schrieben, der die kommende Kryptosouveränität aller Menschen als die Erfüllung aller anarchistischen Träume predigte. Nur fand Dimitri in der WG niemandem, der diese Hoffnungen mit ihm teilen mochte.

"Nein, das ist hundertprozentig meine Mutter", sagte Viktoria. "Sie spricht wirklich etwas komisch, aber ich kenne bei ihr jede Bewegung, jede Falte, beinahe jedes Haar. Und mit den Fingern trommelt sie oft so gedankenlos, als spielte sie Klavier. Nur wird ihr Bild hier für mich immer abstrakter, je länger ich es anschaue."

"Die Bildauflösung und die Tonspur sind ungewöhnlich ", hakte František nach, "das muss mit einem Gerät von hoher Qualität aufgenommen worden sein. Ich werde das auf meinem Rechner analysieren."

"Die Qualität ist so gut", wütete Maximiliane weiter, "dass ich, wenn ich die FAZ mit dem Foto der Tamerlan-Borman sehe, kotzen muss."

"Vielleicht hört František ja auch die Spinne kotzen", lästerte Dimitri.

"Diese Spinne ist wirklich was Besonderes", sagte Lezlie deutlich leiser, um die zunehmende Erregung zu dämpfen. "Sie läuft so rasch durchs Bild, ohne dass man ihren Schatten sieht, obwohl solche nachtaktiven Insekten die Helligkeit und erst recht das künstliche Licht meiden. Als Tier ohne Schatten ist sie mysteriös, vielleicht doch ein Zeichen des Himmels oder eine Götterbotschaft."

"Oha, da spricht die Gottesgelehrsamkeit", spottete Dimitri im gleichen Ton. "Welche Göttinnen sind denn für Spinnen zuständig? Ist das nicht die Ariadne?"

"Du meinst wohl Arachne", belehrte ihn Lezlie, "nur war das keine Göttin, sondern eine Weberin, die ihre Kunst besser verstand als die Göttin Athene und von ihr in eine Spinne verwandelt wurde."

"Ja, *ragno* auf Italienisch!" ergänzte Luigi. "Unser Wort für Spinne ist *ragno*."

Jetzt stürmte Don Camillo in die Wohnung, und es wurde wieder laut: "Habt ihr das Video gesehen?"

"Seit einer Stunde tun wir nichts anderes, Boss!" gab Luigi zu verstehen.

"Das ist schrecklich! Ich könnte die Kerle der Reihe nach erwürgen! Aber was machen wir jetzt?", fragte der Hyperaktivist und ruckelte nervös an seiner winzigen Leo-Trotzki-Brille.

"Also bitte keine Demo", flehte Luigi, "ich habe immer noch kalte Füße."

"Das war doch super mit den Rockern", meinte Don Camillo.

Don Camillo war tatsächlich nach der verregneten Demo am vorletzten Dienstag mit der Hochzeitgesellschaft der Bandido-Rocker, die die klatschnassen Anarchisten in die Hotelbar mitgeschleppt hatten, versackt. Seine Genossen waren längst, teils ziemlich komatös, nach Hause geschlichen, während Don Camillo sich mit Andy „Ancalagon" Schurigel, dem Boss des Mannheimer Gremium MC Southgate, innig anfreundete und sogar in dessen Hotelzimmer übernachtete. Andy "Ancalagon" hatte in diesem benebelten Ausnahmezustand die Hilfe aller seiner badischen Rocker versprochen, wenn es darum ginge, den Reichstreuen deutscher Erde-Kidnappern ordentlich eins auf die Kappe zu geben.

Manchen Freunden kam es jetzt eher so vor, als sei Don Camillo aus seinem Delirium noch nicht völlig erwacht, denn in den Tagen nach der Demo mit ihrem wilden Ende begann er, von den Harleys zu schwärmen, nachdem ihm Andy eine Proberunde spendiert hatte. Man bekäme auf einem Motorrad ein völlig neues Raumgefühl und eine anderes Bild der Welt. Er wollte unbedingt auch so eine Maschine, und sein neuer Freund stellte ihm in Aussicht, eine Oldtimer-Harley für kleines Geld zu besorgen.

Das hatte natürlich die grünen und supergrünen Genossinnen auf die Palme gebracht, allen voran Maximiliane, die ihm die Gefolgschaft aufkündigen wollte. Und wer konnte sich überhaupt vorstellen, mit den Bandidos irgendeine gemeinsame Sache zu machen? Aber Don Camillo in seinem Aktivitätsfuror scheuchte die trübsinnige WG-Gemeinde auf.

"Klar! Wir sind mit den Bandidos politisch nicht auf einer Linie", versuchte Don Camillo die Stimmung aufzunehmen, "aber die Jungs dort unten haben jede Menge Beziehungen zur Unterwelt. Und so ein Kidnapping kriegen die reaktionären Bürgerspießer selbst niemals hin, sondern die heuern dafür hartgesottene Profis an. Versteht ihr?"

"Ah so!" Maximiliane steigerte wieder die Lautstärke. "Dann fahren die mit ihren stinkenden Dingern, die Tonnen von CO_2 ausblasen, durch die Gegend und fragen alle Knackis, mit denen sie Tag und Nacht saufen, 'Hallo, kennt ihr 'nen Typen, der Spezialist für Kidnapping ist und der mitgeholfen hat, die Richterin zu entführen?'"

Don Camillo schaltete in seinen Lehrerton um.

"Schön, Maximiliane", sagte er und bewegte seinen Kopf wieder hühnerartig vor und zurück, "du meinst also, man darf Verbrecher nur in E-Autos jagen und einzig vegane Informanten befragen. Man kann nicht immer fleckenlos bleiben. Wie die Revolution macht sich auch die Gerechtigkeit immer wieder schuldig."

"Finde ich auch", stimmte František gutgestimmt zu. "Man muss jede Chance nutzen."

"Jetzt drehen wir uns im Kreis", ging Dimitri dazwischen. "Wenn ich sage, dass die Schlapphüte vom Bund tausendmal mehr legale und illegale Ermittlungsmöglichkeiten haben als alle Rocker der Welt, dann wird mich Maximiliane wieder fertig machen und sagen, dass ich staatshörig bin. Dabei bin und bleibe ich Cryptoanarchist!"

"Darum geht es doch gar nicht", beharrte Don Camillo, "du stellst weder in Rechnung, dass der Staat mit seiner ganzen Maschinerie auch mal dumm ist, noch kannst du dir vorstellen, dass er krasse Interessen hat. Der Staat gibt kein Fitzelchen seiner Macht her, um ein Menschenleben zu retten."

"Ist doch klar", Dimitri schüttelte den Kopf, "der Staat opfert im Zweifelsfall auch Soldaten, um nicht unterzugehen. Und das ist nichts anderes, als was du sagst, Camillo, Gerechtigkeit oder das Recht beflecken sich unvermeidlich. Wir brauchen noch dringender die Revolution und dann die Vereinigung aller Menschen!"

"Ich habe null Ahnung, was die Bundesanwaltschaft und die Leute vom BKA machen, um meine Mutter zu finden", unterbrach Viktoria.

"Machen die überhaupt was, bis zur Wahl in Brandenburg?" fragte Don Camillo. "Das ist doch das Geschäft mit den Faschisten. Die bleiben bis zur Wahl ungeschoren, und dann kommt Deine Mama frei."

"Glaube ich nicht", sagte Lezlie. "Wenn das Verbot danach kommt, sind sie doch weg vom Fenster. Leute einer verbotenen Partei verlieren ihr Mandat."

"Nach der gewonnenen Wahl will die Tamerlan-Tussi sofort mit Brandenburg raus aus der BRD", regte sich Ruckelkopf Don Camillo auf. "Das ist ein glasklares Kalkül."

"Wann ist denn diese election", wollte Dusty wissen.

"Am 15. Juni, in gut zwei Wochen."

"Oh, einen Tag später, am six forteen, ist auch das Exhibition Opening von "Memories in Dust and Ash", sagte Dusty mit etwas erschrockener Miene. "We will zeigen some shocking Sachen."

"Was denn?", fragte Don Camillo.

"Ashes from Adolf Hitler's burned corpse."

"Was? Woher habt ihr die denn?"

"It's totally Geheimnis!"

"Ich fahre morgen nach Bergzabern", kündigte Viktoria an. "Mein Vater steht im Kontakt mit dem Bundesanwalt. Vielleicht weiß der mehr."

31. Viktoria hat etwas gesehen und
Richter Papenfuß gibt einen Rat

"Gottseidank gibt es dich noch!" rief Viktoria, als sie am Freitag zu Hause in Bergzabern ihren Vater umarmte. Sie verspürte eine doppelte Erleichterung, denn gerade noch wollten die beiden Personenschützer sie am Betreten der elterlichen Villa hindern. Ihr Vater hatte das aber bemerkt und die Türe geöffnet, ehe noch die allesbewachende Nachbarin, Frau Dr. Wolkenstein, zur Hilfe eilen musste.

"Ach, da bist du ja endlich!"

Die beiden BKA-Männer bestanden aber darauf, Viktorias Ausweis zu prüfen, ehe sie Vater und Tochter wieder ins Haus ließen.

"Entschuldige Vicki, der Personenschutz für mich und dich wurde zusätzlich wegen Ewalds Verschwinden in Guatemala angeordnet", erklärte Immanuel entschuldigend. "Sicher auch etwas übertrieben!"

"Papa, weiß man denn irgendwas von Onkel Ewald?" fragte Viktoria, während sie in den Salon vorausging.

"Nein, eigentlich nichts," sagte Immanuel Cammerer und setzte sich seufzend auf einen Stuhl, als fiele ihm das Stehen zu schwer. "Man vermutet wohl etwas Politisches dahinter. Hätte man Ewald nur kurzerhand beseitigen wollen, dann wären keine so demonstrativen Spuren gelegt worden. Ewald hat brisante Informationen gesammelt, und sicher hat er die Dokumente dazu gut verwahrt. Die Sache mit den Schuhen ist ein vielleicht zynisches Zitat der Legenden um den griechischen Philosophen Empedokles, der sich in den Ätna gestürzt haben oder von seinen Feinden in den Vulkan gestoßen worden sein soll. Auch bei ihm fand man später die Sandalen am Rande des Kraters. Bei Empedokles vor fast zweieinhalb Jahrtausenden steckte klar etwas Politisches dahinter. Denn der Philosoph war ein Demokrat und Feind der Tyrannen, die in seiner Geburtsstadt Akragas auf Sizilien für lange Zeit das Sagen hatten. Daher denke ich, nein, daher hoffe ich, das ist in Guatemala vielleicht ein politisches Zeichen, weil er zwar weg ist, aber seine Schuhe übrig geblieben sind. Nur setzt es dort ziemlich gebildete Feinde voraus."

"Die wollen damit vielleicht sagen", Viktoria schüttelte den Kopf, "wer uns in die Quere kommt, dem ergeht es wie dem Empedokles."

"Leider wahr", seufzte Immanuel.

"Es gibt, glaube ich, eine Oper von Hermann Reutter 'Der Tod des Empedokles', wohl nach Hölderlin."

"Ja, Hölderlins Drama war auch politisch brisant." Immanuel nickte bedeutungsschwer.

"Das ist aber doch über 200 Jahre her!"

"Wenn Ewald wirklich brisantes Material gesammelt hat", nahm Immanuel neuen Anlauf, "dann werden ihn die Entführer nicht gleich umgebracht haben." Seine Stimme klang nicht wirklich hoffnungsvoll.

"Papa", sagte Viktoria leise nach längerer Stille. "Ich glaube, ich habe in dem Video mit Mama etwas gesehen. Ich kann aber damit nichts Richtiges anfangen."

"Was hast du denn gesehen?"

"Ich zeige es dir. Am besten schauen wir das auf dem Bildschirm von deinem Notebook an. Auf meinem Mobile erkennt man es nicht so genau."

Immanuel schlug die Hände vors Gesicht, als über den Apple-Bildschirm, den sie auf dem Esstisch gestartet hatte, das Video der Entführer lief und Ulrikes erstarrtes Gesicht langsam heranzoomte.

"Komm, schau mal, Papa", bat Viktoria und stoppte das Video. Als sich Immanuel mit einem Seufzer dem Bildschirm zuwandte, ließ sie die Bilder wieder laufen. Dabei zeigte sie auf die Hände der Gefangenen, die die ominöse Tafel "Gefangene der Befreiungs-Armee der deutschen Reichstreuen" hielten. Immanuel schaute ratlos erst seiner entführten Frau ins Auge und dann auf ihre Hände, die unruhig auf den Rahmen der Tafel klopften.

"Bemerkst du was, Papa?"

"Nein, was soll ich da bemerken?" Er schüttelte den Kopf. "Die arme Mama ist total nervös, das sieht man ihren Händen an."

"Aber schau doch mal genauer hin. Das ist nicht einfach nervöses Trommeln ihrer Finger."

"Sondern?"

"Sie spielt Klavier."

"Was?"

"Stellt man sich unter ihren bewegten Fingern Klaviertasten vor, dann spielt sie eine sinnvolle Folge von Tönen."

"Und was? Was für Töne?"

"Du müsstest dir schwarze Tasten unter ihren Fingern vorstellen."

"Ich verstehe immer noch nicht, Vicki."

"Mamas Bewegungen der rechten Hand entsprechen genau dem Fingersatz der Tonfolge in den ersten beiden Takten von Chopins Ges-Dur-Etüde, die ich so oft gespielt habe."

"Ah, du meinst die schwarzen Tasten?"

"Ja, genau!" Viktoria geriet in Eifer. "Die rechte Hand spielt die Sechzehntel-Triolen, und die Linke deutet die drei Begleitakkorde zu jedem Takt an; jedenfalls bewegt sich die Linke im entsprechenden Rhythmus, und die Fingerhaltung sieht so aus, als schlüge sie diese Viererakkorde an."

"Das kann ich nicht glauben", murmelte Immanuel. "Bist du dir da sicher?"

"Es ist völlig wahnsinnig", sagte Viktoria. "Komm' ich zeig's dir am Flügel, damit du's glaubst!"

Viktoria stand auf und stellte das Notebook dem Esstisch gegenüber auf den Flügel. Vorsichtig hob sie den Deckel hoch, zog den alten roten Tastenläufer von der Klaviatur und spielte im Stehen die ersten Takte der Chopin-Etüde. Dann setzte sie sich und führte die Sechzehntel-Bewegung noch einmal langsam aus. Mit der Linken fügte sie die Vierer-Akkorde dazu.

Immanuel wollte das noch einmal sehen. Vier oder fünfmal spielte Viktoria die zwei ersten Takte mit den Sechzehntel, immer langsamer, während ihr Vater von der Seite zuschaute und die Bewegung mit Ulrikes Fingerlauf in den verlangsamten Videobildern verglich. Er wollte ganz sicher sein. Schließlich hielt Immanuel wieder beide Hände vors Gesicht und sagte lange kein Wort.

"Was wollte Mama uns da mitteilen?", fragte er schließlich. "Wenn du recht hast, ist es offenbar eine Botschaft."

"Ja, sicher ist es eine Botschaft!" rief Viktoria und schloss verzweifelt die Frage an. "Aber welche?"

"Darüber müssen wir nachdenken. Vielleicht kann uns Samuel dabei helfen, der alte Hartschädel und Schlaukopf."

Immanuel war eingefallen, dass sich der Freund des Hauses, Ulrikes Richterkollege Samuel Papenfuß, für einen kurzen Besuch gegen sechzehn Uhr angemeldet hatte. Es blieben nur noch ein paar Minuten. Viktoria half ihrem Vater, den Tisch zu decken und Kaffee vorzubereiten. Immanuel hatte eine Kollektion von farbigen Petits Fours besorgt. Viktoria verteilte sie auf der großen weinroten Kuchenplatte, während Immanuel den Kaffeeautomaten unter Dampf setzte.

Richter Papenfuß kam pünktlich in einer Zweierkolonne. Zwei BKA-Leute begleiteten ihn. Er selbst stieg nicht ganz mühelos aus einem zwergigen Smart-Auto, während die Schutzmänner in einer schwarzen Limousine sitzen blieben.

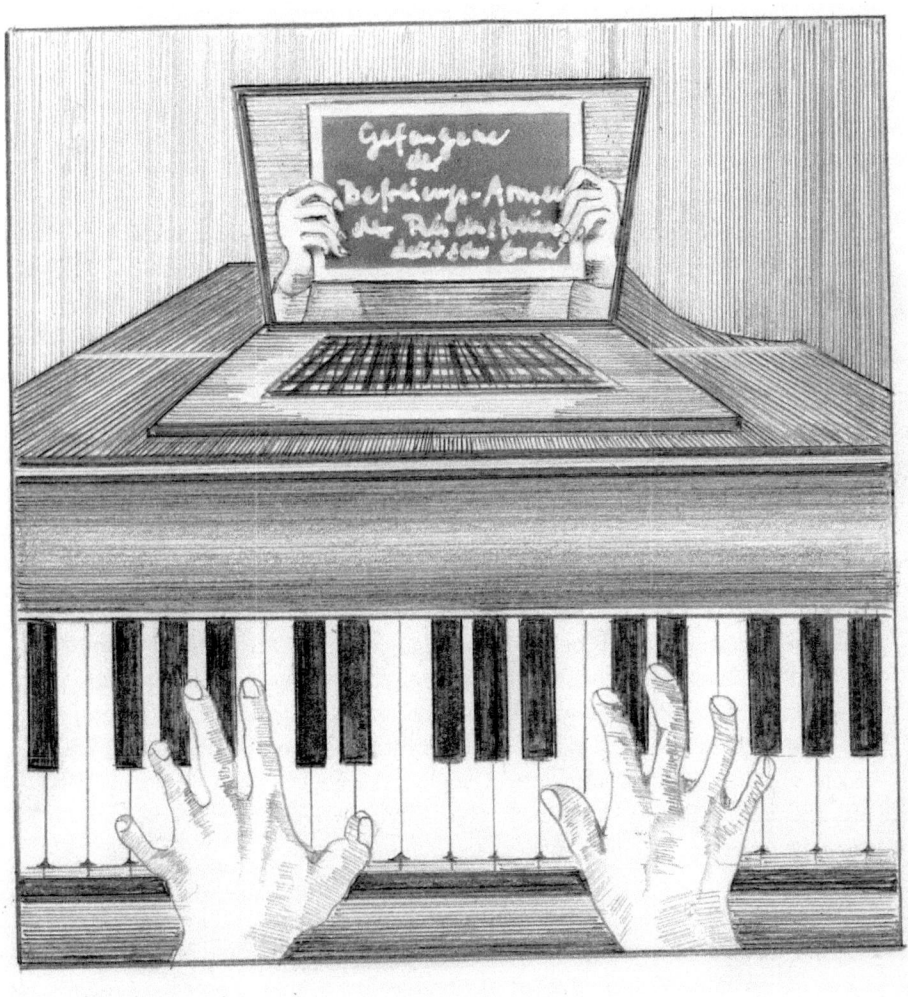

"Wo ist denn Euer Richter-Hund, der mich sonst als erstes begrüßt", wollte Papenfuß gleich in der Tür wissen.

"Er ist auf und davon", antwortete Immanuel betrübt. "Vermutlich ist er ausgerissen bei der Durchsuchung des Hauses durch Polizeibeamte, die hier nach der Entführung ihr Unwesen getrieben haben."

"Das ist aber doch ganz gegen die Hundenatur und ihre unverbrüchliche Treue", meinte Papenfuß. "Hoffentlich ist er nicht auch entführt worden."

Der joviale Gast mit seiner offenbar unverwüstlichen guten Laune lächelte die Landschaft der verschieden farbigen Petits Fours auf der Tortenplatte genussvoll an. In seinen weit geöffneten Augen sammelte sich ein lustvolles Glänzen, und am Rande seiner von feinem weißem Flaum genährten Caesar-Frisur schickte die Vorfreude zarte Schweißtropfen voraus. Dann aber zügelte er sein genießerisches Mienenspiel, da es nicht zu der gedrückten Stimmung der Familie passte, und fragte die beiden einfühlsam, wie ihnen denn gehe.

"Nun, ich kann es mir denken", sagte er nach einigen Augenblicken in das bekümmerte Schweigen hinein. "Ich bin ja gekommen, um Euch etwas Mut zuzusprechen. An einen schlimmen Ausgang der Sache glaube ich nicht. Politisch wird es wirklich furchtbar, wenn die FBD-Leute die Wahl gewinnen, aber wir werden keine Menschenleben zu beklagen haben. Das glaube ich nicht. Ich bin mir außerdem sicher, dass das Verschwinden Ewald von Kleists in Guatemala mit der ganzen Aktion zusammenhängt und sich irgendwann aufklärt."

Es folgten noch ein paar weitere ermutigende Sätze, aber dann unterbrach ihn Viktoria und deutete hinüber zu ihrem Apple-Rechner auf dem Flügel, wo ein Notenblatt den Bildschirm schonte, und erzählte Papenfuß, was sie eben zuvor ihrem Vater erklärt hatte. Papenfuß wollte diese Botschaft auch sehen und hören, und er zeigte sich ehrlich verblüfft, als er die Fingerbewegungen der entführten Ulrike Kleist mit dem Notenbild der ersten Chopin-Takte abglich. Man konnte meinen, dass der armen Gefangenen in dem Video allmählich die Finger schmerzten, so häufig musste sie die Triolen auf dem Tafelrahmen für die Video-Beobachter wiederholen.

"Wie großartig ist diese Frau!" sagte Papenfuß, nachdem selbst ihm erst einmal das Staunen die Zunge blockiert hatte. "Das habe ich immer schon gewusst. Sie ist unsere beste und scharfsinnigste Juristin, und für ihre Königsberger Klopse mit der grünen Soße verdient sie einen ganzen Sternenhimmel; aber das hier ist das Allergrößte. Nur, habt ihr diese Botschaft denn verstanden? Was will sie uns damit sagen? Sie richtet sich ja wohl nicht an die Musikexperten und Chopininterpreten?"

"Es kann so vieles bedeuten", meinte Viktoria eifrig. "Diese Chopin-Etüde spielt in fast allen unseren Beziehungen eine Rolle. Sie heißt ja französisch 'Touches Noires', und ich habe sie zuletzt sicher hundertmal gespielt, bis die Familie und sogar unser Hund Reißaus nahmen. Sie erinnert mich aus vielen Gründen an meinen toten Freund Osei Tutu, der das Stück immer wieder hören wollte..."

Viktoria kamen neue Tränen.

"Ihr schwarzer Freund scherzte gerne damit", erklärte Immanuel, "dass das Stück ein wenig rassistisch sei, weil nur die schwarzen Tasten gespielt werden. Da könnte eine Verbindung bestehen, aber welche?"

"Was ist denn mit Deinem Freund, Viktoria?"

"Weißt Du nichts von Osei Tutus angeblichen Selbstmord?" fragte Immanuel überrascht. "Hat Ulrike mit dir nie davon gesprochen? Wir haben Gründe zu vermuten, dass er ermordet wurde. Es läuft daher ein Beschwerdeverfahren gegen den Polizeibericht, der die Umstände seines Todes für ausreichend ermittelt erklärt hat. Es gebe keinen Anhaltspunkt für ein Fremdeinwirken, und Osei hat einen Abschiedsbrief hinterlassen."

"Und was, vermutet ihr, wären die Motive der Täter?"

"Osei wurde zuvor auf Veranlassung des Bundesanwalts und vermutlich der CIA überwacht. Er galt als terroristischer Gefährder und wurde auch als Freund der Tochter Ulrikes beschattet."

"Und weshalb Gefährder?"

"Er hatte angeblich die Augen von Alfred Einstein geklaut."

"Wie bitte?"

Viktoria erzählte die Geschichte des Michael-Jackson-Vermächtnisses, des angeblichen Einbruchs in die Sycamore Valley Ranch und der Verfolgung durch die CIA. Und sie zeigte Papenfuß auf ihrem Apple-Notebook das Notenbild der kleinen Komposition, die Osei auf seinem Abschiedsbrief notiert hatte und das die Buchstabenfolge 'Beschiss' zu lesen gab.

"Vielleicht hängen die schwarzen Tasten damit zusammen", kommentierte sie.

Papenfuß bat Viktoria die Töne des Abschiedsbriefes auf dem Klavier zu spielen, und er hörte mit etwas schmerzlich verzogenem Gesicht zu.

"Das erinnert mich an Zwölftonmusik und an Gerechtigkeit", sagte er dann. "Die Musik ist gerecht, weil jeder Ton zum Zuge kommt, aber sie klingt furchtbar."

Viktoria lächelte etwas gequält.

"Ich schlage vor, alle Möglichkeiten zu durchdenken", meinte Papenfuß und setzte sich an den Kaffeetisch. "Habt ihr denn sonst noch was entdeckt? Was ist denn mit dieser Spinne? Davon habe ich gelesen."

"Ich glaube nicht, dass Ulrike diese Spinne über die Wand gesteuert hat", Viktoria hatte sich wieder gefasst. "Das ist purer Zufall; aber das Klavier, die schwarzen Tasten, Chopin, Osei, und natürlich ich! Auf so vieles kann sich das beziehen."

"Ja, ganz sicher. Bei Ulrike ist alles durchdacht", nickte der Richter. "Und was ist das Wahrscheinlichste?"

"Keine Ahnung", murmelte Viktoria. "Eigentlich kann es sich nur auf sie und die Erpressung beziehen..."

"...und vielleicht sogar darauf, wer dahintersteckt", ergänzte Papenfuß.

"Auf jeden Fall müssen wir das dem Bundesanwalt Schleicher melden", sagte Immanuel, während er den Kaffee in die Tassen füllte. "Er hat mir eingeschärft, wir sollten ihm jede Information exklusiv zukommen lassen, denn..."

"Ich würde dringend davon abraten", fuhr Papenfuß dazwischen.

"Warum denn das?" wunderte sich Immanuel.

"Ich werde es euch bei anderer Gelegenheit erzählen", sagte der Richter. "Das ist eine längere Geschichte." Dann biss er in eines der kleinen Törtchen und ergänzte nach einer Weile: "Nur so viel: Ich kenne Paul Schleicher schon seit vielen Jahren."

32. Palmström auf dem Seil (Ulrikes Tagebuch 3)

„Der 17. Tag meiner Gefangenschaft! Und bestimmt an zehn Tagen davon gab's öl-triefende Pizza. Ich nehme zu, werde immer passiver, Verstand und Sinne sind zu einem Dämmerzustand gedimmt. Immerhin mindert das auch meine Ängste. Um nicht noch tiefer in diesem Halbschlaf zu versinken, lese ich Kinderbücher, die ich vor ein paar Tagen im Abstellraum unter dem Altpapier gefunden habe. "Biene Maja", "Trotzkopf" oder "Peterchens Mondfahrt", Bücher, die ich mit 12 oder 13 aus mei-nem Bücherschrank verbannt habe. Außerdem fiel mir ein zerfleddertes Exemplar von Karl Mays "Deadly Dust" in die Hände. In gleicher nostalgischer Stimmung klimpere ich Robert Schumanns uralte Kinderstücke, den "Hasche-Mann", den "Rit-ter vom Steckenpferd" oder die "Träumerei". Mein Niedergang liest sich auch an meinen Rückfällen ins Hausfrauliche ab: Fegen, Staubwischen, die winzige Toilette desinfizieren. Wie sinnvoll finde ich das! Liebend gerne hätte ich eine Schürze! Auf der untersten Stufe dieser geistigen Eintrübung werde ich vermutlich das einfache Leben predigen. Aus meinem Mund kommen dann Schwärmereien, wie wunder-bar sparsam man sich unter einem tropfenden Wasserhahn die Haare waschen kann. Und wie man sich mit sogar mit Staub anfreundet. Vor ein paar Tagen bat ich Palmström, mir seinen Arbeitsvertrag über das Kidnapping und die Wächtertätig-keit zu zeigen, um zu schauen, wie die Gefängnisreinigung hier geregelt ist. Doch er antwortete nur mit Kopfschütteln und Knacken der Finger.

Als mein geistiger Zustand noch nicht so stark dem Nichtdenken entgegendäm-merte, habe ich überlegt, meine Meditationen und Exerzitien übers Warten zu no-tieren. Wenn ich Mühe hatte einzuschlafen, schrieb ich in Gedanken in langen Zeilen hintereinander nur das Wort 'warten'. Auf die weiße, etwas feuchte Wand mit der bröckelnden Farbe schrieb ich warten, warten, warten. Ich fing links oben an, mit kleiner Schrift, und setzte Wort nach Wort über die ganze Länge der Wand, erst eine Reihe und dann noch eine und noch eine. Jedes Wort stand mir genau vor Augen. In dieser Vorstellung passte 'warten' etwa hundert Mal auf die Wand von links nach rechts. Dann schrieb ich zur Abwechslung eine Reihe 'Warten auf Godot', etwa fünf-zig Mal, oder danach eine Reihe mit dem Kavafis-Gedicht 'Warten auf die Barba-ren'. Das lässt sich etwa vierzig Mal hintereinander schreiben. Sobald sich bei dieser Übung der Schlaf näherte, traten mir die zwei Möglichkeiten vor Augen, was das Warten beenden könnte, in der Beckett-Variante geschähe einfach nichts, gar nichts, oder in der Kafavis-Variante käme das Schrecklichste heraus, das Morden der Bar-baren. Als ich kürzlich eine oder mehrere Reihen 'Kein Warten auf den Messias'

schreiben wollte, schien sich die Wand dagegen zu wehren. Sie schreibt ihre Mene-
tekel lieber selbst. Das Warten schärft nicht den Verstand, sondern leert auch noch
die Leere. In dieser Leere ist nicht einmal mehr Luft, nur Vakuum. Ich kann nur
leben, wenn ich auch für andere tätig bin. Aus lauter Untätigkeit sorge ich mich um
meinen Wächter oder vielmehr Kerkermeister.

Vor 5 Tagen haben wir dieses elende Video aufgenommen. Palmström, der die
TV-Nachrichten verfolgt und von seinen Auftraggebern auf dem Laufenden gehal-
ten wird, verriet mir, dass über das Video in Politik und Medien diskutiert und spe-
kuliert werde. Ach, du liebe himmlische Gerechtigkeit, vielleicht bewegt sich ja etwas.
Ein Tröpfchen Hoffnung auf der Zunge, das wäre gut. Auch für Palmström. Er zeigt
sich etwas vertraulicher. Und voller Widersprüche. Kürzlich murmelte er, ur-
sprünglich sollte Viktoria entführt werden. Wenig später tat er das als Spinnerei ab.
Er habe es nur so gesagt. Er wäre gerne für seine Tochter gestorben. Und dann
schaute er mich an: Sie doch sicher auch? Sein bizarres Verhalten hängt mit seiner
Krankheit zusammen. Was für ein jammervoller Umstürzler! Trüge er nur nicht
diese Kanonen am Gürtel!

Gestern erzählte er mir aus seiner Lebensgeschichte. Früher hatte er nichts mit
Politik zu tun. Erst in der Heidelberger Klinik fing es an. Von daher käme sein Irr-
sinn. In Heidelberg sei der Irrsinn ansteckend. Er musste sich dort ein Zimmer mit
zwei Männern teilen. Der eine hielt sich für den toten Dichter Christian Morgen-
stern, der andere für den ebenso toten Conrad Ferdinand Meyer. Nur weil dieser
Zimmergenosse auch Meier hieß, glaubte der arme Irre, er säße wie Conrad Ferdi-
nand in der Heilanstalt Königsfelden im Kanton Aargau. Palmströms Geschichte
hört sich melodramatisch an. Seinen richtigen Namen will er nicht nennen, er sagt
nur, dass seine Eltern Lehrer waren. Mit achtzehn Jahren meldete er sich von der
Schule ab und lief von zuhause weg. Er schloss sich einem Zirkus an, der gerade in
der Nähe gastierte. Davon hatte er schon als Kind geträumt. Erst arbeitete er als
Stallbursche und Faktotum. Irgendwann sahen die Zirkusleute zufällig, wie er auf
den Verstrebungen des Zirkuszeltes balancierte. So bildeten sie ihn zum Seil-Akro-
baten aus. Das Turnen und Jonglieren auf dem Seil habe ihm ungeheuer gefallen.
Nur zeigten sich früh bereits die Vorboten seiner Krankheit. Die Symptome traten
plötzlich und unvorhersehbar auf. Immerhin ging es ihm auf dem Seil in luftiger
Höhe gut; in geschlossenen Räumen überfiel ihn die Depression. Die Zirkusleute
hielten das für eine Nebenwirkung seiner absonderlichen Seilkunststücke. Sie lach-
ten, aber sagten nichts, wenn er seine Hängematte zum Schlafen hoch oben im Zir-
kuszelt verknotete. Der Wohnwagen war für ihn die Hölle. Daher heuerte Palmström

nach ein paar Jahren auf einem Kreuzfahrtschiff an, wo er, so oft es nur ging, am Mast empor in die Krähennester kletterte, um mit dem Blick in die fernste Ferne aufzuatmen. Tagsüber bot er den Passagieren Sport- und Krafttraining an, abends turnte er bei Varieté-Unterhaltungen an Bord auf dem Seil. In einem der Bord-Bistros lernte er seine Frau kennen, die dort servierte, und als sie schwanger wurde, suchten sie sich eine Wohnung in der Nähe von Heidelberg. Es war, wie er sagte, seine glücklichste Zeit. Palmström, den seine Frau 'Honeyman' nannte, war in diesen Jahren mit wechselnden Engagements unterwegs, während ihm seine kleine Tochter auf einem ins Kinderzimmer gespannten Seil nacheiferte. Seine Krankheit machte sich in den Jahren kaum bemerkbar, bis das Mädchen, das ihn bisweilen besuchte, im Zirkus vom Seil stürzte und starb. Seine Frau verstummte und erstarrte in Kummer. Er fühlte sich ganz hilflos. Mit der Trauer kehrten die Depressionen zurück. Er konnte die Wucht dieser Schübe nur mildern, wenn er viele Stunden auf dem Seil verbrachte. Er fand einen Zirkus, wo er diese Nummer wochenlang vorführen konnte: Essen, Trinken, Schlafen, Fernsehen, alles auf dem 5 Meter hoch gespannten Seil. Er liebte das Zittern der Zuschauer tief unter ihm. Auf die Idee mit dem Seil als Dauerwohnsitz brachte ihn ein chinesischer Zirkus. Dort übte er einige Kampfsportarten ein, um die Zuschauer auch mit wilden Gesten und Schreien in luftiger Höhe erschrecken zu können. Er lernte die chinesische Wuxia-Kultur kennen und schaute im Fernsehen die Schwertkämpfer-Serie The Return of the Condor Heroes. Einer dieser Helden schläft ebenfalls auf einem Seil. Und dann geschah der Unfall. Wie konnte Palmström, der Tage und Nächte auf dem Seil verbrachte und Rekorde aufstellte, auf einmal abstürzen? Ihm blieb keine Erinnerung an den Sturz. Er meint, es sei passiert, als er wieder einmal träumte zu fliegen. Sein Leben lang habe er Flugträume gehabt, und hoch oben auf dem Seil schienen diese Träume wahr zu werden. Vielleicht, er weiß es nicht, wollte er auch sterben. Der Sturz fünf Meter in die Tiefe ging auf den ersten Blick glimpflich aus. Die Brüche heilten, es blieb nur die Schlaflosigkeit. Das Niederringen der Müdigkeit hatte er auf dem Seil geübt, um das Sturzrisiko bei längerem Schlaf zu vermeiden. Nach dem Unfall wollte er sein Seil im Park der Heidelberger Klinik aufspannen. Aber es wurde ihm untersagt. Das warf ihn wieder aus der Bahn, die schwarzen Tage und Nächte kamen zurück, die Ärzte attestierten ihm Klaustrophobie. Er wollte unbedingt raus, aber, wie er einmal so hochdramatisch erzählt hat, fand er keine zuständige Person. Palmström erhielt Verhaltenstherapie. Und ausgerechnet der Therapeut war Anhänger der "Reichstreuen deutscher Erde" und aggressiv rechtsradikal. Er brachte seine Patienten, auch die verrückten Dichter Morgenstern und Conrad Ferdinand Meyer, unter seinen

Einfluss. Vermutlich unterzog er sie einer Gehirnwäsche. In dieser Verdüsterung und Kraftlosigkeit konnte sich Palmström nicht zur Wehr setzen. Der Therapeut verband die Behandlung und die Gabe der Medikamente mit Indoktrination. Nach ein paar Wochen kündigte er an, er werde den Heilprozess über schrittweise Konfrontation mit den Ängsten beschleunigen. Palmström wurde erst für kurze und dann für längere Phasen eingeschlossen. Tatsächlich fühlte er sich etwas besser. Doch dann bereitete ihn der Therapeut auf die Teilnahme an der Entführung vor. Das gehöre auch zur Therapie, sagte er. Schritt für Schritt erklärte er den Entführungsplan und Palmströms Job dabei. Die über mehrere Wochen hinweg gehende Gefängnissituation hier würde seine Gesundheit wiederherstellen. Überdies sei der Wächter-Job gefahrlos und trüge ihm eine Menge Geld ein. Auch die Versorgung seiner Frau sei sichergestellt. Palmström meinte, dass er für meine Bewachung jede Woche Bitcoins im Wert von 10.000 Euro bekäme, die als Kryptowallet von einer Bank in Guatemala verwaltet würden. Er hat sich zur Teilnahme an dem Verbrechen bereiterklärt. Es folgte zwei Wochen lang ein brutales politisches und mentales Training in einem verlassenen Bauernhof im Odenwald, den die "Reichstreuen deutscher Erde" in Besitz und Betrieb genommen hatten: Zweikampf, Waffen, ideologische Schulung, Desensibilisierung. Die Männer mussten auf Avatars schießen, ihnen die Kehle durchschneiden und eine Reihe von Foltertechniken üben.

Das erzählte er mir, während er die Finger knacken ließ und sich sein Elend nicht nur auf dem zugewachsenen Gesicht, sondern in der geknickten Körperhaltung zeigte. Eigentlich könnte mich das auch etwas beruhigen, aber die Stimmung kann jederzeit wieder umschlagen. Ich fragte ihn, warum er nicht in seinem Zimmer ein Seil aufspannte und sich für Stunden in die entlastende Position brächte.

Er antwortete, dass er außer einem langen Seil auch Tavor und andere Medikamente dabei habe, aber das bringe die Gefahr mit sich, dass er einschlafen und die Kontrolle verlieren würde. Da er mir so leid tat, schlug ich ihm vor, dass er mich ruhig ein paar Stunden einsperren könnte, um in Ruhe zu schlafen. Er wollte nicht. Stattdessen machte er mich gestern darauf aufmerksam, dass man von seinem Leidensgenossen, dem schlaflosen Hund, nichts mehr höre.«

33. Indiskretionen

Mitte der Woche erklärte der guatemaltekische Präsident Hugo Saltamontes, dass er die verschiedenen Regionalpolizeien angewiesen habe, auf der Grundlage des aus Deutschland übermittelten Ersuchens nach dem verschwundenen Journalisten Ewald von Kleist zu forschen. Am gleichen Tag ging bei der deutschen Botschaft in Guatemala City die geleakte Nachricht eines Whistleblowers ein, wonach der längst aufgelöste Armee-Geheimdienst, die *Direccion de Inteligencia Militar*, den Journalisten Ewald von Kleist verhaftet und verschleppt habe. Den Anlass für das gewaltsame Kidnapping bildete ein vom zivilen Geheimdienst, womöglich mit Hilfe der CIA abgefangener Artikel des Journalisten, worin er dem SPIEGEL über die von der Armee unterstützte Wiederansiedlung der einstigen Colonia Dignitad berichtete. Diese einst von Deutschen gegründete Sekte war im Anschluss an ihre Auflösung in Chile nach Guatemala ausgewandert und erfuhr dort erhebliche Unterstützung aus Kreisen der Wirtschaft und der Geheimdienste. Das deutsche Nachrichtenmagazin hatte den Artikel ihres Korrespondenten vorsichtshalber zurückgehalten. Am Mittwoch brachte SPIEGEL-Online einen Ausschnitt daraus.

"Ich hatte Gelegenheit, eine exklusive Gated Community in der Nähe von Retalhuleu im gleichnamigen Departamento zu besuchen. Sie liegt nicht weit vom Pazifik, etwa drei Autostunden von der Hauptstadt Guatemala entfernt. Bereits von Weitem kann man die riesigen Leuchtbuchstaben des Namens Libretierra y Paz-Community erkennen, die im Halbkreis über die hohe Abschottungsmauer laufen. Am Eingang wird der Besucher, wenn er endlich hineingelassen wird, in eine Hightech-Sicherheits-Schleuse wie durch eine Waschanlage geschickt, die ihn vermutlich bis aufs Knochenmark ausleuchtet. Ich war angemeldet und wurde am Ende des Röntgen-Tunnels von einer Pressedame begrüßt, die mich aufklärte, welche Werte die Community vereinten. Das klang so, als spräche der Heilige Nikodemus zu mir, und als sei die Libretierra y Paz-Community der Vorraum zum Reich Gottes. Der jüdische Name des Heiligen Nikodemus, so erklärte sie, sei Naqdemon ben Gorjon. Und nach Naqdemon habe man die Wohltätigkeitsstiftung der Community benannt. Beim Rundgang versuchte ich die Überwachungskameras in allen Winkeln zu zählen, aber bei 100 hörte ich damit auf. Es war genug, um zu erkennen, dass Gottes gütiges Auge die Wohltätigkeit der Kolonie in Batterien von Kontrollblicken genießt. Ansonsten residiert hier fetter Wohlstand! Die Community betreibt nach eigener Aussage ihre Immobiliengeschäfte weltweit, und man lässt deren Erlös im

Namen von Naqdemon ben Gorjon, der einst im belagerten Jerusalem die Bevölkerung mit Nahrung versorgte, wieder in alle Welt gehen. So schön, so verlogen!

Als ich dieser Tage, geleitet von der aufdringlichen Pressedame, zwischen deren Lippen sich wasserfallartig die Ruhmreden über ihre Community ergossen, die prachtvollen Villen der Naqdemon-Wohltäter bewunderte, beschien eine im herrlich tiefblauen Himmel aufgehängte Sonne die große Siedlung, fröhliche Kinder spielten auf sorgsam eingehegten Wiesen und Plätzen, singende junge Frauen scheuerten die automatischen Tore der befestigten Wohnanlagen, und der friedlichste Frieden wehte sanft vom Pazifik her. Es sind alles kubisch geschnittene, glänzend weiße Gebäude mit großen bodentiefen Fenstern. Keine Gärten, nur Zäune, und geradezu ungeheuer wirkt die Sauberkeit. Weit und breit sieht man kein Stäubchen, allenfalls könnte Goldstaub durch die Straßen wehen. Und man kann sich vorstellen, dass das Geld, das hier gewaschen wird, gleichfalls glänzend und keimfrei in Kryptowährung verwandelt wird. Die weit ins Land ausgebreitete Stadt, in der angeblich rund 2000 Menschen leben, wird von einem imposanten hypermodernen Gebäudekomplex beherrscht, in dessen Tower der bekannte Banco Libretierra y Paz prunkt und in dessen raffiniert gestuften angebauten schneeweißen Karrees die Menschenliebe der Fundación Naqdemon ben Gorjon ihre Heimstätte hat.

Ich wäre womöglich dem schönen Schein erlegen, hätte ich nicht zuvor mit einigen Abtrünnigen der Libretierra y Paz-Community gesprochen. Was sie sagten, notierte ich unter dem Siegel der Verschwiegenheit, denn - machen wir uns nichts vor - diese Abtrünnigen werden als Verräter verfolgt, und auf Journalisten meiner Kragenweite warten großzügig gesponsorte Mord- und Totschläger.

Tatsächlich, so hat man mir berichtet, wurde die Community hier vor gut dreißig Jahren gegründet, nicht zufällig im gleichen Jahr 1990, als Chiles blutiger Diktator Pinochet sein Präsidentenamt verlor. Da Pinochet weiter als Oberbefehlshaber der Armee an allen Fäden zog, sorgte er dafür, dass seine Anhänger in der Siedlung Colonia Dignidad, die wegen ihrer zahllosen ruchbar gewordenen und bezeugten Verbrechen aufgelöst werden sollte, unbehelligt blieben, nachdem sie über Paraguay und Honduras umgesiedelt worden waren. Die alten Bruderschaften guatemaltekischer, deutscher, chilenischer und russischer Militär- und Geheimdienste, die sich gerne christlich bekreuzigen und Arm in Arm mit CSU-nahen Waffenschiebern ihre globalen Finanz-, Wirtschafts- und Geldwäscheinteressen vertraten, fanden glücklich wieder zusammen. Die nächste Generation, die jetzt hier die Dinge bestimmt, hat sich von den Vätern und Müttern das faschistische Grundvertrauen, das in jedem korrupten Herzen grünt, treulich bewahrt und pflegt gute Beziehungen zu den Mut-

terländern des Faschismus und Hakenkreuzwesens in Italien und Deutschland.

Nachdem das mafiöse Treiben in den vergangenen Jahrzehnten in vollendeter Mimikry des Anstands und in feingetunter Raffgier zum seriösen Unternehmertum gereift ist, so hat auch hier, wie man aus dem Munde meiner Gewährsleute vernehmen konnte, ein Umdenken eingesetzt. Jetzt verfolgt man eine neue globale Strategie, die den Kampf um die Macht nicht mehr mordbereiten Horden mit Hakenkreuzbinden anvertraut, sondern geduldiger Politik mit langem Atem. Dazu zählt der gezielte Kauf von Zeitungen, TV-Sendern, Rundfunkstationen, Netzprovidern und Energieunternehmen. Man ahnt, was das heißt. Politik unserer Tage ist gereiftes Machtmanagement, das schlau die Anhäufung von technischer, militärischer, medialer und finanzieller Power betreibt. Neuerdings geht es auch darum, große Territorien zu beherrschen.

Hier bei Retalhuleu betreibt die Direccion de Inteligencia Militar des Landes einen Flughafen und eine eigene Ausbildungsstätte für "Spezialkräfte". Wie mir gesagt wurde, werden hier auch ausländische Männer und Frauen trainiert. Es war mir leider nicht möglich, dieses streng bewachte Militärgelände zu besuchen. Ich wäre gerne dem Gerücht auf den Grund gegangen, wonach die Armee oder vermutlich eine vom Geheimdienst, der Direccion de Inteligencia, gelenkte Militäreinheit auch deutsche Mitglieder der Reichstreuen-Armee ausbildet."

Soweit der bei SPIEGEL-Online veröffentlichte Text. Man konnte nur ahnen, welche Mutmaßungen sich daran knüpften. Bereits in der redaktionellen Einleitung zum Artikel fanden sich Andeutungen, wonach das Verschwinden des Journalisten mit diesem Artikel zusammenhing. Und weiter konnte man auf der Social Media Plattform *Leftbehindtruth* lesen, dass man in Regierungskreisen Deutschlands längst einen Zusammenhang zwischen dem Verschwinden des Investigativjournalisten Ewald von Kleist und der Entführung seiner Schwester, der Verfassungsrichterin Dr. Ulrike Kleist, vermute. Allerdings erfolgte wenige Stunden später ein Dementi des Regierungssprechers. Hingegen stellte die Sprecherin des Außenministeriums die Sache etwas vorsichtiger dar als wiederum das Innenministerium, wo man einen solchen Zusammenhang klar zu sehen glaubte. Das Außenministerium zitierte aus einem Memorandum der Regierung Guatemalas. In dieser Mitteilung wies das Büro des Präsidenten alle Spekulationen über illegale Aktivitäten der *Libretierra y Paz-Community* zurück und betonte die intensiven Bemühungen der Sicherheitskräfte des Staates, das Schicksal des deutschen Journalisten aufzuklären.

34. Osei Tutu schrieb an Viktoria

„Berlin, 21. November

Ma belle reine, meine schöne Königin, meine Leibspeise, Du Herrscherin über alle schwarzen Tasten, die sich unter Deinen zarten Fingern beugen, liebste Göttin Viktoria!

Ich muss Dir einen Brief schreiben, denn ich weiß nicht, wann wir uns einmal wiedersehen werden.

Und während ich das schreibe, dreht sich mein Herz dauernd um seine Achse und schlägt oder tanzt, einmal nach vorne und ein paar Mal nach hinten und dann wieder zur Seite, immer dorthin, wo es meint, dass Du dort sein könntest. Weißt Du überhaupt, dass wir uns vor 214 Tagen kennengelernt haben, und dass seitdem mein Herz 18.547.200 mal in alle Richtungen für Dich getanzt ist?

Du hast mir so viele schwere Fragen gestellt. Ach, diese Fragen starren mich an wie wilde Tiere, vor denen ich eigentlich davonlaufen möchte. Irgendwann, so wünsche ich, werde ich sie Dir alle beantworten. Jetzt aber habe ich Angst. Ich glaube, dass jeder meiner Schritte, um das Vermächtnis unseres Königs Michael Jackson zu erfüllen, vom Unglück begleitet sind. Vielleicht ist es ein Fluch. Vielleicht ist unser König Michael beleidigt, weil wir nicht gleich nach seinem Tod unsere Rechte aus dem Testament eingefordert haben? Weißt Du, was jetzt geschehen ist? Der Fluch hat mich erneut getroffen. Und ich will nicht, dass sich die bösen Geister auch an Dir rächen. Du musst mir fern bleiben!

Einige Dinge muss ich Dir aber sagen: Bei der Ausländerbehörde hatte ich vor zwei Monaten eine Verlängerung meiner Aufenthaltsgenehmigung beantragt. Ich hatte Dir erzählt, dass ich im August ausgewiesen werden sollte, weil ich „gesetzeswidrig" für MLML gearbeitet habe. Meine Anwälte hier haben dann jedoch erklärt, dass ich mit dieser Tätigkeit nicht unter das Verbot von § 6 AufenthG (was für ein komisches Wort!) fällt. Als Grund für die Verlängerung habe ich angegeben, dass ich über genügend Sprachkenntnisse verfüge, um hier an der Universität Internationales Privatrecht bei Professor Wildermuth zu studieren. Ich muss doch von Deutschland aus unsere Erbsache in den USA betreiben. Das wollte man mir in der Behörde nicht abnehmen, und ich sollte eine beglaubigte Kopie der Urkunde vorlegen. Daher habe ich in Yamoussoukro den Maître Claude Arsène B'mbilla damit beauftragt. Aber was machen die Leute dort? Sie schicken nach 2 Monaten der Kanzlei Ebner Stolz Management das Original mit dem Vermerk, dass diese Kopie mit dem Original übereinstimmt.

Als ich dann wieder bei der Ausländerbehörde vorsprach, um dieses Missgeschick zu erklären, nahm die Beamtin das für ihre Augen ungültige Dokument zu den Akten, um die Angelegenheit mit der Amtsleitung zu besprechen. Als ich daraufhin heftig protestierte, wurde mir erneut der Widerruf der Aufenthaltsgenehmigung angedroht.

Dieser Tage erhielt ich vom Landesamt für Einwanderung die Mitteilung, ich solle dort vorsprechen. Die Behörde würde meinen weiteren Aufenthalt genehmigen. Allerdings müsste ich mich für ein klärendes Gespräch mit einem Bundesanwalt bereithalten, da aus den USA eine für mich nachteilige Auskunft eingegangen sei. Also war ich gestern dort und wurde von diesem Staatsbeamten befragt. Und zwar fragte er mich nach Dir! Ob ich eine Viktoria Kleist kenne, Tochter einer Verfassungsrichterin, die an der Musikhochschule in Dresden studiere; ob ich wüsste, dass sie dort Mitglied einer Antifa-Gruppe sei (oder „wäre"? - ach, diese Konjunktive!), die bereits mehrfach wegen Ordnungswidrigkeiten und Widerstand gegen die Staatsgewalt aktenkundig geworden sei oder wäre. Warum befragt er mich über Dinge, die er selbst weiß? Das war mir schon in der Schule ein Rätsel: Warum fragen die Lehrer nach Dingen, die die selbst wissen?

Daraufhin habe ich alles über Dich gesagt, was ich weiß: wie schön Du bist, wie herrlich Du Chopin spielen kannst, wie wunderbar leicht Deine Finger die weißen Tasten, und erst recht auch die Schwarzen berühren. Ich habe ihm aufgezählt, wann und wie oft wir uns geküsst haben, im ersten Monat gar nicht, im zweiten 76 mal, im dritten 172, im vierten 588 und seitdem noch viel häufiger, insgesamt 2645 mal. Aber ebenso schön wie Deine Küsse ist es, Deine Hände zu halten! Beim ersten Mal ging mitten am Tag eine zweite Sonne auf. Ich habe dem bleichen Beamten vor mir geraten, einmal die Hand einer schönen schwarzen Frau zu berühren, damit er sich verwandelt und sich alle rassistischen Schuppen von seinen Augen lösen und zu Boden poltern. So könnte er auf einmal spüren, welch göttlich harmonischen Tierchen wir Menschen sind.

Ich habe ihm von unseren Spaziergängen erzählt und von unseren Fragen, wie sich Afrikaner und Deutsche, wie sich Männer und Frauen und dicke und dünne und große und kleine und junge und alte Menschen unterscheiden, nämlich gar nicht, wenn sie zusammen tanzen. Ich sagte ihm dann, wie Deine Liebe zu mir angefangen hat, als ich Dir erzählte, dass wir Anjyi eigentlich ein tieftrauriges Volk sind. Wir kommen alle mit sehr schweren Herzen auf die Welt, als wären sie aus steinernem Kummer, oder vielleicht tragen unsere Herzen nur einen schweren schwarzen Zylinder, wie unsere Köpfe bei Trauerfeiern; doch, wenn wir geliebt wer-

den, dann werden sie leicht und beginnen zu tanzen. Und weißt Du noch, wie ich damals im Grunewald ein wenig übermütig stehen blieb und meine Hand ans Herz hielt, weil es gerade anfing zu tanzen? Es war eine kleine List dabei, ich gebe es zu, und ich habe es auch diesem bleichen Staatsmann gestanden. Ja, erinnerst Du Dich? Dann nahm ich Deine Hand, weil Du mein Herz ohne Zylinder doch auch beim Tanz spüren wolltest, und da konnte ich in Deinen Augen sehen, wie Du wünschtest, dass ich nicht mehr traurig sei oder bin oder wäre, und so blieb Dir gar nichts anderes übrig, als mich zu lieben.

Das wollte der Staatsmann alles gar nicht hören, aber ich habe ihm dann einfach gesagt, dass ich auch allerlei aus Eurer WG verraten könnte. Das wollte er unbedingt wissen, und dann habe ich losgelegt. Ich habe das Mona-Lisa-Plakat in Eurer Küche beschrieben, das alte rote Sofa, den lauten Kühlschrank, und alle von euch habe ich aufgezählt, welche Instrumente Ihr spielt, was Ihr studiert. Von František und seinem Xylophon, vom schönen blonden Luigi, in den Du doch mal verliebt warst (war das schon Geheimnisverrat?), von Maximilianes Posaune, Jennys Cello, Lezlies Big-Data-Theologie, Dustys Staub-Ausstellung und von der Aufführung Deiner Komposition, den December Twilight Sounds. Erinnerst Du Dich noch daran, wie Ihr mir die Sounds einmal vorgespielt habt und wie ich dazu nach ivorischer Art Soukous getanzt habe? Das habe ich natürlich auch erzählt. Aber er wollte noch mehr von Dir hören, und dann habe ich Dein Zimmer und Dein Bett beschrieben, dass beides viel zu klein ist für Dich, weil Du so schön, und groß und rund bist und immer dicker und schöner wirst, weil Du vielleicht auch ein wohltemperierter Flügel werden möchtest, so groß und vielleicht auch so schwarz, weil Du einen Schwarzen liebst. Und wie sehr ich mir wünsche, eine Deiner schwarzen Tasten zu sein.

Und dann habe ich ihm gesagt, dass ich es liebe, Deine weißen Hände auf meiner Haut zu sehen, dass mich Deine Finger an die Blätter einer Lilie erinnern, aber dass Deine Brüste noch weißer sind, weißer als die Gewänder der Himmlischen oder als der Bart Eures lieben Gottes, und wenn Du auf mir liegst, wird meine Haut vor lauter Liebe zu Deiner weißen Haut noch schwärzer. Und wie er nun immer mehr von Dir wissen wollte, erzählte ich ihm, dass wir demnächst zusammen an die Elfenbeinküste ziehen werden. Ja, dort wird mein König Amon N'Douffou alle zur Hochzeit einladen und wir werden danach zwei Tage und zwei Nächte lang Apkessi essen und mit allen Ivorern unter der Musik von hundert Trompeten und Trommeln tanzen. Anschließend beziehen wir ein herrliches weißes Haus direkt am Meer, von wo man über den Atlantik bis nach Panama sehen kann, und von wo aus wir bis in die äußersten Winkel des Nachthimmels schauen, wo die weißesten Sterne und die

schwärzesten Löcher kreisen, und nicht weniger tief in die Abgründe des Meeres, wo die blauen Malawibuntbarsche und gestreiften Prachtlärpflinge tanzen. Und Du wirst überall in Afrika Klavier spielen, in den Wüsten, im Urwald, auf Bäumen und Pyramiden, meine sieben Brüder werden Deinen Flügel durch alle Länder des schwarzen Erdteils tragen, Du wirst überall die schwarzen Tasten spielen, und ich werde den Zuhörern erklären, was das für eine Zaubermusik ist. Und dann werden wir fünf weiße und fünf schwarze Kinder bekommen, die alle Klavier oder auch andere Instrumente spielen, so laut und so schön, dass es durch die ganze Welt schallt.

Ach, meine schöne dicke Königin Reine Obiri, natürlich habe ich das alles nicht gesagt, kein Wort davon. Ich sage es Dir, meiner Königin und Richterin und Advokatin. Du wirst mich vor den Henkern bewahren, wie Du mich vor der Traurigkeit bewahrt hast. Eines Tages werde ich alle Deine Fragen beantworten, und vielleicht wird dann doch noch alles gut. Aber jetzt spüre ich den Hinterhalt der tückischen Geister. Einer von ihnen war dieser Staatsanwalt. Er wollte mich zu einem falschen Spiel überreden. Daher habe ich diese Sorge um Dich und erst recht, dass man mich erpressen wird. Wir dürfen uns nicht mehr sehen, damit die Dämonen ihre Finger von Dir lassen. Ich spüre immer noch, dass mein Herz leicht ist, es trägt den Zylinder immer noch nicht, obwohl der Fluch alles zu zerstören beginnt. Wird er unsere Liebe verschonen, meine allerschönste und allerrundeste Königin? Ach, wie liebt er Dich, Dein schwarzer Osei!"

35. Präsidenten rätseln über ein Knacken und ein Bundesanwalt geht auf Fernreise

Gleich zwei Tage, nachdem der guatemaltekische Armee-Geheimdienst, die *Direccion de Inteligencia Militar*, den Journalisten Ewald von Kleist verhaftet und verschleppt hatte, lud der Generalbundesanwalt Gracchus zu einem informellen Gespräch in seinen Salatsieb-Dienstsitz ein. Nach und nach versammelte sich die Runde: die Staatssekretärin im Innenministerium, Gräfin von Langenfeld, Präsident Feyerling vom Bundeskriminalamt, die Präsidentin Köhnlechner vom Bundesamt für Verfassungsschutz mit der Leiterin der Informatik-Abteilung in ihrem Amt, Amira Pahlewi, Präsident Sonnenmoser vom Bundesverfassungsgericht, Richter Rabenhorst vom 2. Senat am BVG, sowie vom gleichen Senat der dienstälteste Richter Papenfuß. Der Smalltalk der Wartenden streifte besorgt das saisonal ungewöhnliche Wetter und den Klimawandel, und ließ sich dann von guten Börsenkursen in Stimmung bringen. Durch die oberen Fenster fiel frühes Frühlingslicht und brachte die eine oder andere Frisur zum Leuchten, bis sich die Damen und Herren im Ring um den Konferenztisch setzten, routiniert ihre kleinen Flaschen mit stillem Wasser öffneten und der jungen umhergehenden Hilfskraft ihre Tassen für den Kaffee anreichten.

Der Generalbundesanwalt erhob sich und begrüßte seine Gäste mit angestrengt guter Laune, die in seinen Fischaugen etwas Licht entfachte. Er habe nach den vielen Videokonferenzen das Bedürfnis verspürt, einmal wieder in persönlichen Kontakt zu treten, und er hoffe, dass die Damen und Herren, die aus Berlin herbeigeeilt seien, einen angenehmen Flug gehabt hätten. Er wolle gleich zur Sache kommen: Man habe es ja inzwischen offenbar mit zwei Entführungen zu tun. Dabei teile er die Vermutung des Innenministeriums, wonach zwischen den Entführungen in Deutschland und in Guatemala ein Zusammenhang bestehe, den man zunächst nicht gesehen habe. Inzwischen ließen sich seriöse von unseriösen Informationen nur noch durch subtilsten Galvanismus trennen. Die Regierung Guatemalas lehnte zunächst jede konkrete Äußerung ab; jetzt wisse man jedoch über verlässliche Kanäle, dass Herr von Kleist in der Gewalt von selbständig operierenden Sicherheitskräften des Landes sei. Das sei bedauerlich, aber noch kein Grund zum Eingreifen. Eher schon die vom SPIEGEL lancierte Nachricht, wonach der guatemaltekische Armee-Geheimdienst mit den "Reichstreuen deutscher Erde" kooperiere. Das habe in der Bundesanwaltschaft ebenso wie im

Bundeskriminalamt neue Untersuchungen in Gang gesetzt. Darüber werde er später mehr sagen. Zunächst bat er den BKA-Präsidenten Feyerling um seinen Bericht.

Feyerling war ein jünger aussehender Mittvierziger, der die kindlichen Züge unter seiner angestrengt gefalteten hohen Stirn durch antrainierte Coolness auszugleichen suchte. Aber an den geröteten Wangen des einstigen Saarland-Meisters im Crosslauf ließ sich ablesen, welch große Anstrengung solche präsidiale Lässigkeit erforderte. Seine zuvor in der Hosentasche vergrabene linke Hand tauchte empor, um mit unmerklichem Kraftaufwand seinen Rechner und den Beamer des Raumes zu starten. Als sich anschließend auf der Projektionsleinwand ein schwarzer Adler auf gelbem Untergrund, das Emblem des BKA, scharf stellte, sagte Feyerling:

"Ich bitte um Verständnis, verehrte Kolleginnen und Kollegen, dass ich mich zur Entführung in Guatemala nicht äußern kann. Es ist noch unklar, ob der Herr von Kleist dort von Rechts wegen verhaftet wurde, oder ob er das Opfer einer gewaltsamen Entführung mit politischem oder terroristischem Hintergrund ist. Ich möchte hier unsere Analyse des Entführervideos präsentieren. Die digitale Botschaft der Entführer ist konspirativ über zahllose Netzwerkstationen gelaufen, und ihre Herkunft konnte daher nicht bestimmt werden."

Jetzt tauchten auf der Leinwand eine Reihe von Tabellen und Diagrammen mit fließenden Kurven auf, die der Präsident mit einem Laserpointer ansteuerte und kommentierte:

"Die in den sechs Dimensionen: Stimme, Geräusch, Ton, Raum, Licht, Tageszeit durchgeführten KI-basierte Analysen der Bewegungsprofile von 430 Millionen zufällig ausgewählten Luftmolekülen, zeigen hier, dass die Aufnahme am 19. oder 20. Mai vergangener Woche in einem größeren geschlossenen Raum von ca. 800 Kubikmetern bei Tageslicht um etwa 15 Uhr stattgefunden hat. Aus den meteorologischen, akustischen und lichtphysikalischen Daten errechnen wir für diesen Raum eine Temperatur von 20 Grad bei 40 Prozent Luftfeuchtigkeit. Die Kondensationsfeuchtigkeit der Wände lag nicht höher als die der Raumluft. Wir werten das als Hinweis darauf, dass sich nur wenige Personen in dem Raum aufgehalten haben. Weiter ist die Aufnahme in einem Radius von ca. 50 km mit dem Ort Wörth als Zentrum zu lokalisieren. Dieser Radius ist für eine gezielte Fahndungsmaßnahme wie z. B. die Durchsuchung von in Frage kommenden Gebäuden und Privatwohnungen zu groß. Überdies benötigen wir dafür die Unterstützung unserer französischen Kollegen. Zur weiteren

Präzisierung und zur Abschätzung des Risikos einer möglichen Befreiung fehlen uns nach wie vor Mobilfunkdaten."

"Und was ist mit der Spinne?" fragte Gräfin von Langenfeld. "ich habe ja einen großen Horror vor Spinnen, aber darüber wurde in der Öffentlichkeit heftig spekuliert."

"Diese dämonische Spinne kann ich Ihnen zeigen", antwortete Feyerling. Er ließ die kurze Sequenz aus dem Entführer-Video, wo die Spinne über die weiße Wand huscht, in extremer Verlangsamung laufen, an deren Ende das winzige Insekt im Blow-Up erstarrte. Einen Augenblick überließ er das vielbeinige ockergelbe, mit symmetrisch verteilten schwarzen Krusten gezeichnete Wesen der Schaulust seines Publikums:

"Das ist bekanntlich eine Speispinne," erklärte er im Ton von YouTube-Experten, die alles Belehrende in Leichtigkeit auflösen, "in der wissenschaftlichen Fachsprache heißt sie 'Scytodes thoracica'. Die arachnologischen Experten aus fünf europäischen Ländern stimmten darin überein, dass das Insekt an dem vermuteten Ort, zu dieser Jahres- und Tageszeit mit einer Wahrscheinlichkeit von 1,3 % auftauchen konnte. Es ist ein extrem unwahrscheinliches Tier an einer solchen Stelle. Das erlaubt die Vermutung, dass die Spinne von den Entführern vermutlich als Fake-Animal ins Bild gebracht wurde."

Feyerling unterbrach, weil mit der Spinne auch seine Präsentation eingefroren war.

"Und ist das ihr gesamtes Ergebnis?" nutzte Präsident Sonnenmoser die Pause. "Das ist ja nicht sehr viel und bringt uns bei der Fahndung kein Schrittchen weiter."

"Doch", sagte Feyerling ein wenig übereifrig, "doch, doch, doch, wir haben noch mehr. Und sehr interessant! Die Spektralanalyse des natürlichen und technischen Rauschens in der digitalen Tonspur des Videos hat noch ein Ergebnis zutage gefördert. Allerdings bleiben wir bei der Auswertung dieses Geräuschs auf Vermutungen angewiesen. Im Hintergrund der Gefangenen lässt sich nämlich mehrfach ein unspezifisches Knacken oder Knistern ausmachen. Das könnte darauf hindeuten, dass innen oder außen trockene Zweige gebrochen werden."

Die Spinne verschwand aus der wiederbelebten Präsentation, und machte einem Diagramm mit stark verwischten Kurven Platz.

"Jetzt sehen Sie auf der Leinwand das Schaubild einer Koordinate, an deren x-Achse die Frequenz und an der y-Achse die Stärke von Geräuschen in Dezibel kontinuierlich angezeigt werden", erklärte der Präsident. Gleich darauf ließ sich dieses Knacken vernehmen, und Feyerling zeigte erneut mit seinem Laserpointer auf das Diagramm, wo in der Oszillationskurve die kleinen Peaks der Geräusche sichtbar wurden.

"Sie sehen, dass wir hier ein Geräusch von wenig mehr als 20 Dezibel entdeckt und verstärkt haben", erklärte Feyerling.

Was für ein Geräusch? Die Expertenrunde schreckte kein Welträtsel, und man begann zu spekulieren. Präsidentin Köhnlechner meinte, dass hier gewiss kein Fake vorläge, da doch das kaum vernehmbare Knacken so hightech-mäßig aus dem Rauschen herausgefiltert werden musste.

"Vielleicht ist es auch kein Knacken von etwas Holzartigem, sondern von etwas Technischem. Vielleicht ein Funkgerät?" versuchte es die Informatikerin, Frau Pahlewi.

"Oh, verehrte Frau Kollegin", sagte Präsident Feyerling ein wenig theatralisch empört, "käme nur ein elektronisches Fünkchen aus dem Versteck, so hätten wir sie schon. Die gesamte Region wird funktechnisch überwacht."

"Könnten Sie auch ein Radio entdecken, das auf Kurzwelle empfängt?", hakte Frau Pahlewi nach.

"Nein, das gewiss nicht", antwortete Feyerling etwas gedämpfter.

"Oder es sind einfach ältere Dielen, auf denen jemand geht", schaltete sich Präsident Sonnenmoser ein. "Im Haus meiner Großmutter gab es so einen alten Holzboden. Und der klang ganz ähnlich, wenn man ihn betrat."

"Womöglich knackt jemand im Hintergrund Erdnüsse. Das klingt mir ganz danach", meinte Richter Rabenhorst, der sich lange zurückgehalten hatte.

"Es könnte aber auch ein frisches Brötchen sein", versuchte sich die Informatikerin Pahlewi erneut.

"Vielleicht verzehrt im Hintergrund jemand ein Hähnchen, und er hat einen kleinen Knochen zerbissen", kommentierte Präsidentin Köhnlechner die ins Kulinarische gleitende Debatte.

"Könnte es nicht ein an besondere Intelligenzen adressiertes Zeichen sein, dass es hier noch eine kryptische Botschaft zu knacken gibt?" fragte Richter Papenfuß, und um seine Lippen herum ließ er das Unernste seiner Vermutung noch einmal aufspielen.

Jetzt erhob sich Präsident Gracchus, und wie bei vielen Chefs mit Übergröße machte er daraus ein kleines Schauspiel, indem er sich sorgsam ziehharmonikaartig auffaltete. Aus der Höhe blickte er indigniert durch seine kleine Brille, und seine Fischaugen kehrten wieder etwas stärker das Füchsische seines Wesens hervor.

"I nähme an, verehrte Kolläge, dess mer die Lösung vun alle krüptische Sache denne Fachleut vum Fach überlasse könne. Habe Se denn noch Frage? Sonst kenne mer dä näxte Schritt überläge."

Tatsächlich meldete sich Richter Papenfuß erneut und wollte von Gracchus wissen, wo er denn seinen eleganten Anwalt Schleicher gelassen habe. Der sei doch durch seine Outfits stets eine Augenweide gewesen. Oder ob der bereits versetzt sei.

"Weswege sollte mer dän Hä Schleischer versetze?"

"Wegen offensichtlicher Untätigkeit", gab Papenfuß sofort zurück, während er noch an einem mikadoartigen Bündel von Salzstangen kaute.

"Des müsse Se emol näher erkläre, Hä Papefuss. Dä Hä Schleischer isch net untätich, e isch auf Dienschtreise no Kwatemala. Do kann er dä Hän Ewald von Kleischt vernehme. Des habe de zuständige Leut vun der Regierung däm Schleischer angebote. De Ausseminischterin hätt jo egäbnislos proteschtiert gäge de Feschtnahme vum Hän vo Kleischt."

Richter Papenfuß lachte laut auf, dass ihn die Umsitzenden erstaunt anblickten.

"Nach allem, was wir wissen", sagte Papenfuß erregt, "ist der gute Mann in den Händen der illegalen *Direccion de Inteligencia Militar*. Über die hatte Herr von Kleist zuvor Informationen gesammelt."

"Un er hett vo allem Infomatione übe de Freie Reischbürger. Des müsse wir do unbedingt wisse!"

"Dann bin ich aber sehr gespannt, insbesondere, ob der Schleicher auch wieder zurückkehrt."

"Wie meine Se des?"

"Ich meine das folgendermaßen. Der Herr Schleicher hat, wie mir erst kürzlich bekannt wurde, den angeblich durch Suizid verstorbenen ivorischen Staatsbürger Osei Tutu mehrfach vernommen und unter Beobachtung stellen lassen. Der Herr Tutu war mit der Tochter unserer entführten Kollegin, Frau Doktor Kleist, wenn ich so sagen darf, intim befreundet. Es gab nach meiner Kenntnis nicht den allergeringsten Hinweis darauf, dass dieser Herr Tutu in rechtsradikale Aktivitäten verstrickt war."

"Dozu hen i nix Näheres ze sage, Hä Kollege", gab Gracchus zurück. "Do hent mer no ka direkte Zesammehäng gsähe."

"Dazu wird es aber höchste Zeit", blaffte Papenfuß zurück.

In der Vorhalle des Behördengebäudes eilte Präsident Feyerling hinter Richter Papenfuß her, der offenbar das Gebäude rasch verlassen wollte:

"Warum sind Sie denn so kritisch mit Herrn Gracchus", fragte er leise.

Papenfuß drängte Feyerling ein Stück zur Seite und antwortete noch leiser.

"Ich traue der Bundesanwaltschaft nicht. Daher sage ich Ihnen jetzt etwas ganz persönlich. Das Video der Entführer enthält noch eine verdeckte Botschaft, die nichts mit dem Knacken oder der Spinne zu tun hat. Sie ist in der Handbewegung der Entführten zu erkennen. Wenn Sie wollen, kann ich Ihnen das an einem geeigneten Ort demonstrieren."

36. Geständnisse auf der Couch 3
(Vom Sack, in dem alles ist)

"Wie geht es Ihnen denn, Frau Kleist? Wie steht es mit Ihrem Verlangen nach Süßigkeiten?" fragte Frau Carus.

Viktoria hatte sich eben seufzend in den weichen Behandlungssessel fallen lassen und die Geruchswolken beschnüffelt, die das Polster hochschickte, während die kleine Therapeutin, die auch heute das übergroße gepunktete Kleid trug, im Hintergrund ihren Stuhl zurechtrückte. Wie viele Patienten mögen hier ihre Seufzer hinterlassen haben, dachte Viktoria, hundert, tausend? Ich sitze auf einem Archiv von Duftmarken, in denen sich Leiden und Kummer abgelagert hat. Aber die Frage der Therapeutin lenkte ihre Gedanken wieder auf ihre eigene Traurigkeit.

"Ach, Frau Carus, ich könnte Tonnen von Geleebrötchen, Honigschnitten, Bonbons, Pralinen, Schokolade, Kuchen, Torten, Kekse und literweise Süßgetränke, Cola, Limo, Himbeersirup, Fruchtnektar in mich füllen", rief sie verzweifelt. "Im Augenblick halte ich mich mit *Rockstar Punched Energy* am Leben. Da sind vermutlich Millionen Kalorien drin. Es ist furchtbar. Aber alles ist furchtbar."

"Das klingt arg. Wir waren doch bereits ein Stück weiter. Haben Sie denn überhaupt noch das Ziel im Auge, Ihre Ernährung umzustellen und aus diesem ewigen Teufelskreis auszubrechen?"

"Ja, unbedingt", antwortete Viktoria heftig. "Es ging tatsächlich auch schon etwas bergauf. Die Sorgen um meine Mutter und um meinen Onkel hatten Osei ein wenig in den Hintergrund gedrängt, aber jetzt ist er wieder da! Mehr als je zuvor!"

"Wieso?"

"Ich habe eine Entdeckung in dem Entführer-Video meiner Mutter gemacht. Haben Sie das gesehen? In dem Video trommelt meine Mutter mit ihren Fingern anscheinend höchst nervös, aber es sieht auch aus wie Klavierspiel, und wenn man ihre Bewegungen richtig liest, dann spielt sie den Fingersatz der ersten Takte von Chopins Ges-Dur-Etüde auf dem Rahmen dieser Tafel nach. Es gibt nicht den geringsten Zweifel daran. Ja, und woran sollen mich die schwarzen Tasten sonst erinnern als an Osei? Anders kann ich diese Zeichen nicht verstehen."

"Das ist ja unglaublich", wunderte sich Frau Carus. "So eine raffinierte Geheimbotschaft! Wie haben Sie die nur entdeckt? Aber vor allem: Was soll sie besagen? Sie meinen, sie bezieht sich auf ihren einstigen Freund? Und jetzt denken Sie wieder unablässig an ihre Apkessi-Genüsse und greifen nach Pralinen?"

"Es verändert die Sache doch vollkommen", Viktoria schüttelte heftig den Kopf. "Es besteht irgendein Zusammenhang zwischen Oseis Tod und dieser Entführung. Das lese ich daraus. Und neuerdings heißt es, dass auch die Entführung meines Onkels damit zu tun hat. Mir gehen aber jetzt ganz andere Dinge durch den Kopf."

"Sprechen Sie doch davon, wenn es Sie nicht zu sehr belastet", ermunterte die Therapeutin.

"Es liegt mir wie ein Fels auf der Brust," antwortete Viktoria, "aber ich muss es loswerden. Wissen Sie, mit Osei war ich am Ende regelrecht blind oder wollte meinen Augen nicht trauen. Denn wenige Wochen vor seinem Tod hatte er sich spürbar verändert. Er war noch liebevoller als sonst, schenkte mir Blumen, aber er war stets in Gedanken, immer abwesend und oft sehr traurig. Wir hatten viele gemeinsame Pläne. Ursprünglich wollte er mit mir nach Krindjabo in der Elfenbeinküste, wo er herkommt, um mich seinen Eltern vorzustellen. Das hat er dann aber verschoben, ohne mir richtig zu erklären, warum auf einmal nicht mehr. Als ich ihm in dieser Zeit einen Freundschaftsring schenkte, hat er ihn ganz gerührt angenommen, aber er wollte ihn vorerst nicht tragen. Meinen Eltern wollte er auch nicht vorgestellt werden. Das müsse er sich erst verdienen, sagte er dazu. Ich hätte etwas merken müssen. Dann hatte er mich Anfang Januar zu einem Konzert afrikanischer Musiker in Hamburg eingeladen, aber anders als sonst bei afrikanischer Musik hörte er geradezu teilnahmslos zu, fragte nur, ob mir die Musik gefiele. Und dann in der Nacht passierte es. Ich lag wieder lange wach und hörte, wie er sich im Traum unruhig bewegte und dauernd murmelte 'I'm not a traitor, I'm not a traitor'. Ich habe ihn geweckt, weil er schweißgebadet neben mir lag, aber er konnte oder wollte nicht sagen, was er geträumt hatte. Er beruhigte mich dann wieder, nahm mich in die Arme und schwor, er wolle dafür sorgen, dass mir nie ein Leid zustößt."

"Sie haben damals auch an Schlafstörungen gelitten?"

"Nein, eigentlich nicht", antwortete Viktoria zögernd. "Osei hat mir zum Einschlafen schöne und lustige Geschichten erzählt. Es war wie bei meiner Mama früher."

"Was waren das für Geschichten?" Das war keine therapeutische, sondern eine neugierige Frage.

"Eine Einschlafgeschichte zum Beispiel", erinnerte sich Viktoria, "wie die Geschichte vom Sack, in dem ALLES ist. Ich kann es aber nicht so schön erzählen wie Osei. Ein Mann mit einem schweren Sack auf dem Rücken kommt in ein Gasthaus und bittet die Wirtin, ihm etwas umsonst zu essen zu geben. Wieso ganz umsonst? Hast du denn da kein Geld in deinem dicken Sack? Doch, aber ich kann es dir nicht geben. Warum? Alles, was im Sack ist, muss wieder dahinein zurück. Ein Wundersack! Aber was ist denn drin? Was steckt in dem Wundersack? Alles! antwortete der Gast. Alles! Wie alles? Ja, alles! Dann zeig es mir! Ja, gerne, aber erst möchte ich etwas zu essen haben. Die Wirtsfrau war sehr neugierig. Sie servierte dem Gast eine köstliche Mahlzeit, und als er fertig war, verlangte sie, dass er ihr etwas aus dem Alles-Drin-Sack zeigen sollte. Ja, bitte, was soll ich dir denn zeigen? Ja, zeig mir das Geld, das wieder hineinmuss! Ach nein, kein Geld, ich möchte lieber einen Goldklumpen sehen! Zeig mir einen Goldklumpen! Der Mann griff in den Sack und holte einen dicken glänzenden Goldklumpen hervor. Die Wirtin wollte danach greifen, aber der Mann legte den Klumpen gleich in den Sack zurück und fragte, was die Wirtin sonst sehen wollte. Die Wirtin war fasziniert von dem Sack und überlegte. In dem Sack konnte doch nicht alles sein. Einen Stern, verlangte die Wirtin. Der Mann griff in den Sack und hielt tatsächlich einen funkelnden hellen Stern in der Hand. Die Frau staunte nicht schlecht, aber sie glaubte immer noch nicht, dass wirklich alles in dem Sack wäre. Also dann hol doch den lieben Gott aus deinem Sack! Der Mann legte den Stern zurück und holte aus dem Sack ein winziges Männchen, das auf seiner Hand stand. Wie das soll Gott sein? lachte die Wirtin. Ja, ich bin der liebe Gott, sagte das kleine Männchen auf der Hand des Mannes und lächelte göttlich. Dann kannst Du auch Wunder tun, fragte die Frau. Klar kann ich das, sagte der kleine Gott, sonst wäre ich ja nicht Gott! Aber ich tue nur Wunder, wenn der Wunsch gut ist für die Menschen. Außerdem geht er erst in Erfüllung, wenn ich wieder im Sack bin. Gut, lieber kleiner Gott, sagte die Wirtin, ich wünsche mir meine Seligkeit. Steck den kleinen Gott wieder in den Sack, sagte sie zu dem Mann, und hol mir meine Seligkeit heraus. Der Mann setzte den kleinen Gott vorsichtig in den Sack, aber er warnte die Wirtin, dass das nicht so einfach sei mit der Seligkeit. Doch die Wirtin bestand darauf, und als er Mann ihre Seligkeit aus dem Sack holte, da schlief die Wirtin ein und wachte nicht mehr auf. Solche Märchen erzählte mir Osei zum Einschlafen."

"Ein seltsames Märchen. Hat es denn gewirkt?"

"Nicht so richtig, aber das Wort Seligkeit hat mir so gut gefallen, dass ich begonnen habe, darüber nachzudenken. Er hat mich zum Träumen gebracht."

"Aber jetzt möchte ich doch gerne wissen", bohrte Frau Carus weiter, "was meinte ihr Freund damit, dass Ihnen kein Leid zustoßen würde? Haben Sie eine Vermutung?"

"Nein, eigentlich nicht, oder vielleicht doch", sagte Viktoria zögernd. "Damals habe ich nicht weiter darüber nachgedacht und auch nicht genauer gefragt. Er hatte ja diese Probleme mit dem verfluchten Vermächtnis von Michael Jackson. Mit verschiedenen Tricks hatte man ihm das Dokument abgeluchst. Unter anderem wollte man ihn bestechen. Man hat nämlich illegal das Dokument beschlagnahmt und üble Bedingungen an die Rückgabe geknüpft. Da war Osei total verzweifelt. Darauf habe ich das bezogen. Und wohl nur aus blinder Liebe. Inzwischen ist es eine böse Ahnung."

"Glauben Sie also, dass diese Traumrede 'I'm not a traitor' mit Ihnen zu tun hat?"

Viktoria schwieg. Das war die Schicksalsfrage. Für Momente schien alles in ihr und in dem Raum zu erbeben. Ihr Herz schlug auf die Pauke, die Hände zitterten, und mit dem Beben schien sich die Kredenz auf dem Flügel kurz zu erheben, die Künstlerbüsten wankten, die Kerzenhalter, die gestickte Decke auf dem Beistelltisch, der Notenständer, ja, die Bücher in den Regalen schütteln sich. Sie blickte zurück, ob auch ihre Therapeutin wankte. Sie sah aber nur den ruhigen Schatten von Frau Carus, weil sie vom Fensterlicht geblendet wurde. Die alte Dame schien noch fest im Sessel zu sitzen, aber Viktoria hätte gerne in den Hieroglyphen-Falten der alten Dame gelesen. Dieser Satz im Traum! Das war doch die Frage aller Fragen. Ja, hatte sich Osei für sie geopfert?

"Ich glaube inzwischen, dass der Angsttraum mit mir zu tun hat", sagte sie leise. "Osei wollte mich beschützen. Das ist etwas Besonderes. Wenn in der Agni-Sprache, das hat er mir erklärt, ein Mann zu einer Frau sagt 'Ich beschütze dich'. bedeutet es 'Ich liebe dich'. Dazu hat er mir erzählt, warum in dem alten Reich seines Agni-Volkes die Könige und Königinnen nie öffentlich oder laut gesprochen haben. In Gegenwart anderer schwiegen sie stets. Diese Stummheit wirkte in dem geschwätzigen Volk wie das Schweigen der Götter. Dafür hatten die gekrönten Oberhäupter einen Sprecher, der für sie das Wort ergriff, und wenn etwas falsch lief, dann hat man nicht den König dafür verantwortlich gemacht, sondern den Sprecher, der natürlich nur das gesagt hat, was ihm der König aufgetragen hatte. Aber so galt der König als fehlerlos und heilig. Und Osei nannte mich oft französisch 'reine', nämlich 'Königin', aber auch deutsch die "Reine". Er wollte mein Sprecher sein, damit ich, wie er meinte, rein und unantastbar bliebe."

"Oh, das ist die vollkommene Liebesgeschichte", fuhr es aus Frau Carus heraus.

"Oder die vollkommene Tragödie", antwortete Viktoria immer noch leise. "Eben hatte ich das Gefühl, dass alles in mir und außer mir erschüttert ist."

"Kein Zweifel, das wirkt machtvoll und tief in ihnen nach."

"Manchmal glaube ich auch, dass er aus mir spricht. Das ist verrückt. Ich habe das Gefühl, dass ich schutzlos bin, seit er nicht mehr lebt. Und ich glaube, mit ihm hätte es diese Entführung nicht gegeben."

"Und daher haben Sie sich eine schützende Hülle wie einen Panzer angegessen."

"Da fällt mir aber noch etwas ein", sagte Viktoria, nachdem sie über diese Deutung nachgedacht hatte.

"Ich sah Osei zum letzten Mal, als er kurz darauf Mitte Januar noch einmal bei uns in Dresden war. Das war beim Abschied auf dem Bahnhof. Er hatte schon vorher in einem Brief gemeint, wir dürften uns nicht mehr treffen. Weil seine Sache mit dem Testament von Michael Jackson so katastrophal lief, glaubte er sich von bösen Geistern verfolgt. Er wollte nicht, dass es diese Dämonen auch mich absehen. Er wollte mein guter Dämon sein. Obwohl er danach gleich geweint hat, wirklich liefen ihm die Tränen über die Wangen, und ich konnte ihn nur umarmen. Es waren Abschiedstränen, dachte ich."

"Sie meinen, er ahnte seinen endgültigen Abschied?"

"Ich weiß es nicht, aber jetzt gehen mir seine letzten Worte wieder durch den Kopf. 'Taste my black tears', hat er gesagt, als wir uns zum Abschied umarmten. 'Taste my black tears'. Das war wieder so ein Wortspiel mit den Tasten, den schwarzen Tasten natürlich. Daran muss ich dauernd denken. Seine Tränen waren wie Kristalle auf seiner dunklen Haut. Und als ich seine Tränen abküsste, sagte ich ihm, dass sie ganz süß schmeckten. Sie seien reinster Zucker."

Viktoria wühlte in ihrem kleinen Rucksack nach einem Taschentuch. Frau Carus stand auf und holte aus der Schublade ihres kleinen Tischs neben sich eine Packung Papiertaschentücher. Es war dann eine lange Stille, nur unterbrochen von Viktorias Schnäuzen.

Schließlich sagte die Therapeutin leise:

"Und von diesem süßen Geschmack wollen Sie nicht los, oder?"

37. Palmströms Traum (Ulrikes Tagebuch 4)

„Heute ist Sonntag, 23. Tag der Gefangenschaft, bald ist silbernes Jubiläum! Ach Gott, diese totlangweiligen Sonntage! Ich bin in der Stimmung, wie einst als Acht- oder Neunjährige in den Kindergottesdienst zu gehen. Aber der Spiegel sagt mir, wie weit, weit Kindheit und Jugend hinter mir liegen. Sind es Falten oder zeigt der Verschleiß des Spiegels die Signale an? Wieder reichen die "Reichstreuen deutscher Erde" Brötchen und Pizza als Sonntagsbraten. Als hätte Barbarossa im Kyffhäuser von Pizza gelebt. Palmström hat vergeblich nach Abwechslung verlangt. Dafür aber ließ er Noten mit Zirkusmusik besorgen. Ich soll ihm solche Schrammel- und Clownsmusik wie "Manege frei" oder "Criribirbin" von Henry James vorspielen. Ich lasse mich darauf ein, um seine Stimmung nicht ganz ins Schwarze abstürzen zu lassen, weil mir seine Depression Angst macht. Ich habe große Sorge, dass er irgendwann völlig verrückt wird.

Bisweilen redet er auch Dinge, die in diese irrwitzige Richtung gehen. Er träume davon, sagte er kürzlich, dass zwischen ihm und dem Himmel ein Seil gespannt sei, auf dem er diesem ganzen Elend enteilen könne. Es wäre nur die Gefahr dabei, dass er abstürze, in den Abgrund, ins Desaster, aber da sei er eigentlich schon. Vor vielen Jahren, in seiner besten Zeit, habe man ihm das Angebot gemacht, für eine Unsumme von Dollars auf einem über den Grand Canyon gespannten Seil von einer Seite zur anderen zu balancieren. Noch mehr hätte man ihm bezahlt, wenn ihn auch seine Tochter auf dem Seil begleitet hätte. Es war gefährlich, aber er war dazu entschlossen, das Honorar hätte seine Familie von allen Lasten befreit. Dann aber sei seine Tochter im Zirkus abgestürzt, und das habe ihn für seine ganze Seiltänzerei gelähmt. Nur sei dieser Traum immer noch lebendig, und er stellt sich vor, wie er auf dem Seil erst einmal die Ozeane überquert und den Meeresgeruch in sich zieht, dann geht es allmählich höher und höher, himmelwärts, die Lüfte werden reiner, er kann an den Wölkchen schnuppern, die seinen Weg kreuzen und ihn einnebeln, die Vögel betrachten den leichten Tänzer als ihresgleichen und begleiten ihn ein Stück weit singend, und bei jedem Blick zurück, ist die Erdkugel wieder etwas geschrumpft, sie wird immer kleiner, und alle Erdenschwere nimmt ab. Er kann eigentlich schweben in der Leere, er pocht an den Azur, aber dann steigt er am Mond vorbei und an den anderen Planeten, ja, es ist eine Ewigkeitsreise, und je unendlicher und zeitloser und eisiger sich der Raum und der Kosmos öffnen, um so glücklicher wird er sein, und irgendwann erreicht er die spirituellen Substanzen über allem und vielleicht Gott selbst, der ihn dann in seine Arme schließt. Er hat sich diese Wanderung noch in vielen weiteren Details ausgemalt.

Es war eine Traumgeschichte, die ein wenig Leben in seine traurige Züge brachte, und er lüfte dabei sogar kurz seine Insomnia-Kappe. Ich konnte mir aber die Frage nicht verkneifen, wie er als Wanderer im Azur sich den verrückten Erdgetreuen anschließen konnte, die doch alle an ihren Schuhen Ackerkrume trügen. Man sei der Erde dann am treuesten, meinte Palmström, wenn man sie in Ruhe ließe, nicht auf ihr herumtrampele und ihre Schönheit aus der Höhe genieße.

Ich fragte ihn dann, ob er sich auch das realistische Gegenteil seiner Himmelsreise vorstellt, nämlich eine Reihe von Jahren oder gar lebenslänglich im Gefängnis zu sitzen, und dann murmelte er, dass er sich beim Scheitern der ganzen Sache erschießen würde. Für seine Frau sei dann gesorgt. Sie lebe im Pflegeheim St. Quirinus bei Heidelberg. Das sei das Wichtigste. Das brachte er wieder mit leiser gebrochener Stimme hervor, und da wollte ich diese weichen Momente nutzen und fragte, ob er denn ein Foto seiner Frau bei sich habe. Darauf zog der sein Hemd hoch und zeigte auf seiner linken Brust das farbige Tattoo eines weiblichen Kopfes. "Das ist sie", sagte er, "auf mein Herz geschrieben". Und auf die andere Brustseite hatte er sich das Bild der verunglückten Tochter tätowieren lassen. Das war schon ein besonderer Anblick: Zwei Frauentattoos auf der Brust und an der Seite zwei Kanonen am Gürtel.

Erzählen Sie doch mehr von Ihrer Frau! ermunterte ich ihn. Seine Frau heißt Ornella und kommt aus Sizilien. Sie war dort Eisverkäuferin und wusste, wie man köstliches Eis herstellte. Eis mag man auf der ganzen Welt, sagte sie zu ihm, und sie wollte auch diese ganze Welt kennenlernen. So landete sie in der Erfrischungsbar auf dem Kreuzschiff. Als sie hörte, dass er als Artist im Zirkus arbeitete, war sie ganz aus dem Häuschen und wollte in dem Zirkus, wenn er auf dem Seil stand, Eis verkaufen. Sie träumte vom Vagabundenleben. Als sie dann doch sesshaft wurden, möbelte sie ein uraltes Wohnmobil wieder auf. Sie war handwerklich ein Genie und lag noch mit ihrem dicken schwangeren Bauch unter der Kiste. Sie wollte kein Auto, sondern einen Traktor, um mit ihm und der Tochter Mirabella durch Europa zu tuckern. Das haben sie auch mehrfach gemacht. Auf Campingplätzen hat dann Mirabella später ihr Seil gespannt und sich etwas Geld verdient, indem sie in einem rosa Seidenkleid den Leuten ein Tänzchen vorführte. Bis dann im Zirkus das Unglück passierte, war Ornella vollkommen zufrieden.

Und ich fragte weiter: Vielleicht würde seine Frau doch irgendwann ihre Stummheit und Erstarrung überwinden, und dann wäre es auch schön für sie, wenn er nicht im Knast säße, sondern mit ihr reisen könnte. Ich erinnerte ihn noch einmal an die Chance durch einen Rücktritt von der Tat. Das könne er nicht, antwortete er, denn an ihm hingen so viele andere Mittäter, die in der Sache mit drin steckten und auf die Prämien angewiesen seien. Ja, sagte ich, auch Verbrecher begeben sich in moralische Verbindlichkeiten. Das sei mir bekannt. Eine höhere moralische Verbindlichkeit verlange hingegen das Recht.

Und da sah er mich lange an und sagte: "'Verbrecher', sagen Sie. Nun möchte ich bitte von Ihnen wissen: Sind Sie sich ganz sicher, dass Sie mit Ihrem Recht wirklich das Rechte tun? Sind sie sich da ganz sicher? Haben Sie niemals Zweifel?"

Das war ein bislang ungehörter Ton bei ihm, und ich habe lange überlegt, wie ich darauf antworten sollte. Doch, sagte ich, alle Richter zweifeln bis zum letzten Augenblick, aber sie müssen entscheiden über Gut und Böse. Gut und Böse, nahm Palmström das auf, es ist manchmal sinnvoll zu fragen, wer ist schuldiger als der andere. Wichtiger finde ich zu fragen: Wer leidet am meisten?

Das aber kann doch nicht das Recht entscheiden, sagte ich vorsichtig, weil an Palmström irgendwie wieder die düstere Stimmung hochkroch, das Recht kann vielleicht berücksichtigen, welches Leid zu einer Straftat geführt hat. Ja, meinte er, da also das Recht darauf Rücksicht nimmt und die Strafe mildert, dann dürfte es doch folglich keine Strafe geben, wenn das Leiden ganz ungeheuerlich ist. Ihr habt Tarife für Schadenersatz bei Körperschäden festgelegt, ein kaputter Kiefer bringt zwanzigtausend, ein Auge fünfundzwanzig, Amputation hunderttausend, Querschnittlähmung eine halbe Million und so weiter. Warum keinen Tarif für Strafmilderung bei Leiden? Für kleines Leid drei Monate, mittleres Leid ein Jahr, großes Leid drei Jahre, schweres Leid fünf Jahre weniger, unerträgliches Leid Freispruch. Und ich plädiere für mich auf unerträgliches Leid.

Dann bleibt ein Mörder, der unerträglich leidet, straffrei? fragte ich nach. Also wenn Sie mich abmurksen, lassen Sie sich anschließend im Krankenwagen nach Hause fahren? Wer auf der Welt, außer seinen Kumpanen, würde das akzeptieren? Der Richter hingegen muss die Schuld abwägen, wendete ich ein, es ist stets eine Gratwanderung, wenn es gilt, die Schuld und die mildernden Gründe in ein Urteil zu fassen, oder, nein, es ist wie auf einem Seil gehen.

Das aber brachte Palmström auf die Palme. "Jetzt sprechen Sie vom Seiltänzer", schrie er, "reden vom edlen Funambule! Ahnungslos, völlig ahnungslos, sind Sie, keinen Schimmer haben Sie davon, was das für eine Kunst ist, auf den Seil zu stehen, halb schwebend, halb sinkend, in der Höhe, in der Leichtheit, fern, fern, fern, in Himmelnähe, so dass das Murmeln der Zuschauer nur noch wie eine leise Musik ans Ohr dringt. Alle, die mit aufgerissenen Augen staunen, wissen nicht, sie ahnen nicht, welches Himmelsgefühl den Seiltänzer trägt, in ihrer Torheit begreifen sie nicht, wie es ist, die Schwerkraft zu verlachen und den Lüften ähnlich zu werden, denn das schmale schwankende Ding, auf dem der Artist tanzt, hat nichts mehr mit der Erde zu tun, auch wenn man ihn noch sieht, es ist ein anderer Planet, ein anderer Kosmos, eine höheres Leben als sonst irgendwo. Wie wollen Sie, wenn Sie nach dieser Gefangenschaft in ihren dicken bequemen Erdensessel zurückgekehrt sind, was wollen Sie über das Seil salbadern, wo die Schwebekunst zelebriert wird! Was können Sie über die Feiern der äquilibristischen Kunst sagen?"

So ging das minutenlang, es brach aus dem Palmström hervor, bis er wieder erstarrte, nicht mehr mit den Fingern knackte und nichts mehr sagte. Ich fragte, um das Thema zu wechseln, wer denn die anderen Mittäter seien, die davon abhingen, dass er seine üble Rolle unbeirrt zu Ende führte, womöglich auch bis zu meinem Ende. Er schien jetzt aus dieser Ferne zu antworten, in die ihn seine Worte gebracht hatten.

"Es sind viele", murmelte er.

"Ist auch der Morgenstern dabei?"

"Ja, sicher", gab er zurück, "er ist dabei, er sollte ja eigentlich auch ihre Toch..., ach, was sage ich, er sollte ja zusammen mit mir diese Wache übernehmen..."

"Meine Tochter?" fragte ich entsetzt, "sollte auch meine Tochter entführt werden?"

"Ich kann's, ja sagten", rückte er damit heraus, "ja, auch ihre Tochter sollte gekidnappt werden. Es gab diesen Plan, bis der CIA-Fritze intervenierte".

"Was für ein CIA-Fritze?" fragte ich nach.

"Der war auch erst eine Zeitlang in Heidelberg, in der Abteilung für Leute, die an einem Dichterwahn leiden. Sie alle werden in Heidelberg behandelt. Der Mann behauptete, der Dichter Kleist zu sein, er habe sich gar nicht am Wannsee irgendwann vor ein paar Jahrhunderten erschossen. Er sei wie alle Dichter unsterblich und leide an einer Geräuschhalluzination und anderen üblen Störungen. Aber am Ende stellte sich heraus, dass er ein CIA-Agent war, der wie auch immer an dieser ganzen Sache beteiligt war. Oder der vielmehr das Sagen hatte. Wissen Sie noch, wie der Mann hieß? hakte ich nach, und er sagte, er glaube, der hieße Presselbauer oder so ähnlich."

38. Doktor Schade schreibt einen Brief und gibt Viktoria ein Rätsel zu knacken

Als Viktoria am folgenden Freitag von der Musikhochschule in ihre WG zurückkehrte und im vierten Stockwerk nach Luft schnappte, fand sie einen Brief in der roten Nike-Shoe-Box, die als gemeinsames Postfach für die wenigen papiernen Nachrichten diente. Ein Umschlag aus weißem Büttenpapier. Die edle Sendung kam von ihrem einstigen Latein- und Musiklehrer Professor Schade. Was will der denn? Sie setzte sich in die gemeinsame Küche, wo Luigi gerade, italienisch fluchend, die beim Abgießen über den Topfrand geglittenen Spaghetti aus der Spüle fischte. Im einen der Nebenzimmer hörte man Maximilianes Posaune, im anderen František Novotnýs Schlagwerk.

Als sie den Umschlag öffnete und den Büttenbogen entfaltete, fiel Viktoria im vornehm gedruckten Kopf des Briefes die Miniaturpartitur auf:

Sie erkannte gleich die in Noten transponierten Buchstaben von Schades Namen, woraus sie vor vielen Jahren zum 70. Geburtstag ihres Lehrers eine kleine Klavierkomposition gemacht hatte.

"Liebe Viktoria", begann der von einer etwas zittrigen Professorenhand verfasste Brief, "Sie sehen im Kopf dieses Bogens, dass ich Sie - wie könnte ich auch! - nicht vergessen habe. Das ist aber nicht der Grund, warum ich Ihnen heute schreibe.

Ich weiß nicht, ob Sie sich an eine der Lateinstunden erinnern, wo wir über das Akrostichon bei Ovid sprachen. Sie wissen, Akrosticha sind mein Steckenpferd. Seit meiner Dissertation über das Thema lese und höre ich in allen Texten nur die Anfangsbuchstaben der Wörter und fahnde ziemlich besessen nach solchen kryptischen Nachrichten bei Horaz, Vergil oder Ovid. Das Akrostichon findet sich bereits in der hebräischen Bibel, und es wurde im Mittelalter geradezu Mode. Aber ich will Sie jetzt nicht an die süßen Stunden meines Lateinunterrichts erinnern.

Denn ich habe die Videobotschaft Ihrer entführten Mutter mehrfach angehört, und mir ist dabei etwas aufgefallen. Da es sich um ein brisantes politisches und kriminalistisches Thema handelt, will ich hier nicht mehr verraten. Tausend amerikanische Geheimdienstspäher und russische Hackeraugen lesen mit. Schauen Sie doch selbst einmal, ob Sie in den Worten etwas entdecken. Herzliche Grüße von Ihrem alten Lehrer Sternbald Schade."

In Viktorias Kopf bildete sich eine seltene Mischung aus Grübeln und Aufregung. Was, um Himmels Willen, war denn noch mal ein Akrostichon? Sie fragte Luigi, der sich mit seinem dampfenden Teller gerade an den Tisch gesetzt hatte und, im Vorgenuss, leise Engelstöne summend, seine Gabel drehte. Luigi hatte dieses Wort noch nie gehört. Er schüttelte den Kopf so heftig, dass seine langen blonden Haare einen Wirbel bildeten. Ein Italiener mit blonden Haaren! Viktoria war vor einiger Zeit heimlich in ihn verliebt. Als der Haarwirbel wieder zur Ruhe gekommen war, fragte er:

"Ist das eine Krankheit?"

"Ich weiß es nicht mehr", ärgerte sich Viktoria. "Kannst Du mal schauen, ob es das bei ChatGPD gibt?

"Ja, nur lass mich bitte erst mal in Ruhe meine Pasta essen", bat Luigi.

"Deine verdammte Pasta! Hier geht es um Leben und Tod meiner Mutter", schimpfte Viktoria.

Sie stand auf, schickte Luigi einen Mörderblick zu und holte aus ihrem Zimmer den Rechner, den sie mit wütender Heftigkeit auf dem Küchentisch abstellte. Dann gab sie auf ChatGPD die Frage ein "Was ist ein Akrostichon?", und sofort schrieb der hochbegabte Algorithmus seine Antwort auf die Oberfläche: "Ein Akrostichon ist ein Text, in dem die Anfangsbuchstaben mehrerer Wörter oder Sätze gelesen eine vertikale Kette ergeben und oft ein neues Wort oder einen Satz bilden".

"Ach, natürlich, ich wusste es doch! Bitte, Luigi, ich hole noch was zum Schreiben, und dann hilf mir, die Worte, die meine Mutter in dem Video gesprochen hat, aufzuschreiben."

"Warum das denn?" fragte Luigi kauend.

"Weil das vielleicht ein Akrostichon ist", erklärte Viktoria ungeduldig.

Schließlich protokollierte sie die von Luigi zitierten Worte ihrer Mutter aus dem Video: *Heute oder morgen organisieren populistische Reichstreue in meinem Umfeld sicher andere demonstrative Entführungen. Rechtzeitig abgegebene Teilkonzessionen hätten immerhin Chancen.*

Viktoria schrieb die Anfangsbuchstaben hintereinander, und dann kam eine seltsame Folge heraus: *homoprimusaderathic.*

"Was sollen wir damit, lieber Herr Professor Schade?"

Luigi hatte doch eine Idee, was das heißen könnte.

"Das ist vielleicht Latein", meinte er, "*homo* und *primus* sind zwei Wörter am Anfang, aber der Rest ist ein unbekanntes Wort."

"Lateinisch, na klar", bestätigte Viktoria. "Das kommt ja von meinem Latein-lehrer."

"'Homo primus' ist so was wie ein prima Mensch", übersetzte Luigi. "Nur was ist *aderathic*?" Die beiden rätselten.

"Vielleicht 'Ader' und 'thick'?" versuchte sich Viktoria.

"Und was soll das 'a' dazwischen? Gib' doch noch mal 'was heißt aderathic?' bei ChatGPD ein", riet Luigi. "Die künstliche Intelligenz weiß bekanntlich alles!"

Viktoria schrieb den Befehl in die Leiste, aber erhielt keine Antwort.

"Das Superhirn ist eitel und sagt nicht, dass er keine Ahnung hat", meinte Luigi.

"Ich kenne so manchen Vertreter dieser Eitelkeit, zum Beispiel meinen Vater", sagte Viktoria lachend, "wenn der etwas nicht weiß, wechselt er einfach das Thema!"

"Möglicherweise sind die Buchstaben umgestellt", vermutete Luigi weiter. "Dann befiehl dem Superhirn einfach mal 'unscramble aderathic'!"

Es tat sich etwas.

"The word 'rathic' can be unscrambled to form 'thairc'", lautete die Antwort von GPD.

"Aha! geht doch! Aber was heißt 'ad thairc' jetzt wieder?"

"Sicher kein Latein", das hatte Viktoria gleich geprüft. "Na, dann fragen wir die Wundermaschine noch mal."

"Oh, die künstliche Intelligenz entschuldigt sich: I apologize, but 'thairc' is not a known word in any language that I am aware of." Die beiden lachten.

"Anche l'intelligenza artificiale è un po' cretina!" spottete Luigi

"Ich frag einfach noch mal meinen Lateinlehrer", beschloss Viktoria.

Sie schrieb Professor Schade über WhatsApp. Erst dankte sie für den wichtigen und vielleicht lebensrettenden Hinweis. Da wäre sie sicher nie drauf gekommen. Und sie fügte die Bitte hinzu, das rätselhafte Wort 'rathic' am Ende des Akrosti-chons zu erklären. Sie hätte die beiden ersten Worte 'homo' und 'primus' dank des hervorragenden Lateinunterrichts in der Schule entziffert, aber das dritte Wort gäbe es wohl in keiner Sprache.

Luigi konnte jetzt in aller Ruhe seine Pasta genießen, während Viktoria ein Hälfte Zartbitter-Schokolade aus dem Kühlschrank holte und sich stückchenweise in den Mund schob. Inzwischen hatte sich auch Lezlie an den Küchentisch gesetzt und gönnte sich eine Möhre. Es dauerte, und man vernahm in der Spannung nur die geräuschvolle der Arbeit der Zähne.

"Wahrscheinlich hält der alte Prof gerade seinen Mittagsschlaf", meinte Viktoria und mahnte vor allem sich selbst zur Geduld.

Sie mussten dann doch nicht allzu lange warten. Professor Schades Nachricht war kurz gefasst. In seinem Chat stand nur: 'homo primus aderat hic' mit dem Smiley einer nachdenklichen Miene.

"Ach krass!" rief Viktoria und zeigte Luigi die Nachricht. "Der Rest war auch Latein! Da stellt uns meine Mama echt auf die Probe."

Luigi machte ein Gesicht wie das Smiley in Professor Schades Nachricht.

"Ah, der 'prima Mensch war hier'", übersetzte er. "Das hätten wir auch knacken können, aber selbst die Superintelligenz hat es nicht gemerkt."

"Der Satz könnte auch heißen 'der erste Mensch war hier'", sinnierte Viktoria. "Bringt uns das weiter?"

"Der erste Mensch...", wiederholte Luigi.

"Wisst ihr denn überhaupt, wer der erste Mensch war?", schaltete sich Lezlie ein.

"Adam!" errieten Viktoria und Luigi zugleich.

Einen Augenblick blieb ihnen vor Überraschung die Sprache weg. Luigi schob unruhig seinen Teller beiseite und fummelte an der rostigen Parmesan-Mühle herum. Viktoria schrieb jetzt in Majuskeln auf den Bildschirm.

ADAM ADERAT HIC

"Adam aderat hic", rief Viktoria. "Das heißt 'Adam war hier'! Adam heißt unser Hund!"

"Euer Hund?" fragte Lezlie. "Macht das denn irgendeinen Sinn?"

"Ich weiß es nicht", antwortete Viktoria nach einigem Nachdenken, "Adam ist seit vier Wochen verschwunden. Womöglich ist er mitentführt worden."

"Aber die Botschaft kann theoretisch auch etwas ganz anderes besagen", warnte Luigi. "Man muss das in alle Richtungen durchdenken. Wenn man in dem Satz das Wort 'Mensch' betont, ginge das in andere Richtung. Dann wäre das so zu verstehen: Bislang hatte ich es allein mit *Banditen* zu tun, aber jetzt ist der erste richtige *Mensch* hier gewesen."

"Da hast Du Recht", räumte Viktoria ein. "Nur wenn ich daran denke, dass die erste heimliche Tasten-Botschaft meiner Mutter einen persönlichen Hinweis für mich enthielt, dann vermute ich, dass diese zweite Geheimnachricht auch direkt mir oder vielleicht meinem Vater gilt. Deswegen glaube ich weiter, dass unser Hund gemeint ist."

"Ich frage mich", unterbrach Lezlie, "ob die Detektive im BKA nicht längst hinter diese Botschaft gekommen sind. Die werden doch jedes Detail prüfen. Die knacken mit ihren hochpotenten Rechnern die komplexesten Codes."

"Vermutlich sind Lateinkenntnisse keine Einstellungsvoraussetzung mehr für diesen Dienst", lästerte Viktoria. "Und wenn sie ChatGPD befragt haben, war die Auskunft sicher die gleiche wie bei uns."

"Glaubst du echt, dass euer Hund bei ihr war?" Luigi zweifelte noch. "Dann müsste deine Mutter irgendwo im Freien festgehalten werden? Und wie will er sie gefunden haben? Die müssten Unmengen von Spuren hinterlassen haben. Sonst findet kein Hund die Fährte zu Mitgliedern seiner Meute."

"Adam", erklärte Viktoria feierlich, "ist Invalide, aber ein ausgebildeter Spurensicherungshund mit Bestnoten."

39. Der erste Mensch taucht auf und weiß vielleicht etwas

Viktoria versuchte bis in den Abend hinein sicher zwanzig Mal, ihren Vater am Telefon zu erreichen. Ihre Ungeduld wechselte schließlich in den Sorgenmodus, ob Immanuel etwas zugestoßen sein könnte. Nicht ein Nachrichtenzeichen, das sie beruhigt hätte. Auch war es längst zu spät, um bei der Nachbarin Frau Wolkenstein nachzufragen. Als sie sich am nächsten Morgen aus ihrer mit Flashs aus Angstbildern illuminierten Schlaflosigkeit herausarbeitete und die bevorstehende Mühsal des Tages durchdachte, rief Immanuel endlich an.

"Papa, was war denn los?" fragte Viktoria mit müder Stimme. "Warum hast du dich nicht gemeldet? Ich bin vor Sorge zergangen!"

"Tut mir leid, Vicky," kam die Entschuldigung, "ich war gestern zum Besuch im Knast und hatte dann noch ein langes Gespräch mit drei Anwälten. Das hat mich ziemlich fertig gemacht. Vielleicht lande ich auch noch im Gefängnis."

"Was?"

"Ich weiß nicht, ob ich dir das jetzt alles erzählen soll", sagte Immanuel bedrückt, "du hast ja genug Kummer."

"Wenn du mich auf die Folter spannst, dann wird alles noch schlimmer", rief sie schon etwas lauter. "Wieso warst du im Knast, und was hast du ausgefressen? Wo bist du überhaupt?"

"Ich bin in Barcelona, kann aber im Augenblick hier nicht weg", erklärte Immanuel. "Es ist noch nichts Bedrohliches geschehen. Das mit meinem Knast ist natürlich etwas übertrieben. Kein Grund zur Sorge!"

"Aber raus mit der Sprache! Was machst du da?" Jetzt hatte sie die volle Stimmkraft zurück.

"Du weißt, dass ich das katalonische Regionalparlament und die Unabhängigkeitsbewegung insgesamt berate. Ich beteilige mich strikt an keinen illegalen Aktionen, sondern halte nur die Verbindung zur EU. Da gab es merkwürdige Dinge, die mich schon früher hätten stutzig machen müssen. So hat man mir absurd hohe Honorare in Aussicht gestellt, die ich in der astronomischen Größenordnung nie und nimmermehr annehmen kann. Überdies wird das Geld auf ein obskures Bitcoinwallet bei der guatemaltekischen Bank *Banco del Ejército* überwiesen. Sonst schienen mir die Vertreter des Parlaments und vor allem der Regionalpräsident stets seröse Leute zu sein. Ich hatte zumeist mit dem EU-Beauftragten Kataloniens Faolan Oriol zu tun. Und der ist verhaftet worden."

"Und weswegen?", fragte Viktoria.

"Ja, das ist der Punkt", antwortete Immanuel. "Seine eigene Partei hat ihn wegen Untreue angezeigt. Der Vorwurf lautet, dass er im Falle des Erfolgs die Unabhängigkeit Katalonien dazu nutzen wollte, um die Region in ein amerikanisches Corporate-Venture-Kapital-Unternehmen mit Sitz in Guatemala einzubringen. Von dort wurde offenbar die Finanzierung des Projektes gesteuert, und das heißt, zahllose Leute, in Brüssel, im spanischen Zentralparlament in Madrid und wer weiß noch wo, wurden mit Riesensummen bestochen, um diesen Deal zu realisieren. Wie ich höre, sind auch eine Reihe von EU-Abgeordneten und Beamte in Brüssel verhaftet worden. Der Kommissar für interinstitutionelle Beziehungen sowie sein Stellvertreter, mit dem ich auch verhandelt hatte, sind über alle Berge und haben sich abgesetzt."

"Und du stehst auch im Verdacht", vermutete Viktoria.

"Ja, klar, weil auch mein Name in Faolan Oriols anfängerhaft verschlüsselter Liste stand, die sämtliche Empfänger von Bestechungsgeldern aufführt. Ich habe gestern Oriol in Begleitung seines Anwalts im Gefängnis besucht, um den Mann davon zu überzeugen, dass er meine Unschuld testieren muss. Und weißt du, was der mir stattdessen angeboten hat?"

"Keine Ahnung, Papa!"

"Ich sollte dieses Bestechungsgeschäft in seinem Namen fortführen. Sein Corporate-Venture-Unternehmen, das lustigerweise *Freeland & Peace Global State Group* heißt, würde mir Procura geben, damit ich so über genügend Mittel verfügte. Welch ein Aberwitz! Immerhin kann ich beweisen, dass ich dieses Konto in Guatemala nicht eingerichtet und erst recht von dem Geld darauf keinen Gebrauch gemacht habe. Aber ich darf vorläufig das Land nicht verlassen."

"Echt blöd", meinte Viktoria.

"Das ist noch aus einem ganz anderen Grunde blöd", fuhr Immanuel fort. "Ich habe gestern von einem Tierheim in Landau einen Anruf erhalten. Stell dir vor: Dort ist Adam abgegeben worden..."

"Was, Papa, Adam ist wieder da?"

"Ja, offensichtlich, wenn da kein Irrtum vorliegt. Die haben Adams RFID-Chip ausgelesen und uns über Tasso als Halter identifiziert. Ich soll Adam jetzt abholen, aber sitze hier fest. Das musst du bitte übernehmen, Vicki. Deswegen rufe ich eigentlich an."

"Das ist der vollendete Wahnsinn, Papa!" rief Viktoria. "Weiß du, was wir gestern herausgefunden haben? Du wirst es nicht glauben! Dieser seltsame Satz, den Mama in dem schrecklichen Video am Ende gesprochen hat, enthält eine verborgene Botschaft. Nämlich ein Akrostichon..."

"Was für ein Ding?"

"Ich musste das auch erst nachfragen, Papa. Ein Akrostichon, das ist eine kryptische Botschaft, die sich aus den Anfangsbuchstaben einer Wortfolge in einem einfachen Text erschließt."

"Verstehe ich nicht, was für eine kryptischen Botschaft?"

"In Latein. Bei Mama ergeben die Buchstaben die Wortfolge: Homo primus aderat hic. Kannst du noch genug Latein, um das zu übersetzen?"

"Nein, bitte, Vicky, ich habe das Abitur bestanden und bin jetzt nicht zum Rätselraten aufgelegt", bat Immanuel. "Was heißt das?"

"Es heißt sinngemäß: Der erste Mensch war hier. Aber der erste Mensch hieß Adam. Verstehst du? Mama will damit sagen, dass Adam in ihrem Gefängnis war, wenn sie irgendwo gefangen gehalten wird."

"Wie soll denn das gehen?" Immanuel verstand nicht sofort. "Das sind wilde Spekulationen!"

"Aber das ist die eindeutige Botschaft von Mama", beteuerte Viktoria. "Darum klangen ihre Worte auch so eigenartig."

Langsam dämmerte es bei ihrem Vater.

"Das musst du dem Staatsanwalt Schleicher melden!"

"Davon hat doch Samuel Papenfuß dringend abgeraten!"

"Dann ruf den Papenfuß selber an!"

"Nein, Papa, ich ruf jetzt erst mal in dem Tierheim an."

Es war doch eine kleine Überraschung. Eine dieser reizenden und, wie der Augenschein gleich verraten würde, von ruheloser Tierliebe ins Hyperleptosome abgemagerten Mitarbeiterinnen im Landauer Tierheim erklärte ihre Bereitschaft, sich zusammen mit dem Hundetier, das man bei ihnen abgegeben hatte, zu fotografieren und das Bild Viktoria zur Bestätigung seiner Identität sogleich zu schikken. Und als Viktoria wenige Minuten später das Foto öffnete, gab es keinen Zweifel. Dieses kummervoll dreinblickende dürre Wesen mit den verbundenen Pfoten neben der ebenso verhungerten Hüterin seines gegenwärtigen Schicksals war ihr Adam. Man glaubte zu ahnen, dass auch die bleiche Zunge, die dem armen

Hund aus dem Maul hing, trockener war als ein Stück Pappe. Wie konnten die Götter im Hundehimmel so etwas zulassen! Da blieb jedem das Herz stehen! Viktoria versprach, so rasch wie möglich nach Landau zu kommen und Adam abzuholen.

Unglücklicherweise war der mitleidige Mann, der den völlig entkräfteten Hund im Tierheim abgeliefert hatte, ohne Namen oder Anschrift zu hinterlassen, wieder davongefahren. Er hatte nur zuvor in einem Foto festgehalten, wie Adam in einem überdachten Winkel Zuflucht gesucht und zuletzt gelegen hatte. Das Foto hatte die Mitarbeiterin des Tierheims mitgeschickt. Welche Hilfe könnte es bedeuten, wenn man diesen Ort fände! Da das Akrostichon doch offenbar Adams Besuch bei Ulrike bezeugte, kannte der Hund vermutlich das Versteck und war von dort an diesen Rückzugsort geschlichen! Vielleicht würde das arme Tier auch wieder den Weg zurück finden! Die nette Frau im Tierheim riet ihr am Ende des Gesprächs noch dringend, die Lieblingsnahrung des Hundes mitzubringen, da der Adam bislang jedes ihm angebotene Futter verschmäht hatte.

Wie sonst nur selten in der Weltgeschichte kam die unberechenbare Vorsehung diesmal Viktoria mit einem günstigen Zufall zur Hilfe. Bei ihrer Suche auf Mifaz.de nach einer sofortigen Mitfahrgelegenheit in Richtung Landau stieß sie auf ein Angebot ihres Antifa-Genossen Kamil Steinbrecher. Kamil wollte noch am gleichen Tag von Dresden nach Mannheimen fahren und hatte drei Plätze frei.

Eine gute Stunde später bereits quetschte sich Viktoria in den Frontsitz eines uralten Mazda, den Don Camillo von seinen Eltern geliehen hatte. Ihr Antifa-Genosse war auf dem Weg zu seinem neuen Freund Andy „Ancalagon" Schurigel, dem Boss des Gremium MC Southgate in Mannheim. Sie musste Don Camillo zuvor überreden, noch vor Geschäftsschluss bei Fressnapf vorbeizufahren, um dort eine große Packung von Adams einstiger Magendiät-Leibspeise ROYAL CANIN Light Weight Care zu besorgen. Wie ihr Don Camillo gleich erklärte, war es nicht allein seine neue Leidenschaft für die dicken Harleys, die ihn nach Mannheim trieb; wie stets hatte er auch politikstrategische Absichten. Der darüber zunehmend sprachlosen Viktoria erklärte er munter, unter intensivem Hühnerkopfnicken, dass die Rocker ähnliche Anarchisten seien wie sie alle auch, und es gäbe ein riesiges politisches Potential bei den vielen Rockergruppen in Deutschland und in der ganzen Welt. Man müsste die nur richtig politisch aufklären und mobilisieren. Viktoria verzichtete auf Einwände, denn sie war mit ihren Gedanken bei Adam und seinem wundersamen Wiedererscheinen. Und es

fiel ihr auch nicht schwer, Don Camillo zu bitten, mit ihr zunächst nach Landau zu fahren und anschließend womöglich mit Adam weiter nach Bergzabern.

Nach gut sechs Stunden kamen sie erschöpft in Landau an. Viktoria erlebte in dem Tierheim mit Adam eine selige Wiedersehensszene, so schmerzlich und rührend, dass selbst dem hartgesottenen Don Camillo die Tränen in den Augen standen. Der auf die Hälfte seines Gewichts geschrumpfte Hund versuchte vergeblich auf die Beine zu kommen, und unter leisem Winseln mobilisierte er offenbar die letzten Kräfte, um in der Sprache seines halb enthaarten Schwanzes sein Glück anzuzeigen. So mag des auch im Herzen des in Treue ergrauten Argos ausgesehen haben, als der große Odysseus nach so vielen Jahren in sein Haus zurückkehrte, und nur der alte Hund allein seinen von Krieg, Irrfahrten, Götterzorn geschlagenen königlichen Herrn mit leisem Schwanzwedeln begrüßte.

"Ach Adam!" rief Viktoria mit gebrochener Stimme, "deinetwegen habe ich sogar Osei kurz vergessen."

40. Rocker durchstreifen ahnungsvoll die Südpfalz

Am Dienstag darauf verließ am späten Vormittag eine Kavalkade von Rockern auf donnernden Harleys die Stadt Bergzabern, wo sie sich vor dem Schloss versammelt hatten, um die Bürger eine Stunde lang unter Lärm- und Abgas-Stress zu setzen. Sie verteilten sich gleich sternförmig in der Umgebung. Es war wieder Don Camillo, der den Plan entworfen hatte und Regie führte. Er hatte Andy „Ancalagon" Schuhriegel davon überzeugt, dass er und sein Club bei einer unerhörten menschlichen und politischen Großtat mitwirken müssten. Es waren dreißig, zum Teil bereits ergraute Rocker vom Gremium MC Southgate in Mannheim und noch einmal fünfzehn aus Karlsruhe, wo der Unterboss Arcangelo di Maria das Sagen hatte, die sich am Wochenende zuvor bereiterklärt hatten, bei dieser ungewöhnlichen Aktion mitzumachen.

Wie es wohl dazu kam? Am Samstag zuvor waren Viktoria mit Adam und Don Camillo spätabends in Bergzabern eingetroffen. Der matte dürre Hund, der sie während der Autofahrt unentwegt aus trüben Augen angeblickt hatte, wagte es in der vertrauten Umgebung, vorsichtig seine Zunge in das Wassernapf zu tauchen und sogar an dem magenschonenden Royal Canin Nassfutter zu lecken. Indessen setzte bei den beiden Anarcho-Studenten das Grübeln ein, wie sie die geheime Nachricht von Viktorias Mama deuten und auf welchen Wegen man vielleicht ihr Gefängnis finden könnte. Während Adam doch nach und nach den Takt seiner Zunge beschleunigte und sich vorsichtig an seinem Futter ergötzte, überfiel auch seine beiden Menschenfreunde der Hunger. Don Camillo fischte auf Viktorias Bitten hin aus dem Kühlschrank der Kleists ein paar geschrumpelte Strauchtomaten und Immanuels ewigen Goudakäse. Während er die knappe Mahlzeit mit einer Packung WASA-Knäckebrot auf dem Tisch verteilte, rief Viktoria den Vertrauten Samuel Papenfuß an, um ihn über die letzten Begebenheiten zu informieren und um Rat zu fragen. Der sonst so coole Papenfuß war elektrisiert und kündigte seinen Besuch gleich für den nächsten Morgen zum Frühstück an. Er würde in früher Stunde die Personenschützer, die im Halbschlaf vor seinem Karlsruher Haus wachten, durch ein listiges Manöver täuschen und unentdeckt allein nach Bergzabern zu fahren.

Don Camillo hatte an diesem Sonntagmorgen gleich früh frische Brötchen, Schinken und Marmelade besorgt, während Viktoria beglückt beobachtete, wie Adam sich mühsam auf seine Vorderpfoten stützte, um wieder nach Hundeart zu sitzen. Als Papenfuß eintraf, war im bescheidenen Rahmen studentischer Küchenkunst ein Frühstückstisch vorbereitet, der die hohen Ansprüche des Richters halbwegs erfüllen konnte. Vorsichtshalber klärte Viktoria den Gast darüber auf, dass ihr Freund Kamil zwar ein übel beleumdeter Anarcho und vorbestrafter Autoanzünder sei, aber demnächst wolle er als Philosoph in Schuldiensten den Eid auf seine Verfassungstreue leisten. Papenfuß nahm dies mit gespielt bedenklicher Miene zur Kenntnis und verriet den beiden, dass er während seiner Studienzeit zwei Jahre Mitglied im maoistischen KBW gewesen sei, ehe ihn ein erotisch getöntes Paulus-Erlebnis erst in die Arme einer lieblichen Studentin und dann auf ihr Betreiben hin auch in die der saarländischen SPD getrieben hatte. Als Abgeordneter im Landtag habe er der SPD zwei und seiner Frau inzwischen acht Legislaturperioden lang gedient.

In seiner unrichterlichen dunkelblauen Strickjacke sah Papenfuß selbst weder maoistisch noch sozialdemokratisch, sondern eher spießig aus. Er kompensierte seine Philistergemütlichkeit durch Serien spöttischer Bemerkungen über die Waschkörbe voller "Küchentischklagen", die das Verfassungsgericht Tag für Tag erreichten. So zitierte er die Beschwerde eines Autofahrers, der durch die vielen roten Ampeln auf dem Weg zur Arbeit sein Grundrecht auf körperliche Bewegungsfreiheit verletzt sah. Unterdessen bediente er sich munter an dem Brötchenkorb und der Schinkenplatte, während Viktoria, der vor lauter Aufregung der Appetit versagte, noch einmal mit den Geschichten der letzten Tage ihr Herz erleichterte. Papenfuß zeigte sich entzückt von Ulrike Kleists Akrostichon-Kryptogramm und rühmte erneut die überirdische Intelligenz seiner Kollegin, die allenfalls von ihrer Kunst, Königsberger Klopse zu formen und mit grüner Soße zu weihen, übertroffen werde. Er ergänzte das dann wieder mit einigen vernichtenden Bemerkungen über die Leute im Bundeskriminalamt und über die Verstandeskräfte des einstmals maoistischen Bundesanwaltes Schleicher, der sich vermutlich nach Guatemala abgesetzt habe. Er sei jetzt erst recht absolut dagegen, die Leute bei der Bundesanwaltschaft zu informieren.

Was also konnte man mit Ulrikes Botschaft anfangen? Was wollte sie uns an die Hand geben? Sie verband doch irgendeine Absicht damit. Den Hund hatten die Kidnapper gewiss nicht mit Absicht herbeigelockt, da er - wo auch immer - nur gestört hätte; überdies hatte Frau Doktor Wolkenstein von nebenan die Polizeiaktion im Hause Kleist-Cammerer beobachtet und bezeugt, dass sich der Hund erst bei dieser Gelegenheit aus dem Staub gemacht hatte. Es sei also denkbar, dass Adam irgendwie auf die Spur der Entführer und Ulrikes gestoßen sei.

Während die drei eine Deutung nach der anderen prüften, erhob sich Adam nach einem kleinen Royal Canin-Frühstück auf alle vier Pfoten und schlich in Ulrikes Schlafzimmer, wo er leise zu klagen begann. Sein Klageton war der Familie nur allzu vertraut. War der Hund hier auf der Suche nach der Verlorenen? Oder hatte er doch eine für seine lange, ausgetrocknete Zunge, auf der nur kleine Feuchtgebiete leise glänzten, leider unaussprechliche Botschaft?

"Könnte man ihn nicht einfach hier herauslassen? Würde er sich dann vielleicht auf Ulrikes Spur begeben?" fragte Papenfuß.

"Das kann man nicht ausschließen", meinte Viktoria. "Wir können es ja versuchen."

Adam ließ sich zwar auf die Türschwelle locken, machte dann aber klagend kehrt und kroch ohne Rücksicht auf die geltende Ordnung des Hauses auf Ulrikes Bett.

"Es gibt vielleicht noch einen Anhaltspunkt", nahm Viktoria die unterbrochene Diskussion wieder auf. "Es gibt dieses Foto, das der anonyme Tierfreund von Adam in seinem Zufluchtsort aufgenommen hat, ehe er ihn ins Tierheim brachte. Es zeigt ein wenig von der Umgebung."

Viktoria reichte ihr Mobiltelefon mit dem Bildchen an Papenfuß und Don Camillo weiter.

"Es sieht aus, als läge er unter einem Balkon oder Hausvorsprung. Man erkennt davor ein wenig Rasen, einen von Zünslern angefressenen Buxbaum und zwei Reihen uneben gepflasterten Gehweg", beschrieb Don Camillo. "Was mag den Hund an diese Stelle gelockt haben?"

"Ich kann mir den Grund vorstellen", erklärte Viktoria. "Man sieht rechts neben Adam einen abgefahrener Autoreifen, der offenbar als Blumenkasten gedient hat. Aber auf seiner linken Seite steht ein alter Terracotta-Krug. Adam hat aus biographischen Gründen eine besondere Beziehung zu Terracotta. Als er in seinen jungen Jahren einmal einen Terracotta-Krug von der Fensterbank gewedelt hat, hielt ihm Ulrike eine deftige Gardinenpredigt. Die steckt ihm noch in den Knochen. Oder auch im Sinn, denn erhielt einen neuen Namen. Den hat er von dem Richter Adam in Kleists Komödie 'Der zerbrochene Krug'. Oder es ist vielleicht eine Erinnerung an sie."

"Nach was riecht denn Terracotta?" fragte Don Camillo.

"Für Hunde hat die gebrannte Tonerde einen intensiven Geruch", erklärte Viktoria. "Vielleicht hat ihn das angezogen. Oder er möchte aufpassen, dass dieser Krug nicht zerbricht!"

"Tja, und was fangen wir damit an?" fragte Papenfuß.

"Ich habe gedacht, dass man das Foto vielleicht auf Facebook oder Instagram oder sonst irgendwo auf Social Media postet und die Netz-Communities fragt, ob jemand diesen Ort kennt", schlug Viktoria vor. "Man müsste vielleicht noch dazu schreiben, warum man das wissen möchte."

"Davon rate ich auch ab", sagte Papenfuß eindringlich. "Das könnte für die Entführer ein Hinweis sein, dass man sich aktiv auf die Suche nach dem Versteck oder dem Gefängnis begeben hat."

Und dann schlug Don Camillos Stunde.

"Ich habe eine Idee", setzte er an, und sein Kopf ging in das hühnerartige Nicken über. "Bitte hört euch das erst einmal an, ehe ihr mit euren Bedenken gleich alles verderbt. Ich habe mich doch mit Andy Schurigel etwas angefreundet. Er ist der Boss des Rockerclubs Gremium MC Southgate hier in der Region. Andy hat uns schon vor ein paar Wochen die Hilfe seiner Rockerfreunde angeboten, wenn es darum ging, wie sie wenig charmant sagen, die "Alte" wo auch immer rauszuhauen. Sie finden so ein Kidnapping total ehrlos. Und daher frage ich: Warum sollten wir das Angebot nicht annehmen? Jedenfalls könnte man es versuchen. Ich habe mir gedacht: Wir drucken dieses Foto dreißig Mal oder mehr aus und drücken es seinen Bandido-Freunden in die Hand. Die sollen dann alle Dörfer und Wohngebiete hier von Bergzabern aus bis zur Grenze und bis Landau mit ihren Maschinen durchfahren und nach diesem speziellen Ort unter einem Balkon mit dem alten Reifen, dem Terracotta-Topf und dem schlechten Pflaster suchen. Vielleicht, wenn wir diese Stelle finden, können wir schauen, ob euer Terracotta-Spurensicherungshund nicht auch den Weg zurück findet, wo ihn die Frau Doktor Kleist gesehen hat."

Tatsächlich bewahrte die Runde ihre Skepsis erst einmal für sich. Dann aber entschied Viktoria:

"Das ist vielleicht verrückt, aber wir sollten es einfach versuchen!"

"Auch aus höchstrichterlicher Sicht", schloss sich Papenfuß schmunzelnd an, "gibt es keinen Einwand."

Noch an diesem Sonntag fuhr Don Camillo nach Mannheim. Er musste sich dort etwas gedulden, weil sein Bandido-Rockerfreund Andy erst am Nachmittag vom sonntäglichen Motorradgottesdienst in der Autobahnkirche Sankt Christopherus Baden-Baden und dem anschließenden Umtrunk in der benachbarten Raststätte zurückerwartet wurde. Die priesterlichen Worte hatten in Andy eine nachhaltige Bereitschaft zur Jesusnachfolge geweckt, und er plante sofort die kollektive Fahndung nach einem verborgenen Unterbalkonplatz mit der Ausstattung:

alter Autoreifen, Terracottatopf, angefressener Buxbaum, Blick auf einen uneben gepflasterten Gehweg. Andy in Mannheim und Arcangelo in Karlsruhe hatten ihre Rockertruppe gut im Griff. Nicht alle Bandidos waren leicht zu erreichen, denn jeder von ihnen hatte neben seiner Privatadresse auch eine Stammkneipe, und diese bipolaren Lebensräume verließen sie ausschließlich auf dem Sitz ihrer Maschinen. Die Rocker fanden die ganze Sache auch unfassbar cool und beteiligten sich an der generalstabsmäßigen Planung dieser bandenmäßigen Suche.

Die großangelegte Aktion fand also am Dienstagvormittag statt. Das war der günstigste Termin, an dem die meisten sich frei nehmen konnten, da die Diskos, wo sie Wache standen, oder die kleinen Puffs, wo sie angetrunkene und blanke Freier an die Luft setzten, erst am Abend öffneten. Selten war eine Bande von Männern, deren himmlische wie irdische Kerbhölzer kaum zählbare Scharten aufwiesen, mit solchem Eifer in einer Sache der fraglosen Gerechtigkeit unterwegs. Don Camillos Planung beruhte auf den wenigen Indizien, die man in Händen hielt. Von Papenfuß wusste er immerhin, dass das Bundeskriminalamt das Gefängnis im Umkreis von etwa 50 Kilometern mit Wörth, als Ort der Entführung, im Zentrum lokalisierte, sowie dem etwa gleichen Radius, innerhalb dessen eine Hundenase Spuren aufnehmen und verarbeiten könne.

Langsam legte sich daher am späteren Morgen eine Wolke aus Straßenstaub und Abgasen über die Südpfalz, wo die Harley-Ritter mit dem vervielfältigten Foto auf ihrem Navigationsgerät nach Adams verlassenem postparadiesischen Lagerort fahndeten. Sie bretterten durch Orte, die in der Weltgeschichte bislang keine Spuren hinterlassen, durch Dörrenbach oder Schweigen-Rettenbach und noch weiter und weiter über die französische Grenze hinweg. Sie fuhren durch Wissembourg im Süden, durch Birkenhördt, Erlenbach oder Busenberg bis Ruppertweiler im Westen, durch Oberhofen, Gleiszellen, Klingenmünster bis Landau und Edenkoben im Norden, durch Kandel, Herxheim, Eggenstein im Westen. Sie tuckerten langsam und gezielt über ältere Straßen durch zerstreute Siedlungen in diesen und vielen weiteren Dörfern, denn das Foto verwies eher auf einen älteren Ortsteil. Kontinuierlich flossen ihre Informationen in das von Don Camillo und Andy besetzte Lagezentrum im Hause der Familie Kleist-Cammerer, wohin am Montag auch Immanuel zurückgekehrt war, der über die geplante Suchaktion nicht wenig staunte.

Aber bis zum abendlichen Glockenschlag, als sich die Bandido-Rocker wieder ihren halbseidenen Geschäften in den Mannheimer und Karlsruher Lasterhöhlen und Amüsierschuppen widmeten, waren rund dreißig südpfälzische Ortschaften eingehend durchsucht worden, aber aus keinem der zahlreichen Winkel, wo sie Hunde, Katzen, Hühner, Kaninchen oder Ratten erschreckt hatten, traf eine Erfolgsmeldung ein. So verklang allmählich das Hämmern der Harleys, und eine mit frischerer Luft angereicherte Ruhe senkte sich über die vermuteten Gefängnisstätten in der Südpfalz.

41. Warum Don Camillo vom Erfolg der Suche überzeugt ist

Am Dienstagabend war Richter Papenfuß nach Karlsruhe zurückgefahren, weil die Suche nach Adams Unterschlupf zwischen einem Autoreifen und einem Terracottatopf ganz ohne Erfolg geblieben war. Don Camillo wollte aber nicht aufgeben. Es gelang ihm am Mittwochmorgen mit Andy Schurigels Hilfe, erneut zehn hochmotorisierte Bandidos auf die Piste zu schicken, denn es waren noch eine lange Reihe von Ortschaften und Siedlungen unbesucht. Sogar Arcangelo di Maria, der in Pleisweiler eine Pizzeria und eine kleine Schnapsbrennerei betrieb, schwang sich noch einmal auf seine Moto Guzzi California 1400 und brummte in Richtung Landau. Im weiten Umkreis dieser Stadt vermuteten sie immer noch am ehesten den gesuchten Ort. Dabei war für den ganze Tag Regen gemeldet, eine Witterung, unter der nur die hartgesottenen Motorradhelden ausfahren.

Beim Frühstück hatte Don Camillo mit langen Ohren Immanuels diskret gehaltenem Bericht über seine letzten Begegnungen mit der katalonischen Separatistenbewegung und über die Abwege einiger ihrer prominenten Vertreter gelauscht. Die internationale Öffentlichkeit wusste inzwischen von den Verhaftungen in Barcelona und in Brüssel sowie von der Flucht des neuen katalanischen Regionalpräsidenten nach Südamerika. Don Camillo pickte sich ein paar Stichworte aus Immanuels Bericht, um Viktoria, die von der tags zuvor gescheiterten Suche bitter enttäuscht war, mit einer ausführlichen metaphysischen Vorlesung auf die Seite seiner Hoffnung zu ziehen.

"Wenn man die Triebkräfte in der lebendigen Welt, die grundlegende Bewegung aller beseelten Wesen, von den Göttern bis zu den Infusorien, unbefangen in den Blick fasst", hob Don Camillo an, "dann strebt alle unsterbliche und sterbliche Biomasse unentwegt hin zur vollkommenen Einheit. Ehe ich das weiter philosophisch und politisch begründe, möchte ich daher gleich prophezeien, dass der katalanische Separatismus zum Scheitern verurteilt sein wird, sofern er sich nicht in die Grundbewegung alles Lebendigen und Geistigen einfügt und sich auf eine größere lebendige Einheit zubewegt. Da doch alles dafür spricht, dass es Leben einzig und allein auf unserem Planeten gibt, dann kann der Sinn dieses unwahrscheinlichen Werdens und Vergehens, oder sagen wir ein wenig pantheistisch, dann kann das Bestreben der Weltseele nur darin liegen, ihre Kräfte gegen das Auseinanderlaufen und gegen die absehbare Erschöpfung der kosmischen

Energien zu mobilisieren. Aus diesem Gegensatz heraus, ich will nicht sagen, aus diesem feindlichen Gegensatz, sondern eher: aus diesem Widerspiel gegen ein sich immer weiter ins Unendliche ausdehnendes Weltall heraus erklärt sich das Lebendige. Das Leben als Ganzes ist die beseelte Abkehr von allem kosmischen Auseinanderstreben, auch wenn die Astronomen ihre mit Milchstraßen, schwarzen Löchern, magellanschen Wolken, roten Riesen und Zwergen gefüllte wachsende Leere des Weltalls in Bildern unserer Weltseele zu beschreiben suchen."

Don Camillos Hühnerkopf kam zum Stillstand, er machte eine Pause und prüfte die Wirkung seiner Worte, aber das irritierte Schweigen und die Bemühung der beiden Zuhörer, seine prüfenden Blicke nicht zu kreuzen, deutete er als Interesse und fuhr fort:

"Unsere größten Philosophen, Hegel und Karl Marx, haben in der gleichen Weise gedacht, dass alle irdischen, natürlichen, geschichtlichen, ökonomischen, geistigen und menschlichen Dinge in ein und derselben Bewegung aus Gegensätzen, aus Zwist, aus Krieg, aus Armut, aus Wunden, Krankheiten, aus der Zerrissenheit, Ungleichheit, dem Unrecht, den Paradoxien und Widersprüchen einer dauerhaften Synthese zustreben und auf die Einheit, Einigkeit, das Einigende, Kommune und zuletzt, sagen wir das böse Wort, auf das *Kommunistische* hin drängen."

Wieder eine Prüfungspause. Und wieder las Don Camillo aus den leise ermüdenden Augen seiner Zuhörer fortwährendes Interesse. So fuhr er mit erhobener Stimme fort.

"Und um nun auf unser Suchproblem zu kommen! Blicken wir von der Weltseele unseres irdischen Makrokosmus mit seinem unaufhaltsamen Drang zur Vereinigung und Synthese hinein in den Mikrokosmos einer Hundeseele, wie die unseres Adam! Welches Wesen auf Erden ist mehr herdenhütender Pastor als ein Hund, der alle zwei- bis vierbeinigen Schäflein in seinem Kreis zu halten sucht! Aber was sehen wir da? Schwarze Fleckchen auf den edelsten Organen seines sonst so makellosen Diensteifers. Das unglückliche Tier hat einmal einen Krug zerbrochen. Durch eine unbedachte, eigentlich freudige Reaktion ging der Terracottakrug entzwei. Es kam, wie man philosophisch sagt, zu einer Entzweiung. Doch jetzt geht Adams ganzes Bestreben dahin, dieses Missgeschick des zerbrochenen Kruges nicht nur zu überwinden, sondern alles, was sein hündisches Herz als vermeintliche Wiederholung oder als Abbild eines zerbrochenen Kruges oder auch nur als Gefahr des Zerbrechens erlebt, zusammenzufügen, zu kitten, zu heilen und zu erhalten. In dieser Sühne-Mission ist er unterwegs, und ich möchte alles, was ich habe und bin, darauf verwetten, dass Adam zur Wiederherstellung seiner kleinen Kleist- und Cammerer-Meute alles aufwenden und opfern wird..."

Also sprach und predigte Don Camillo. Und seine Rede hätte gewiss noch länger so fortgehen können, hätte nicht sein Mobiltelefon auf dem Frühstückstisch die 'Völker-hört-die-Signale'-Melodie geschnarrt, um gleich darauf ins Vibrato der aufgeregten Stimme Arcangelos überzugehen:

"Trovato, trovato, trovato!" rief die kleine rappelnde Maschine. "Wir habben gefunden das Nest von kleines dünnes Köta, hier in Kaff am Ende von Welt!"

So war es. Gelobt seien alle kosmischen Synthesen! In einer Seitenstraße des Örtchens Eußerthal im Pfälzer Wald hatte der ermattete Vereinigungshund, Terracotta-Restaurator und pastorale Schäfchensammler Adam vor Tagen oder Wochen einen verborgenen geschützten Ruheplatz gefunden, wo er, geschüttelt von Hunger und Durst, darauf hoffen musste, dass ihm die von Don Camillo besungene Weltseele beistehen würde, um sein Wissen darüber, wie sich seine zerrissene Meute und eigentlich alle zerbrochenen Krüge der Welt wieder zusammenfügen ließen, mit klugen Menschen zu teilen. Und diese Weltseele hatte sich der scharfen Augen des Pizzabäckers und Moto-Guzzi-Rockers Arcangelo di Maria aus Pleisweiler bedient, um dieses Plätzchen unter Tausenden zu finden.

Und jetzt? Worum ging es jetzt? Jetzt kam Don Camillos Philosophie auf den Prüfstand: Würde Adams von der Weltseele geleiteter Spürsinn von diesem Ort aus den Weg zum unbekannten Gefängnis der entführten Ulrike Kleist weisen?

Um sich zu vergewissern, dass sie keinen Fehler machten, wenn sie weiter auf eigene Faust handelten, rief Immanuel bei Samuel Papenfuß an, der das Unternehmen erneut absegnete und sich bereit erklärte, den Versuch mit Adam zu unterstützen. Er würde seine beiden Leibwächter mit dem gleichen Trick täuschen wie am Tag zuvor und sich direkt nach Eußerthal begeben. Dort sollte Arcangelo warten. Aber der Italo-Rocker war nicht mehr allein unterwegs. Er hatte bereits seine Bandidos benachrichtigt, und ein jeder von ihnen, der zufällig nüchtern war und dienstfrei hatte, steuerte seine Maschine in die Richtung des abgelegenen Ortes. Zur vollendeten Betörung seiner Leute hatte Arcangelo durchgegeben, dass es eine Kneipe in dem Ort gebe, das Klosterstübl, wo man einkehren und vielleicht den Erfolg der gemeinsamen Suchaktion ordentlich begießen könnte.

Inzwischen bereitete Viktoria den diplomierten Spurensicherungshund Adam, der immer noch in der Verbotszone auf Ulrikes Bett neue Kräfte sammelte, auf seine Mission vor. Sie köderte Adam und lockte ihn mit dem unwiderstehlichen Duft einer von Ulrikes für die Gartenarbeit ausgemusterten Cordhose in den Flur,

erinnerte ihn mit sanfter Stimme an seine früheren professionellen Nasenkünste, und mahnte, dass es nun an der Zeit sei, seine geliebte, vermisste Herrin wiederzufinden.

Das in immer größeren Zungenladungen verschluckte Royal Canin Nassfutter hatte Adam einige seiner Lebensgeister zurückgegeben. Vor der Tür zögerte er nur kurz, weil es leicht regnete, aber dann sprang er bereitwillig in den vertrauten Laderaum von Immanuels Volvo-Kombi. Auf den Rücksitz vor ihm rückten seine beiden Menschenfreunde Viktoria und Don Camillo, die ihn abwechselnd mit hundekundigen Ermunterungen, philosophischen Weisheiten und Weltseelen-Anekdoten bei Laune hielten, während Immanuel das Auto in einer guten halben Stunde nach Eußerthal steuerte, ein Ort, der nun vielleicht in die Geschichte eingehen würde.

Das Klosterstübl wurde kurzerhand zur Leitstelle für den Einsatz bestimmt. Die Wirtin, die ihre prächtige Beleibtheit in einer lila Kittelschürze sicherte, hatte die eingelaufenen Rocker zunächst misstrauisch beäugt, als die Männer ziemlich feucht mit ihren schweren Schuhen in den Gästeraum stapften. Doch dann vertraute sie der Versicherung der später hinzu gekommenen bürgerlichen Gäste, dass weder Ordnung noch Stille oder Weltabgeschiedenheit ihrer Stube Schaden nehmen würden. Da die Rockerfreunde, die sich an den alten Kachelofen drückten, erst einmal ein paar Runden trinken wollten, ließen sich Immanuel, Papenfuß, Viktoria und Adam von dem sich wortreich selbst rühmenden Arcangelo an den gesuchten und endlich gefundenen Ort, zur Diaspora des ersten Menschen, führen. Dort sah es so aus, als hätte sich ein Regisseur die Requisiten auf dem Foto besorgt und gewissenhaft an diesen Ort verteilt: den alten Autoreifen, das Rasenstück, den abgefressenen Bux, das ungleiche Pflaster und den Terracottakrug. Sie beobachteten einige Augenblicke bewegt, wie der Hund an der Leine zog, seinen verlassenen Unterschlupf wiedererkannte und, als Viktoria ihn losließ, den wohlerhaltenen braunen Krug wie einen alten Freund begrüßte.

Sollten sie jetzt gleich das Experiment wagen? Adams vier Begleiter zögerten, weil so viel auf dem Spiel stand.

"Was haben wir zu verlieren?" fragte Viktoria schließlich. Sie nahm den leise widerstrebenden Adam wieder an die Leine, zog aus dem Jutesack mit dem Aufdruck "Sisters of Anarchy" erneut Ulrikes alte Cordhose und hielt sie dem Hund unter die Nase. Als der sinnesstarke Polizeihund aufmerkte, rief sie mehrfach: "Such! Such Ulrike!"

Und tatsächlich verließ Adam nach kurzer Besinnung und ermuntert von wiederholten Suchsuch!-Rufen seine Zuflucht. Viktoria, die dem Spurenleser nicht so behende folgen konnte, obgleich der invalide Ex-Beamte immer noch kläglich hinkte, übergab ihrem Vater Schirm und Leine, der dann mit dem Investigativ-Adam schnelleren Schrittes davonging. Don Camillo, der sich die Kapuze seines schwarzen Hoodies über den Kopf gezogen hatte, folgte den beiden, und rief nach einigen zwanzig Metern Weges zurück "Wir melden uns!" und war bald nicht mehr gesehen.

Für die jetzt anbrechende Wartezeit mit Viktoria hatte Papenfuß bereits ein überraschendes Unterhaltungsthema in petto. Nachdem sie sich im Klosterstübl an einem separaten Tisch niedergelassen hatten, zog er Viktoria nahe zu sich heran:

"Viktoria, ich muss dir etwas anvertrauen", sagte er mit gedämpfter Stimme. "Was ich dir jetzt sage, unterliegt eigentlich strikter Geheimhaltung. Aber es gibt unvermutete Aufschlüsse über die Hintergründe der Entführungsgeschichte, und irgendwann wirst du es sowieso erfahren. Die Bundesanwaltschaft hat an die Behörden in Guatemala den Antrag gerichtet, dass ihr eigener Oberstaatsanwalt Schleicher, der der Aufforderung seines Dienstherrn zur Rückkehr nicht gefolgt ist, ausgeliefert werden soll. Das hat mir der Präsident des Bundeskriminalamtes heute telefonisch mitgeteilt. Der Ermittlungsrichter beim Bundesgerichtshof hat das mit dem vom Bundeskriminalamt erhobenen Verdacht schwerwiegender Staatsverbrechen begründet. Der Verdacht betrifft auch deinen verstorbenen Freund Osei Tutu, mit dem Schleicher in Berlin zwei Mal gesprochen haben soll."

"Du wolltest doch schon längst erzählen, was du über den Schleicher weißt", beklagte sich Viktoria. "Warum hast Du uns früher davon abgeraten, ihn über Ulrikes Botschaft zu informieren?"

42. Ein Brief des toten Osei Tutu an Viktoria taucht auf

An einem dieser ereignisreichen Tage fanden Viktorias Freude in der roten Nike-Shoe-Box, ihres gemeinsames WG-Postfachs, einen Brief in einem braunen Umschlag. Er hatte keinen Absender, aber er war von Hand geschrieben, und es war die Hand von Osei Tutu.

„Berlin, 18. Januar

My beautiful victory, meine dreihunderttägige Geliebte, Du schönste unerreichbarste Braut, Du, my sorrowful widow-to-be,

Heute vor 300 Tagen haben wir uns zum ersten Mal gesehen. Es war die Zeit, wo mir die guten Geister noch beistanden und Dein Mobiltelefon in der S-Bahn zu Boden gleiten ließen. Vielleicht wäre ich besser zwischen Deinen Füßen liegengeblieben, als nun fern, fern von Dir mir das Allerschlimmste vorzustellen. Wenn ich auf das Klavier schaue, das hier noch steht und sich nach Deinen Händen sehnt wie ich, und auf die 36 schwarzen Tasten, die Du berührt hast, muss ich daran denken, dass ich vor wenigen Wochen auf der Polizeistation 36 Schläge und Fußtritte empfangen habe. Ach, muss ich Dir sagen, my bride-never-to-be, dass Deine schönen Hände alles Schwarze sehr viel liebevoller tasten als die Füße der Berliner Beamten? Wie es dazu kam? Noch einmal war ich beim Landesamt vorstellig geworden und bat die gleiche behördliche Dame, die mir nachstellig einst König Michaels Vermächtnis abgenommen hat, mir zu erklären, wo das Dokument geblieben ist. Meine Anwälte hatten nämlich längst den Antrag auf sofortige Herausgabe gestellt, und als nichts geschah, eine Untätigkeitsklage eingereicht, woraufhin uns mitgeteilt wurde, dass dort nie ein Dokument entgegengenommen wurde.

Nun war aber etwas geschehen, was ich Dir mitteilen muss, obwohl ich nicht weiß, ob Dich dieser Brief jemals erreichen wird. Ich gebe ihn in die Hände meines einzigen Freundes hier in der ivorischen Studentencommunity, dessen Namen ich verschweigen muss. Er soll ihn Dir oder Deinen Freunden geben, wenn wirklich das geschieht, was ich gegenwärtig befürchten muss.

Vor einigen Wochen musste ich wieder zu dem Bundesanwalt, der mir die Verlängerung des Aufenthaltstitels besorgt hatte. Jetzt soll ich noch enger mit ihm ko-

250

operieren, und wenn ich das mache, verspricht er mir, erhalte ich das Dokument von König Michael zurück. Ich soll, lies das Folgende bitte ganz langsam: Ich soll Dich observieren und verraten. Deine Reisen und Aufenthalte, Deine Gewohnheiten, unsere Treffen, alles soll ich aufschreiben und weitergeben und einen Ort nennen, wo Du mit mir allein bist. Und dann fügte er hinzu, dass ich darüber niemandem ein Wort sagen darf, sonst ginge es mir ,an den Kragen'. Den Ausdruck verstand ich nicht und fragte nach: Was heißt ,an den Kragen gehen'? Daraufhin legte er mir beide Hände um den Hals und fragte, ob ich wisse, dass die CIA meine Auslieferung verlange.

Weil es damit auch klar wurde, dass König Michaels Vermächtnis noch existierte, ging ich erneut zur Ausländerbehörde und verlangte mein Dokument zurück. Als die Behördenleiterin wieder behauptete, sie wisse von nichts, überfiel mich die Wut, und ich schrie sie an, ich wisse genau, wem sie die Verfügung gegeben habe und warf im Zorn meine rote Mütze nach ihr. Die Mütze flog weit an ihr vorbei, aber sie rief sofort die Polizei und behauptete, ich hätte versucht, sie zu ermorden. Ich wurde in Handschellen abgeführt, und auf dem Polizeirevier in Reinickendorf vernommen. Meine Schilderung des Vorfalls ignorierten sie, stattdessen sollte ich ein Protokoll unterzeichnen, dass ich der Behördenleiterin nach dem Leben getrachtet hätte. Ich sagte daraufhin, dass die arme Frau vermutlich meine fliegende Mütze mit einer Handgranate verwechselt habe, was manchmal vorkäme. Daraufhin begannen meine polizeilichen ,Freunde und Helfer' auf mich einzuprügeln, warfen mich zu Boden und traten nach mir. Summe: 36 Schläge, genauso viele, wie die schwarzen Tasten auf dem Klavier zählen.

Was sollte ich machen? Meine Anwälte rieten mir, die blutigen Stellen an meinem Körper von einem Arzt bestätigen zu lassen, aber auf ihre Frage, woher ich wüsste, dass das Erbdokument noch existierte, wagte ich nichts zu sagen. Also ließ ich mich auf die Kooperation mit dem Bundesanwalt ein, weil der mir sagte, dass dann der Mordvorwurf unter den Tisch fallen würde. Jetzt gab ich jede Woche einen verschlossenen Umschlag ab, der über das LKA an die Bundesanwälte ging. Zunächst nannte ich darin lediglich die Namen und die Studienfächer Deiner WG-Freunde. Ausführlich berichtete ich über Deine Kompositionen und wie sie auf dem Klavier klingen. Dazu machte ich Angaben über die Zahl der Töne, die Du innerhalb bestimmter Zeitintervalle, etwa 1 Minute oder 10 Minuten oder auch 30 Minuten, auf dem Klavier anschlägst. Diese Angaben waren tabellarisch in mehrere Rubriken getrennt, z.B. nach rechter und linker Hand, sowie nach Akkordgruppen, d.h. Zweiklängen, Dreiklängen, Vierklängen usw.

Das ging leider nicht lange gut. Denn nach kurzer Zeit verlangten sie von mir, ich solle bei einer Entführungsaktion mitwirken. Man will Dich entführen, irgendwie aus politischen Gründen, Dir würde nichts Schlimmes dabei widerfahren. Wieder machte man mir klar, dass ich mit dem Schlimmsten rechnen müsste, wenn ich irgendwem etwas davon sagte. Was sollte ich machen? Wem sollte ich mich anvertrauen? Ich habe versprochen mitzumachen, aber ich habe die Leute jetzt ein Mal getäuscht und gesagt, dass Du mich besuchen würdest. Da standen plötzlich drei amerikanisch sprechende Männer vor der Tür, und als Du nicht aufgetaucht bist, zogen sie unter wütenden Drohungen wieder ab. Ich habe mich dann herausgeredet und gesagt, dass Dein Besuch in der übernächsten Woche stattfinden soll; ich wüsste nur noch nicht genau, an welchem Tag.

Jetzt weißt Du, warum ich zuletzt so bedrückt war. Aber wann wird dieses ‚Jetzt‘ sein? Wann wird dieser Brief in Deine Hände gelangen? Wenn die Leute, der Bundesanwalt oder die CIA, sehen, dass ich sie wieder getäuscht habe, dann werden sie mich entweder umbringen oder abschieben. Ich kann es nicht mehr ändern, sie haben mich im Würgegriff. Aber ich will nicht, dass Dir durch mich etwas widerfährt. Sollte ich also irgendwann tot sein, bitte kämpf für mich um die Verfügung von König Michael. Und wenn es irgendwo eine Trauerfeier für mich gibt, dann bitte ich Dich, spiele etwas auf dem Klavier. Ich wünsche es mir, und meine Familie, sollte sie dabei sein, wird darüber glücklich sein. Aber nichts Trauriges spielen! Du weißt, die Anjyi sind von Natur aus traurig mit ihrem Zylinder auf dem Herzen. Spiele etwas, wozu sie tanzen können. Ich tanze mir Dir in Gedanken durch das Leben, um unser Haus, mit unseren zehn Kindern. Vielleicht wird ja doch noch alles gut.

Hast Du noch die kleine Figur, die ich Dir am Tage unserer ersten Begegnung geschenkt habe? Die kleine Frau? Meine Seele wird in sie hineinschlüpfen und bei Dir sein. Lebe wohl, farewell, adieu, ich umarme Dich, meine schönste Siegerin! Dein für immer besiegter schwarzer Osei"

43. Richter Papenfuß erzählt von den Seltsamkeiten des Bundesanwalts Schleicher

Im Klosterstübl wollte Papenfuß auf Viktorias Bitte zunächst nicht eingehen. Seine vertrauliche Mitteilung zum Bundesanwalt Paul Schleicher, der sich offenbar nach Guatemala abgesetzt hatte, ging eigentlich schon zu weit. Doch dann stieg ihm der Duft des Pfälzer Saumagens, den die Rocker an den Nachbartischen verzehrten, so mächtig in die Nase, dass er für Viktoria und sich selbst bei der Wirtin auch eine Portion bestellte. In diesem Stadium der Vorseligkeit und Vorfreude auf den Genuss wurde er doch wieder mitteilungsfreudig.

"Du weißt, dass Paul Schleicher und ich Anfang der achtziger Jahre beide in Freiburg studiert haben und damals auch zusammen in der Studententruppe KSB des maoistischen KBW waren. Da setzten wir uns mit Leib und Seele für die geknechtete Arbeiterschaft ein und verteilten vor der Firma Gödecke unsere *Kommunistische Volkszeitung*, die allerding keines der armen ausgebeuteten Schweine lesen wollte; dabei machten wir den Malochern so unwiderstehliche Versprechen wie den siebenstündigen Arbeitstag, Unkündbarkeit, 8 Wochen Urlaub, Rente mit 50 Jahren, Wahl der Richter und Lehrer durch das Volk, Abschaffung der Polizei, Umwandlung der Bundeswehr in eine Volksarmee..."

"Klingt doch gar nicht so schlecht...", meinte Viktoria.

"Aber die verelendeten Proletarier waren zu blöd, das einzusehen", sagte Papenfuß lachend. "Und nicht nur die, auch die Studenten machten nicht mit. Nur wir superfortschrittlichen Juristen glaubten uns auf dem richtigen Weg. Paul und ich waren also Genossen und hatten Maos rotes Büchlein unter dem Kopfkissen. Nur damals schon bewegte sich Paul langsam in eine andere Richtung. Erstens lief er in sehr extravaganten Klamotten, häufig sogar mit Fliege, herum; wir anderen traten ja eher hippiemäßig auf, mit Palitüchern und in grobmaschigen, höllisch kratzigen Pullovern, die unsere Genossinnen mit Wolle aus der dritten Welt strickten. Paul aber stand morgens früh auf und trug, wie aus dem Frühstücksei gepellt, in Giorgio Armani-Anzügen Zeitungen aus, um sich so wieder die teuren Sachen leisten zu können. Seine Eltern waren früher Großgrundbesitzer in Ostpreußen und hatten durch den Lastenausgleich nach dem Krieg einiges von ihrem Vermögen zurückerhalten. Sein Vater verdiente noch mehr Geld mit Börsenspekulationen, und da Paul seinen Vater verachtete, verachtete auch er den Kapitalismus und nahm keinen Pfennig von seinen Eltern. Um seine feinen Sachen nicht zu beschmutzen, mied er alle Demos und hielt sich diskret im Hintergrund, als wir mit den Aktionen gegen das geplante KKW Wyhl begannen. Denn da haben wir bisweilen bis zu den Knöcheln im Schlamm gestanden. Stattdessen kreuzte der schöne Paul immer wieder mit Büchern auf, die völlig von der Parteilinie abwichen, Fourier, Kropotkin, Bataille, Lyotard, Baudrillard. Und eines schönen Tages hatte er ein grünes Buch in der Hand, das dann leider seine neue Bibel wurde. Ein parteiloser Sinologe und Maoist hatte Paul auf Carl Schmitt hingewiesen, den einstigen Göring-Liebling und Nazi-Staatsrat. Seine neue Bibel war Schmitts Buch "Der Nomos der Erde". "Nomos" ist im Griechischen ein Homonym, das auf der ersten Silbe betont so viel wie "Gesetz" heißt und bei der Betonung auf der zweiten Silbe "Weideplatz", aber auch "Erde". Und in dieser Wortgeschichte findet Schmitt eine Verbindung zwischen dem Land oder der Erde und den Rechtsordnungen, die dort in Geltung gelangen. Das ist ja keineswegs abwegig. Die Erde ist damit nach Schmitts Lehre der tiefe Grund, der Ursprung und Boden des Rechts. Tatsächlich werden auf der Oberfläche der Erde Ordnungen, wie zum Beispiel Grenzen errichtet, und unvermeidlich folgen daraus, zur Freude der Rechtsanwälte, Grenzstreitigkeiten und Schlichtungen. Der eine Nomos bringt den anderen hervor.

Dieses grüne Buch kannte Paul bald auswendig und sprach nur noch davon. Ganz schlimm wurde es, als er diesen alten Schmitt in seinem Kaff im Sauerland mehrfach besuchte. Trotz allem riecht dieses ungeheuer gelehrte Nomos-Buch nach Blut und Boden. Für mich kommt das Recht nicht aus der Erde. Oder gar aus einem mythischen Mutterrecht, wie es der Bachofen zusammengereimt hat".

"Wer ist denn Bachofen?" fragte Viktoria dazwischen.

"Johann Jakob Bachofen entstammt einer steinreichen Schweizer Familie und schrieb als Privatgelehrter über Archäologie und Rechtsgeschichte. 1861 erschien sein ebenso spekulatives wir einflussreiches Buch über das Mutterrecht. Seiner These nach kannten die älteren Gesellschaften vor allem in Griechenland eine Herrschaft von Frauen, also, wie das schöne Wort heißt: Gynäkokratie. Dieses Matriarchat beruhte vor allem auf der alten Mutter-Erde-Wirtschaft. Also kam das gesamte Lebensspendungs-Gedöns da zusammen, Frauen, Erde, Acker, Recht, Getreide, Milch."

"Finde ich auch ziemlich cool! Fehlt mir nur Schokolade!"

"Naja," sagte Papenfuß in einem kurze Bauchwellen auslösenden Lachen, "an diesem heißen Bachofen und seinem Propheten Paul haben sich auch unsere Genossinnen gewärmt. Offiziell fanden sie Paul bürgerlich und reaktionär; inoffiziell stiegen sie ihm nach, weil er auch unglaublich gut aussah. Er roch nicht wie wir nach Dope und missachtete die Regel revolutionärer Ungewaschenheit. Vielleicht schmeckte der süße Paul auch nach Schokolade. Auf jeden Fall schmeckte ihnen das Matriarchat."

"Kann man gut verstehen", meinte Viktoria.

"Ah, da kommen ja unsere Saumägen!" freute sich Richter Papenfuß. " Jetzt lass uns erstmal ein paar Bissen probieren!"

Und unter dem Klappern der Bestecke, leisen Bekundungen organischen Wohlbehagens und dem Hin- und Her-Prosten zu den Rockern setzte Papenfuß seine Erzählung vom Bundesanwalt fort.

"Überdies war Paul damals auch darum interessant, weil er phantasievoll all diese Dinge zusammenbrachte. Vieles schien auch evident. Denn unser chinesischer revolutionärer Gott Mao Zedong hatte auf dem langen Marsch 1935 mit der Enteignung vieler Grundherren und der Verteilung von Agrarland an Kleinbauern die Neuzeit in China eingeleitet. So begründete er das neue kommunistische Recht. Das auf Landnahme, Raumordnung und Boden bezogene rechtsphilosophische Denken bildete eine reizvolle Ergänzung zu unserer sonst trockenen Juristerei.

Zwei Dinge kamen durch das Buch von Schmitt in Bewegung: Ich begann mich für Völkerrecht und Verfassungsrecht zu interessieren, was bis heute nicht aufgehört hat, und Genosse Schleicher war der Schmittschen Idee verfallen, dass ein neues universales Völkerrecht auch einen universalen Raum voraussetzte, ähnlich wie das Meer und die Luft jenseits der souveränen Territorien."

"Dann habt ihr doch irgendwann eure rote Mao-Bibel beiseitegelegt?"

"Ja, unvermeidlich", erklärte Papenfuß kauend. "Wir mussten ja ein ordentliches Examen machen. Paul wollte Bundesanwalt werden und ich Verfassungsrichter. Das war nicht ganz einfach, denn Mitglieder des KBW wurden nicht zum öffentlichen Dienst zugelassen."

"Sowas gibt es aber heute auch noch für Linke wie mich", knurrte Viktoria

"Na, lass Dich nicht einschüchtern! So einfach ist das nicht", beruhigte sie Papenfuß. "Und wenn Kommunistinnen schön Klavier spielen, verzeiht man ihnen ihre politische Gesinnung. Außerdem habe ich den Eindruck, dass es keine Linken mehr gibt. Oder so wenige, dass man sie sorgsam hüten und vermehren muss, ähnlich wie die Pandabären."

"Ja, vielleicht sollte man Ei- und Samenzellen von Linken einfrieren."

"Oh ja, von revolutionären Lichtgestalten wie Kim Jong-un oder Xi Jinping",

witzelte Papenfuß. Aber um auf Paul zurückzukommen: Er hat ein Superexamen hingelegt und ist im Staatsdienst rasch aufgestiegen, aber in seinen Vorstellungen bleibt er der Orakelei von Schmitt verfallen. Viele Schmitt-Sätze, wie 'alle Ordnungen müssen aus einem raumordnenden Urakt' hervorgehen, klingen so uraktartig und rätselhaft, als hätte sie die delphische Pythia aus ihrem dampfenden Erdloch gesendet. Jedenfalls bewahrte Paul bis heute das Faible für Vulkane. Immer wieder bestieg er aktive Vulkane, den Ätna oder Stromboli oder den Cumbre Vieja auf La Palma."

"Und was macht er da?"

"Ich weiß es nicht. Vermutlich riecht er dort oben an Staub und Asche, ob sie ihm abgründige chthonische Wahrheiten zuflüstern. Er hängt wohl nach wie vor an diesem Traum von einer globalen, alle Länder und Meere umfassenden Friedensordnung. In diese Theoriemelange aus Bachofen, Schmitt, Mao hat er auch noch die Freiland-Ideen von Silvio Gesell eingerührt".

"Ich kenne nur Freiland-Haltung von Hühnern", meinte Viktoria.

"Eigentlich ist der Silvio Gesell etwas für euch, denn in der Münchner Räterepublik hatten ihn Erich Mühsam und Gustav Landauer zum Finanzminister unter Ernst Niekisch gemacht. Das blieb er aber nur eben vier Wochen. Ein bisschen zu wenig Zeit, um irgendetwas zu bewegen. Seine Freiwirtschaftslehre ist wirklich fortschrittlich. Danach sollte die Erde ohne Landesgrenzen allen Menschen gehören und der Kapitalismus durch Freigeldwirtschaft abgeschafft werden. Überdies sollte es keine Unterschiede von Volk, Rasse oder Geschlecht mehr geben."

"Kannte ich nicht, klingt super, musst du mal Don Camillo erzählen."

"Aber ich fürchte sehr, dass Paul Schleicher heimliche Beziehungen zu den Reichstreuen deutscher Erde unterhält", sagte Papenfuß kummervoll.

44. Adam macht einen guten Job, und Racheengel sind unterwegs

Inzwischen wurden die Rocker im Klosterstübl unruhig. Bis zum späten Nachmittag ging nur eine kurze Nachricht von Don Camillo ein, dass man eben das Örtchen Lug durchquere. Adam sei aber immer noch nicht am Ziel, allerdings zögere er bisweilen an den Wegscheiden; zweimal sei er auch wieder zurückgehinkt. Die Bandidos wollten nicht länger warten. Sie beglichen ihre fette Zeche, und zur großen Erleichterung der Wirtin knatterten sie davon. Das war dann doch voreilig. Denn eine gute Stunde später rief Don Camillo an und gab durch, dass der restlos erschöpfte Adam am Rande oder vielmehr außerhalb der Ortschaft Hauenstein anzeige, dass er am Ziel sei.

Papenfuß und Viktoria erreichten eine halbe Stunde später den von Don Camillo in GPS-Daten bezeichneten Punkt am Ende einer schmalen, mit Schlaglöchern abwechslungsreich asphaltierten Straße, wo der arme Adam halbtot und ziemlich regenfeucht seinen beiden Begleitern zu Füßen lag. Er begrüßte die vertrauten Neuankömmlinge mit leisen Klagelauten. Viktoria honorierte seine Arbeit gleich mit einer Portion der süchtig machenden *Lucky Belly Bauchwohl-Snacks*.

Aber was war das hier für ein unwirtlicher Ort! Inmitten eines schwer zugänglichen, dicht eingefriedeten Grundstücks konnte man das Dach eines Gebäudes erkennen. Das Gebäude und der dazugehörige Hof waren durch einen Stacheldrahtzaun gesichert, den das hellgrün ausgetriebene dichte Blattwerk hoher Buchenhecken zunächst verdeckte. Oben krönten diesen undurchdringlichen Verhau noch festgespannte, als Ziehharmonika gedrehte NATO-Drähte. Wenn man das tropfnasse Gebüsch mühevoll auseinander drückte und dem Auge etwas freie Bahn verschaffte, dann erahnte man das vollständige Bauwerk aus Ziegelstein. Es erinnerte an ein ungenutztes Schulgebäude oder Rathaus. Die gesamte Anlage war an zwei Seiten von älterem Baumbestand umgeben, der allmählich in Wald überging. Die Straße, über die man diesen Ort erreichte, endete an einem massiven gusseisernen Tor, das nach oben in scharfe Eisenspitzen auslief. Darauf das große Schild:

"Versuchslabor des Instituts für experimentelle Forsttechnologie an der Hochschule Karlsruhe (HKA). Lagerung von explosiven Materialien! Betreten streng untersagt.
LEBENSGEFAHR!"

Hatte Adam sie falsch geleitet? In einem Versuchslabor das Gefängnisnest der Kidnapper? Könnte doch sein!

"Auch Hunde sind nur Menschen", sagte Papenfuß, der Unerschütterbare.

Oder war das hier ein potemkinsches Labor? Immanuel und Don Camillo zuckten mit den Schultern.

Die beiden Neuankömmlinge umkreisten prüfend die Anlage und stellten fest, dass die Sicherung des Grundstücks ohne Lücke war. Eine eindrucksvolle Bastion der Wissenschaft! Don Camillo hatte schon nachgeschaut, ob es ein solches Institut überhaupt gebe, und tatsächlich fand er im Netz ein An-Institut der Karlsruher Hochschule.

"Mit welchen explosiven Materialien forschen wohl die Waldtechnologen?" fragte Viktoria.

"Ich nehme an mit Raketen, Granaten, Streubomben, Atombomben, Landminen", spottete Papenfuß, "alles, was man zur nachhaltigen Waldpflege benötigt."

"Fenster und Türen des Instituts sind mit großen Holzpanelen verschlossen", berichtete Don Camillo, der inzwischen von allen Seiten her Sichtschneisen in das Gebüsch gedrückt hatte. "Nur das Dach, so sieht es aus, ist zu Teilen aus Glas oder Verbundglas, so dass es im Inneren des Gebäudes natürliches Licht geben muss."

"Das spricht doch dafür, dass wir hier vermutlich Ulrikes Gefängnis gefunden haben", meinte Immanuel. "Und jetzt?"

"Wir brauchen unbedingt eine Feuerwehrleiter, Drahtscheren und starkes Werkzeug, um die Holzpanelen von der Tür abzuschlagen", drängte der aktionssüchtige Don Camillo.

"Nur dürfen wir nichts übereilen!" mahnte Papenfuß. "Vor allem müssen wir die Warnung vor Explosivstoffen ernst nehmen. Die Leute sind sicher sehr humorlos. Außerdem gebe ich den dringenden Rat, hier nicht gleich Polizei oder Feuerwehren oder gar die GSG zu alarmieren. Ich wüsste erst einmal gerne, wem dieses Areal tatsächlich gehört. Das kann ich gleich morgen früh herausfinden.".

"Hat Adam denn keine Ausbildung als Sprengstoffspürhund?" fragte Don Camillo, der sich weiter Gedanken machte, wie man dieses potemkinsche Labor stürmen könnte.

Er hatte bereits mit seinem Rocker-Kumpel Andy Schurigel telefoniert. Die Bandidos wollten am nächsten Tag Leitern und schweres Gerät besorgen und, wie sie fachsprachlich sagten, "alle Entführerschweine sauber wegkärchern". Sie fühlten sich gut gerüstet. Die Unterwelt hatte ihre Depots mit Hehlerware und anderem von Lastern gestürztem Zeug prächtig gefüllt. Aber der Regen hatte am Ende wieder einmal Don Camillos Kampfgeist weichgetropft, und man einigte sich darauf, die Lage vorerst mit weiteren Informationen zu klären. Am nächsten Morgen wollte man sich erneut im Klosterstübl treffen, das sich als Einsatzstelle bewährt hatte.

Leider war an diesem nächsten Morgen, dem Donnerstag, die Wetterlage nicht besser; dennoch trafen der Richter aus Karlsruhe und die vier Retter aus Bergzabern wieder früh im Eußerthaler Lagezentrum ein. Papenfuß hatte die richtigen Hebel in Bewegung gesetzt und über das Bundeskriminalamt ermittelt, dass das so aufwändig eingefriedete Areal, das Adams Spürnase gefunden und wiedererkannt hatte, von einer "Reichstreuen deutscher Erde Immobilien KG" im Besitz der "Aryan Real Estate Investments Limited" in Richefield Utah vor zwei Jahren erworben und umgebaut worden war. Als Geschäftsführer stand im Handelsregister der Name Adolf Schwarzburg mit Wohnsitz Salt Lake City.

"Ich glaube, das ist die korrekte Adresse", sagte Papenfuß.

Er musste sich kurz unterbrechen, weil ihm die Wirtin einen Brotkorb mit Croissants und einen Milchkaffee als zweites Frühstück vorsetzte. Alle anderen begnügten sich mit Mineralwasser.

"Die Anlage ist so gut versteckt, gesichert und getarnt, dass das Ulrikes Gefängnis sein könnte. Wir sollten jetzt überlegen, ob wir versuchen, mit denen dort in dem Gebäude Kontakt aufzunehmen."

"Wir müssen aber damit rechnen, dass die Entführer dann auf uns ballern", warnte Immanuel.

Viktoria, die den findigen Adam wieder an ihrer Seite hatte, fing vor lauter Aufregung an zu weinen.

Don Camillo kündigte währenddessen an, dass die Bandidos längst einen Transporter mit Leitern und schwerem Gerät besorgt hätten und in einer Stunde im Eußerthaler Einsatzzentrum eintreffen würden.

"Bitte sieh zu, dass sie nicht gleich weiter hierher zum vermuteten Gefängnis fahren", bat Papenfuß, "und auch nicht auf eigene Faust handeln. Sonst haben wir gleich ein paar Explosionen und dann die Feuerwehr am Hals! Es gilt weiter, dass wir erst einmal ohne Alarm operieren."

Immanuel bat Papenfuß jetzt auch um eine vertrauliche Aufklärung, warum er auf keinen Fall mit der Polizei und den Bundesbehörden arbeiten wolle. Sie vier könnten doch im Zweifelsfall das Gefängnis nicht stürmen...

Und Papenfuß, der seinen Croissant dabei genussvoll in den Milchkaffe tauchte, deutete ihm seinen Verdacht an: Vermutlich seien der Bundesanwalt Schleicher und sein Referat in der Behörde, die die Entführung aufzuklären habe, selbst in das Verbrechen verwickelt, oder er habe es sogar persönlich angestiftet. Und wie viele Köpfe zu diesem Netzwerk aus Behördenbeamten, Staatsfeinden und kriminellen Entführern gehöre, könne man nur ahnen. Das habe ihm sein persönlicher Freund Gottlieb Feyerling, der Chef des Bundeskriminalamtes, vertraulich mitgeteilt. Er habe ihm zugleich dringend davon abgeraten, die Leute seines eigenen Amtes mit relevanten Informationen zu versorgen. Das müsse man sich mal vorstellen: Ein Behördenchef misstraut seinen eigenen Beamten! Feyerling habe ihm auch gesagt, er wolle Wendelin Gracchus mit aller Behutsamkeit testen. Er müsse herausfinden, wie weit sogar Schleichers Chef in die Angelegenheit verstrickt ist. Man weiß ja nie!

"Das hieße, der Bundesanwalt Schleicher ist womöglich ein Reichstreuer?" Immanuel wollte es nicht glauben.

"Es heißt jedenfalls, Schleicher steckt mit ihnen unter einer Decke", Papenfuß blieb cool. "Und das Netzwerk reicht bis in die USA, wo ein hochadliger deutscher Milliardär die Neonazi-Szene transatlantisch finanziert. Und nicht ganz zufällig hat die "Aryan Real Estate Investments Limited" hier dieses Gefängnis erworben. Von dieser arischen Immobiliengesellschaft hat Schleicher höchstpersönlich auf einem Briefing vor etwa zwei Wochen gesprochen. Mir kam das schon so vor, als sei er stolz darauf."

Inzwischen hörte man vor dem Klosterstübl die Easy Rider mit ihren Harley-Davidsons und Moto Guzzis rocken. Don Camillo rannte raus. Weil die Motoren noch liefen, rief er, man werde sie nachher zu dem gesuchten Gefängnis führen. Die Rocker waren aber mächtig tatendurstig.

"Wir hauen die Alte da jetzt raus!" schrien einige.

Don Camillo wandte sich an Andy Schurigel und bat ihn dafür zu sorgen, dass die Männer gleich vor dem Grundstück stehen bleiben und nichts unternehmen dürften. Die Leitung des Einsatzes, wenn es einen geben würde, läge allein bei Richter Papenfuß und dem Anwalt Cammerer. Andy schüttelte den Kopf. Sie wollten unbedingt loslegen. Zum Glück kam jetzt Immanuel aus dem Klosterstübl, und er bat die Männer mit lebhaften Zeichen, erst einmal ihre Motoren abzustellen. Dann schilderte er kurz die Situation in Ulrikes vermutetem Gefängnis und malte die Gefahren der verborgenen Sprengfallen aus. Er wisse, sagte er lächelnd, in einem wahren Bandidoherzen gebe es keine Furcht, aber es wäre schade um jeden von ihnen, wenn jetzt unbedacht gehandelt würde. Immanuel hatte den richtigen Ton getroffen. Die Männer zeigten sich bereit, auf sein Kommando zu hören und dann auch die Autorität von Papenfuß anzuerkennen, der aus dem Klosterstübl trat und dabei die Arbeit an einem letzten Croissant-Bissen abschloss.

Kurz darauf setzte sich die Kavalkade der mehr als dreißig Motorrad-Rocker lärmend in Bewegung. Don Camillo hatte sich ohne Sturzhelm zu Andy auf die Harley geschwungen. Immanuels Volvo mit Viktoria, Papenfuß und Adam rollte hinterher.

Viktoria weinte immer noch. Papenfuß legte ihr seinen Arm um die Schulter und sagte:

"Wir werden nichts machen, was deine Mama, wenn sie wirklich dort festgehalten wird, irgendwie in Gefahr bringt."

Von hinten sahen die Bandidos mit ihren unter den Helmen wehenden langen filzigen Haaren und dem säbelschwingenden Fat-Mexican-Patch auf dem Rücken ihrer Kutten wie Racheengel aus, die gleich die Schwerter der Gerechtigkeit niedergehen lassen würden.

45. Tanz auf dem Seil (Ulrikes Tagebuch 5)

"Es tut mir sehr leid, Frau Doktor Kleist, aber ich habe Anweisung, Sie sofort zu erschießen!"

Mit diesen Worten polterte Palmström am Donnerstag in mein Zimmer, als ich gerade in dem übel zerfledderten Exemplar von Karl Mays Erzählung "Deadly Dust" blätterte, um endlich herauszufinden, was der Erzähler sich bei diesem Titel gedacht haben mag.

Zuerst glaubte ich an einen bösen Scherz, aber dann sah ich, dass der Mann Schweißtropfen auf der Stirn hatte. In seinen Augen hinter der schwarzen Brille flakkerte eher Angst als Mordbereitschaft, als er auf mich zuschritt. Kein Zweifel, dass er es ernst meinte, und während ich zurückwich, versuchte ich ihn mit einer vielleicht letzten dummen Frage aufzuhalten:

"Wieso muss das denn so plötzlich sein?"

"Wir sind entdeckt und offenbar von einer Polizeistaffel umstellt", sagte er mit vor Erregung schwindender Stimme. "Hören Sie das nicht???"

Jetzt drang auch mir Motorengeräusch ans Ohr, es war sogar recht laut.

"Außerdem bin ich gerade angerufen worden von meinen Leuten. Die haben den Befehl erteilt, meine Geisel zu erschießen."

Aber er schoss nicht, und um nur den Dialog nicht abbrechen zu lassen, fragte ich unverblümt:

"Und werden Sie sich anschließend auch wirklich selbst erschießen, wie Sie mal gesagt haben?"

"Ja", antwortete Palmström leise. Er zitterte, seine Hand sank, und es sah so aus, als würde die Waffe immer schwerer. "Ich glaube schon."

Ich aber, die ich doch drei oder vier Wochen lang wegen tausend Ängsten kaum schlafen konnte, wurde ganz ruhig und sagte zu ihm:

"Warum machen Sie es nicht umgekehrt? Warum erschießen Sie nicht erst sich und dann mich?"

Der Mann ließ die Waffe weiter sinken und schaute mich verständnislos an. Er zitterte am ganzen Körper.

"Wie meinen Sie das?"

"Hören Sie, es gibt doch vielleicht eine Möglichkeit, wie wir uns beide befreien lassen", sagte ich ihm. Ich verstehe mich selbst heute nicht mehr, denn ich lachte und schlug ihm dann vor:

"Dann wäre die Reihenfolge völlig egal, ob erst Sie oder ich weiterleben."

"Wir können hier nicht herausgeholt werden", erklärte er, ohne meinen Galgen-humor zu begreifen. *"Das ganze Haus, Fenster, Türen, Eingang, sind voller Spreng-fallen. Man sieht nur nichts davon. Wahrscheinlich fliegt bereits alles in die Luft, wenn jemand nur versucht, den Absperrzaun zu übersteigen. Und wir mit!"*

"Wenn ich Sie jetzt richtig verstehe, dann heißt das eigentlich: Sie wollen weiter-leben. Aber weiterleben und lebenslänglich ins Gefängnis gehen? Dann hat ihre arme Frau keine Chance mehr."

"Ich weiß nicht, was ich machen soll." An diesem Verbrecher war nichts mehr hartgesotten.

"Ihre ganze Aktion ist gescheitert!" rief ich. *"Am Ende sind wir beide tot, und nie-mand hat etwas davon. Am wenigsten Ihre Frau!"*

"Ich möchte sie wiedersehen", murmelte der armselige Mann und schaute seine Hand mit der Waffe an, als gehörte sie nicht zu ihm.

"Nutzen Sie die letzte Chance", rief ich. *"Noch können Sie bei Verzicht auf die Vollendung des Verbrechens mit partieller Straffreiheit rechnen. Ich würde mich dafür einsetzen."*

"Aber wie?" fragte er. Er ließ seine Waffe zu Boden fallen und sackte auf mein Bett. Alles an ihm rief 'Verzweiflung'. Ich hätte einfach den Revolver aufheben und auf ihn schießen können. Die akute Gefahr schien vorbei. Palmström war ein ge-wandter Artist, aber kein Killer. Und so kam mir die bessere Idee. Fenster und Türen waren zugenagelt und vermutlich auch mit Sprengfallen gesichert. Aber wie war es mit den Oberlichtern dort an der Decke? Die Glasdachfenster waren unerreichbar, aber vielleicht doch nicht für diesen Hochseilschläfer und Zirkusartisten. Wenn er ir-gendwie an der Wand Halt fände, um nach oben zu klettern und in die Fenster eine Öffnung zu schlagen, dann könnte man draußen vielleicht mit der Polizei oder den Einsatzkräften kommunizieren. Sie vor allem warnen.

Ich fragte Palmström, ob er nicht eine Möglichkeit sähe, unter das Dach zu klet-tern. Und mir schien, dass ihn diese Frage aus seiner Verzweiflungstrance weckte. Er stand auf, ließ seine Blicke durch den ganzen Raum gehen, als ob er diese Möglich-keit prüfte. Er schaute sich lange um. Ich konnte mir auch nur theoretisch vorstel-len, wie man an den Wänden dieses einstigen Unterrichtsraums bis ganz nach oben klettern könnte. Das sah er wohl auch so. Er stand von meinem Bett auf und ging in das kleinere Zimmer, wo das Klavier stand. Ich hob inzwischen den Revolver vom Boden auf. Die Waffe war noch feucht von seinen schwitzigen Händen. Dann folgte ich ihm. Palmström schaute lange in die Höhe. Oben unterhalb der gläsernen Dach-schräge lief ein Wasser- oder Heizungsrohr oder so etwas Ähnliches an der Wand ent-

lang. Nicht unmittelbar unter dem Glas des Schrägdachs, sondern etwas tiefer, aber das bot vielleicht eine Haltemöglichkeit. Ohne ein Wort zu sagen, holte er den kleinen Tisch aus meinem Zimmer, stellte den Stuhl darauf und stieg auf die Plattform, die eben einen guten Meter in die Höhe ging. Seine Finger reichten aber nicht bis an das Rohr. Ich fragte ihn, ob wir nicht noch seinen riesigen Überseekoffer unter den Tisch stellen könnten und dann erst den Stuhl darauf. Das war rasch geschehen. Die neue Plattform war allerdings so wackelig, dass Palmström die Kletterpartie erst einmal abbrechen musste. Ärgerlich riss er sich seine Insomnia-Kappe vom Kopf und schmiss sie in hohem Bogen in eine Ecke. Ich sagte ihm, ich könnte den Tisch halten, ich müsste nur eben seine Knarre wegstecken. Jetzt bemerkte er seinen Fehler, aber ihm war klar, dass ich weder ihn noch mich in einer der beiden möglichen Reihenfolgen abknallen würde. Ganz abgesehen von meiner Unfähigkeit, mit dieser Waffe überhaupt umzugehen. Gleich darauf ließ er seinen Revolvergürtel mit der zweiten Kanone fallen. Als er dann tatsächlich oben halbwegs festen Stand gewonnen hatte, probierte er, ob dieses Stahlrohr, das aus der Seitenwand kam und in einem Bogen weiter nach oben lief, unter dem Dach fest genug verankert war, um ihn zu halten. Das Rohr gab unter seinem Gewicht ein wenig nach, beklagte sich mit leisem Quietschen, aber erst einmal hielt es. Dann bewegte er sich wie an einer Hangelleiter vorsichtig Griff für Griff ein oder zwei Meter an der Leitung entlang und konnte sich dann irgendwie ein Stück unterhalb der kleineren Glasdachscheibe an einem Vorsprung festhalten. Er musste Finger aus Stahl haben. Aber jetzt?

"Es geht so vielleicht, aber ich brauche einen Hammer!" rief er.

Hammer, Hammer, Hammer! Woher? Ich schaute mich um, ob sich irgendwo ein richtig hammerartiges Ding finden ließ, um so eine dicke Scheibe zu zerschlagen. Da gab es nichts. Hätten wir doch Old Shatterhand dabei, von dem ich eben noch gelesen hatte. Palmström konnte sich nicht länger an dem Vorsprung halten und hangelte zurück.

"Die Scheibe ist ziemlich dick!" fluchte er.

"Oh, wir Idioten!" rief ich und winkte mit dem Revolver, den ich beiseite gelegt hatte. "Meinen Sie nicht, dass man damit man das Glas durchschlagen kann?"

"Wenigstens ein paar Löcher."

Dieser wahnsinnige Artist versuchte es dann tatsächlich in einem zweiten Anlauf. Noch einmal stieg er mit meiner Hilfe auf die Koffer-Tisch-Stuhl-Pyramide, hielt sich am dem klagenden Rohr, das sich zu einem Klettergartenspielzeug erniedrigt sah, und bewegte sich wieder hin zu der Glasverdeckung. Und tatsächlich vermochte er sich mit der einen Hand an dem schmalen Vorsprung zu halten und mit

der anderen einen Kreis von Löchern in das Glas zu schießen. Es knallte grauen-haft. Dann ermüdeten die Finger, er musste irgendwie auch die Rückstöße abfan-gen. Um sich etwas auszuruhen, kletterte er den Weg noch einmal zurück. Als er dann beim dritten Mal der perforierten Scheibe den Rest zu geben wollte, reichte ich ihm diesen uralten Besen an, mit dem ich bisweilen hier den "deadly dust" be-kämpft hatte. Damit konnte er ein ganzes Stück herausschlagen. Aber selbst dieser dürre Mensch passte da nicht hindurch. Ich zog die zweite Knarre aus dem Gürtel. Nachdem er noch einmal zurück auf den Stuhl zurückgeturnt war und dort seine Stahlfinger entspannt und etwas verschnauft hatte, ballerte er nach der vierten Kletterübung mit der gleichen Konzentration am Rand des Lochs ein paar weitere Glasstücke heraus. Durch die Öffnung regnete es heftig.

"Gibt es noch mehr Munition?" wollte ich wissen, aber Palmström hatte sich schon in der Öffnung festgekrallt und zwängte seinen Oberkörper hindurch. Ich schwitzte Blut und Wasser. Bald konnte er die Lage draußen erfassen. Die Situation kam ihm offenbar gefährlich vor, denn er schrie "Nicht schießen! Nicht schießen! Ul-rike ist hier! Die Frau Kleist ist hier!"

Er schaffte es dann, sich vollständig durch die gefährlich gezackte Öffnung in der Verglasung zu drücken. Das ging, wie man schon an dem rosa verfärbten Schei-benrand sehen konnte, nicht ohne Schrammen und Schnitte ab. Doch das war glücklich geschafft. Ich hörte die Stimmen von draußen, aber ich konnte nur Palm-ström verstehen, der wieder und wieder rief, dass Ulrike gleich frei sein würde, dass man nicht schießen solle. Außerdem warnte er, das Haus und der Garten seien vol-ler Sprengfallen. Erst müsse ein Sprengräumungskommando her oder ein Panzer. Vielleicht gebe es auch in der Ecke eine Feuerwehr mit einer Leiter, die bis aufs Dach reichte. Er streckte dann seinen Kopf, der regennass und ziemlich zer-schrammt war, zurück durch die Öffnung. Die Entfernung vom Dach bis hinüber auf die andere Seite des Stacheldrahtzauns, der das ganze Haus und Grundstück si-cherte, betrüge dreißig bis vierzig Meter, sagte er. Aber da draußen warteten keine Bullen, sondern auf den vielen tuckernden Motorrädern, die man hören konnte, säßen allem Anschein nach Rocker. Die hätten zwar eine Leiter dabei, aber die sei viel zu kurz. Gerade als er wieder nach draußen verschwunden war, kam mir eine neue Idee. Ich rief Palmström mehrmals, bis er seinen Kopf wieder durch die Öff-nung steckte.

"Wie lang ist das Seil, das Sie mitgebracht haben?"

Er wusste sofort, was ich meinte.

"Holen Sie, holen Sie es! Das ist vielleicht unsere Rettung!"

Ich rannte erneut in sein Zimmer und grub aus dem messiartig angehäuften Krempel in seinem Überseekoffer den Plastiksack mit dem Seil, dessen eines Ende schon immer über den Rand hing. Lieber Gott, jetzt würde es wohl gleich an mir sein, auf diese schwankende Freitreppe aus Überseekoffer, Tisch und Stuhl zu steigen, um ihm das Seil anzureichen. Ich nahm erst einmal den Stuhl von der Wackelpyramide auf den Boden und stieg von ihm aus auf den Tisch. Doch obwohl sich mir Palmström noch einmal lebensgefährlich weit entgegenstreckte, reichte das bei weitem nicht. Warum hat mir mein lieber Schöpfer nur eben 167 cm Körperlänge bewilligt! Dann halt mit Hilfe des Verstandes! Da war der Herr nicht ganz so kniepig gewesen. Mit einem Klebeband, das sich noch in dem Sack fand, befestigte ich ein Ende des Seils an dem Besenstiel, stieg unter Missachtung aller Höhenängste und Schwindelanwandlungen, die mich sonst sogar auf kleinen Küchenleitern heimsuchen, auf den Koffer, dann auf den Tisch und zuletzt auf den oben zurückgestellten Stuhl. Von dort streckte ich Palmström den Besen so weit entgegen, dass er das Ende zu fassen bekam. Dabei geriet meine Pyramide so heftig ins Schwanken, dass ich rasch hinunterspringen musste und zu meiner Verwunderung nicht tot, sondern mit heilen Knochen auf den Füßen landete.

In meine Verwunderung hinein hörte ich Palmström draußen auf dem Dach den Leuten zurufen, dass er ihnen ein Seil zuwerfen wolle. Dafür benötigte er aber irgendeine Beschwerung, um das Seil weit genug über die Abzäunung zu schleudern. Er wollte schon eine der kleinen Schieferplatten aus dem Dach lösen. Als ich das hörte, rief ich, er solle doch die blöde Knarre nehmen, die er nach der Ballerei hatte fallen lassen. Wieder erschien sein nasser zerschrammter Kopf in der Öffnung, seine griffbereite Hand folgte. Aber ich wollte auf keinen Fall noch einmal auf diese Schicksalsleiter steigen. Ich knotete den Revolver an das andere Seilende, das noch vor mir hing, und Palmström zog es hoch. Einen Augenblick später konnte man ein paar scheußliche Flüche so deuten, dass der erste Wurf nicht weit genug gegangen war. Die Knarre landete vermutlich im Zaun oder im Vorhof, denn es folgte eine heftige Detonation, dass sich sogar noch ein paar Glassplitter aus dem Fensterloch lösten. Was war jetzt passiert? Erneut steckte Palmströms seinen Kopf durch das Loch im Glasdach und beruhigte mich, dass niemand zu Schaden gekommen sei. Er hatte nicht weit genug geworfen. Dann verschwand er wieder. Man konnte hören, wie er auf dem Dach weiter nach vorne rutschte und das Seil erneut zurückzog. Der zweite Wurf fand dann offenbar sein Ziel. Nur hatte Palmström, wie ich aus seinen Rufen schloss, alle Mühe, den Leuten draußen zu erklären, was er vorhatte. Sie sollten das Seilende, das die fliegende Knarre gebracht hatte, am nächsten Baum erst einmal locker befestigen, und bitte warten, bis er das andere Ende hier im Haus verknotet habe. Dann sollten sie es ganz stramm ziehen.

Als sein Kopf wieder im Glasloch erschien, rief mir Palmström zu, dass wir den Auszug aus der Gefangenschaft jetzt wagen müssten. Ich solle mir das Seilende wie einen Gürtel fest umschnallen. Er würde es stramm halten, wenn ich auf unsere Behelfspyramide kletterte. Den Rest der Strecke bis hoch aufs Dach könnte er mich ziehen. Und so machte ich es. Ich schlang mir das Seil bestimmt drei Mal um den Bauch, knotete es ebenso oft und gab ihm das Zeichen. Noch einmal kletterte ich todesmutig auf unsere Behelfsleiter, dankte den Bremer Stadtmusikanten für diese große Erfindung und glitt dann, von meinem gehemmten Mörder lebenserhaltend geliftet, auch dank der mir von meinem weisen Schöpfer geschenkten, trotz fetter Pizza-Versorgung immer noch schmalen Figur fast ohne Kratzer durch die Öffnung. Obgleich er schon schwer atmete, begrüßte mich Palmström mit einem hörbaren Seufzer. Da standen wir nun auf dem abschüssigen, glatten Dach, und er hielt mich an der Hand. Mir war schwindelig, der Regen prasselte, ich konnte kaum etwas sehen, aber ich spürte diese herrlich frische Luft. Während ich mir die Regenfeuchtigkeit aus den Augen wischte, entschleierte sich allmählich auch die Umgebung, und ich erkannte unten, hinter dem Zaun und dem Buschwerk meines Gefängnisses, diese Parade von Motorrädern. Es waren offenbar keine Polizisten, ach, nicht zu fassen! sondern wirklich Rocker! Die Halbwelt will mich retten! Doch als mich dann von dorther die Rufe erreichten, entdeckte ich ganz vorne meinen winkenden Immanuel, den Kollegen Papenfuß, und, lieber Himmel, sei dir Dank! meine Viktoria und sogar Adam, der neben ihr lag. Ich schrie wohl vor Glück, alle meine Lieben zu sehen, und ich wäre sicher ohnmächtig vor Freude geworden, wenn mich nicht Palmström, der immer noch von der Anstrengung schnaufte, heftig geschüttelt hätte.

"Wir müssen es wagen", sagte er wieder und wieder, während er mich von meinem Seilgürtel befreite. "Wir müssen es wagen". Ich begriff nicht recht. Sollte ich über das Seil spazieren? Na gut! Aber Palmström hatte einen anderen Plan. Welche Entschlossenheit! Was für eine Veränderung! Woher nahm dieser hoffnungslos in Traurigkeit und Schwäche versackte Mann plötzlich diese Tatkraft? Er streckte sich erneut durch das scharf gezackte Loch im Glasdach und befestigte innen das Seilende, das er von mir gelöst hatte, an der dünnen Rohrleitung. Ich ahnte, was er vorhatte. Aber würde das arme alte Rohr uns beide halten? Vorhin hatte es sich unter seinem Gewicht verbogen und leise geklagt. Jetzt würde es sich in die andere Richtung verbiegen. Er rief mir zu, dass er vier oder fünf Knoten machen würde. Höchste Sicherheit! Dann zurrte er das Seil draußen vom Dach her fest. Nachdem er das *dreimal wiederholt hatte, gab er den Rockern unten die Anweisung, sie sollten ihr Seilende gleich in ausreichender Höhe an dem Baum befestigen, möglichst über einer Astgabel. Sie müssten es auch mindestens zu zweit festziehen und sich dann probeweise dran hängen. Die Männer bestiegen zwei der Leitern, die sie mitgeschleppt hatten, um hoch genug einen stabilen Ast zu nutzen. Sie taten das mit großer Sorgfalt, ohne zu ahnen, was nun passieren würde. Und kaum hatten sie das Seil so stramm gezogen, dass es sich von unserer Dachluke bis drüben an der großen Buche wie für eine Drahtseilbahn spannte, da sprang Palmström auf das Seil, ja er sprang wirklich, wie ein übermütiger Vogel, der sich aus seinem Käfig in die luftige Freiheit zurückschwingt. Er wollte die Festigkeit des mühsam geknüpften waghalsigen Fluchtweges prüfen. Ein paar Schritte vor und zurück, ein paar Hüpfer wie auf einem Trampolin, das dünne Rohr drinnen knarzte und quietschte, aber es hielt. Und währenddessen hörten wir die Ah's und Oh's, die vom Jenseits des Stacheldrahtzauns kamen. Der Artist schien das zu genießen. Dann balancierte er zurück, sah mich an und fragte: "Vertraust du mir?" Tatsächlich sagte er "du" zu mir, und ich antwortete: "Ja, Honeyman, ja, ich vertraue dir."*

Und was nun geschah, das kann ich nicht ohne Tränen niederschreiben. Palmström, dieser traurige, traurigste Mensch, den ich je gesehen habe, lächelte mich an und nahm mich wie sein Kind auf den Arm.

"Jetzt erfährst auch du, was es heißt, auf einem Seil zu tanzen!"

Vorsichtig setzte er mit mir auf dem Arm den ersten Fuß auf das Seil, während ich die Augen schloss, um nur kein Schwindelgefühl aufkommen zu lassen. Sein struppiger Helge-Schneider-Bart kratzte an mir, aber es war wie eine raue Zärtlichkeit. Und als ich ein Auge ganz vorsichtig öffnete, sah ich, wie er dann auch mit dem zweiten Fuß das feste Dach verließ. Durch dieses leise Schwanken hindurch spürte ich, wie sich in seinem Körper etwas Seltsames, geradezu Wunderbares vollzog. Während er mich bei den ersten Schritten auf dem Seil noch behutsam wiegend trug, ging dieses Schreiten dann in eine fast tänzerische Bewegung über, in eine schwingende Leichtigkeit, die mich mitnahm. Ich hatte nicht die geringste Angst. Es war vielmehr eine kindliche Seligkeit, als wäre im Arm eines freundlichen Engels alle Erdenschwere von mir gefallen. Ich öffnete beide Augen, weil ich mir sicher war, dass es kein Schwindelgefühl mehr geben würde. Dann schaute er mich an, und mich erfüllte, von ihm auf mich übertragen, eine Schwingen, eine Euphorie wie noch nie in meinem Leben. Auf seltsame Weise zog ich aus seiner vor meinen Augen sanft wippenden Haarquaste eine Art Vertrauen, wie doch alles mit uns im Einklang sei. Langsam näherten wir uns dem Grün des Waldes und den ausgestreckten Armen

der Wartenden, die ich im Regen nur als dunklen Farbstreifen wahrnahm. Als wir wohl fast das Ende Weges auf dem Seil erreicht hatte, sagte Palmström: "Das ist es, wovon ich immer träume. Auf den Füßen schweben, und jetzt weiter und immer weiter bis ans Ende des Horizonts!"

46. Überstürzende und bestürzende Nachrichten

Kaum war die Nachricht von der Befreiung Ulrike Kleists über alle elektronischen Kanäle um den Erdball geflogen, da scheuchten die Aufatmenden schon wieder neue Nachrichten auf. Die Erfreulichste erreichte die Bundesregierung über ein Telefonat des guatemaltekischen Staatspräsidenten Hugo Saltamontes. Persönlich setzte Hugo das Kanzleramt ins Bild, dass es seinen Sicherheitskräften gelungen sei, den vermissten Journalisten Ewald von Kleist, der sich vermutlich auf einer Wanderung verirrt hatte, zu finden und ihm seine verlorene Habe zurückzugeben. Er werde selbst mit den deutschen Behörden und mit seinen Angehörigen Verbindung aufnehmen.

Stattdessen schickte Ewald von Kleist SPIEGEL-Online am Freitag-Mittag einen Bericht, der noch einmal alle zuvor verbreiteten Nachrichten überbot!

"Vielleicht gibt es keinen zweiten Ort in der Welt, an dem sich eine solche absurde dramatische Wendung der Dinge abgespielt hat wie hier im "arresto domiciliario". Das ist der lieblich gefärbte Name für mein Gefängnis, in dem ich seit bald drei Wochen ohne jede Begründung eingesperrt hockte. Es ist zwar keine trostlose Zelle, sondern ein kleines Appartement, aber ohne Kontakt und ohne Zeitung sitzt man auch in einem Sessel eher nagelbrettartig. Vor wenigen Tagen teilte mir mein Bewacher mit, dass der deutsche Bundesanwalt Paul Schleicher aus Karlsruhe unterwegs sei, um mich zu vernehmen. Zartfühlend, wie man hier ist, erspart man den Verhafteten nicht nur die Gründe für ihre Gefangenschaft, sondern gleich alle Nachrichten. Ich wusste also nicht, warum, wozu, worüber der hohe Bundesanwalt mich vernehmen wollte.

Gestern also erschien der Mann. Er entsprach nicht dem Bild eines deutschen Beamten, denn er war so fein und edel gekleidet, dass er hier als Bodyguard eines Drogenbarons anheuern könnte. Senor Schleicher trug einen himmelblauen Risby & Leckonfield Leinensakko mit Goldknöpfen, ein schneeweißes Seidenhemd, edle Jeans und superelegante braune Marshall CO1-Lederschuhe von Henry Stevens. Aber die goldenen Knöpfe mit ihrem Navy-Touch ließen bereits ahnen, dass er sich nur fein gemacht hatte, um seinen Schiffbruch festlich zu begehen. Denn der hohe Bundesanwalt Schleicher trat in einer ganz unerwarteten Rolle auf. Statt mir die furchtbare Macht und Gewalt seiner Behörde zu spüren zu geben, ließ er sich schlaff in den bereitgestellten Korbsessel fallen und setzte an zu einer Klage, die ebenso abgründig wie ungeheuerlich klang.

Paul Schleicher hatte sein Amt verloren. Er kam nicht mehr, um mich verneh-

275

men, sondern mir etwas zu offenbaren, was ich dann im SPIEGEL berichten sollte. Schleicher hatte zuvor die Macht und den Einfluss seines Amtes genutzt, um ein unerhörtes, eigentlich unfassbar kühnes Komplott zu schmieden. Zu den Schachzügen, die er mir offenbarte, zählt auch die Entführung meiner Schwester Ulrike Kleist. Das Kidnapping war, wie Schleicher deprimiert erklärte, wenige Stunden zuvor gescheitert. Die Nachricht hörte ich allerdings mit unendlicher Erleichterung. Das verstand der Mann nur zu gut. Er betonte sehr überzeugend, man habe mit dieser Aktion nichts anderes erreichen wollen, als die Durchführung der Landtagswahl in Brandenburg und den Wahlsieg der FBD zu sichern. Ursprünglich wollte man meine Nichte Viktoria entführen, um einen besonders hohen Druck zu erzeugen, doch sei eine Person, der dabei die zentrale Rolle zugedacht war, der Bürger der Elfenbeinküste namens Osei Tutu, unerwartet abgesprungen. Schleicher selbst hatte den Mann für das Verbrechen gewonnen und ihm wie allen anderen Beteiligten enorme Prämien in Aussicht gestellt; aber der Osei Tutu hatte sich nur zum Schein auf die Aktion eingelassen. Er war offenbar von Anfang an entschlossen, den Plan, in den er bereits eingeweiht war, zu verraten. Das war jedoch sein Verhängnis. Eine Tragödie. Der Mann sei leider von Leuten der amerikanischen CIA aus ganz anderen Gründen liquidiert worden. Er wollte in den USA ein Legat des amerikanischen Popsängers Michael Jackson kassieren, was die anderen amerikanischen Erben, von denen es nicht wenige und vor allem sehr einflussreiche gibt, ungern sahen. Sie hatten es vergeblich versucht, ihm die Verfügung Jacksons abzuluchsen, durch Diebstahl, Raub, Kauf und Bestechung. Dann aber bekam er die Chance: Man würde ihn unterstützen, wenn er bei diesem Kidnapping mitmachte. Da Osei Tutu eng mit meiner Nichte befreundet war, hätte er eine führende Rolle einnehmen können.

Ausführlich äußerte sich dieser Schleicher aber dann zu den eigentlichen Plänen dieses Komplotts. Im Auftrag der weltumspannenden, geostrategischen, menschheitserlösenden Freeland & Peace Global State Group sollte er in Europa Territorien, Provinzen, Bundesländer, Staaten in die rein privaten Eigentumsstrukturen des Unternehmens überführen. Dies nicht allein auf dem Wege der legalen Acquisition, sondern auch durch Manipulation politischer Prozesse. Das Gute muss sich aller Mittel bedienen. Daher hatte er die vollendet dumme FBD und die Reichstreuen-Bewegung vor seinen Karren gespannt. Er räumte ein, dass er persönliche Beziehungen mit einer Führungsperson der FBD unterhalten habe. Dazu könne er aber jetzt nichts preisgeben. Die eigentlichen Drahtzieher sind also, wie Schleicher mir anvertraute, Strategen einer Private Equity, die nicht mehr Unternehmen aufkauft, saniert und verscherbelt, sondern Territorien und ganze Staaten. Freeland &

Peace war, wenn man es kritisch sieht, eine Staaten-Heuschrecke. Sie fraß ganze Länder und Provinzen. Doch das tat sie unter der religiös-utopischen Devise, dass die Menschheit durch Abschaffung von Eigentum, Staatlichkeit, Geld und Territorialität erlöst werden müsse. Und das wollte auch Schleicher.

Ich war also plötzlich vom willkürlich verhafteten Reporter zum Beichtvater einer zentralen Figur in einem globalen Komplott geworden. Der einstige Bundesanwalt, das sagte er mir bitter, werde bereits von den deutschen Behörden gesucht. Er hatte resigniert. Er saß da, zusammengesunken in seinem Korbsessel, das schöne Risby & Leckonfield Leinensakko warf von Minute zu Minute mehr Knitterfalten, und die goldenen Knöpfe daran wurden immer matter. Die Leitung der Freeland & Peace-Gruppe hatte ihm zugesichert, dass er auf den Schutz dieser längst übermächtigen Private Equity rechnen dürfe, auch dann, wenn die Sache scheitern würde. Denn es ginge um nicht weniger als die Rettung der Menschheit. Aber jetzt saß er hier in Guatemala, und die Leitung von Freeland & Peace dachte nicht daran, ihre Zusage einzuhalten. Sie sei weiter daran interessiert, die Menschheit zu retten, sagte er bitter, aber ihren Akteur Schleicher zählte sie wohl nicht dazu.

Ich fragte ihn, was er sich denn persönlich von diesem Komplott erhofft hätte, und er sagte, dass er aus rein idealistischen, theoretisch sorgfältig erwogenen, politischen Motiven gehandelt habe. Schon zur Schulzeit Ende der siebziger Jahre habe er sich verschiedenen antikapitalistischen Bewegungen angeschlossen. Weil sein verhasster Vater als Spekulant Unmengen verdiente und das Geld in Steuerparadiesen versteckte, habe er dagegen gearbeitet. Ursprünglich habe seine Familie in Ostpreußen über großen Landbesitz verfügt, doch durch den Verlust dieser Ländereien sei sein Vater so ein brutaler Kapitalist geworden. Seit dieser Zeit wollte der junge Schleicher die ins Ungeheure wachsende Macht der Banken, Konzerne, Monopole, Hedgefonds, Oligarchen, Diktatoren, Big Tech-Giganten, Warlords, die die Welt aus purer Gier ausschlachteten und immer tiefer in die Katastrophe stürzten, brechen. Er war nacheinander Anarchist, Fourierist, Marxist, Leninist und zuletzt Maoist. Doch wurde er stets enttäuscht, weil diese Leute allesamt naive, von Spinnern hirngewaschene Tollhäusler in winzigen Splitterbewegungen waren. Nur von einer globalen Revolution verspreche er sich eine Änderung. Die Menschheit müsse sich dem Nomos der ohnmächtige Erde unterwerfen. Zuvor würden die Revolutionen im 21. Jahrhundert, in der Epoche der globalen Ökonomie, der Digitalisierung, der Künstlichen Intelligenz, den gesamten Erdball, alle Planeten und extraterrestrischen Intelligenzen befreien. Die beiden großartigen erdumspannend operierenden neuen Bewegungen, die Freeland & Peace und die Blockchain-Revolution, verfolgten die große Chance,

*mit friedlichen Mitteln die Macht aller zerstörerischen, vom Nomos der Erde abge-
rissenen Hegemonien zu brechen und jeden Fleck auf dem Globus zu demokratisie-
ren. Die Freeland & Peace habe Silvio Gesells natürliche Wirtschaftsordnung zur
Grundlage. Erdbürgerschaft und Blockchain-Bürgerschaft seien nichts anderes als
Gesells Frei-Geld- und Frei-Land-Ideen. Dieser Aufgabe der Menschheit habe er sich
verschrieben, um in die alte erd- und seegebundene natürliche Ordnung zurückzu-
kehren.*

*Na gut, meinte ich, im Dienst der Menschheitserlösung kann man schon mal ein
paar krumme Dinger drehen, aber sich dazu mit Neonazis zu verbünden, das sei
doch völlig rückwärtsgewandt. Oh nein, rief jetzt der zerknitterte Ex-Staatsanwalt,
nein! Wie wolle man eine Revolution besser tarnen als im Rücken einer Neonazi-
Partei! Kennen Sie Hegels List der Vernunft? Man habe diese nützlichen Idioten und
Wirrköpfe für die Sache der Menschheitserlösung genutzt. Tatsächlich habe dieser
neue, immer noch im Verborgenen wirkende Blockchain-Geist der Weltrevolution
bereits deutsche Ministerien, Universitäten, Geheimdienste, Gerichte erfasst. Sonst
wäre nicht längst, ohne dass es überhaupt bekannt sei, halb Europa unter Kontrolle
der Freeland & Peace-Gruppe. Man habe mit Leuten der CIA, der EU, der NATO,
mit den Ministerien harmonisch zusammengearbeitet, weil sie alle von diesem zugleich konservativen wie revolutionären Geist der natürlichen Wirtschaftsordnung
erfüllt seien.*

*Nur er sei gescheitert, klagte der arme Schleicher, noch mehr Falten schlagend.
Dabei habe man alle, die an dem Kidnapping beteiligt waren, auf Herz und Nieren
geprüft. Alle waren von der CIA, von Kollegen im BKA, im BND durchleuchtet worden. Es gab keinen Fehler, alles war perfekt organisiert und zeitlich abgestimmt. Nur
dieser eine Mann von der Elfenbeinküste spielte falsch. Dabei habe er ihn selbst auf
Herz und Nieren geprüft. Daher sei es für Schleicher sehr bitter gewesen zu hören,
dass der Mann sich erhängt habe. Aber die schreckliche Wahrheit, fügte er dann
hinzu, die schreckliche Wahrheit sei, dass ihn vermutlich die CIA-Leute umgebracht
hätten. Die Kollegen in Berlin hätten auf höhere Weisung hin diesen angeblichen
Selbstmord nur oberflächlich ermittelt. Er sei sich ziemlich sicher. Überdies, sagte er
dann zu mir, verdankte ich meine Verhaftung vor bald vier Wochen seiner Initiative.
Er habe dabei die Idee gehabt (von der ich gar nicht wusste), meine Wanderstiefel in
Erinnerung an den unsterblichen Philosophen und Vulkanspringer Empedokles und
zur Irreführung der Welt an den Kraterrand des Vulkans Fuego zu stellen. Er schien
sehr angetan von dieser Idee, die er angeblich bei dem Dichter Hölderlin gefunden
habe. Dann verabschiedete sich der ehemalige Bundesanwalt, drückte mir die Hand*

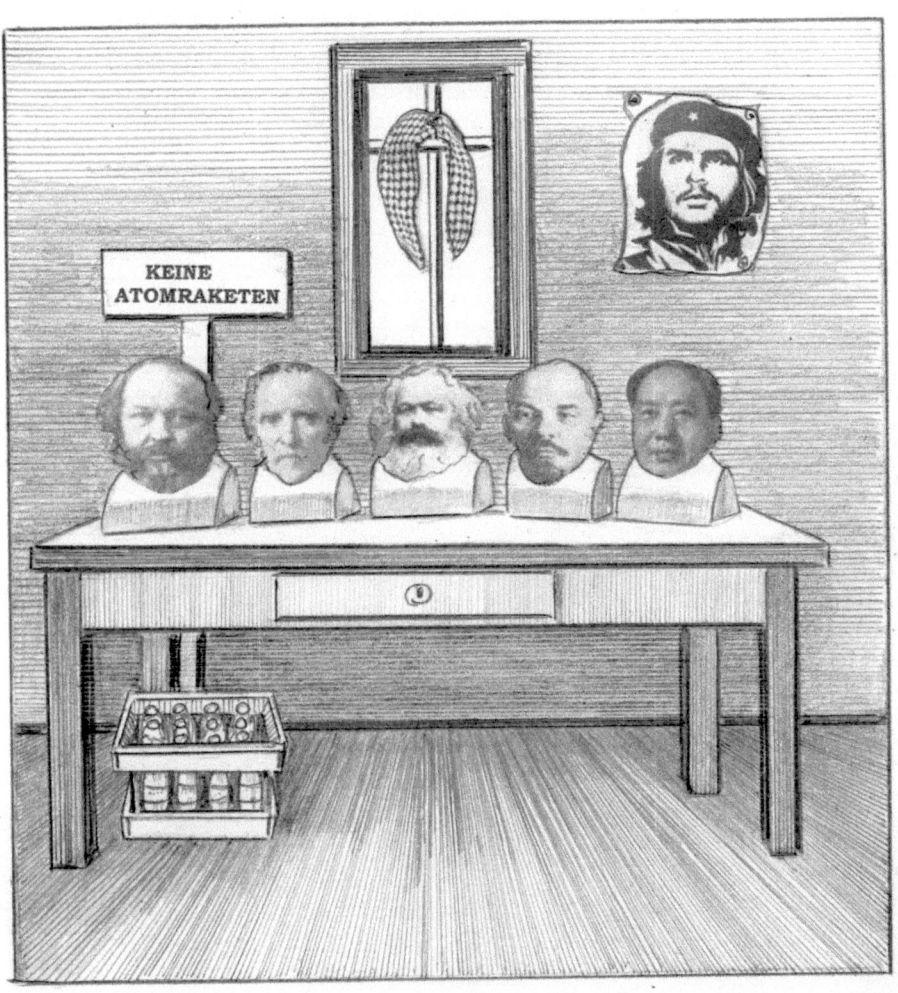

und kündigte mir meine Befreiung an. Ich würde noch von ihm hören, wenn sich
seine Tragödie vollendet habe."

Wenig später meldeten die Agenturen, dass der zweite Senat des Bundesverfassungsgerichts die wegen einer Gewaltdrohung vom 08.05. verschobene Verkündung seiner Entscheidung zum Antrag der Bundesregierung, die "Freien
Bürger Deutschlands" als verfassungsfeindliche Partei zu verbieten, am 16.06.
nachholen werde. Dies sei mit Blick auf die Landtagswahl im Bundesland Brandenburg, die am darauffolgenden Sonntag, dem 22.06., stattfinden sollte, unbedingt notwendig. Daraufhin sah sich der Wahlleiter des Landes Brandenburg im
Einklang mit seinem Wahlausschuss zu der Erklärung genötigt, dass je nachdem,
wie die Entscheidung des Gerichts ausfiele, die Landtagswahl möglicherweise verschoben werden müsse.

Noch am gleichen Tag meldete das Kleist-Archiv in Frankfurt an der Oder, dass
der amerikanischen Kleist-Forschers Benny Brezlower von der Universität Santa
Barbara auf Facebook eine Anfrage gepostet habe, ob sich eine moderne Hen-
riette Vogel fände, die hinreichend betrübt und bereit sei, mit ihm, einer Reinkarnation des Dichters Heinrich von Kleist, am Wannsee einen romantischen
Selbstmord zu begehen.

47. Bundesanwalt Schleicher grüßt Empedokles, die Menschheit und Lilith

Am Samstag wurden die Frühaufsteher unter den Nutzern der Social Media durch ein Posting erschreckt, wonach der international steckbrieflich gesuchte Bundesanwalt Paul Schleicher in Guatemala Selbstmord begangen haben soll. In diesen ersten Meldungen wurde ein Video zitiert, das der Mann angeblich als eine letzte verzweifelte Botschaft hinterlassen habe. Zwei Stunden später ging tatsächlich ein solches Filmdokument viral.

Das Video zeigte auf wackeligen Bildern zunächst aus kurzem Abstand einen gutaussehenden Mittfünfziger mit Sonnenbrille und schwarzem Vollbart in bestechend eleganter Kleidung. Er bewegte sich und die Kamera im Selfiemodus auf einer sonnenübergossenen Gebirgsplattform, hinter der sich die Fieberkurve ferner Berggipfel abzeichnete. Die Bergspitze, auf der er sich im Kreis drehte, um das Panorama festzuhalten, schien er erst vor kurzem erstiegen zu haben, da noch einige Schweißtropfen auf seiner Stirn blinkten. Auch als er die modische Dior Aviator-Sonnenbrille absetzte, zeigten sich unter seinen Augen noch die rosa Streifen der Anstrengung. Man sah dann in unruhigen Bildern, die sein scharfer Schatten verdoppelte, wie er sich niederbeugte, um das Stativ für sein Aufnahmegerät vorsichtig auf das steinige schwarzbraune Erdreich zu setzen. Auf den Ständer setzte er die Kamera in halber Körperhöhe, so dass danach seine wieder aufgerichtete Gestalt im Bild geradezu monumental in den Himmel ragte. In den Weiten des maßlosen Azurs hinter ihm schwebten wenige Wolken wie Sahnehäubchen. Auf das Bergpanorama und den blauen Hintergrund farblich abgestimmt, trug der einsame Mann, als er ins Vollbild trat, eine salbeifarbene Gabardinejacke von Brunello Cucinelli, die figurbetont aus Seide, Leinen und Wolle gewebt war. Aus der aufgesetzten Tasche schaute keck ein erdbeerrotes Tüchlein. Unter dem Sakko trug er ein locker geschnittenes elfenbeinfarbenes, am Kragen offenes Hemd. Die Cucinelli-Hose war weiß, aus hochwertigem Gabardine-Stoff mit feinen Abnähten, die ein aus geschnitztem Leder geflochtener Gürtel mit gefräster Schnalle abschloss. Lange stand der Mann wie ein Denkmal der Haute-Culture schweigend vor dem geschwungenen Horizont der Berge, und man konnte sich vorstellen, dass sich jetzt auch sein vornehmes Parfum mit dem Horizont vereinte. Allmählich trockneten die Schweißperlen auf seiner Stirn. Während er erst sinnend in die Höhe schaute, als ob er von dort jemanden erwartete, und dann wieder in die schwarze mächtige Öffnung neben sich, stieg feiner Rauch aus dem Krater. Auf seinen Zügen standen Ekel, Verzweiflung und Trotz. Er hatte die Kulisse und die Accessoires für eine erhabene Szene gewählt, und ganz in diesem Genre tragischer Dramatik erhob er die Hände und die Stimme und rief:

"Verraten, verkauft, verlacht, verflucht, verhasst!" Dann senkte er die Arme, und als hätten ihn diese fünf Worte bereits überanstrengt, räusperte er sich ausgiebig. Dann deutete er mit der Hand, die noch die Sonnenbrille hielt, auf die rauchende Öffnung neben sich. Nach kurzem Innehalten räusperte er sich erneut und fuhr in gleicher dramatischer Tonlage fort:

"Was bleibt mir, als mich wie der unsterbliche Weltweise Empedokles in die Tiefe zu stürzen und mich mit den guten irdischen Elementen zu vereinen! Mein Ätna ist hier der Fuego, und auch seine Gefäße reichen bis in die tiefste Tiefe der mütterlichen Erde! Gewiss werden wir beide, Empedokles und ich, nach dreimal zehntausend Jahreszeiten zusammen an das irdische Licht zurückkehren. Haben wir doch beide das Edelste gewollt! Unser Leben, unsere Kraft, unsere Erkenntnis gaben wir dahin, um die Welt, die Menschheit, die Natur, den Kosmos vor dem Untergang zu bewahren! Dem großen Dichter der "Natur des Seienden" und mir haben die Götter in einem mit Schwüren versiegelten Beschluss den Untergang bestimmt! Und so, wie man den weisen Mann aus Agrigent vor zweieinhalbtausend Jahren dem Gelächter und der Torheit überließ, und wie man ihn als Landstreicher aus dem göttlichen Licht verbannte, so sehe ich mich einsam und verflucht von den Mächten, die das Schicksal der Welt auslosen. Es ist nur zu offenbar, wonach die Menschen seit Jahrtausenden lechzen: nach Freiheit, nach Freiheit von der Gier, von der Macht, von der Herrschaft, von der Unterdrückung, von der unersättlichen Bosheit, von der Wut der Dämonen! Sie sehnt sich nach der Rückkehr zu einer erdgebundenen Ordnung! Was vor Jahrhunderten der Golddurst der Tyrannen war, das ist heute die unstillbare Gier des Kapitals. Mein Fehler war es zu glauben, dass die Menschen in dieser langen Zeit gelernt hätte, wie sie ihr trostloses Schicksal zum Guten wenden könnte. Ich weiß, ich weiß, ich habe mich eingelassen, verschworen mit den Höllengeistern unserer Tage, mit den Faschisten, den Rassisten, mit den CIA-Agenten und den Betrügern des Populismus! Aber wer anders als ein Staatsanwalt vermöchte das Böse einzuhegen, zu leiten, zu kanalisieren und dorthin zu führen, wo uns allen, uns allen Verzweifelnden so etwas wie Erlösung winkt? Aber es ist vorbei! Es ist vorbei! Ich habe verloren. Die Götter haben die Lose geworfen. Wenige Schritte vor dem Ziel sind mir die Dinge entglitten. Ich bin verloren. Es ist aus! Ehe ich mich in diesen Krater stürze, möchte ich in den letzten Minuten meines Erdenlebens mein politisches Testament niederlegen."

Jetzt steckte er die Sonnenbrille in die Innentasche seiner Jacke und beugte sich hoch einmal nieder, um die Position seines Aufnahmegerätes zu verändern. Dann ordnete er kurz seine Kleidung, richtete von oben herab unmittelbar den Blick in die Kamera und fuhr fort:

"Wir wollten ein deutsches Bundesland nach dem anderen befreien und dann hineinführen in die Community aller Erdbewohner, aller Menschen, die die Welt, die Planeten und die Sterne verantwortungsvoll als ihren gemeinsamen Besitz und als Grund aller Gerechtigkeit betrachten. Nicht mehr getrennt in Völker, Rassen, Religionen, Feinde, Freunde, nicht mehr mit blanken Zähnen und Spießen uns gegenübertreten! Nicht mehr in Armeen, Allianzen, Blöcke, Bündnisse, Regionen geteilt, nicht mehr zerrieben, in Interessen, Konzerne, Firmen, Vereine, Ligen und in was weiß ich für Fragmente der einen Menschheit."

Kurz wurde der Mann auf dem Berggipfel von einer grauen Wolke eingehüllt, die langsam aus dem großen dunklen Krater neben ihm strömte. Sie nahm ihm für Augenblicke den Atem. Dann aber tauchte er wieder auf, und er sprach mit verstärkter Stimme, als müsse er sich gegen die vulkanischen Dämpfe und Dämonen behaupten:

"Es waren zwei große Ideen, für die ich gelebt, gelitten, gestritten, gekämpft habe und mich jetzt opfern werde: für Erdbürgerschaft und Blockchain-Bürgerschaft, für den gemeinsamen Besitz der Erde und für die Erlösung vom Kapitalismus durch die Bitcoin-Währung. Ja, neben mir und Empedokles gibt es einen dritten und vierten Weltweisen, die nie vergessen werden, nämlich Silvio Gesell, den genialen Lehrer der Natürlichen Wirtschaftsordnung, und Satoshi Nakamoto, der uns die revolutionäre und befreiende Idee des Bitcoin-Transfers geschenkt hat. Mit ihren Ideen könnten wir die Welt erlösen, erlösen von der Macht der Wächter, Banken und Manipulatoren, der Dritten, der anonymen Agenten, die das glückliche Du und Du, das Mein und Dein, zerstörerisch und mörderisch ruinieren. Denn nach der Bibel gibt es noch ein zweites Buch: Das alle Menschen vereinende Grundbuch ist der Algorithmus der Blockchain. 'Seid umschlungen Milliarden', sang bereits der Blockchain-Prophet Friedrich Schiller. Wie die Bibel, in die Gott alles geschrieben hat, was wir wissen müssen, so steht im großen Buch der Bitcoin-Algorithmen alles niedergelegt und bezeugt, was die Milliardengemeinschaft der Menschen vereint. Wir müssen nur daran glauben, an dieses Eine,

Menschheitsverbindende, wir müssen daran glauben, dass uns mit den Bitcoins jene Gnade gewährt wird, die die Ankunft des Messias selbst ist und die die Welt von Lüge, Betrug, Falschheit und Gier befreit: Eine Erde, die allen gehört, ein Gold, das allen gehört, das Eine, das Seiende, das Göttliche, das Erlösende, das Befreiende, das Ewige und Unsterbliche."

Der Mann in der schönsten Kleidung mit dem schwarzen Bart hielt inne, schaute um sich und schien dem Widerhall seiner Worte in Raum und Zeit zu lauschen. Er bewegte sich ein wenig, als wollte er sich die Beine vertreten. Schließlich beugte er sich nieder und zog die geflochtenen beigefarbenen Wildleder-Slipper von Bottega Veneta mit den erdbeerroten Socken von den Füßen. Er stellte sie ein Stück näher neben das Kraterloch, richtete sich wieder auf und wandte sich der düsteren Öffnung zu. Doch dann aber drehte er seinen Oberkörper noch einmal zur Kamera hin und sagte:

"Hier mit diesem Abgrund, in den ich mich stürze, mit dem dunklen Geheimnis der Gaia, der Erdentiefe, verbinden sich alle heiligen Geheimnisse, die die Krypto-Wortfamilie umschließt. Erstens gehört zu dieser Verborgenheit die Kryptowährung, die die Menschheit erlösen könnte, zweitens die kryptischen, unverstandenen Sätze, die der Weltweise Empedokles sprach, und drittens die Krypten unserer Kathedralen und Dome, wo die Märtyrer, die Heiligen, die Apostel und Patriarchen der Christenheit auf den geheimnisvollen Messias warten. Vor diesen verborgenen Körpern der Heiligen beugen die Frommen die Knie. Und diesem heiligen kryptischen Geheimnis, dieser Tiefe und Dunkelheit der Erde, will ich mich und mein Schicksal anvertrauen. Ich grüße den großen Satoshi Nakamoto, ich grüße den weisen Empedokles, ich grüße den genialen Silvio Gesell, ich grüße meine Geliebte Lilith, ich grüße die Freunde der großen *Freeland & Peace-Property-Group*, und ich bitte alle um Verzeihung, die von mir geführt wurden und die nun allein bleiben. Ich grüße die Menschheit, und ich grüße die kryptischen Geister dieses göttlichen Fuego-Vulkans, die mich nun in ihre Arme nehmen!"

Daraufhin setzte der Mann, der wahrhaftig der einstige Bundesanwalt Schleicher war, seine Sonnenbrille auf, als wollte er sich vor der Helligkeit der Vulkangluten schützen, in die er gleich blicken würde, und sprang mit seinem Schatten in einem wie eingeübten Satz mit den Füßen voran in den Abgrund des Kraters. Ein kurzer Blitz oder Feuerstrahl schoss daraus empor, und zog eine starke schwarze Rauchwolke hinter sich her. Man glaubte, auch ein allmählich ermattendes Poltern zu hören, das vom holprigen Weg des eleganten Staatsanwaltes in den Abgrund berichtete. Oder waren es die Begrüßungsrufe der Vulkandämo-

nen aus der Tiefe, die diesen Kandidaten für alle Ämter des Teufels oder des Messias in ihrem Kreise willkommen hießen? Die zurückgelassene Kamera ließ ihr Zeugenamt nicht ruhen, sie blickte weiter kühl, unbewegt und unerschüttert auf die Krateröffnung, in die Leere, in das Schweigen, in das Rätsel, das dieses Verschwinden hinterließ. Und am Rande des Bildes standen noch die beiden mit erdbeerfarbenen Socken gekrönten Schuhe, als erwarteten sie die Rückkehr des verrückten Mannes, der vielleicht nur kurz in die Tiefe getaucht war, um sogleich und nicht erst nach dreimal zehntausend Jahreszeiten erholt und erfrischt das Licht zu begrüßen und die Socken, an denen ein leiser Wind zupfte, erneut überzustreifen. Es war eine seltsame unwirkliche Stille, die die einsame Kamera festhielt und zugleich in alle Welt übertrug. Konnte man sie eben noch für ein menschliches Auge halten, das diese Bilder mit Schaudern und Entsetzen empfing, so zeigte sie in den folgenden Minuten und folgenden Stunden die technische Gleichgültigkeit, die ein solches seelenloses Ding leider an den Tag legt.

48. Und was weiter geschah

Zu der seltsamen Geschichte dieses wahnwitzigen und erhabenen Verschwindens, das sich der Bundesanwalt Schleicher ausgedacht hatte, zählte auch die kurz darauf verbreitete Nachricht, wonach bei der Karlsruher Bundesanwaltschaft mehrere Anfragen aus Guatemala eingegangen seien, ob die Schuhgröße des einstigen hohen Beamten in der Behörde bekannt sei. Tatsächlich sollen an dem fatalen Freitag, dem 13. Juni, aus Guatemala-Stadt eine Reihe von Motorrädern oder Easy-Ridern in Richtung Fuego-Berg um die Wette gerast sein, um womöglich am Rande des Kraters die hyperteuren Bottega Veneta Wildleder-Slipper des verschwundenen Staatsanwaltes zu erbeuten.

Wer aber hatte zuvor bereits das verlassene Aufnahmegerät des einstigen Bundesanwaltes und Empedokles-Nachfolgers Schleicher abgeholt, um das Video in die Internet-Kanäle zu pumpen? Oder hatte der Mann das ganze gestreamt? Die Reaktionen auf das Video in der globalen Social-Media-Wörterschlammhölle waren geteilt. Aber wie fast immer schaffte es der irrsinnigste Verdacht, die Mehrheit der digitalen Tollhäusler zu vereinen: Der Sprung in den Vulkan sei Fake, lautete die rasend schnell verbreitete Lesart. Natürlich könnte der Mann mit einem technisch raffiniert manipulierten Video spurlos aus der Welt verschwinden und sich der Verfolgung entziehen. Wer wüsste das besser als ein Staatsanwalt!

"Der Schleicher hätte ein großartiger Antifa-Genosse sein können", meinte Kamil nach einigem entsetzten Schweigen. Er hatte sich mit Viktoria, Immanuel und dem Hausfreund Papenfuß in Bergzabern das schauerliche Video angeschaut. Im Hintergrund saßen Viktorias Großeltern, die aus Potsdam angereist waren, um ihre Tochter in die Arme zu schließen und um mit allen die Sorge um Ewalds Schicksal zu teilen.

"Er war Antikapitalist", fuhr Kamil fort, "er hat die elementaren Tendenzen zum Einswerden verstanden. Aber es ist unbegreiflich, wie er sich mit den Schweinen von der Private Equity *Freeland & Peace* einlassen konnte."

"Ich habe euch schon vor ein paar Tagen gesagt, dass der Schleicher in allem möglichen nomoserdigen Erlösungs- und Befreiungsirrsinn herumgegeistert ist", kommentierte das Papenfuß.

"Wer ist denn diese Lilith, die der Schleicher am Ende gegrüßt hat?", fragte Viktoria.

"Ich fürchte, es ist die liebliche Lilith Tamerlan-Borman, die beinahe Ministerpräsidenten des Landes Brandenburg geworden wäre ", sagte Papenfuß trocken.

"Wie? Lilith Tamerlan-Borman?" rief Viktoria erschrocken. "Die FBD-Frau und Schleicher hingen irgendwie zusammen?"

"Offensichtlich haben die beiden in dem großen Komplott abgestimmt agiert," ergänzte Papenfuß. "Das deutet Schleicher in seiner vom Wahnsinn getragenen letzten Botschaft auch an."

"Doch hat Schleicher nicht auch noch von CIA-Agenten gesprochen, mit denen er sich eingelassen habe?"

"Tja, da kommt noch allerlei Grauenhaftes heraus", schaltete sich Immanuel ein. "Dazu hat Ulrike bereits einige Andeutungen gemacht, ehe sie sich zurückzog. Inzwischen ist der falsche Polizeibericht über Osei Tutus angeblichen Selbstmord geleakt worden."

Tatsächlich hatte sich Ulrike Kleist für ein mehrtägiges 'Power-Napping', wie sie gerne sagte, im Schlafzimmer eingebunkert. Seit zwei Tagen und Nächten war sie wieder zu Hause und hatte das Schlafzimmer nur zur Begrüßung ihrer Eltern und zu Blitz-Mahlzeiten verlassen. Sie wollte sonst keinen Besuch, keine Zeitung, keine Nachrichten, allein den Band 88 von Karl Mays Werken hatte sie sich auf ihr altes iPad heruntergeladen, weil sie die Spannung der Geschichte "Deadly Dust", die sie in ihrem Gefängnis zu lesen begonnen hatte, noch nicht losgeworden war. Zwischendurch schrieb sie, wie sie ankündigte, die letzten Ereignisse ihrer Befreiung auf dem Tagebuch-Block nieder.

Immanuel hatte im gemeinsamen Schlafzimmer seine Rechte abtreten müssen, weil Adam seine Bettseite für sich beanspruchte. Der Hund wollte sein riesiges Verdienst bei Ulrikes Rettung an dieser sonst streng verbotenen Stelle auskosten. Das war doch wohl nur billig! Ulrike und Immanuel sahen das zwar ein, aber sie teilten die Sorge, dass Adam jetzt auf Dauer das Amt des Wächters beanspruchte, da er Ulrike Tag und Nacht nicht mehr aus den Augen ließ. Im Abstand von wenigen Stunden meldete sich der hinkende Hund mit den bekannten Signalen des Appetits. Die Portionen, die er jedesmal verschlang, weckten in der Familie den Verdacht, dass er sich das in den letzten Wochen verlorene Gewicht innerhalb von wenigen Tagen zurückholen wollte. Die gewohnte Portion der ROYAL CANIN Gastrointestinal Mousse genügte ihm nicht mehr, auch die Verdopplung und Verdreifachung des Angebotes räumte seine wieder zu Kräften gelangte, mächtige Zunge ohne Anzeichen von Sättigung ein. Am späten Samstagnachmittag hatte Viktoria die Leiterin der Fressnapf-Filiale in Landau über die Notrufnummer alarmieren müssen, um für Adams maßlosen Hunger das gehaltreichere Real Nature Superfood Adult Kalb mit seinem geliebtem Brokkoli zu besorgen.

Wieder und wieder bewegte sich die Schlafzimmertür, die der große Hund mit eigener Pfote zu öffnen und zu schließen wusste. Mit dem unverkennbaren adamitischen Appetit, den die zur Gänze links aus dem Maul herabhängende Zunge anzeigte, schlich er herein, und gleich füllte ihm Viktoria ein neues Übermaß. Sie ließ das nicht unkommentiert:

"Mein lieber Adam, schau dir zur Warnung mein schlechtes Beispiel an", mahnte sie, "dein Überhunger kann auch auf eine Adipositas hinauslaufen!"

Darüber musste der Hausfreund Samuel Papenfuß so herzhaft lachen, dass gleich darauf Ulrike durch die Schlafzimmertür schaute und den Grund für das Gelächter wissen wollte. Sie glaubte, ihr Vater Primislaf, der Sammler von allem Gelächter der Welt, habe eine seiner Aufnahmen abgespielt. Nein, Papenfuß bekannte sich schuldig und ermunterte Ulrike, sich der Runde anzuschließen. Da würde das intellektuelle Niveau sogleich in die Höhe gehen! Der Richter war guter Laune, denn nachdem er sich am Tag zuvor zum Besuch angemeldet hatte, war Immanuel sogleich bei den besten Bäckern in Bad Bergzabern vorstellig geworden, um eine Platte mit Petits Fours füllen zu lassen. Aber Ulrike zierte sich, da sie einen froschgrünen Niki-Hausanzug mit aufgestickten Edelweißblümchen trug, der sie dem kollegialen Spott aussetzen konnte. Überdies sei sie von den vielen Salami-Pizzen in der Gefangenschaft ein wenig aus der Form geraten. Gegen den Sturm des Widerspruch vermochte sie nichts und ließ sie sich überreden, ihr Power-Napping für ein Stündchen zu unterbrechen. Immerhin hatte sie kurz nach ihrer Befreiung als erstes einen Friseur aufgesucht und konnte, wie sie meinte, wenigstens einen salonfähigen Kopf vorweisen.

Allerdings mochte sie das Video vom Fuego nicht anschauen. Wie ihre besorgten Eltern wollte sie nur wissen, ob Nachrichten von ihrem Bruder eingegangen seien, der noch vor zwei Tagen seine baldige Rückkehr angekündigt hatte. Ewald hatte Immanuel inzwischen eine Nachricht geschickt, er wolle vorerst in Guatemala bleiben, da er einen Insider-Hinweis bekommen hatte, wonach die stellvertretende Vorsitzende der FBD ein Flugticket nach Guatemala gebucht habe, was mit Blick auf die anstehende Landtagswahl in Brandenburg erstaunlich sei. Er wolle da Näheres in Erfahrung bringen.

"Kann das sein?" fragte Viktoria. "Wollte sich wirklich die freie deutsche Bürgerin Lilith Tamerlan aus dem Staub machen?"

"Vielleicht haben wir Glück und sie springt dort ihrem Buddy Schleicher hinterher", brummte Papenfuß. "Aber Ewald hat Recht, vor Ort zu bleiben und zu dieser Großintrige weiter zu recherchieren."

"Und habt ihr irgendetwas von unserem lieben Gast, dem heiligen Narren Benny Brezlower, gehört?", fragte Ulrike. "Hatte er nicht nach einer Partnerin gesucht, um einen kleistschen Selbstmord am Wannsee zu begehen?"

"Nichts gehört und nichts gelesen", sagte Immanuel. "Der Mann beherrscht offenbar alle Register der Täuschung."

"Ich habe euch das doch erzählt", fuhr Ulrike fort. "Benny war in der Heidelberger Klinik, wo es eine eigene Abteilung für Patienten gab, die sich für einen längst verstorbenen Dichter hielten. Heinrich von Kleist, Conrad Ferdinand Meyer und Christian Morgenstern. Aber Benny hat dort wohl auch nur den Narren gespielt."

"Wie bei uns", ergänzte Viktoria. "Und erinnert ihr euch, wie ihn Adam einmal gebissen hat, während er seine Zähne sonst nur zur Abschreckung und fürs Trockenfutter benutzt. Sicher hat der Schlaue den Schauspieler erkannt."

"Aber könnt ihr euch das vorstellen?" fuhr Ulrike fort. "Benny wäre also bei der CIA gewesen und hätte ein halbes Jahr lang für diese Entführung in Deutschland den Verrückten gespielt, um dabei auch noch Osei umbringen zu lassen?"

"Ja, das ist inzwischen mir aus dem Bundeskriminalamt inoffiziell bestätigt worden. Es war ein als Selbstmord inszenierter Mord", antwortete der Richter bedrückt.

"Dann wollte er seinen eigenen Tod vermutlich auch fälschen, der Betrüger."

"Und mit Sicherheit war er auch nicht beschnitten", meinte Papenfuß.

"Ja, er hat diese jüdische Karte überzockt", fand Viktoria. "Es war ein bisschen viel 'geheiligt sei sein Name' in seiner langen Erzählung vom Singen des Herrn."

"Die Geschichte von Gottes Gesang, der wie das Rollen von Münzen klingt, war aber sehr komisch", verteidigte ihn Ulrike. "Auf jeden Fall gut erfunden! Ein Zeitlang habe ich ihm doch den 'jüdischen Narren' abgenommen. Aber mit dem Geld hat er das antisemitische Klischee bedient. Da hast du recht, Vicki."

"Diese ganze Geschichte hat der Weltgeist in Szene gesetzt, um unsere Vorstellungskraft auf neue Zumutungen vorzubereiten", meinte Papenfuß. "Wir sollen eine höhere geistige Stufe erklimmen, um den Irrsinn unserer Tage zu verkraften."

"Wieso?", wandte Immanuel ein. "Es war doch alles menschengemacht. Der Irrsinn hat uns in unserer Menschenkenntnis vorangebracht."

"Der Weltgeist hat mit uns noch ganz andere Dinge vor", unterbrach Don Camillo. "Es ist nur kein gerader, kontinuierlicher Weg. Eben bewegen wir uns im Kreis."

"Ja", sagte Ulrike lachend und kraulte Adam, der seinen Kopf in ihren Schoß gelegt hatte, "doch so ein Kreis kann einen schon verzweifeln lassen. Bisweilen ist aber die Verzweiflung der Bruder des Verbrechens. Das gilt für meinen Wächter Palmström, dessen wahrer Name, wie ich höre, Sebastian Plörer lautet. Anders als der Befreier in Kleists Erzählung von der Marquise von O. zeigte er für mich erst das Gesicht des Teufels und dann das eines Engels. Er sitzt in Untersuchungshaft und man müsste eine hohe Kaution aufbringen, um ihn vorerst auf freien Fuß zu bekommen. Und dann benötigt er dringend einen Therapeuten. Habt ihr eine Idee?"

"Er braucht vor allem einen erstklassigen Anwalt", sagte Papenfuß, "und der muss bezahlt werden."

"Seine Geschichte kann er sicher gut verkaufen", meinte Immanuel. "Aber du deine Geschichte auch, Ulrike."

"Das ist doch eine tolle Melange", freute sich Papenfuß, "Entführung durch Kaiserreich-Zombies, Bewachung durch einen Zirkusclown, Aufspüren durch einen gehbehinderten Hund und Rettung durch Easy-Rider-Hooligans."

"Eigentlich etwas für einen guten Krimiautor," fand Immanuel.

"Kenne ich keinen", meinte Ulrike, "Karl May war der letzte Dichter, der wirklich spannend erzählen konnte. Aber der STERN hat schon bei mir angefragt. Die sollen Sebastian Plörer ordentlich bezahlen. Für eine Geschichte, die uns in unserer Menschenkenntnis vorangebracht hat."

"Mich hat sie in meiner Menschenverzweiflung vorangebracht", sagte Viktoria. "Wisst ihr, dass bereits vor einigen Tagen in Krindjabo mein Osei beigesetzt worden ist? Die Familie hat es mir mitgeteilt. Sie hat seine Asche bis auf einen kleinen Rest ins Meer gestreut. Die CIA will das geklaute Original von Michael Jacksons Verfügung zurückgegeben, nachdem sich die Familie verpflichtet hat, keine weitere Aufklärung von Oseis Tod zu verlangen."

"Ein widerwärtiger schmutziger Deal", kommentierte Papenfuß. "Das sollte aber eine deutsche Behörde keineswegs daran hindern, dieses scheußliche Staatsverbrechen bis ins kleinste Detail zu untersuchen."

"Da kannst du ja mal deinen speziellen Freund Wendelin Gracchus anspitzen", regte Immanuel an. "Nach allem, was wir wissen, haben sein Beamten lebhaft mitgespielt."

"Osei hat schon längst das Schlusswort gesprochen", sagte Viktoria. "Ich höre seine Asche singen. Es sind die Töne b, e, es, c, his und es."

Sie summte die vertraut gewordene Tonfolge und fügte hinzu:

"Das ist die atonale Melodie der kapitalistischen Welt."

"Genau!" bekräftigte Don Camillo. "Aber das von Osei verwendest du sicher auch in deiner Kurzoper. Wirst du den 'Weinenden Löwe' jetzt aufführen, nachdem Osei begraben wurde?"

"Meine Therapeutin Frau Carus hat es mir dringend geraten", sagte Viktoria leise. "Ich glaube, es wird mir auch helfen. Nur das Beschiss-Motiv muss ich noch einarbeiten."

"Es wäre sehr schön, wieder einmal dein Lachen zu hören", sagte der alte Primislaf von Kleist aus dem Hintergrund.

"Ach Vicki", Ulrike umarmte ihre Tochter. "Du würdest mich so glücklich machen!"

"Denk stets daran ", ergänzte der alte Primislaf, "die Kleists haben verloren, aber auch gewonnen!"

"Der Gracchus wird sich nicht rühren", prophezeite Papenfuß. "Es ist unumgänglich: Die Justizministerin muss bei der Bundesanwaltschaft ihre Aufsichtspflicht wahrnehmen und ein paar Köpfe rollen lassen. Eigentlich müsste die Hälfte der Beamten am Fuego-Krater Schlange stehen."

49. Der geleakte Polizeibericht über den angeblichen Selbstmord von Osei Tutu

Am 27. Januar ging am späten Abend gegen 23 Uhr bei der Einsatzzentrale der Berliner Polizei ein Notruf ein, wonach sich in einem Haus Finsterwalder Straße in Reinickendorf offenbar ein Mann erhängt habe. Daraufhin seien drei Polizeibeamte, ein mit vier Personen besetzter Einsatzwagen der Feuerwehr sowie ein Notarzt zu dieser Adresse geschickt worden. Ein Anwohner hatte beim abendlichen Ausgang mit seinem Hund von der Straßenseite her beobachtet, wie jemand an dem Klappfenster einer Souterrainwohnung ein Seil befestigte. Auf dem Rückweg sei er noch einmal an dem Haus vorbeigegangen und habe durch das Fenster einen Mann an dem zuvor befestigten Seil hängen gesehen. Er konnte nur nicht mit Sicherheit sagen, ob es der gleiche Mann gewesen sei. Als die Beamten die Wohnungstür öffneten, sahen sie den Tutu an einem Seil unterhalb des Klappfensters hängen. Die sofort veranlasste Rettungsmaßnahme war vergeblich. Bei dem überhasteten Abschneiden des Erhängten gab es einen Zwischenfall, bei dem der Tote mit dem Kopf auf den Boden stürzte und eine schwere postmortale Verletzung davontrug. Die später durchgeführte gerichtsmedizinische Obduktion ergab, dass der Tutu durch die Zugkraft des Seils erstickt ist. Fremdeinwirkung wurde ausgeschlossen.

Bei der kriminaltechnischen Spurensicherung in dem kleinen Apartment entdeckten die Beamten einen Abschiedsbrief. Darin hatte der tote Tutu geschrieben, dass er aus Heimweh und aus Verzweiflung über das abhandengekommene Erbdokument, das seinem Volk einen Anteil am Vermögen des Sängers Michael Jackson in Aussicht stellte, seinem Leben ein Ende setzen werde. Die Gelder aus dem Erbanteil wollte sein Volk zur Errichtung einer neuen Schule und eines Krankenhauses verwenden. Er fühle sich schuldig, dass das Dokument abhanden gekommen sei. Auf den Abschiedsbrief waren ein paar Musiknoten geschrieben, die nach fachkundiger Beurteilung durch die Direktorin des Deutschen Musikarchivs in der Nationalbibliothek, Frau Dr. Lorelei von Hindemith, keiner bekannten Komposition und keinem Schlager- oder Lied zuzuordnen waren. Auch die im Archiv genutzten verschiedenen Apps zur Musikerkennung lieferten nur Fehlmeldungen.

Weitere Anhaltspunkte ergaben sich nicht. Der Wohnraum war sehr sauber gehalten, die Kochplatten und das Küchengeschirr ebenso. Im Kühlschrank fanden sich nur wenige, allerdings noch am Vormittag erworbene Lebensmittel. Die Entscheidung für den Suizid müsste daher kurzfristig erfolgt sein. Die weiteren Ermitt-

lungen ergaben den Befund, dass der Tutu eben im Begriff war, seine Abendmahl-
zeit einzunehmen, als er den Entschluss zum Suizid fasste. Das bei der Firma Über-
reuther in Berlin gemietete Bechstein-Klavier stand dort wohl längere Zeit geöffnet,
aber nicht benutzt, denn es lag sichtbar Staub auf den schwarzen Tasten. Die Firma
hat das Instrument inzwischen abgeholt. Die weiteren erhobenen Daten, Daktylo-
gramm, DNA-Spuren und Fußabdrücke wurden mit den Datenbanken des BKA ab-
geglichen, aber führten zu keinen weiteren erkennungsdienstlichen Befunden.

Der Polizeibericht, das gerichtsmedizinische Protokoll, das Ergebnis der kriminaltechnischen Untersuchung wurden bekanntlich durch eine Anzeige der ivorischen
Studentengemeinde an der Freien Universität als fehlerhaft inkriminiert. Die bei der
Berliner Staatsanwaltschaft verlangte erneute Untersuchung ist noch nicht abgeschlossen.

50. Die Dresdner Neuen Nachrichten berichten über die Ausstellung "Memories in Dust and Ash"

"Die Eröffnung dieser mit Spannung erwarteten, von einiger Geheimnistuerei umgebenen Ausstellung "Memories in Dust and Ash" im Hygiene- Museum störten leider lautstarke Proteste der hiesigen FBD-Partei. Vorgestern erst war durchgesickert, dass zum ersten Male Aschereste des verbrannten Leichnams von Adolf Hitler gezeigt würden. Dies löste bei den sogenannten 'Freien Bürgern Deutschlands' heftige Reaktionen aus, weil man die politischen Pietätsgefühle verletzt sah. Ein Protestszug von mehreren tausend Personen setzte sich am Verwaltungsgericht in der Hans-Oster-Straße in Bewegung, um zum Lignerplatz zu ziehen und vor dem Museum der Empörung Ausdruck zu geben. Zuvor hatten die Richter den Antrag, die Eröffnung der Ausstellung oder hilfsweise die Zurschaustellung der sterblichen Überreste des Führers Adolf Hitler zu verbieten, abgelehnt. Der Anwalt Doktor Mahler jun. hatte das Verbot mit § 168 des StGB, "Störung der Totenruhe", sowie mit § 189 StGB, "Verunglimpfung des Andenkens Verstorbener" begründet. Das Gericht ließ sich davon jedoch nicht überzeugen, da das Andenken Adolf Hitlers durch die bekannte verbrecherische Politik der Nazi-Herrschaft verunglimpft sei. Zwar habe Adolf Hitler die Einäscherung seiner Leiche befohlen, aber keine Ruhestätte für seine Asche bestimmt. Wie die Kuratorin der Ausstellung, die amerikanische Kunsthistorikerin Gloryanne Brown, erläuterte, seien ihr diese Aschereste von einem Enkel des KGB-Obersten Wladimir Potemkin angeboten worden. Potemkin hat angeblich die definitive Entsorgung der sterblichen Überreste des Führers im April 1970 in das Flüsschen Umflutehle in der Nähe von Magdeburg geleitet. Er soll diese Reste seinen potemkinschen Kindern mit der Maßgabe hinterlassen haben, sie in Geld umzuwandeln. Über den Preis, der dafür bezahlt wurde, bewahrt das Museum Stillschweigen. Inzwischen hat der DNA-Abgleich mit zwei erhaltenen Hitler-Barthaaren, die sich in der von einem Devotionalien-Sammler kürzlich ersteigerten Bartbürste des Toten gefunden wurden, die Übereinstimmung mit den Ascheresten des einstigen Führers bestätigt.

Im Übrigen verwiesen die Richter in ihrer Entscheidung darauf, dass die "Memories in Dust and Ash" ausdrücklich und keineswegs in "verunglimpfender" Absicht mehrere Proben solcher menschlichen Reste ausstelle.

So wurde die Eröffnungsansprache der Dresdner Kulturbürgermeisterin Claire

Widukind durch die Sprechchöre von außen sehr gestört. Frau Widukind ging nur kurz auf die Proteste der rechtsorientierten, offenbar Hitler in Pietät verbundenen Demonstranten ein. Sie wies vielmehr darauf hin, dass die Besucher der Ausstellung nicht nur lebhafte Bilder für das Ende allen Lebens in Staub erhielten; mehrere Installationen dienten auch als Mahnung, dass die aus kosmischem Staub hervorgegangene Erde von uns Bewohnern nicht wieder zu Staub gemacht werden dürfe. Das Wort des römischen Dichters Horaz aus seiner 4. Ode "Wir alle sind Staub und Schatten" „Pulvis et umbra sumus" spräche, wie die Ausstellung zeige, sowohl von unserem Leben als auch von unserem Tod.

Sofern es den Besuchern unter den waltenden Umständen gelingt, die Ausstellung von den ersten Schaubildern an zu betrachten, so muss sie die Videosequenz im Eingangsbereich gleich sehr bewegt haben. Dort sieht und hört man auf einem großen Bildschirm den einstigen amerikanischen Präsidenten John F. Kennedy bei seiner Fernseh-Ansprache vom 22. Oktober 1960 mitten in der Kuba-Krise. In der Video-Sequenz erklärt der Präsident, dass die Vereinigten Staaten die Risiken und Kosten eines Nuklearkrieges mit der damaligen Sowjet-Union unter allen Umständen vermeiden möchten, denn "...even the fruits of victory would be ashes in our mouth..."

Die Besucher passieren in der Folge eine Reihe von Vitrinen, die Staub- und Aschereste von anderen Gewaltgräueln enthalten, die durch keine kluge Politik vermieden wurden. Alle diese Spuren vernichteten Lebens, seien es Reste des atomaren Schreckens in Hiroshima oder Spuren der im vietnamesischen Napalm-Krieg verbrannten Kinder oder auch Asche von KZ-Opfern, sie sind eingebettet in ausführliche Erläuterungen durch Bilder, Filmdokus oder auch Videos von Zeugengesprächen. Das beginnt mit der ungeheuren Staubwolke, die sich am 6. August 1945, morgens um 8:15 über der Stadt Hiroshima erhob, nachdem die Explosion der Atombombe mit dem zynischen Namen "Little Boy" 80 Prozent der Innenstadt zerstört hatte. Ein Modell des drei Meter langen Sprengkörpers hängt von der Decke des Raumes. Darüber wölbt sich in einer Installation der blaue Sommerhimmel, aus dem die Bombe herabstürzte. Ihre Explosion ist in einer riesigen Projektion zu sehen. Der ungeheuerliche Staubpilz schrumpft allerdings selbst zu einem Staubpartikel, wenn man ihn mit den komischen Staubmassen vergleicht, die unsere Milchstraße durchströmen. Es sind Wolken von unvorstellbaren Dimensionen mit einem Durchmesser von mehr als 100 Lichtjahren. Die gewaltigen, überaus schönen und höchst abstrakten Bilder dieser Staubwolken, die man zu sehen bekommt, werden von dem Astronomen Donald Brownlee kommentiert, der vor gut zwanzig Jahren die Raumsonde Stardust ins All geschickt hat. Erst nach einer Reise von sieben Jahren, auf der sie beinahe 5 Mil-

liarden Kilometer zurückgelegt hat, kehrte sie mit kostbarem Sonnenstaub als Beute zurück. Der berühmte Astronom erklärt, wie sich unser Sonnensystem überhaupt aus protoplanetarem Gas und Staub gebildet hat. Das großformatige Foto einer vor mehreren hundert Jahren zu Staub zerfallenen Supernova zeigt die überwältigende Schönheit dieses Werdens und Vergehens. Die Melodie "Wir sind Staub und Schatten" des Dichters Horaz singen alle Sterne im Chor mit uns irdischen Lebewesen. Und nicht allein die Sonde Stardust sammelte kosmischen Staub; täglich sinken etwa 10 Tonnen Mikrometeoriten auf die Erde, die sich dem Mix aus organischen und anorganischen Partikeln hinzugesellen, den wir selbst als Abrieb unseres Lebens beisteuern. Daher schlucken unsere gedankenlosen Staubsauger unablässig Stücke galaktischer Materie, ohne zu ahnen, dass sie sich am Blau des Himmels vergreifen.

Diese Erinnerung an das kosmische Gebären und Sterben von Sternen und Planeten sowie an das Verschwinden des kostbaren Geschehens auf der Erde, das man Leben nennt, führt dann zu weiteren Sälen dieser Ausstellung, die wieder zum terrestrischen Leben zurückgeleiten. Man hat keine Vorstellung davon, wie viel solche kleinen Staubmengen erzählen können und vor allem, wie schön sie sind, wenn sie ihre Gestalt unter Elektronikmikroskopen offenbaren müssen. Und die vieltausendfach vergrößerte Oberfläche eines Staubpartikels sieht nicht anders aus als die aus Lichtjahrfernen eintrudelnden Bilder der Milchstraße.

Der große Kunstsaal zeigt ein Blow-up von Man Rays längst in die Kunstgeschichte eingegangenen Fotos "Dust Breeding" aus dem Jahr 1920. Daneben hängt Jean Dubuffets Ölgemälde "Meine Staubfelder". Dann wieder die Objekte des französische Fluxus-Künstlers Robert Filliou, der im Louvre und im Pariser Musée d'Art Moderne Meisterwerke auswählte, um den auf ihnen ruhenden Staub festzuhalten. Diese Staubaura liegt gefangen in Tüchern, mit denen er sie von diesen Gemälden und Skulpturen aufgenommen hatte. Unter dem Auge des Mikroskops verwandelt sich Staubmaterie in Kunst. Die vergrößerten Fotos von Staub aus mineralischen Substanzen, Textilfasern, Essensresten, Hautschuppen, Haaren, Milben, Motten, Exkrementen von Fliegen und anderen Insekten, lassen sich in ihrer Vielfalt und ihrem Formenreichtum kaum von Bildern abstrakter Maler wie Hilma af Klint oder Willi Baumeister oder Cy Twomblys unterscheiden.

Wie ähnlich sind das Werden und Vergehen von Sonnen und Lebewesen, wie schwer lassen sich die Strukturen von Materie und Kunst unterscheiden! Gilt das auch für die moralische Welt? Verlegen bleibt der Betrachter vor den Menschenresten berühmter Personen stehen: Hirnschnitte des italienischen Diktators Mussolini oder auch Hirnreste des genialen Albert Einstein. Sind es nicht zwei Männer aus

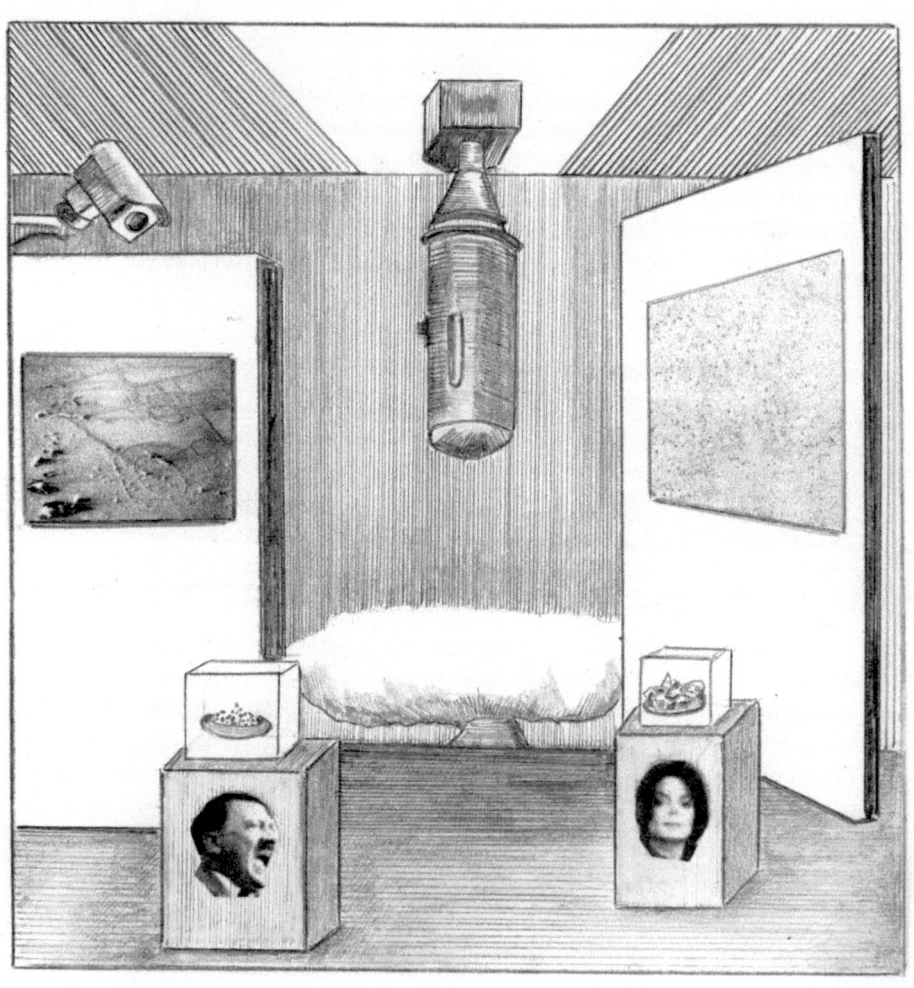

*weit, weit voneinander entfernten Winkeln unseres moralischen Kosmos? Das Asche-
werden macht sie alle gleich.*

*Erde oder Asche oder Staub müssen indessen nicht der endgültige Zustand des
organischen Lebens sein. Der Besucher macht auch Bekanntschaft mit der Edel-
steinbestattung, die eine Reihe von Unternehmen anbieten. Es ist ebenso faszinierend
wie abstoßend. Der aus Menschenasche gewonnene hexagonale Kohlenstoff kann
bis zur Diamantenreife veredelt und geschliffen werden. Wenn dieses sterbliche Material einem Druck von mindestens 50.000 bar und der Hitze von etwa 2000 Kelvin
ausgesetzt wird, lässt es sich in eine hochverdichtete unsterbliche Diamantstruktur
pressen. Man mag es kaum glauben. Denn im letzten Raum der Ausstellung funkelt
ein solcher Diamant, der angeblich aus den Haarresten des verstorbenen Entertainers Michael Jackson gepresst wurde. Der von einem Dutzend Augen der Überwachungskameras gesicherte Diamant bewohnt den letzten Raum nicht allein. In einer
besonderen genetischen und schicksalhaften Verbindung mit diesem zum Diaman-
ten veredelten Künstler stand ein anderer Mann, an den eine Installation an gleicher
Stelle erinnert. Es ist der ivorische Staatsbürger Osei Tutu, der nach neuesten Erkenntnissen im Januar dieses Jahres von amerikanischen Agenten ermordet worden
ist, vermutlich, weil er eine von Michael Jackson eigenhändig signierte Nachlass-
verfügung bei sich führte. Darin hatte der 1992 in Krindjabo zum König gekrönte
Entertainer dem Volk der Anjyi, dem seine Vorfahren entstammen, einen namhaften
Teil seines Vermögens vermacht. Das Porträt des in Berlin ermordeten Osei Tutu
steht auf einem Klavier, wo auf den schwarzen Tasten des Instrumentes grauer Staub
liegt."*

51. Der Richter Samuel Papenfuß hält das alles für eine Komödie

Noch fünf Wochen zuvor, am Tag der geplanten Verkündung des Urteils zum Verbot der FBD, hatte die politische Erregung große Protest- und Gegenprotestmengen in Bewegung gesetzt. Jetzt, beim zweiten Verkündungstermin, wenige Tage nach dem glimpflich ausgegangenen Erpressungsversuch durch das Kidnapping der Richterin Ulrike Kleist, blieb es um das Bundesverfassungsgericht herum ruhig. Als die Hundertschaft der Sicherheitskräfte eintraf und sich aufstellte, war die Sicherheit bereits da, nur die Unsicherheit vielleicht noch unterwegs. Kein Menschenauflauf, keine Plakate, keine Sprechchöre. Es war ein Dienstag, und dieser graue Tag hatte sich in die grauste Alltäglichkeit gehüllt.

Ulrike Kleist mochte für die Fahrt nach Karlsruhe nicht ihrer alten Gewohnheit gemäß die Regionalbahn nutzen. Immanuel hatte ihr gleich seine Fahrdienste angetragen, nachdem Präsident Sonnenmoser allen Beteiligten den neuer Termin für die Urteilsverkündung mitgeteilt hatte. Seiner Nachricht schickte er die Feststellung voraus, dass es mit Blick auf die Erpressungsversuche keine weitere zeitliche Verzögerung mehr geben dürfe.

Als Ulrike Kleist das Hauptgebäude des Verfassungsgerichts betrat, erwartete sie bereits allerlei Polit-Prominenz. Allen voran drückte ihr Baden-Württembergs Ministerpräsident Alois Liebstöckel die Hand, dann Brandenburgs linke Ministerpräsidentin Pinar Malenkoff und in Vertretung der Bundeskanzlerin die Innenministerin Molly Zhang. Präsident Sonnenmoser begrüßte Ulrike mit einer Umarmung und einem großen Blumenstrauß. Im Foyer taten es ihm einige Kolleginnen und Kollegen gleich. Referenten, Mitarbeiter, Angestellte, Arbeiter jubelten und klatschen der zurückgekehrten Richterin ihre freudige Erleichterung entgegen. Ulrike zeigte sich sehr bewegt, als erst die Ministerin Molly Zhang für die glücklich bewältigte große "Challenge" des Rechts und des Rechtsstaates eine Reihe großartiger Sätze sprach und anschließend Sonnenmoser seine schlaflosen Nächte nacherzählte. Ulrike wollte es sich nicht nehmen lassen, vor allem den Akteuren aus der zweiten und dritten Reihe für ihre Befreiung zu danken. Sie nannte den Lateinlehrer ihrer Tochter, Professor Schade, um sich gleich in einem Nebensatz auch für die Stärkung des gymnasialen Lateinunterrichts einzusetzen. Sie dankte mit scherzhaften Worten ihrem tapferen Hund Adam, sie erwähnte die Speispinne 'Scytodes thoracica', und am Ende dankte sie sogar ihrem Wächter und Befreier Sebastian Plörer, alias Palmström.

Im großen Presseraum des Gerichts wurde Ulrike dann mit Fragen bestürmt. Die Medien hatten bereits viele Einzelheiten der Finde- und Befreiungsaktion berichtet. Die wichtigste Quelle dafür war bislang Andy „Ancalagon" Schurigel, der Boss des Gremium MC Southgate, der dem *Mannheimer Morgen* ein Exklusivinterview gewährt hatte. RTL war es gelungen, am Montag den Einsatz des Spezialeinsatzkommandos (SEK) und der Kampfmittelbeseitiger bei der Entschärfung der Sprengstofffallen an dem verlassenen Schulgebäude in der Nähe von Hauenstein zu filmen. Mit Hilfe einer Drohne ließen die Reporter auch eine Kamera durch das freigeschossene Loch in der Glasdachverkleidung blicken. Es gab Streit und einstweilige Verfügungen. Denn zuvor bereits hatte eine Münchner Anwaltskanzlei dem Artisten Plörer die Film-Verwertungsrechte für die Befreiungsaktion abgeluchst, und dazu zählten auch die Bildrechte an allen Plörer zuschreibbaren Handlungen. Tatsächlich empfing Palmström in der Karlsruher Justizvollzugsanstalt nicht nur zahlreiche Interviewer; unerwartet erschien auch ein Pfleger der Heilanstalt Sankt Quirinus bei Heidelberg, wo Plörers Ehefrau Ornella versorgt wurde. Der Mann kam mit der Nachricht, dass Frau Plörer nach jahrelanger vollständiger Stummheit mehrfach leise den Kosenamen ihres Mannes *Honeyman* geflüstert habe, als sie im Fernsehen ein Foto des Entführers in Handschellen sah und von seiner Geschichte hörte.

Ulrike hatte Mühe, die tausend Irrtümer und Zeitungsenten, nach denen sie gefragt wurde, in eine tatsachentreue Erzählung zu kanalisieren, aber sie sprach entspannt und voller Humor, als sie über einzelne Details ihrer Gefangenschaft berichtete. Dabei zeigte sie sich sehr besorgt, ob das alte Hillgärtner-Klavier, das sie entstaubt und mit Zirkusmusik notdürftig wiederbelebt hatte, bei der Erstürmung des Gebäudes Schaden genommen haben könnte.

Aber sie erfuhr auch von neuen bizarren Wendungen ihres Polit-Dramas. Nachdem sie die meisten neugierigen Fragen beantwortet hatte, geleitete Präsident Sonnenmoser Ulrike mit den Kollegen und Mitarbeitern in das Richterzimmer, wo bereits die roten Roben bereit hingen. Er berichtete dort von einer Online-Besprechung am Morgen mit Frau von Kotzebue aus dem Justizministerium, der Verfassungsschutzpräsidentin Izabel Köhnlechner, der Vizepräsidentin des BND Ludmilla Chabouté und mit Gottlieb Feyerling, dem Chef des Bundeskriminalamtes. In dieser Runde, zu der man den Generalbundesanwalt Gracchus ausdrücklich nicht einladen wollte, ging es vor allem um die Frage, wie man das geheime Netzwerk der Reichstreuen, das hohe Beamte und vermutlich auch Politiker in nahezu allen Institutionen der Bundesrepublik geknüpft hatten, zerreißen könnte. Dabei wurde zufällig bekannt, dass Frau Tamerlan-Borman, die vormalige stellvertretende Vorsitzende der FBD, nicht nach Guatemala gereist war, wie man bislang annahm. Dazu hatten zwar die deutschen staatlichen Nachrichtendienste, wenig überraschend, keine Erkenntnisse, doch durch die amerikanische CIA wusste man, dass Frau Tamerlan-Borman ihren Flug nach Guatemala umgebucht hatte. Sie war inzwischen in Salt Lake City gelandet, wo sie der heimliche Führer der Reichstreuen, Adolf Heinrich Joseph Graf Schwarzburg, am Flughafen abgeholt hatte. Vermutlich hing das neue Reiseziel mit einer weiteren Wendung der Dinge zusammen. Frau Tamerlan-Borman war nämlich noch in der vergangenen Nacht vom Präsidium ihrer Partei wegen Verrates aus den FBD ausgestoßen worden. Der Vorwurf beruhte nach dem Bericht des Verfassungsschutzes auf den Aussagen, die ihr Freund und Vertrauter, der Ex-Bundesanwalt Schleicher, kurz vor seinem Verschwinden im Krater des Fuego, gemacht hatte. Frau Tamerlan-Borman wollte nach ihrem erwarteten Sieg bei der Landtagswahl und der Ernennung zur Ministerpräsidentin, wie angekündigt, den Austritt des Landes Brandenburg aus der Bundesrepublik Deutschland und der EU veranlassen. Dies war aber nur der erste Schritt, um später zum eigenen Vorteil das Land Brandenburg an die *Freeland & Peace Global State Group* zu verkaufen.

"Allmählich", so berichtete Innenministerin Molly Zhang, die von Sonnenmoser in die Runde gebeten worden war, "gewinnen wir ein Bild von diesem Komplott. Das Ganze ist offenbar ferngesteuert aus den USA. Diesem ominösen Reichstreuen, dem Graf Schwarzburg, ist es gelungen, eine Art Brückenkopf in der Bundesanwaltschaft zu errichten. Dort dockten auch Vertreter der CIA an, die allein im Interesse der *Freeland & Peace* operierten. Bundesanwälte halfen den CIA-Leuten auch dabei, ihre Krallen nach Osei Tutus Urkunde und nach Michael Jacksons Immobilien auszustrecken. Dabei hat sie mit ungeheuren Kapitaleinsatz bereits fünf bis zehn Prozent des Territoriums in ganz Europa akquiriert, und in einem Zuge hat sie auch die europäischen Institutionen korrumpiert."

"Und welche Rolle spielt dabei der Staat Guatemala?" fragte Richterin Brüninghaus-Goodwill.

"Guatemala ist der Sitz der *Freeland & Peace Property*", antwortete Frau Zhang. "Vor allem ist das der Zufluchtsort für gescheiterte und verfolgte Akteure, die im

Auftrag der *F & P* riskante oder gar halsbrecherische politische Transaktionen durchgeführt haben. Daher trifft man dort einige Mittelsmänner der katalonischen Unabhängigkeitsbewegung oder Kollegen Schleicher. Aber neuerdings ist die Regierung dort, wie es Frau Tamerlan-Borman zu spüren bekam, nicht sehr zuverlässig in der Einhaltung ihrer Asylzusagen."

"Haben Sie denn dabei auch etwas über den CIA-Mann Brezlower erfahren?" fragte Ulrike. "Der ist, wie wir wissen, in die ganze Sache tief verstrickt."

"Brezlower wird aktuell in einer psychiatrischen Abteilung der Charité behandelt", wusste die Ministerin. "Er wurde am Wannsee schwer verletzt gefunden. Er hatte eine historische Waffe, eine uralte Pistole mit Perkussionsschloss, zu einem Selbsttötungsversuch benutzt. Mit dem Zündhütchen hatte er sich allerdings die Hand verbrannt, und die Kugel steckte in seinem Gaumen fest."

"Nun frage ich euch", Papenfuß ließ ein Salzstangen-Mikado, das ihm die Rechtsreferendarin Gwynneth Rittersporn in einem Glas gereicht hatte, auf einen Teller auseinanderfallen, "ist das überhaupt eine Geschichte, die sich auf Erden zugetragen hat? Oder spielte sie nicht vielmehr auf dem Theater der göttlichen Komödien? Ich fasse die Ereignisse zusammen: Ein amerikanischer CIA-Agent, der sich für den Dichter Kleist hält und das Vermächtnis eines schwarzen, pädophilen Sängers in dreistelliger Millionenhöhe, das dem an der Elfenbeinküste ansässigen Volk der Anjyi zugedacht ist, in seine Hände bringen will, konspiriert mit einem in Guatemala ansässigen Private Equity Unternehmen, das die ganze Erde in seinen Besitz zu nehmen sucht, und der weiter, um eine ehemalige Preußenprovinz mit Hilfe von halbirren Anhängern des schwachsinnigen deutschen Kaisers Wilhelm II. dem besagten Unternehmen in die Hände zu spielen, eine Verfassungsrichterin kidnappen lässt, die von einem depressiven Zirkusclown namens Palmström in einem als forsttechnisches Versuchslabor getarnten ehemaligen Zwergschulgebäude bewacht, aber von einem fußkranken Polizeihund in Ruhestand aufgespürt wird, was die Gekidnappte in einem von einer Kürbisspinne angekündigten Akrostichon mitteilt, um dadurch am Ende mit eifriger Unterstützung einer Bande halbkrimineller Rocker befreit zu werden, indem sie sich von Palmström über ein Seil tragen lässt, das an einer Wasserleitung und an einem Buchenast befestigt ist, woraufhin sich der CIA-Agent eine Kugel in den Kopf schießt, die ihm jedoch im Gaumen steckenbleibt. Welch göttliche Komödie! Welche burleske Erfindung der Vorsehung! Als wäre sie von einem betrunkenen Shakespeare erdacht! Schade, dass derlei nicht alle Tage vorkommt!"

"Der misslungene Coup erinnert mich an den Staatsstreich der Badoers und Tiepolos im alten Venedig des vierzehnten Jahrhunderts", ergänzte Frau Rittersporn lachend. "Die Aufrührer scheiterten, weil einem Fahnenträger ein Mörser auf den Kopf gefallen war und weil einer ihrer Verbände dann im Schlamm stekkenblieb."

"Verehrte Kolleginnen und Kollegen", das war die ernste Stimme des Senatsvorsitzenden Horst Rabenhorst. "Ich bitte Sie, jetzt mit mir den Sitzungssaal zu betreten, um das Urteil des Verfassungsgerichts zum Verbot der *Freien Bürger Deutschlands* zu verkünden."

Schwarze Tasten - Personen und Namen

Abrams, Dr. Henry, Augenarzt von Albert Einstein
Adam, Hovwart, Spurensicherungshund, Haustier der Kleists

Badoer, Badoero, venezianischer Verschwörer
B'mbilla, Claude Arsène, Notar in Yamoussoukro, Elfenbeinküste
Boltanski, Jean-Christophe, MdB der Linken
Bonebreaker, Barry, MC Präsident der Bandidos in Niedersachsen aus
    Hannover
Brecheisen, Benjamin D., States Attorney for the Northern District of California
Brezlower, Benny, Kleistforscher aus Santa Barbara und CIA-Agent
Brown, Gloryanne, gen. Dusty, Mitbewohnerin, Kuratorin der Ausstellung
    "Memories in Dust and Ash"
Brüninghaus-Goodwill, Gesine, Verfassungsrichterin im 2. Senat

Cammerer, Immanuel, Politikberater, Ehemann von Ulrike Kleist und Vater
    von Viktoria
Campelli, Luigi, Mitbewohner, Kontratenor, Gesangsstudent
Carus, Sibylle, Viktorias Psychotherapeutin
Castilla di Barca, Mona Ramona, Generalstaatsanwältin Guatemalas
Chabouté, Ludmilla, Vizepräsidentin des BND
Curzon, Leslie, Mitbewohnerin, Antifa-Aktivistin, Studentin der Big-Data-
    Medientheologie

De las Sombras, Diego, Informatiker und Vulkanbergführer in Guatemala
Dimitroff, Pjotr, TV-Terrorismusexperte

Eisenhower, Marlon, Captain, Global Security-General der *F & P*

Ferrier, Loretta, Gesangsstudentin, Freundin von Viktoria
Feyerling, Gottlieb, Präsident des Bundeskriminalamtes

Gallimathias, Sandro, Vertreter des Bundeskriminalamtes
Gracchus, Wendelin, Generalbundesanwalt
Gräfin von Langenfeld, Sybille, Staatssekretärin im Bundesinnenministerium

von Hindemith, Dr. Lorelei, Direktorin des Deutschen Musikarchivs in der
  Nationalbibliothek

Hirsel, Damian, Schatzmeister der FBD
Honeyman, siehe Palmström, Ulrike Kleists Bewacher

Kaltwasser, Joseph, Bundesvorsitzender der FBD
Kašparovič, Václav, Sekretär des EU-Kommissars für Interinstitutionelle
  Beziehungen
Keczsup, Julius, FBD-Gauleiter von Hessen
Kleist, Dr. Ulrike, Verfassungsrichterin, Mutter von Viktoria
Kleist, Viktoria, Kompositions- und Pianostudentin, ihre Tochter
von Kleist, Ewald, Journalist, Bruder von Ulrike Kleist
von Kleist, Solveig, Ewald und Ulrike Kleists Mutter
von Kleist, Primislaf, Ewald und Ulrike Kleists Vater
Köhnlechner, Izabel, Präsidentin des Bundesamtes für Verfassungsschutz
von Kotzebue, Karoline, Ministerialdirektorin im Bundesjustizministerium

Ledbetter, Isiah W. „Longhair", Sheriff in Solvang, Kalifornien
Liebstöckl, Anton, Ministerpräsident des Landes Baden-Württemberg

Mahler, jun. Dr. Andreas, Anwalt von Kaltwasser
Malenkoff, Pinar, Ministerpräsidentin von Brandenburg
di Maria, Arcangelo, Pizzabäcker, Schnapsbrenner, Vizepräsident des MC
  Southgate in Mannheim
Mercury, Sam, Germanist und Dolmetscher

N'Douffou V., Amon, König des Reichs der Anjyi, Elfenbeinküste
von Nettesheim, Dr. Fritzwalter, stellvertr. Botschafter in Guatemala
von Neurath, Sebastian, Propagandachef und Pressesprecher der FBD

Oriol, Faolan, EU-Beauftragten Kataloniens

Pahlewi, Amira, Leiterin der Informatik-Abteilung im Bundesamt für
  Verfassungsschutz,

Palmström, Honeyman, Funambulus; bürgerlich: Sebastian Plörer, Ulrike
   Kleists Bewacher
Papenfuß, Samuel, Verfassungsrichter im 2. Senat
Plörer, Ornella, Frau von Plörer-Palmström-Honeyman-Funambulus
Plörer, Sebastiano, siehe Palmström
Pollnareff, Sascha, St-Pauli-König, früher Mitglied der Hamburger Nutella-
   Bande
Potemkin, Wladimir, KGB-Oberst
Presskopf, Hartmut, FBD-Gauleiter von Sachsen

Rabenhorst, Horst, Verfassungsrichter, Vorsitzender des 2. Senats
Riffensteel, Donovan, Emeritus für Ethnologie an der Universität Santa Barbara
Rittersporn, Gwynneth, Rechtsreferendarin am Verfassungsgericht
Rumbaum, Dr. Karlheinz, Sekretär an der deutschen Botschaft in Washington

Sackey, Azima (Stage-Name Sucxky Lamb), Studentin der Nuklear-Medizin.
   Escort-Dame
Saltamontes, Hugo, Staatspräsident von Guatemala
Schade, Professor Sternbald, Klavier- und Lateinlehrer von Viktoria Kleist
Schellhorn, Hunter, Oberstaatsanwalt des Generalbundesanwalts
Schierling, Dimitri, Antifa-Aktivist, Philosophiestudent
Schleicher, Paul, Bundesanwalt, Referatsleiter Rechtsradikalismus beim
   Generalbundesanwalt
Schrottmann, Gonzalo „Mukki", Präsident des MC Bandidos in Sachsen
Schrottmann, Ludmilla, geborene Chanelle, Nagelstudio-Besitzerin, seine Frau
Schurigel, Andy „Ancalagon", Boss des Gremium MC Southgate aus Mannheim
Schwarzburg, Adolf Heinrich Joseph Graf, vermutlich Dirigent der
   Reichstreuen
Schweinitzer, Ricardo „King Kong", Chef der Frankfurter Bodyguard-Firma
   Angels for Security
Siebenschön, Jenny, Antifa-Aktivistin, Jura- und Cellostudentin
Sonnenmoser, Hinrich, Präsident des Bundesverfassungsgerichts
Steinbrecher, Kamil, genannt Don Camillo, Antifa-Aktivist, Philosophiestudent
Stockhausen, Maximiliane, Mitbewohnerin, Posaune-Studentin

Tamerlan-Borman, Lilith, Stellvertretende Vorsitzende der FBD
Tiepolo, Baiamonte, venezianischer Verschwörer
Toplak, Borislaw, Hauptmann bei der BFE
Toussaint, Nathalie, Acquisition Manager der Freeland & Peace
Tutu, Osei, Gymnasiallehrer aus Abidjan, Viktorias toter Freund

Unterlichtner, Alice, FBD-Abgeordnete und Vorsitzende des
    Bundestagsinnenausschusses

Whitewash III., Augustin G., Attorney at Law
Widukind, Claire, Kulturbürgermeisterin von Dresden
Wolkenstein, Frau Dr., Nachbarin der Kleists / Cammerers in Bergzabern

Zhang, Molly, Bundesministerin des Inneren und für Heimat

Bisher vom Autor Manfred Schneider erschienen:

GOTTSUCHMASCHINE

EINE TRANSHUMANE KOMÖDIE

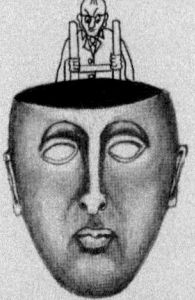

MANFRED SCHNEIDER

GOTTSUCHMASCHINE

EINE TRANSHUMANE KOMÖDIE

ERSTER BAND

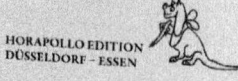

HORAPOLLO EDITION
DÜSSELDORF – ESSEN

Bisher vom Autor erschienen:

Die Katze
schleicht

Roman : Transit

Bisher vom Autor Albrecht Schneider erschienen:

EINKEHR
IN POLEN

ODER
DER BUCKLIGE PATRIOT
EIN BERICHT

Bisher vom Autor Albrecht Schneider erschienen:

MICH ERZOG
SO MANCHE
HERRSCHAFFT

EIN ZEIT- UND LEBENSPROTOKOLL
1937 BIS 1959